光文社古典新訳文庫

戦争と平和 4

トルストイ

望月哲男訳

kobunsha classics

光文社

Title : ВОЙНА И МИР
1865-1869
Author : Л.Н.Толстой

目次

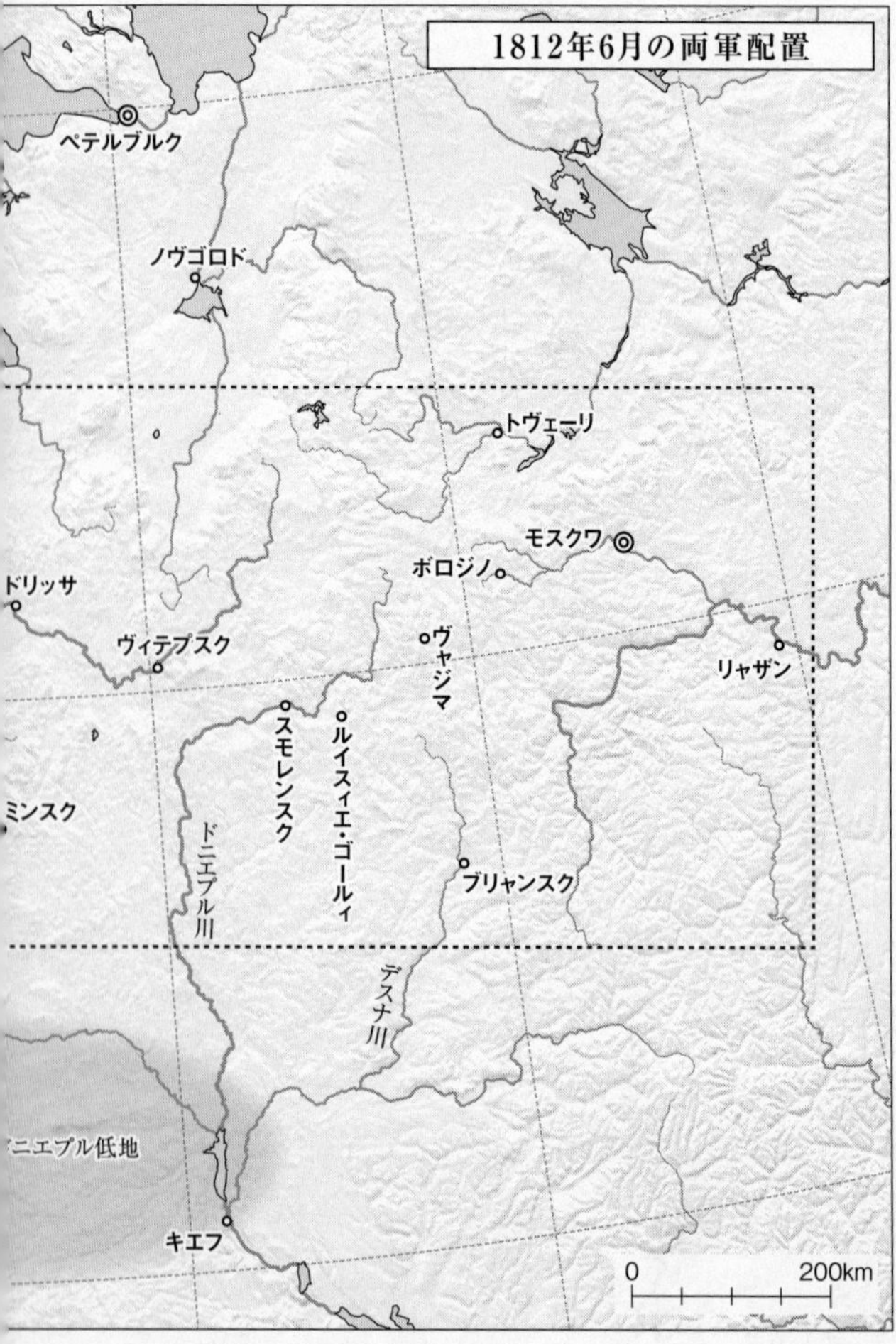
1812年6月の両軍配置
ペテルブルク
ノヴゴロド
トヴェーリ
モスクワ
ボロジノ
ドリッサ
ヴィテプスク
ヴャジマ
リャザン
スモレンスク
ルイスィエ・ゴールィ
ミンスク
ドニエプル川
ブリャンスク
デスナ川
ニエプル低地
キエフ
0
200km

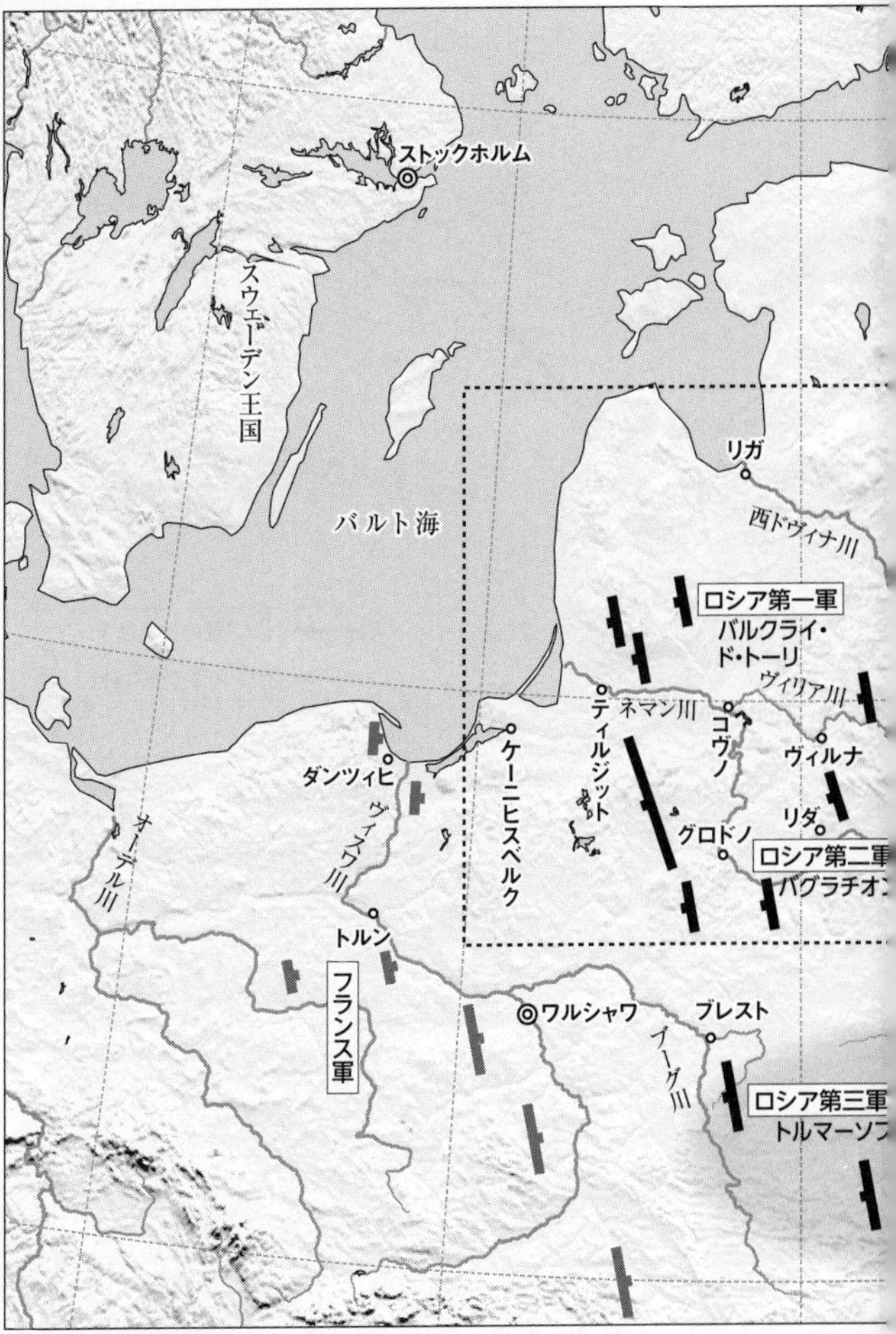
ストックホルム
スウェーデン王国
バルト海
リガ
西ドヴィナ川
ロシア第一軍
バルクライ・ド・トーリ
ヴィリア川
ネマン川
ティルジット
コヴノ
ヴィルナ
ケーニヒスベルク
ダンツィヒ
ヴィスワ川
オーデル川
リダ
グロドノ
ロシア第二軍
バグラチオン
トルン
フランス軍
ワルシャワ
ブレスト
ブーグ川
ロシア第三軍
トルマーソフ

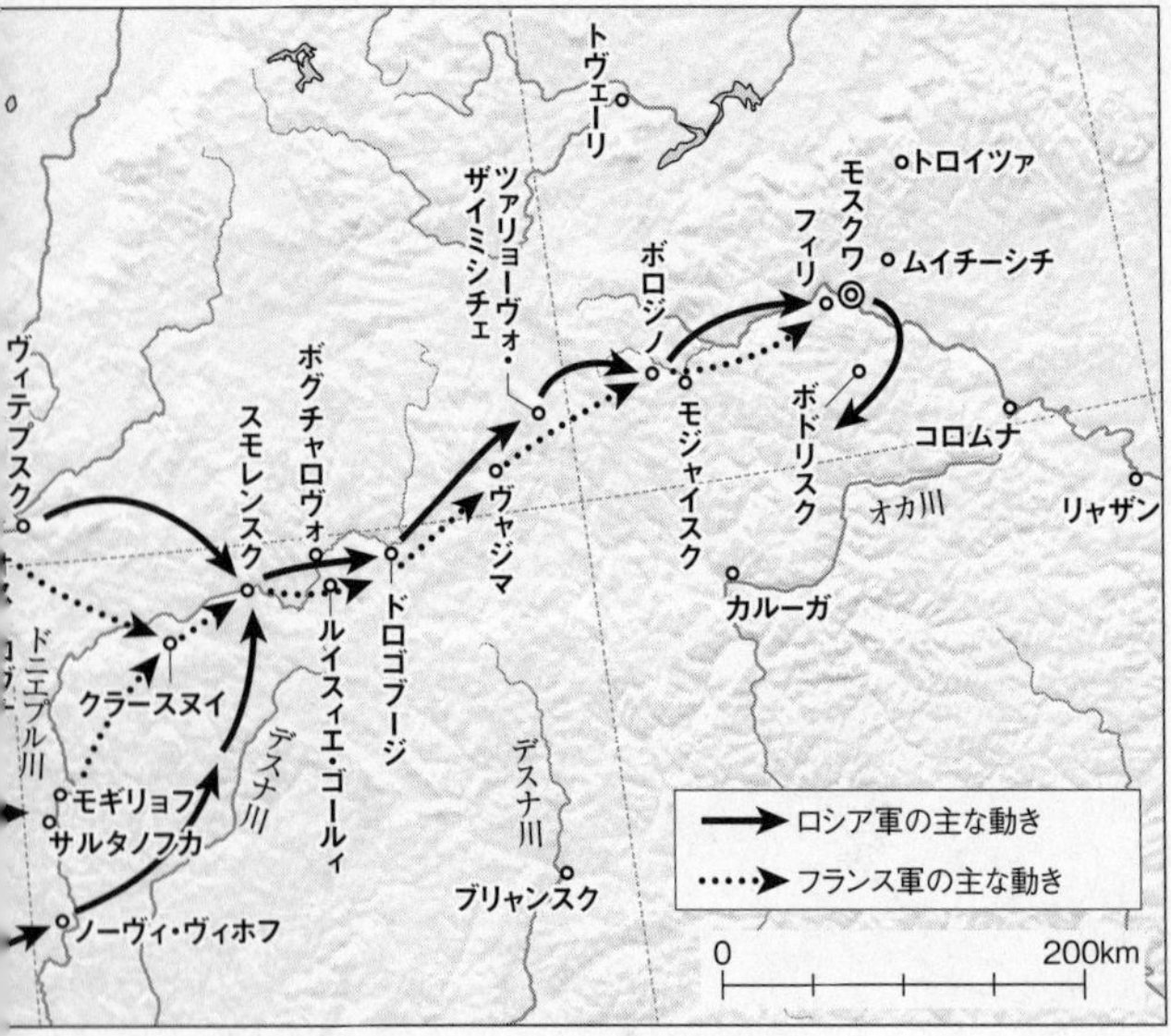

トヴェーリ
トロイツァ
モスクワ
フィリ
ムイチーシチ
ツァリョーヴォ・ザイミシチェ
ボロジノ
モジャイスク
ボドリスク
コロムナ
リャザン
オカ川
カルーガ
ヴィテプスク
スモレンスク
ボグチャロヴォ
ルイスィエ・ゴールィ
ドロゴブージ
ヴャジマ
ドニエプル川
クラースヌイ
モギリョフ
サルタノフカ
ノーヴィ・ヴィホフ
デスナ川
デスナ川
ブリャンスク
ロシア軍の主な動き
フランス軍の主な動き
0
200km

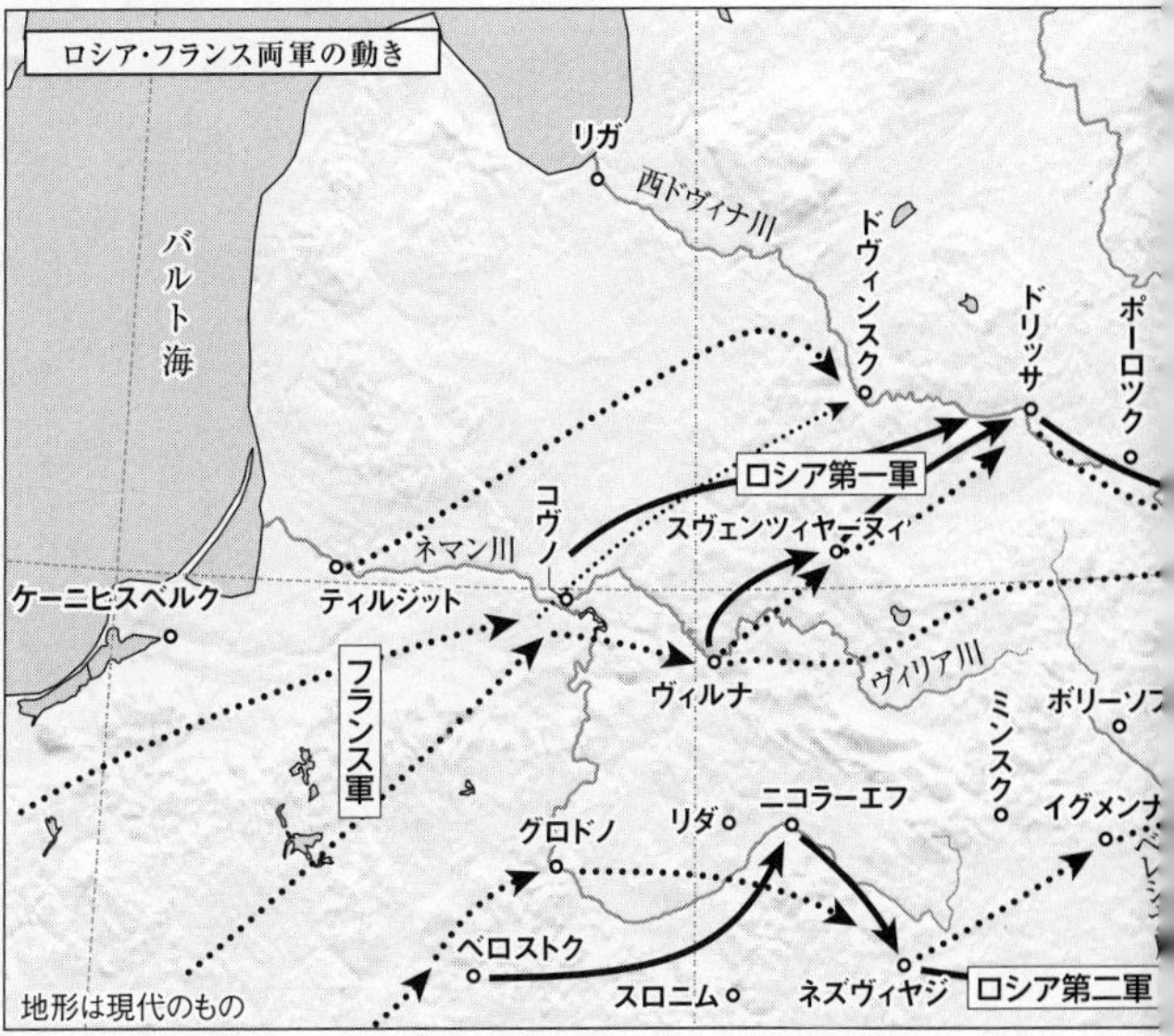
ロシア・フランス両軍の動き
リガ
西ドヴィナ川
バルト海
ドヴィンスク
ドリッサ
ポーロック
ロシア第一軍
コヴノ
スヴェンツィヤーヌィ
ネマン川
ケーニヒスベルク
ティルジット
フランス軍
ヴィルナ
ヴィリア川
ミンスク
ボリーソフ
ニコラーエフ
リダ
グロドノ
イグメンナ
ベロストク
スロニム
ネズヴィヤジ
ロシア第二軍
地形は現代のもの

戦争と平和4

第3部

第1編

1章

一八一一年の末から西ヨーロッパの軍備増強と兵力集中が開始され、一八一二年にはそうして集まった兵力、すなわち（軍の輸送や食糧供給にかかわる者も含めれば）何百万もの人間が、西から東へとロシア国境を目指して移動した。そこにはまさに同じようにして、一八一一年からロシアの兵力も結集していたのだった。六月十二日、西ヨーロッパの軍がロシア国境を越え、戦争が始まった。つまり人類の理性に、そして人類の全本性に反する出来事が起こったのだ。何百万もの人々が互いに無数の悪行を、欺瞞《ぎまん》を、裏切りを、窃盗を、贋金の製造発行を、強奪を、放火を、殺人を働いた。それは世界中の裁判記録が何世紀かけても収集しきれないほどの規模に上るが、当時本人たちには、犯罪を行っているという意識はなかったのである。

何がこの異常な出来事を引き起こしたのか？　その原因はどんなものだったのか？　歴史家たちは素朴な確信をもって語っている——この事件の原因となったのは、オルデンブルク公に対する侮辱である、大陸封鎖令の違反である[1]、ナポレオンの権力欲である、アレクサンドル一世の強硬姿勢である、外交官たちの失敗である、うんぬんかんぬんと。

だとすれば、かりにメッテルニヒなりルミャンツェフなりタレイランなりが[2]、昼の謁見式《えっけんしき》と晩の夜会の間にしっかり気を入れてもう少し巧妙な外交文書を書いていたら、あるいはナポレオンがアレクサンドル一世に宛てて『親愛なる皇帝陛下、私はオルデンブルク公に公国を返上することを了承いたします』と書いていたら、戦争はなかっ

1　ロシアの大陸封鎖令違反に業を煮やしたナポレオンが、一八一〇年末にロシア宮廷と姻戚関係にあるオルデンブルク公国を併合したことを指す。

2　クレメンス・フォン・メッテルニヒ（一七七三〜一八五九）。オーストリアの政治家で当時の外相。ニコライ・ルミャンツェフ（一七五四〜一八二六）。ロシアの政治家で当時外相と国家評議会議長を兼任し、宰相の称号を持っていたが、病気のため一八一二年七月の対スペイン協定を最後に第一線を退いた。シャルル゠モーリス・ド・タレイラン゠ペリゴール（一七五四〜一八三八）。フランスの政治家、一八〇七年までナポレオンのもとで外相を務める。

たということになる。

　同時代人に事態がそんな風に見えていたのは理解できる。ナポレオンには（まさに彼がセントヘレナ島で語ったように）イギリスの陰謀こそが戦争の原因と思われたことも理解できるし、イギリス議会のメンバーにはナポレオンの権力欲が戦争の原因だと思われたことも、オルデンブルク公には自分に加えられた暴力が戦争の原因と思われたことも、商人たちにはヨーロッパを破産に導きかけていた大陸封鎖令が戦争の原因だと思われたことも、年とった兵士や将軍には自分たちを実戦に利用する必要こそが主な原因だったと思われたことも、当時の正統王朝主義者《レジティミスト》には正義の回復の必要性が原因だと思われたことも、当時の外交官たちには、ロシアとオーストリアの一八〇九年同盟[3]が十分巧妙にナポレオンから隠されておらず、第一七八号覚書が稚拙な書き方をされていたことがすべての原因と思われたことも、また理解できる。ここにあげたものや、さらに無数の原因（無数の異なった観点がある以上、その数は無限である）を、当時の人々が想定したのは理解できる。しかしわれわれ後世の者にとって、すなわち起こった出来事の甚大さをその全容において省察し、その単純な、かつ恐るべき意味を読み取ろうとする者にとっては、上記のような原因論は不十分と思われる。われわれからすれば、ナポレオンが権力欲を持っていたから、アレクサンドル一世が強硬だったから、イギリスの政治が狡猾だったから、オルデンブルク公が侮辱されたから、そのために何百万ものキリスト教徒たちが互いに殺し合い苦しめ合ったというのは、納得がいかない。そうした諸状況が殺人や暴力が行われた事実とどのような関連を持っていたのか、理解できない。一人の公が侮辱されたからといって、なぜ何千何万もの人間がヨーロッパの反対の端からやってきて、スモレンスク県やモスクワ県の民を殺したり零落させたりして、また自分たちも相手に殺されることになるのか、納得がいかないのである。

われわれ後世の者、それも調査探求の過程に現《うつつ》を抜かす歴史家ではなく、それ故に曇りのない良識をもって出来事を省察しようとする者たちには、事件の原因は無数と感じられる。われわれが原因の探求を深めれば深めるほど、ますます多くの原因が浮かび上がってくるが、個別の原因にせよ一連の諸原因にせよ、どれもみなそれ自体としては一様に妥当と思えるものの、事件の甚大さに比べて矮小《わいしょう》に過ぎるという意味では一様に誤りと思えるし、またそれぞれが（仮に他のすべての諸原因が同時に働く

3　一八〇九年ロシアはフランスの同盟国としてオーストリアに宣戦布告したが、見せかけの軍事活動しかせず、オーストリアとフランスが交戦した際には中立を守るという密約を交わしていた。

のでなければ）あれだけの出来事を引き起こす力を持たないという意味でも、一様に誤りと思えるのだ。一人のフランス軍伍長が二度目の軍務に就くのを望《のぞ》んだか望まなかったかということも、ナポレオンがヴィスワ川[4]の西岸へ軍を引くことやオルデンブルク公国を返上することを拒否したということと全く同等の原因をなすように、われわれには思える。なぜならば、もしその伍長が服務を望まず、二番目の者も、三番目の者も、さらに千人目の伍長なり兵士なりも服務を望まなかったとすれば、それだけナポレオン軍の兵員数が減り、戦争は成り立たなかっただろうからだ。

もしもナポレオンがヴィスワ川の手前に軍を引くべしという要求に腹を立てず、軍に出動を命じることがなかったなら、戦争は起こらなかっただろう。だがもしもすべての下士官が二度目の軍務を拒否していたとしても、同じく戦争は起こり得なかっただろう。もしもイギリスの陰謀がなく、オルデンブルク公が存在せず、アレクサンドル一世に屈辱の感情がなく、ロシアに専制権力がなく、フランス革命とそれに続く独裁制と帝国がなく、フランス革命を招来したすべてのものがなかったら……同じく戦争は起こらなかったであろう。こうした諸原因のただ一つが欠けても、何も起こらなかったことだろう。してみるとこうしたすべての原因、何十億という原因が同時に集まった結果として、かの出来事が生じたのだ。つまりは、どの一つをとっても取り分けて原因とすべきものはなく、出来事はただ起こらざるを得なかったために起こらざるを得なかったということになる。何百万もの人間が自らの人間としての感情と分別を捨てて西から東へと移動し、自分と同じ人間たちを殺さざるを得なかったのである。ちょうど何世紀か前に東から西へと人々の大集団が移動して、自分と同じ人間たちを殺したように。[5]

ナポレオンとアレクサンドル一世の発言次第で、事件が起こるか起こらないかが決まるかのように思われていたが、彼らの行動もほとんど意のままにならないという点で、くじ引きや徴集で遠征に参加した一人一人の兵士の行動と変わるところはなかった。それもそのはずで、ナポレオンやアレクサンドル一世の（すなわち事件の帰趨《きすう》を左右していると思われた者たちの）意志が実現されるためには、無数の条件が重なることが不可欠で、どの一つが欠けても事件は起こり得なかったからである。実際の力を有している何百万もの人間が、すなわち鉄砲を撃ち、食糧や大砲を運ぶ兵士たちが、

4　ポーランドを南北に蛇行しながら流れるこの国最長の川で、クラクフ、ワルシャワなどの都市を通る。

5　十三世紀初めに遊牧民のモンゴル人がロシア・東ヨーロッパ・西アジアに軍を送り、勢力を拡張した現象を示す。

そうした個人にすぎない力弱き者たちの意志を実現することに同意し、さらに無数の複雑かつ多様な原因によってその行為に導かれなくてはならなかったのだ。

不合理な現象（つまりわれわれにその合理性が理解できない現象）を説明しようとすれば、歴史の宿命論を避けて通ることはできない。歴史上のその種の現象をわれわれが合理的に説明しようとすればするほど、それらはわれわれにとってますます不合理で不可解なものとなっていくのだ。

人間はそれぞれ自分のために生き、自分個人の目的を達成するための自由を享受し、今自分はこれこれの行為をすることもしないこともできるのだと、己の全存在で感じている。しかしいったんその行為を行ったとたん、時間軸上のある一点でなされたその行為が後戻りのきかぬものとなり、歴史の所有物となってしまう。つまり歴史の中でそれが自由ではない、あらかじめ決定されたものとしての意味を持つのである。

どの人間の生にも二つの側面がある。一つは個としての生で、これは関心が抽象的なものであればあるほど、ますます自由である。そしてもう一つは自然の諸力に支配された群れとしての生で、そこでは人間はあらかじめ自分に定められた法則を否応なく遂行せざるを得ない。

人間は意識の上では自分のために生きているが、無意識のレベルでは歴史的な、人類共通の目的を果たすための道具として奉仕している。いったん為された行動は取り返しがつかず、その行為は、他の人間たちの何百万もの行為と時間的に一致することによって、歴史的な意味を得る。人間が社会の階段の上位に位置して、より多くの人間たちと結びついていればいるほど、それだけ彼は他人に対して大きな権力を持つことになり、それだけますます彼の一つ一つの行為の予定性と不可避性が顕著になっていくのである。

「王の心は神の手の中《うち》にあり」[6]

王はすなわち歴史の奴隷である。

歴史は、すなわち人類の無意識の、全体としての、群れの生活は、皇帝たちの生の一分一秒すべてを、自分のために、自分の目的の道具として利用するのだ。

ナポレオンは今この一八一二年の時点において、いつにもまして（ちょうどアレクサンドル一世が最新の手紙で彼にあてて書いたように）自分の治める諸国民の血を流

6　旧約聖書「箴言」21―1・「王の心はエホバの手の中にありて恰《あたか》も水の流れのごとし　彼その聖旨《みこころ》のままに之《これ》を導き給ふ」日本聖書協会『舊新約聖書（文語訳）』より。文字表記変更。

すか否かは自分の決断次第だという思い込みを深めていたのだったが、にもかかわらずこのときほど彼が、例の不可避的な法則に支配されていたことはなかった。その法則こそが彼に（本人は自分だけのために、好きなままに振る舞っているつもりでいたにもかかわらず）全体の営みのため、歴史のためになされるべきことを行わせようと強制していたのである。

西の人々が殺し合いのために東に進んできた。すると諸原因符合の法則によって、この運動を促し戦争を促す何千もの小さな原因がひとりでに形成され、この出来事に連動したのである——大陸封鎖令違反への非難も、オルデンブルク公の一件も、ただ武装平和を達成するためだけに行われた（とナポレオンが思っていた）プロイセンへの進軍も、国民の気分に合致したフランス皇帝の戦争好きと戦争慣れも、壮大な準備にわれを忘れたことも、多額の経費を費やし、その出費を弁済するに足る利益獲得の必要が生じたことも、ドレスデンで味わった目くるめくほどの表敬も、同時代人の目には和平達成の真摯《しんし》な意志にのっとって進められたように見えながら双方の自尊心を傷つけただけに終わった外交交渉も、そしてさらに、起こりつつある事件に合わせて構成され、それと連動して機能した、数限りないその他の原因も。

リンゴは熟すと落ちる——それは何故だろうか？ 大地の引力のためか、果軸が干からびたためか、日光で乾いたためか、重くなったためか、風に揺すぶられたためか、それとも下に立っている少年がリンゴを食べたくなったためか？

どれも原因とは言えない。すべてはあらゆる生命の、有機的な、自然の営みが行われるための、諸条件の符合にすぎない。だからリンゴが落ちるのは繊維素が分解するからであるといったたぐいの断定をする植物学者は、リンゴの木の下に立っていて、リンゴが落ちてきたのは自分が食べたくなって落ちてくるように祈ったからだと説明する少年と、同じ程度に正しく、また同じ程度に間違っているのである。同様に、ナポレオンがモスクワまで行ったのは彼がそれを望んだからだし、彼が滅びたのはアレクサンドル一世がその破滅を望んだからだと言う人は、トンネルを掘られたために百万プードの山が崩れ落ちたのを見て、それは最後の坑夫がつるはしの最後のひと振りを加えたからだと説明する人と同じ程度に正しく、また間違っているのである。歴史的事件においては、いわゆる偉人たちとは出来事に名前を与えるレッテルであり、レッテルというものがそうであるように、出来事そのものには最小限の関わりしか持たない。

彼らの一つ一つの行動は、本人は自分たち自身のための自由意思による行動と思っているが、歴史的な意味では自由なものではなく、歴史の歩み全体と結びついており、はるか以前から決定されているのである。

2章

五月二十九日、ナポレオンはドレスデンを出た。ドレスデンに滞在した三週間はずっと宮廷のメンバーに取り巻かれていたが、そこには皇族やら大公やら王やらが含まれ、皇帝まで一人交じっていた。出立の前にナポレオンは功績のあった皇族や王や皇帝をねぎらい、御意にかなわぬところのあった王や皇族たちを叱責し、オーストリア皇后に自分の、つまり他の王たちから取り上げた真珠やダイヤモンドを贈呈すると、ナポレオン史家が記す通り、自らの妃マリー＝ルイーズ[7]を優しくかき抱いて、別れを惜しむ彼女を後に残して出発したが、パリにもう一人の妻がいるにもかかわらずナポレオンの妻と見なされていたこのマリー＝ルイーズは、この別離を乗り越える力がないかに見えた。外交官たちがいまだ和平の可能性を固く信じて、その目的のためにせっせと働いていたにもかかわらず、そしてナポレオン自身、アレクサンドル一世に手紙を書いて親愛なるわが兄弟と呼びかけ、自分は戦争を望んではいないし、この先も常に貴兄を愛し尊敬し続けると請け合ったにもかかわらず、彼は軍を目指して馬車を進め、駅逓《えきてい》に着くごとに新しい指令を発していた。それは西から東への軍の移動を急《せ》かすための指令だった。彼は六頭立ての旅行馬車の中で近習《パージュ》や副官や警護兵に取り巻かれて、ポズナニ、トルン、ダンツィヒ、ケーニヒスベルクと続く街道を走っていた。そうした町に着くたびに、何千もの人々が戦慄《せんりつ》と歓喜をもって彼を迎えるのだった。

軍は西から東へと移動し、次々と馬を替える六頭立て馬車も、同じ場所へとナポレオンを導いていった。六月十日には彼は軍に追いつき、ヴィルコヴィスキの森の、あるポーランド伯爵の領地の、彼のために用意された宿舎に泊まった。

翌日ナポレオンは軍を追い越して前に出ると、幌馬車でネマン川に乗り付け、渡河の地点を視察するために、ポーランドの軍服に着替えて[8]河岸に出て行った。

対岸にはコサックたちとステップの広がりが見えた。そのステップのただ中に、かのマケドニアのアレクサンドロス大王が赴《おもむ》いたスキタイ国にも似た国家の首都である聖都モスクワがある——その対岸を見たナポレオンは、皆の予想に反して、さらには

7　マリー＝ルイーズ（一七九一～一八四七）。神聖ローマ皇帝フランツ二世（オーストリア皇帝フランツ一世）の娘で、ナポレオン一世の皇后。

8　敵の目をあざむくための変装。

戦略的な考慮も外交的な考慮も裏切って、進撃を命じた。そうして翌日には彼の軍がネマン川を渡り始めたのだった。

十二日早朝、ナポレオンはこの日はネマン川の嶮《けわ》しい左岸に張られていたテントを出ると、ヴィルコヴィスキの森から湧き出すように出てきた自軍の兵士たちが、滔々《とうとう》とした流れとなってネマン川に架けられた三つの橋を浸していくのを、望遠鏡で眺めた。兵士たちは皇帝がいることを知っていて、目でその姿を探しては、崖の上のテントの前に随行の者たちからぽつんと離れて、フロックコートに帽子を被って立っているその姿を見分けると、皆軍帽を放り上げて「皇帝陛下万歳！」と叫ぶ。そうして今まで彼らの姿を隠していた巨大な森の中から、次から次へと尽きることなく流れ出てきては、分岐して三つの橋を通って対岸へと渡っていくのだった。

「いよいよ進軍だ！」「ああ、御大《おんたい》ご自身のご登場となりゃ、これはもうサクサク進むぜ！」「そうだとも……おや、あそこにいらっしゃる……皇帝陛下万歳！」「さてこれがあのアジアのステップというやつか……しかしまあ、ひどい国だぜ」「おさらばだな、ボーシェ、お前にはモスクワで一番の宮殿をとっておいてやるぜ。じゃあまた、うまくやりな」「皇帝陛下を見たか？」「皇帝陛下万歳！」「……万歳！」「もし俺がインドの皇帝に任命されたら、ジェラール、お前をカシミールの大臣にしてやろう、約束だ」「皇帝陛下万歳！」「万歳！」「万歳！」「万歳！」「コサックの卑怯者め、あの逃げざまはどうだ」「万歳！」「皇帝だ、ほらあそこ！　見えているか？　俺はあの方を二度見たよ、こうしてお前を見ているようにな。あの頃は小柄な伍長だったっけ……」「俺はあの方が老兵の一人に十字章をかけてやるのを見たぞ……」「皇帝陛下万歳！……」性格も社会的な地位も全く異なった者たちが、老いも若きも入り乱れて、口々にこんな声を発している。どの兵士の顔も一様に、ずっと待ちかねていた進軍開始への喜びと、崖の上に立つ灰色のフロックコートの人物への讃嘆と忠誠の感情を表していた。

六月十三日、ナポレオンに小柄な純血種のアラブ馬が献上されると、彼はそれにまたがり、ネマン川にかかった橋の一つへとギャロップで向かった。道中ずっと耳を聾《ろう》するような歓呼の声に包まれていたが、彼がそれを我慢しているのは明らかに、兵士たちが自分への愛をそうした叫びで表すのを禁ずるわけにはいかないからに過ぎなかった。実のところどこまでも付きまとうそうした歓呼の叫びは、彼をうんざりさせ、軍に合流して以来すっかり彼を虜《とりこ》にしていた軍事作戦の検討を邪魔するものだったのである。舟伝いに渡された揺れる橋の一本を通って対岸に渡ると、ぐいと左折してギャロップでコヴノの方角へと進む。彼の前には親衛隊の騎馬狙撃兵たちが、幸福に身を震わせながら意気揚々と進み、前方を走る軍勢を切り分けるように道を開いていた。幅広いヴィリア川[9]に着くと、ナポレオンは河畔に待機していたポーランドの槍騎《そうき》兵《へい》連隊のそばまで行って馬を止めた。

「万歳！」ポーランド兵たちもまた歓喜の叫び声を上げ、ナポレオンをひと目見ようと押し合いへし合いして隊列を乱した。ナポレオンは川をひとわたり見渡すと馬を下り、川岸に転がっていた丸太に腰を下ろした。無言のしぐさで望遠鏡を出させると、彼は駆け寄ってきた幸運な近習《きんじゅう》の背中に筒を載せ、対岸を観察した。それがすむと今度は丸太の間に広げた地図にじっくりと見入る。そうして頭を上げぬまま何か言葉を発すると、副官が二名、ポーランドの槍騎兵連隊めがけて駆けだして行った。

「何だ？ 陛下は何とおっしゃったんだ？」駆け寄ってくる副官を迎えるポーランド槍騎兵の隊列から、そんな言葉が聞こえた。

ナポレオンの命令は、浅瀬を見つけて対岸に渡れというものだった。ポーランド槍騎兵連隊の隊長は美男の老人だったが、彼は興奮のあまり真っ赤になって舌をもつれさせながら、浅瀬を探すことなく自分の連隊を率いて泳いで渡河することをお許し願えないかと副官に訊ねた。ちょうど小さな子供が馬に乗る許可を求める時のように、断られはしないかという危惧をあらわにしながら、皇帝の目の前で泳いで渡河する許可を願い出たのだった。副官は、おそらく皇帝はそうした過剰な熱意のあらわれをご不満には思われないでしょうと答えた。

副官がこう答えるや否や、年老いた口髭《くちひげ》の将官はうれしそうな顔になって目を輝かせ、サーベルを振り上げて「万歳！」と叫んだ。そうして配下の槍騎兵たちに後に続けと命じると、馬に拍車をかけて川めがけて駆け寄った。鞍《くら》の下でためらって足踏みする馬に無慈悲な足蹴りを食らわせると、そのままざぶりと水に飛び込み、急流になっている川の深みを目指して進んで行く。何百人もの槍騎兵たちが後を追って駆けだした。川の真ん中の急流は、冷たくおぞましいところだった。槍騎兵たちは互いにしがみつき合って馬から落ち、溺れる馬もいれば、溺れる人間も出た。残った者たちは、ある者は鞍に座ったまま、ある者は馬のたてがみにしがみついて、必死に泳いだ。必死に向こう岸を目指して進みながら、半キロほども行けば渡河の場所があったにもかかわらず、一人の人物の目の前で、この川で泳ぎ、溺れていく自分たちの振る舞いを誇らしく思っていたのである。とはいえその人物は丸太に座ったまま、彼らのすることを見てさえいないのだった。戻ってきた副官が、機を見計らったうえで思い切っ

9　ネマン川の支流、リトワを流れコヴノ（現カウナス）でネマンに合流する。

て、献身ぶりを発揮しているポーランド兵たちの振る舞いに皇帝の注意を促すと、グレイのフロックコートを着た小男は立ち上がり、ベルティエ元帥を呼び寄せて、二人で岸辺を行きつ戻りつしながら、相手に諸々の指令を下した。そうしながら時折溺れている槍騎兵たちに目をやって、自分の気を散らす者たちに対する不満げな表情を浮かべるのだった。

アフリカからモスコヴィア[10]のステップに至るまで、世界中いたるところで自分の存在が必ず一様に人々に衝撃を与え、われを忘れた無分別な行動に走らせるという確信は、彼にはべつに新しいものではなかった。彼は馬を出せと命じると、自分の宿所に向かった。

救命ボートが出されたにもかかわらず、四十名ばかりの槍騎兵が川で溺死《できし》した。大半の兵士たちは、後戻りしてこちら側の岸に打ち寄せられた。連隊長と何名かの兵が川を渡りきり、かろうじて対岸に這いあがった。だが這い上がるや否や、ぐっしょりと体に張り付いた服からぼたぼたと水を滴《したた》らせながら、彼らは「万歳！」と叫び、歓喜の目でナポレオンが立っていた場所を見つめた。ただしそこにはもはやナポレオンはいなかったのだが、それでもその瞬間、自分たちを幸福者だと感じたのだった。

その晩、ナポレオンは二つの命令を出した。一つはロシアに持ち込むために用意されていたロシア紙幣の偽札をできるだけ迅速に取り寄せるべしという命令であり、もう一つは一人のザクセン人を銃殺に処すべしという命令で、この人物の書簡を調べたところ、フランス軍の配置に関する情報が書かれていたというのがその罪状だった。そしてその二つの命令の間に、彼はもう一つの命令を出した。それは必要もないのに川に飛び込んだ例のポーランドの連隊長を、ナポレオン自らが長を務める名誉部隊《レジオン・ドヌール》の一員に加えるという命令だった。

「Quos vult perdere-dementat（滅ぼさんと欲する者から、理性を奪う）」[11]というわけだ。

3章

一方ロシア皇帝はすでに一月《ひとつき》以上もヴィルナ[12]に滞在して、閲兵やら演習やらを行っていた。皆が戦争を待ち構えており、皇帝もその準備のためにペテルブルグからやっ

10　「モスクワ国家」の意味で、ヨーロッパから見たロシアの古称。
11　ラテン語の格言「Quos Deus vult perdere, prius dementat（神は滅ぼさんと欲する者から、まず理性を奪う）」の略。

て来たのだったが、その戦争の準備は何一つなされていなかった。全体の作戦計画がなかったのだ。提案された全作戦計画のうちいずれを採用すべきかで揺れていたのだが、その優柔不断な状態は皇帝が参謀本部に一月滞在した後では、ますます深刻なものとなっていた。三軍のそれぞれに別個の最高司令官がいるのに、全軍を束ねる総指揮官がおらず、皇帝もその役を自ら担おうとはしなかったのである。

皇帝のヴィルナ滞在が長引くほどに、人々は戦争を待つことに疲れ、ますます準備を怠るようになった。あたかも皇帝を取り巻く者たちは、ひたすら皇帝に楽しい思いをさせて、差し迫った戦争のことを忘れさせるのに専心しているかのように思えた。

ポーランドの大領主宅や廷臣宅や皇帝ご自身の宿舎であまたの舞踏会や祝宴を重ねたあげく、六月になって皇帝のポーランド人侍従将官の一人が、侍従将官一同の主催で皇帝にささげるディナーパーティ及び舞踏会を開催しようというアイデアを思い付いた。この案は皆に歓迎された。皇帝も賛意を表明した。侍従将官たちは予約制で会費を集めた。最も皇帝のお気に召しそうな女性が、舞踏会の女主人役として招待された。ヴィルナ県の地主であるベニグセン伯爵がこの晴れの催しに場所を提供し、六月十三日、そのベニグセン伯爵の郊外の別荘であるザクレート館でディナーパーティ、舞踏会、舟遊び、花火の会が催される運びとなった。

ナポレオンがネマン川渡河の命令を発し、彼の前衛軍が敵のコサック兵たちを押しのけてロシア国境を越えたまさにその日、アレクサンドル一世はベニグセンの別荘にいて、侍従将官たちの主催による舞踏会で宵を過ごしていた。

宴《うたげ》は陽気で華やかなものとなり、通人たちもこれほどの美女が一所《ひとところ》に集まるのは珍しいと言い交わすほどだった。皇帝の後を追ってペテルブルグからヴィルナまでついてきたロシアの貴婦人たちに混じって、ベズーホフ夫人エレーヌもこの舞踏会に参加していて、その重量級の、いわゆるロシア的な美によって、繊細なポーランドの貴婦人たちの輝きを奪っていた。彼女はひときわ目立ち、皇帝とも踊る機会を恵まれたのだった。

ボリス・ドルベツコイもまた、妻をモスクワに残したまま、自称独身者《アン・ギャルソン》としてこの舞踏会の場にいた。彼は侍従将官ではなかったが、高額の会費を払って参加したのである。今やボリスは富裕な身で、地位も名誉も格段に上がり、もはや保護を求めるどころか、同世代の中でも最高の階層の者たちと肩を並べるほどになっていた。

深夜の十二時になってもまだ人々は踊っていた。エレーヌはふさわしいパートナー

12　ヴィリア川畔にあるリトアニアの首都ヴィルニュス（ヴィリニュス）のロシア帝国時代の呼称。

がいなかったので、自分からボリスにマズルカの相手を申し出た。二人は三番目のペアとなって座っていた。黒っぽい紗《しゃ》に金をあしらったドレスをまとったエレーヌのむき出しになったまばゆいばかりの肩を落ち着き払った眼差しで見やりながら、ボリスは昔の知人たちの話をしていたが、そうしながらも自分も他人も気づかぬままに、同じ広間にいる皇帝の姿を、片時も目を離さずに観察していた。皇帝は自分では踊らず、扉口に立って、誰彼を呼び止めては、彼にしか言えない愛想のいい言葉をかけているのだった。

マズルカが始まるときにボリスは、一番の側近の一人である侍従将官のバラショフが皇帝に歩み寄ると、皇帝がポーランド人の貴婦人と談話中にもかかわらず、宮廷の作法からはありえないほど間近なところに立ち止まるのを見た。皇帝はしばし貴婦人と話してから怪訝《けげん》な顔で一瞥したが、どうやらバラショフがそんな振る舞いに出たのもそれなりに重要な理由があるからこそだと思い至ったらしく、貴婦人に軽く会釈をしてバラショフに向き直った。バラショフが話し始めた途端、皇帝の顔に驚愕の表情が浮かんだ。彼はバラショフの腕をとると、連れ立って広間を横切っていった。本人は無意識だったが、皇帝の前方にいる人々が身をよけたため、左右六メートルばかりの広い道が行く手に開けたのだった。皇帝がバラショフと歩き始めた途端に、ボリスはアラクチェーエフがただならぬ表情を浮かべるのを見た。アラクチェーエフは上目遣いで皇帝を見つめ、赤い鼻をすすり上げながら、皇帝が自分のところへ向かってくるのを待つかのように、人ごみの外にでた（ボリスには分かったが、アラクチェーエフはバラショフを羨《うらや》み、何かしら明らかに重要なニュースが、自分を経ずして皇帝に伝えられたことに不満を覚えていたのだ）。

しかし皇帝とバラショフはアラクチェーエフに気付かぬまま、ドアから灯りの点った庭へと出て行った。アラクチェーエフは剣を手で押さえ、憎々しげな眼で周囲を見回しながら、二人から二十歩ほど遅れて後を追った。

マズルカのステップを踏み続けている間も、ボリスは絶えず、はたしてどんなニュースをバラショフはもたらしたのだろうか、どうすればそれを他人より早く知ることができるだろうかという問いに頭を悩まされていた。

パートナーを変えねばならぬ型《フィギュア》になると、彼はポトツキ伯爵夫人を誘いたいが、どうやらバルコニーに出ていったようだとエレーヌに耳打ちして、寄木の床を滑るような足取りで外へ続くドアから庭へ駆けだしたが、バラショフとともにテラスに入ってこようとしている皇帝の姿に気づくと、ハッと立ち止まった。皇帝とバラショフはドアの方に向かってこようとしていた。ボリスは慌てて、身をよける暇がなかったといった様子で、恭しくドアの側柱に身を寄せ、頭《こうべ》を垂れた。

皇帝は個人的な侮辱を受けた人のように興奮をあらわにして、次のような言葉を言い終えるところだった。

「宣戦布告もなしでロシアに侵入するとは。私は、武装した敵が私の土地から一人もいなくなるまでは和睦しない」ボリスには皇帝がこの言葉を発するときに快感を覚えているように思えた。皇帝は自分の考えの表現形式には満足していたが、ただボリスに聞かれたことが不満だったようだ。

「誰にも何一つ知られぬように！」皇帝は険しい顔で言い添えた。これは自分に言っているのだと悟ると、ボリスは目を閉じて軽く一礼した。皇帝はまた広間に戻り、さらに半時間ほども舞踏会の場にとどまったのだった。

ボリスはフランス軍がネマン川を越えたという知らせを最初に知ることになったが、おかげで何人かの重要人物たちに、この男なら他人が知らないことの多くを知っている可能性があるという印象を与え、それによって、そうした人物の自分に対する評価を高める好機を得たのだった。

フランス軍がネマン川を越えたという意外な知らせは、一月《ひとつき》も予想を裏切られ続けたあげくに、しかも舞踏会の席で聞かされただけに、なおさら意外に響いた。皇帝は知らせを受けた途端、憤《いきどお》りと屈辱感に任せて、後に有名になった例のセリフを思いついたのだったが、それは本人にも気に入ったし、彼の気持ちを十全に表現するものでもあった。舞踏会から戻ると、皇帝は深夜二時に秘書官のシシコーフを呼び寄せ、全軍への命令と元帥サルティコフ公爵に宛てた詔書《しょうしょ》を書くように命じた。そしてその中に必ず、武装したフランス兵が一兵でもロシアの国土に残っているうちは和睦しない、という言葉を含めるように要求したのであった。

翌日、以下のようなナポレオン宛のフランス語書簡が書き上げられた。

『親愛なるわが兄弟。当方が陛下に対する約束を誠実に履行してきたにもかかわらず、昨日私は、貴国の軍がロシア国境を越えたという報を受け、さらに今ようやく、ペテルブルグから通牒《つうちょう》を受け取りましたが、そこでローリストン伯爵[13]はこの侵入について、陛下はかのクラーキン公爵[14]がパスポートを請求して以来、われわれが敵対関

13　駐露フランス大使。
14　駐仏ロシア大使。一八一二年アレクサンドル一世の命を受けてナポレオンと開戦回避の交渉を進めようとしたが、進展せず、仏大陸軍がロシア国境方面に移動したのを知って、帰国パスポートを申請した。

係にあるとみなされていると表明しています。バサノ公爵はパスポート発行を拒否した理由をいくつか挙げていますが、それをもってわが国の大使の行動がこのたびの攻撃の口実となりえたなどとは、決して納得できません。実際、クラーキン公爵は自ら宣言した通り、あのようなことをする権限を与えられてはいませんでしたし、当方も事態を知るや否や、即刻当人に不満を表明して、従来通り任務を遂行するよう伝えたところであります。もしも陛下がこのような誤解ゆえにわれわれの臣民たちの血を流すことを望まず、ロシアの領地から軍を撤退することをご承知くださるならば、私もこのたびの事態をなかったものとし、われわれの間には和解が可能となることでしょう。さもなくば私は、何ら当方に起因することのなき攻撃を、撃退せざるを得ません。人類を新たなる戦争の災厄から救う力は、いまだ陛下の掌中にあります。

謹啓

（署名）アレクサンドル』

4章

六月十三日午前二時に、皇帝はバラショフを呼び寄せると、ナポレオンに宛てた自分の書簡を読み聞かせたうえで、その書簡を届けて、手ずからフランス皇帝に渡すよう命じた。バラショフを遣わす際に、皇帝は改めて例の、武装した敵が一兵でもロシアの国土に残っているうちは和睦しないという言葉を繰り返し、必ずその言葉をナポレオンに伝えるよう命じた。皇帝はその言葉を自身の書簡には書かなかった。和睦のための最後の努力がなされている今の時点で通告する言葉としては具合が悪いという節度が働いたためだが、にもかかわらずバラショフには、それを直にナポレオンに伝えるよう命じたのである。

十三日から十四日にかけての深夜にラッパ手と二名のコサック兵に伴われて出発したバラショフは、明け方にはネマン川のこちら側のルィコンティ村にある、フランス軍の前哨《ぜんしょう》に着いた。彼はフランス軍騎兵隊の哨兵たちに止められた。

暗赤色の軍服にふさふさの毛皮帽を被ったフランス軍軽騎兵隊下士官が、馬で近寄ってくるバラショフを誰何《すいか》し、停止を命じた。バラショフはすぐには馬を止めず、並足で道を進み続けた。

下士官は表情を嶮《けわ》しくして、何やら罵り言葉を吐き、乗っていた馬の胸を突き出す

15　フランス外相。

ようにしてバラショフを押しとどめると、サーベルに手をかけ、ロシアの将軍に向かって怒鳴りつけるような勢いで、人の言うことを聞かんとは、貴様は耳が悪いのかと質《ただ》した。バラショフは名乗った。下士官は将校に伝えるべく兵を遣わした。

下士官はそのままバラショフを放ったらかして同僚と連隊の用務について話し始め、ロシアの将軍には目もくれようとしなかった。

バラショフは極めて不可思議な気分を味わっていた。これまで最高権力の持ち主と近しく接し、つい三時間前には皇帝と話をかわしていた彼が、そもそもその職務上の地位から敬意をもって遇されることに慣れきっていた彼が、このロシアの国土において、野蛮な軍勢からこんな敵意に満ちた、いやそれどころか無礼千万な扱いを受けているのだ。

朝日はようやく黒雲の背後から顔を出したところで、大気はすがすがしく潤いに満ちていた。村から続く道を家畜の群れが追われてくる。野では雲雀《ひばり》たちが、まるで水面に浮かぶ泡のように、囀《さえず》りながら次々と舞い上がっていた。

バラショフは村から将校がやってくるのを待ちながら、あたりを見回していた。ロシアのコサック兵およびラッパ手とフランスの軽騎兵たちは、押し黙ったまま時折にらみ合っている。

フランス軽騎兵隊の大佐が、いかにも起き抜けの様子で、よく肥えたきれいな灰色馬にまたがって村から出てきた。二名の軽騎兵が随行している。将校にも兵士にも馬たちにも、満ち足りて気取った様子がうかがえた。

行軍のごく初期の段階で、軍がまだきちんと整備された状態にあり、閲兵式や平時の活動の際とほとんど変わらぬ様子だったが、ただ服装は派手でいかにも勇壮であり、さらに行軍の初めにつきものの陽気さとやる気が漂っていた。

フランス軍将校は欠伸《あくび》をおさえるのに苦労していたが、それでも敬意のこもった態度をとり、バラショフの使命もすべて理解したようだった。彼は自軍の兵士たちの脇を通ってバラショフを歩哨線の背後に連れて行くと、皇帝に面会したいという彼の希望はたぶんすぐにかなえられるだろう、皇帝の宿営は自分の知る限りほど近いところにあるからと告げた。

フランス軽騎兵隊の繋馬場《けいばじょう》の脇を抜け、大佐に敬礼しながらロシア軍の軍服に好奇の目を向ける番兵や一般兵たちの脇を通って、彼らはルィコンティの村を抜け、村の裏側に出た。大佐の話では、二キロ先に師団長がおり、彼がバラショフを迎えてしかるべき場所へ案内するという。

太陽はすでにすっかり上り、陽光が鮮やかな緑の草木に楽しげに照り映えていた。

一軒の居酒屋を過ぎて丘に差しかかった途端、行手の丘のかげから一群の騎馬の者たちが姿を現した。先頭に立つのは陽光にきらきら光る馬具をつけた黒馬にまたがり、羽根飾りつきの帽子を被った背の高い男で、黒い巻き毛を肩まで垂らし、赤いマントを羽織って、フランス人が馬に乗るときにするように、長い両足を前に突き出している。羽根飾りやら宝石やら金モールやらを六月の明るい陽光のもとできらきらとはためかせながら、男はギャロップでバラショフめがけて駆けてきた。ブレスレットや羽根や首飾りや金モールで着飾った、物々しい芝居がかった顔つきの男がバラショフから二馬身ほどまでに駆けつけてきた時、ジュルネルというフランスの大佐が恭しい口調で「ナポリ王です」と耳打ちした。まさしくそれは、今やナポリ王の称号を得た、かのミュラだった。なぜ彼がナポリ王なのかは全く不明だったが、とにかくそう称されている以上本人もすっかりその気になって、以前よりも物々しい、大物のようなそぶりを見せるようになっていた。自分が実際にナポリの王だと確信しきるあまり、今回ナポリを後にする前日、妻と町を散策していて、何人かのイタリア人に「王さま万歳！」と声を掛けられた際にも、彼は悲しげな笑みを浮かべて妻を振り返り「不憫な者たちだ、俺が明日彼らを捨てて出かけることを知らないのだから」と言ったものだった。

そんなふうに自分がナポリ王であることを固く信じ、見捨ててきた臣民たちの悲哀に同情していた彼であったが、最近になって、再び軍務に服することを命じられ、とりわけダンツィヒでナポレオンに出会って、この皇帝である義兄[16]から「私が君を王にしたのは、私の流儀で統治してもらうためであって、自己流の統治など無用だ」という言葉をもらって以来、彼は嬉々として手慣れた軍務にとりかかり、ちょうど食い太ってはいるが脂がつき過ぎてはいない働き盛りの馬が、馬車に付けられて長柄《ながえ》を引き始める時のように、思い切り派手で豪華な服装で身を飾り、朗らかで満ち足りた様子で、行く先も目的もわきまえぬまま、ポーランドの街道を疾駆しているのだった。

ロシアの将軍に目を止めると、彼は王にふさわしい物々しいそぶりで肩まである巻き毛の頭を後ろにそらしてみせ、問いただす眼で脇のフランス人大佐をちらりと見た。大佐は恭しい口調で王に向かってバラショフの使命を伝えたが、ただしバラショフという姓は彼には発音不可能であった。

「バル・マシェーヴ卿ですな！」王は言った（大佐の陥った苦況を、持ち前の大胆さで乗り越えたのである）。「お近づきになれて幸甚です、将軍」王らしい慈愛の身振

16　ジョアシャン・ミュラはナポレオンの妹カロリーヌの夫だった。

りで付け加える。そうして大声の早口で喋り出した途端、王さま気取りのもったいぶったところがたちまち掻き消えて、自分でも気づかぬうちに、本来の人のよい打ち解けた口調になっていた。彼はバラショフの馬の背峰に片手を置いた。

「ところで将軍、どうやら戦《いくさ》が始まりそうな雲行きですな」自らは口をはさむべくもない状況を憂うるかのように、彼は言った。

「陛下」バラショフが答える。「わがロシア皇帝は戦争を望んではおりません。それは陛下もご承知の通りでございます」陛下という敬称がまだ新鮮な相手に向かって、バラショフはその敬称をいろんな変化形で使って見せたが、結果として敬称だらけのわざとらしい口調にならざるを得なかった。

ムッシュー・ド・バラショフの言葉を聞くミュラの顔に愚かしげな満足の輝きが浮かんだ。とはいえ、王には王の務めがある。彼は国王であり同盟者である者として、このアレクサンドル皇帝の使者と国家的な問題について意見を交わす必要を感じた。馬から下りると彼はバラショフの手を取り、恭しく待機している随行者たちから何歩か離れたところまで行くと、一緒に行きつ戻りつしながら、重厚な口調になるよう努めつつ話を始めた。彼は述べた——ナポレオン皇帝はプロイセンから軍を撤退せよという要求を屈辱と感じており、とりわけ現在、その要求が周知のものとなり、それによってフランスの威信が傷つけられたからにはなおさらである。バラショフは反論した――その要求には何も屈辱的な要素はない、なぜなら……。そこでミュラが遮《さえぎ》った。

「ではあなたは、先に始めたのはアレクサンドル皇帝ではないとおっしゃるのですか？」不意に間の抜けたお人好しのような笑みを浮かべて彼は言った。

バラショフは、戦争を始めたのはナポレオンであると自分が実際考えている理由を説明した。

「ああ、将軍殿」ミュラは再び遮った。「私が心底願うのは、二人の皇帝がお互いの間で問題を解決してくださって、私の意に反して始まったこの戦争が一刻も早く終わることですよ」彼の話しぶりはあたかも、ご主人同士は喧嘩していても、お互いは仲良しでいようと望む下僕たちの会話のようだった。それから彼は話題を変えて大公[17]のこと、大公の健康のことをあれこれ訊ね、ナポリで大公と面白おかしく過ごしたときのことを語り始めた。その後、あたかも自分の王としての威信をにわかに思い出した

17　コンスタンチン・パーヴロヴィチ大公（一七七九～一八三一）を指す。アレクサンドル一世の弟で、兄に男子がなかったため、皇位継承者とされた。

かのように、ミュラはもったいぶって身を伸ばすと、戴冠式の際にすっくと立っていた時のポーズをとり、右手を軽く振って言った。「将軍、これ以上お引き止めはしません。お役目のご成功を祈ります」そうして、刺繍の入った赤いマントと羽根飾りを風にそよがせ、貴金属やら宝石やらをきらめかせながら、かしこまって待っていた随員たちのもとへ戻っていった。

先へと進むバラショフは、ミュラの言葉から、ごく速やかにナポレオン本人に面会できるものと思い込んでいた。しかし速やかにナポレオンに会えるどころか、次の村の手前でダヴーの歩兵軍団の哨兵が、先刻の歩哨線での時と同様に彼をとどめ、軍団長の副官が呼び出されて、彼を村にいるダヴー元帥のもとに引率することになったのだった。

5章

ダヴーとはナポレオンにとってのアラクチェーエフであった。アラクチェーエフのような臆病者ではなかったが、やはり同様に謹厳実直で、残忍で、残忍さによってしか自らの忠誠心を表現できない人物であった。

国家という組織にこのような人種が必要なのは、自然という組織にオオカミが必要なのと同じであり、そんな人種が為政者に仕え、その側近をつとめることがいかに不適切に見えようと、彼らは常に存在し、のさばり、居座り続ける。手ずから擲弾兵《てきだん》の髭をむしり取るほどに残酷なくせに、神経が弱いために危険に耐えることもできず、教養もなければ宮廷とも無縁なアラクチェーエフが、騎士のように上品で心優しいアレクサンドル帝のもとであれほどの力を持つことができたのも、そうした必要性によってはじめて説明可能なのである。

バラショフが訪れた時、ダヴーは農家の納屋の中で樽を椅子にして座り、書類仕事をしていた（勘定合わせをしていたのである）。副官が一名その傍らに立っていた。もっとましな仕事場を見つけることもできたのだが、ダヴーはあえて思い切り陰気な生活環境に身を置き、それによって陰気な人間でいる権利を得ようとするような、そんなタイプの人物だった。彼らが常にせかせかと仕事にへばりついて離れようとしないのも、同じ理由による。『人間生活の幸せな側面などを考える余裕がいったいどこにあるんだ、見ての通り小汚い納屋の中で樽に座って仕事をしているというのに』——彼の表情はそんなメッセージを発していた。こうした人種が喜びとし、願っているのは、元気はつらつとした人間に出くわしたとき、その面前に自分の陰気で執《しっ》拗《よう》な働きぶりを見せつけてやることだった。バラショフが連れてこられた時、ダヴーはまさにその喜びを得ることができた。ロシアの将軍が部屋に入ってくると、彼はいっそう仕事に没頭してみせ、素晴らしい朝の印象とミュラとの談話のおかげで生き生きとはずんだバラショフの顔を眼鏡越しに一瞥すると、腰を上げようとも身じろぎしようとさえもせず、むしろいっそう不機嫌な顔になって、意地悪そうにほくそ笑んだのだった。

そんな応対に不快な印象を覚えた様子がバラショフの顔に浮かんだのを目に止めると、ダヴーは頭をもたげ、冷たい声で用件は何かと訊ねた。

このような応対をされるのはきっと、自分がアレクサンドル帝の侍従将官であり、さらには皇帝代理としてナポレオンに会おうとしている身であることを相手が知らないからに他ならないと思ったバラショフは、急いで身分と使命を告げた。だが予期に反して、バラショフの話を聞いたダヴーは一層厳しく粗野な態度になった。

「その封書はどこにあるのです?」彼は言った。「私にください、私が皇帝に送っておきます」

バラショフは、自分は皇帝ご自身に直接封書を渡すよう命じられていると言明した。

「貴国の皇帝の命令は貴軍の中では遂行されますが、ここでは」とダヴーは言った。

「あなたは当方の指示に従わなくてはなりません」

そう言うと、自分がむき出しの力の支配下にあることをロシアの将軍により強く実感させようとするかのように、ダヴーは当直を呼びに副官を派遣した。

バラショフは皇帝の書簡の入った封筒を取り出すと、テーブルの上に置いた（テーブルというのは戸板を二つの樽の上に寝かせたもので、外したときの蝶番《ちょうつがい》がまだくっついていた）。ダヴーは封筒をつかむと上書きに目を通した。

「私に敬意を払おうと払うまいとまったくあなたのご勝手です」バラショフは言った。「ただしあえてご注意しておきますが、私はいやしくも皇帝陛下の侍従将官の肩書を持つ者で……」

ダヴーは黙ったまま相手を一瞥したが、バラショフの顔に浮かんでいるある種の動揺と当惑が、どうやら彼に満足をもたらしたようだった。

「あなたはしかるべき応対を受けるでしょう」そう言うと彼は封筒をポケットに入れて、納屋を出て行った。

一分後に元帥の副官であるムッシュー・ド・カストレが入ってきて、バラショフを彼のために用意された部屋へと案内した。

バラショフはその日元帥とともに例の納屋で、例の樽にのせた戸板の上で食事をした。

翌日ダヴーは早朝に出立したが、その前にバラショフを呼び寄せ、言い含める口調で、このままここに残って、指示があったら軍装班とともに移動するように、またムッシュー・ド・カストレ以外誰とも口をきかないようにしていただきたいと告げた。四日間をバラショフは孤独と無聊《ぶりょう》と、服従と無力の意識のうちに過ごした。それはつい最近まで権力者としての環境に身を置いていた者には、とりわけ堪《こた》えるものだった。そしてそうしている間にも、元帥の軍装班およびこの地域一帯を支配しているフランス兵とともに何度かの行軍をし、そして最後に今やフランス軍に占領されたヴィルナの町の、四日前に自分がそこから出て行った市門をくぐることになったのだった。

翌日、皇帝の侍従ムッシュー・ド・テュレンヌ（テュレンヌ伯爵）が訪れ、謁見の栄を授けたいという皇帝の意思をバラショフに伝えた。

バラショフが案内された屋敷の脇には、四日前にはプレオブラジェンスキー連隊の歩哨が詰めていたものだが、今やそこに立っているのは胸前を開けた青い軍服姿にふさふさの毛皮帽を被った二名のフランスの擲弾兵と、軽騎兵および槍騎兵からなる警護隊であり、さらに表階段の脇に立つ騎乗用の馬と警護兵ルスタン[18]を取り巻くようにしてナポレオンのお出ましを待ち構えている副官、近習、将軍たちからなる、きらびやかな随行の一団だった。ナポレオンがバラショフを迎えたのは、まさにアレクサンドル皇帝が彼を送り出したあのヴィルナの屋敷であった。

6章

宮廷という場所の晴れがましさには慣れっこになっていたバラショフだったが、それでも皇帝ナポレオンの宮廷の贅《ぜい》と華美には衝撃を受けた。

テュレンヌ伯爵の後について大きな控えの間へ入ると、そこには何人もの将軍、侍従、ポーランドの大領主が順番を待っていたが、その多くはバラショフがロシア皇帝の宮廷で見かけたことのある者たちだった。デュロック元帥[19]が言うには、皇帝は散歩の前にロシアの将軍に面会されるとのことだった。

何分か待たされた後、当直侍従が大きな控えの間に入ってきて、バラショフに恭しく一礼し、ご同行くださいと言った。

18　ナポレオンがエジプト遠征の際に警護兵として連れ帰ったエジプト人騎兵。
19　ジェラール・クリストフ・ミッシェル・デュロック（一七七二～一八一三）。ナポレオンの腹心で副官、外交官、宮廷大元帥をつとめ、多くの遠征に随行した。

バラショフは小さな控えの間に入って行ったが、そこはドア一枚で皇帝の執務室につながっていた。ロシア皇帝が彼を送り出したあの執務室である。バラショフが一人きりで二分ほども待機していると、ドアの向こうにせかせかした足音が聞こえた。ドアがさっと左右に開かれ、開けた侍従がそのまま立ち止まって待機の姿勢をとる。あたりがしんと静まったところに、執務室の中から別の、しっかりとした、決然たる足音が響いてきた。ナポレオンである。乗馬のためのいでたちを整えてきたところだった。前をはだけた青い軍服の下から覗く白いヴェストが丸い腹の上まで垂れており、短い脚のたっぷりとした太腿はヘラジカのなめし革のズボンでおおわれ、足には白の騎兵ブーツを履いている。短い髪は明らかに梳《と》かしつけられたばかりだったが、ただひと房の髪が広い額の真ん中に垂れていた。真っ白なふっくらとした首が軍服の黒襟から浮き立つようにぬっと伸び、体からオーデコロンの香りがした。顎のしゃくれた若々しい丸々とした顔には、慈愛と威圧を共に含んだいかにも皇帝流の歓迎の表情が浮かんでいた。

ナポレオンは一歩ごとに軽やかに身を揺らしながら、頭を幾分後ろにそらした格好で登場した。広く丸々とした肩、無意識に前に突き出た腹と胸——その小太りの短軀は、いかにもちやほやされて暮らしている四十代の男らしい、堂々とした風格ある姿だった。おまけにこの日の彼は見るからに、とびきり上機嫌であった。

バラショフの深々とした恭しいお辞儀に一礼で応え、歩み寄ると、ナポレオンはいかにも自分の時間の一分一秒を大切にしている人間らしく、しかもわざわざ話すことを準備したりしなくても、いつでも巧みに、言うべきことが言えるという自信を持った人間らしく、即座に話を切り出した。

「ようこそ、将軍！」ナポレオンは言った。「お届けいただいたアレクサンドル皇帝の書簡は受け取っています。お目にかかれて欣快です」その大きな目でバラショフの顔を一瞥すると、すぐさま目をそらしてまっすぐ前方を見つめた。

彼がバラショフ個人に何の関心も持っていないのは明白だった。見るからに、彼は自分の胸の内で起こっている事柄にしか関心がなかった。自分の外にあるものは何一つ彼にとって意味を持たなかった。なぜならば、世の中のことはすべて、ひとえに自分の意思によって決まると思っていたからである。

「私は戦争を望んでいませんし、望んだこともありません」ナポレオンは言った。「しかし私に戦争を余儀なくさせた者がいるのです。私は今でも（彼はこの言葉を強調した）あなたが提供してくれる釈明をすべて受け入れる準備があります」そう言うと彼は自分がロシア政府に対して不満な理由を明快かつ簡潔に述べた。

フランス皇帝の節度ある、落ち着いた友好的な口調から、バラショフは相手が和平を望んでおり、交渉に入ろうとしているという確信を得た。

「陛下！　わが皇帝陛下は」ナポレオンが話を終え、問いかけるような眼をロシアの使節に向けると、バラショフはずっと前から準備していた挨拶を切り出したが、じっと自分を見つめる皇帝の視線が彼をうろたえさせた。『うろたえていますね、落ち着きなさい』まるでそう語り掛けるかのようにナポレオンはバラショフの軍服と剣に目を向け、ほんのかすかな笑みを浮かべた。バラショフは落ち着きを取り戻して話し出した。彼は言った――アレクサンドル皇帝はクラーキンがパスポートを請求したことが戦争の十分な理由になるとは思っていません。クラーキンは自分の恣意《しい》で、皇帝の了解も得ずにああいう行動をとったものであります。アレクサンドル皇帝は戦争を望んでおらず、またイギリスとの間には何の関係もありません、と。

「今はまだないということですね」ナポレオンは一言口をはさむと、感情に流されるのを自制するかのように眉をひそめ、軽くうなずいてバラショフに先を続けるよう促した。

命じられたことをすべて言い終えると、バラショフは最後に言った――アレクサンドル皇帝は和平を望んでいますが、ただし交渉に応じるには一つ条件があり、それは……そこでバラショフは言い淀《よど》んだ。アレクサンドル皇帝が書簡には書かなかったが、サルティコフ宛ての詔書に含めるように命じ、また自分にもナポレオンに伝えるよう命じた例の文言を思い出したのだ。「武装した敵が一兵でもロシアの国土に残っているうちは……」という例の言葉を彼は記憶していたが、何か複雑な感情がそれを口にすることを押しとどめた。言おうとしたのに言えなかったのだ。言い淀んだあげく彼は「その条件はフランス軍がネマン川の背後まで退却することです」と言った。

最後の言葉を口にする際のバラショフの動揺に気付くと、ナポレオンの顔色がさっと変わり、その左足のふくらはぎがぴくぴくと規則正しく震えだした。その場にとどまったまま、彼は前よりも甲高《かんだか》くせわしい口調で喋り出した。聞いている間バラショフは、何度となく目を伏せて、何気なくナポレオンの左足のぴくぴくと震える様子を観察していたが、その震えはナポレオンが声を高めるにつれてますます激しくなるのだった。

「私はアレクサンドル皇帝に劣らず和平を望んでいます」彼はそう始めた。「和平を達成しようとこの十八か月間あらゆる努力をしてきたのは、この私ではなかったでしょうか？　私は十八か月もの間、釈明を待ち続けてきたのですよ。ところが、交渉を始めるために、いったい何を私に要求しようというのですか？」眉をひそめ、小さな白い、ふっくらとした片手でエネルギッシュに問いかけのしぐさをしながら、彼は言った。

「ネマン川の背後への軍の撤退です、陛下」バラショフは答えた。

「ネマン川？」ナポレオンが繰り返す。「では今あなた方は、ネマン川の向こうまで撤退させたいというのですね。ネマン川だけですか？」真っ向からバラショフの目を見つめてナポレオンは同じ問いを繰り返した。

バラショフは恭しく頭《こうべ》を垂れる。

四か月前はポメラニア[20]からの撤退を要求していたのが、今ではネマン川の背後へ撤退すればいいというのだ。ナポレオンは急にくるりと身をひるがえし、部屋の中を歩き始めた。

「あなたの言葉によれば、交渉を開始するために私はネマン川の背後への撤退を求められている。しかし二か月前には全く同じ形で、私はオーデル川とヴィスワ川の背後へ撤退せよと要求されていたのですよ。それでもあなた方は交渉に同意するというのですね」

彼は黙ったまま部屋の片端から別の端まで歩き、そして再びバラショフの前に立ち止まった。その顔はまるで厳しい表情のまま岩と化したかのようであり、左足は前よりも激しく震えていた。ナポレオンは自分のふくらはぎが震えることを知っていた。自分の左足のふくらはぎが震えるのは重大な予兆であると、彼は後に語っている。

「オーデル川とヴィスワ川から撤退せよというような提案をすべき相手はバーデン公であって私ではない」本人も全く思いがけなかったことに、ナポレオンはほとんど叫び声になっていた。「仮に貴国が私にペテルブルグとモスクワをくれたとしても、私はかような条件はのまないだろう。あなた方は私が戦争を始めたというのですな？ だが、先に軍に合流したのはどちらだろうか？ アレクサンドル皇帝であって私ではない。私は何百万もの金をはたき、一方貴国はイギリスと同盟を結んだ。そして自分の状況が悪くなった今となって、私に交渉を持ち掛けてくるのだ！ では貴国がイギリスと同盟を結んだ目的は何だったのか？ イギリスはあなた方に何を与えてくれたのか？」彼は性急な調子で語り続けた。明らかにもはやその話の方向は、講和締結の利を説き講和の可能性を論じることではなく、ただひたすら自分の正しさと自分の力を証明し、アレクサンドルの間違いと失敗を証明することに向かっていた。

彼がこの話を始めた時の目的はおそらく、自分の状況の優位を見せつけたうえで、

20 オーデル川とヴィスワ川に挟まれた地域。現ポーランド北西部とドイツ北東部にあたる。

にもかかわらず交渉の開始を受け入れようという態度を示すことにあった。しかしいったん話し出してみると、先へ行けば行くほど自分の話の制御が利かなくなってきたのだった。

今や話の目的は明白に、ただ自分が優位に立ちアレクサンドルを貶《おとし》めることと化していた。すなわち会見の初めに自らが一番好ましくないと思っていた、まさにそのことを行おうとしていたのである。

「聞くところによると、貴国はトルコと講和を結んだそうですな?」

バラショフは肯定のしるしに頷いた。

「講和が結ばれました……」彼は言いかけた。しかしナポレオンは彼の発言を許さなかった。明らかに彼には自分自身が、自分一人だけが喋ることが必要なのであって、それゆえに澱《よど》みない口調で苛《いら》立《だ》ちもあらわに話し続けた。甘やかされた人間によく見られる現象である。

「そう、分かっている、貴国はトルコと講和を結んだが、モルダヴィアもワラキアも手に入れてはいない。[21]もしもこの私なら、貴国の皇帝にその二つの地方を献上していただろう。かつてフィンランドを与えたようにね。そう」と彼は続けた。「私はアレクサンドル皇帝にモルダヴィアとワラキアを約束し、そして与えていたことだろう。

だが今や彼がそれらの美しい地方を手に入れることはない。彼はそれらを自分の帝国に加えて、自分の一代でロシアをボスニア湾[22]からドナウ河口まで広げることができていたはずなのに。かのエカテリーナ女帝さえそれほどまでのことはできなかったことだろう」語るうちにナポレオンはますます激して部屋を歩き回り、しかも自分がティルジットでアレクサンドル本人に向かって語ったのとほとんど同じ言葉を、バラショフに向かって繰り返していた。「そのすべてを彼は私の友情のおかげで手に入れていたことだろう……ああ、どんな見事な治世に、どんな見事な治世になっていたことだろう！」何度かそう繰り返すと、彼は足を止め、ポケットから金の煙草入れを取り出して、むさぼるように匂いを嗅いだ。「ああ、アレクサンドル皇帝の治世は、どんなに見事な治世となっていたことだろうか！」

彼は惜しむ目でバラショフを一瞥したが、バラショフが何か発言しようというそぶりを見せた途端、またもや急いでそれを遮った。

21　モルダヴィアはカルパチア山脈とドニエストル川にはさまれた地域で、現ルーマニア、モルドバ、ウクライナに分かれる。ワラキアは現ルーマニア南部。両地とも長らくオスマン帝国の支配下にあったが、十九世紀以降南下するロシアとの勢力争いの場となった。

22　スウェーデンとフィンランドの境目にある湾。

「彼が願い求めるもので、私の友情の内に見出《みいだ》すことのできないようなものが果たしてあっただろうか？……」合点がいかないといった様子で肩をすくめながらナポレオンは言った。「ところが彼は、身辺に私の敵ばかりを集めるほうを良しとした。しかもそれはどんな連中だったろう？」彼は続けた。「彼が手元に呼び集めたのはあのシュタインだのアルムフェルトだのヴィンツィンゲローデだのベニグセンだのといったやつらだ。シュタインは祖国を追われた裏切り者、アルムフェルトは破廉恥な陰謀家、ヴィンツィンゲローデは逃亡したフランス臣民、ベニグセンは他の連中よりいくぶんましな軍人とはいえ無能の輩で、一八〇七年には何一つできなかったし、おまけにアレクサンドル皇帝の恐ろしい記憶を喚起する存在だ[23]……仮に彼らが有能な人材であったなら、まだしも使い道があっただろう」話し続けるナポレオンは、自己の正しさと力を（この二つは彼の考えでは同じものを意味していた）証明する着想が次から次へと湧いてくるのを、言葉で追いかけるのが間に合わないくらいだった。「しかしそんな能力さえありはしない。連中は戦争にも平和にも役立ちはしないのだ。バルクライ[24]は他の連中より敏腕だという話だが、最初の作戦行動を見た限りでは、私はそうは思わない。そもそも彼らは何をやっているのだ？ あの宮廷の家臣どもは揃いも揃って何をしているのか！ プフール[25]が提案するとアルムフェルトが反論し、ベニグセンは検討中、行動すべき役割のバルクライは、どう決断したらよいか分からず、そのまま時が流れていくわけだ。一人バグラチオンだけが軍人といえる人物だ。彼は愚かだが、経験と状況判断力と決断力がある……。ところで貴国の若い皇帝は、あのよ

23　ハインリヒ・フリードリヒ・フォン・シュタイン（一七五七～一八三一）。プロイセンの首相として近代化を目指すが、スペインに肩入れしてナポレオンの顰蹙を買い追放され、この当時ロシアにいた。グスタフ・モーリッツ・アルムフェルト（一七五七～一八一四）。スウェーデンの将軍・政治家で、ロシア皇室との関係のせいで国を追われ、ロシアに滞在、スペランスキーの失脚の原因を作った。この当時アレクサンドルと同行してロシア軍にいた。フェルディナンド・ヴィンツィンゲローデ（一七七〇～一八一八）。元ヘッセンの軍人で、一七九七年からロシア軍に勤務。故国はナポレオンによって一八〇七年ヴェストファーレン王国に統合され、なくなっていた。レオンチイ・ベニグセン（一七四五～一八二六）。北部ドイツ、ハノーファーの軍人男爵で、一七七三年からロシア軍に勤務。一八〇七年にはフリートラントの戦いに敗れる。アレクサンドル皇帝の忌まわしい記憶云々は、彼の父親パーヴェル一世の暗殺に関与したことを指している。

24　ミハイル・バルクライ・ド・トーリ（一七六一～一八一八）。ラトヴィアに住むスコットランド系貴族の生まれで、同地のロシア編入でロシア国民となった。ナポレオン戦争時ロシア軍の将軍。

25　カール・ルートヴィヒ・アウグスト・プフール（一七五七～一八二六）。元プロイセンの将軍で後にロシア軍に仕える。ナポレオン戦争時に作戦担当の一人だった。

うな無体裁な集団の中でいったいなんという役割を務めていることか。連中は皇帝の名誉を汚し、起こりつつあることすべての責任をおっかぶせようとしているではないか。皇帝が軍にいるべきなのは自身が司令官を務める場合のみだ」明らかにこの言葉はロシア皇帝に面とむけられた挑戦であった。ナポレオンはアレクサンドル皇帝がいかに軍司令官たることを望んでいるかを知っていたのである。

「戦いが始まってからすでに一週間になるのに、貴国はヴィルナを守ることができなかった。貴軍は真っ二つに分断され、ポーランド諸地域から追い払われた。軍には不平が渦巻いている……」

「それどころか、陛下」バラショフは言った。彼は自分に向かって言われたことを記憶するのに大わらわで、花火のようにポンポン打ち上げられる相手の言葉について行くのも大変なありさまだった。「わが軍は戦意に燃えており……」

「私にはすべて分かっている」ナポレオンは彼を遮った。「すべて分かっているから、貴軍の大隊の数もわが軍のそれと同じく確実に把握している。貴軍の勢力は二十万弱だが、私にはその三倍の手勢がある。誓って言うが」ナポレオンはそう言ったが、この場合誓って言うことに何の意味もあり得ないのを忘れていた。「誓って言うが、私はヴィスワ川のこちら側に五十三万の兵を持っている。トルコは貴国の助けにはならない。トルコは何の役にも立たないし、それは貴国と講和を結んだことでも証明されている。スウェーデンについて言えば、あの国は狂った王に支配される運命を背負っている。彼らの王は頭がおかしかった。それで国民は王を退位させ、他の王を選んだ。ベルナドット[26]をね。ところがこれもたちまち発狂してしまった。と言うのも、スウェーデン人でありながらロシアと同盟を組むことなど、狂人にしかできないからだ」ナポレオンは毒々しく笑うと、また煙草入れを鼻先に近づけた。

ナポレオンの一言一言に対して、バラショフは反論したかったし、反論のタネも持っていた。そこでひっきりなしに発言を求めるしぐさをしてみせるのだったが、ナポレオンはそれを制した。例えばスウェーデン人狂気説に対しては、バラショフはロシアに護られている限りスウェーデンは島国と同じだと言ってやりたかったのだが、ナポレオンは怒ったように声を荒らげて彼の声を圧倒しにかかった。ひたすら自分の正しさを自分自身に証明するために、とにかく喋って、喋って、喋りぬく必要があ

26　ジャン＝バティスト・ベルナドット（一七六三〜一八四四）。ナポレオンの縁戚でフランス軍元帥をつとめたが、一八一〇年高齢のスウェーデン国王カール十三世の養子・皇位後継者となり、執政をつとめる。ナポレオンの傀儡として送り込まれたが、ナポレオンを裏切ってロシア・イギリスと手を組んだ。後に国王カール十四世となる。

る――そんな興奮状態にナポレオンはあったのだ。バラショフは困難な状態に追い込まれていた。一国の使節として自己の体面を損なうことを恐れ、反論する必要を感じていたが、一人の人間としては、明らかに理由のない怒りにわれを忘れている今のナポレオンを目の前にして、気持ちが萎縮していたのである。今ナポレオンが喋り散らしている言葉はすべて無意味であり、本人もわれに返って恥じ入る体《てい》のものである――それが彼には分かっていた。バラショフは立ち尽くしたまま目を伏せてナポレオンの太った動く足を見つめ、相手の視線を避けることに努めていた。

「そもそもああした貴国の同盟軍が、私にとって何ほどのものだろう?」ナポレオンは語る。「私の同盟相手――それはポーランド軍だ。その数は八万、獅子のごとくに勇猛だ。そしてその数も二十万に伸びるだろう」

おそらくこれほどまでに明白な虚偽を口にしてしまったことで、そしてバラショフが相変わらず運命に従順に身を任せたような姿で目の前に立ち尽くしていることで、ますますいたたまれなくなったのだろう、ナポレオンは急に振り返ると、バラショフの鼻先まで歩み寄ってきて、白い両手で力に満ちた激しい所作をしながら、ほとんど叫ぶような声で続けた。

「いいかな、もしも貴国がプロイセンを扇動して私に立ち向かわせるようなことがあれば、私はあの国をヨーロッパの地図から抹殺してしまうだろう」蒼白な顔を怒りにゆがめてそう言うと、彼は小さな片手でもう片方の手を勢いよくぴしゃりと打ち据えた。「そして貴軍をドヴィナ川の、ドニエプル川の彼方に追い払って、ヨーロッパが罪深くかつ愚かなゆえに破壊してしまったあの貴国に対する防壁を、復活させることだろう。そう、それこそが貴国の将来であり、私から離れることで貴国が得た代価なのだ」そう言うと彼は太った肩をピクリピクリと震わせながら、黙ったまま部屋を何周か歩き回った。ヴェストのポケットに煙草入れを入れたかと思うとまたそれを取り出し、何度か鼻先に近づけていたが、それからバラショフの正面で足を止めた。しばし黙ったまま嘲るような目つきでひたとバラショフの目を見つめていたかと思うと、静かな声で言った。「それにしても、貴国の皇帝の治世はどれほど見事なものになっていたことだろう！」

バラショフは反論する必要を覚えて、ロシアの側から見ると事態はそれほど絶望的なものとは思えませんがと言った。ナポレオンは無言のままなおも嘲りの目で彼の顔を見つめていたが、明らかに彼の言うことなど耳に留めてはいなかった。ロシアは戦争になればすこぶる良い結果が出るものと期待しています、とバラショフは言った。ナポレオンは大様《おおよう》に頷いて見せたが、その様子はあたかも『分かっている、君の務めがそう言わせるのだろうが、君自身はそれを信じてはいない。私に論破されたからな』と言っているかのようだった。

バラショフの話が終わりかける頃ナポレオンはもう一度煙草入れを取り出して匂いを嗅ぎ、それから片足で床を二度蹴って合図した。ドアが開き、恭しく身をかがめた一人の侍従が皇帝に帽子と手袋を、もう一人の侍従がハンカチを渡した。ナポレオンは侍従たちには目もくれず、バラショフに向き直った。

「私になり代わってアレクサンドル皇帝によろしく伝えてくれたまえ」彼は帽子を手にとって言った。「私はこれまで通り陛下に心酔していると。私は陛下を知悉しているし、その高潔な人柄を高く評価している。では将軍、これ以上お引き止めはするまい。皇帝陛下への私の書簡は後でお渡ししよう」そう言うとナポレオンは足早にドアへと向かった。控えの間にいた者たちが皆飛び出してきて、階段を下りて行った。

7章

ナポレオンからあれだけのことを聞かされ、最後には素っ気なく「では将軍、これ以上お引き止めはするまい。皇帝陛下への私の書簡は後でお渡ししよう」とまで言われたバラショフは、ナポレオンはもはや自分に会うことは望まないどころか、つとめてこの自分と、すなわち辱められた使節であり、何よりも彼の見苦しい激昂ぶりの目撃者である自分と、会うことを避けるだろうと思い込んでいた。しかし驚いたことに、彼はデュロックを通じて同じ日に皇帝の食卓への招待を受けたのであった。

ディナーにはベシエール[27]、コランクール[28]、ベルティィエ[29]が同席した。

バラショフを迎えたナポレオンは見るからに陽気で愛想がよかった。朝方癇癪を起こしたことへのきまり悪さや自責の表情など見られないばかりか、むしろすすんでバラショフを元気づけようとしていた。すでに久しくナポレオンは、自分の信念に誤りの混じる可能性など存在せず、したがって自分のしたことはすべて良いことだと考えているようだったが、それは別に善悪の概念に照らして良いからではなく、自分がそれをしたから良いことだったのである。

ヴィルナの町を馬で散歩してきた皇帝は大変な上機嫌だった。町では群衆が歓呼の

27　ジャン＝バティスト・ベシエール（一七六八〜一八一三）。ナポレオン軍の元帥。
28　アルマン・ド・コランクール（一七七三〜一八二七）。フランスの外交官でロシア大使も務めた。
29　ルイ・アレクサンドル・ベルティィエ（一七五三〜一八一五）。フランスの元帥でナポレオン軍の参謀長を務めた。

声で彼を迎え、見送ってくれたのだ。彼の通る街路に面した窓という窓にタペストリーや旗や彼のイニシアルをあしらった布が飾られ、ポーランドの貴婦人たちがハンカチを振って歓迎の意を表していた。

ディナーの場でバラショフを自分の隣に座らせると、ナポレオンは彼に愛想よく接するばかりか、まるでバラショフもまた自分の廷臣の一人であり、自分の計画に賛同し、自分の成功に歓喜するはずの存在だと思い込んでいるような態度をとった。いろいろな話のついでにモスクワのことを持ち出すと、ナポレオンはバラショフにこのロシアの首都について質問し始めた。それも単に好奇心に富んだ旅行者がこれから訪れるつもりの新規な場所のことを訊ねるといった域にとどまらず、まるで自分が好奇心を示せばロシア人であるバラショフが喜ぶはずだと確信しているような訊ねぶりであった。

「モスクワの人口はどのくらいです？　戸数は？　モスクワが聖なるモスクワと呼ばれているというのは本当ですかな？　モスクワに教会はいくつありますか？」そんなふうに彼は質問した。

そして教会が二百以上もあるという答えを聞くと、さらに訊ねた。

「どうしてそんなにおびただしい数の教会があるのです？」

「ロシア人はとても信心深いですから」バラショフが答えた。

「しかしながら、修道院や教会の数が多いのは常に国民の後進性のしるしですな」

そう言うとナポレオンはコランクールを振り返ってこの考えの評価を求めた。

バラショフは丁重な態度を崩さぬまま、あえてフランス皇帝の意見に異議を唱えた。

「国にはそれぞれの気風がございますから」彼は言った。

「しかし、ヨーロッパにはもはや、どこにもそんな国はないが」ナポレオンは言った。

「失礼ながら、陛下」バラショフは言った。「ロシアのほかにもスペインがありまして、かの国にもまたたくさんの教会や修道院がございます」

バラショフのこの返答は、最近フランスがスペインで敗北したこと[30]をあてこすったもので、バラショフの話によれば、後にアレクサンドル皇帝の宮廷で高く評価されたのだが、今このナポレオンのディナーの席ではほとんど受けず、無視されて終わってしまった。

30　一八〇八年から長期にわたりイベリア半島を舞台にスペイン、ポルトガル、イギリス連合軍とフランス軍との間で戦われたいわゆる半島戦争の趨勢を示している。

元帥諸氏の素っ気ない、きょとんとした顔つきからすると、彼らはバラショフの口ぶりが暗示していた皮肉の種がいったいどこにあるのか理解できなかったのだ。『もしも皮肉があったとしても、われわれにはそれが理解できなかったか、それともまったく頓智が利いていなかったかだ』――元帥たちの表情はそんな思いを語っていた。バラショフの返答が受けなかった証拠に、ナポレオンに至ってはこれをきっぱりと無視したまま、バラショフに向かって、ここからまっすぐにモスクワに向かう道はどんな都市を通過するのかと、無邪気に問いかけたものだった。ディナーの間ずっと身構えていたバラショフは、この問いに、すべての道はローマに通ずるというのと同様に、すべての道はモスクワに通じております、道はたくさんあって、中にはかのカール十二世が選んだポルタワへと通じる道もございますと答えた。返答がうまくいったのに気を良くしたバラショフは、思わず頰を紅潮させた。だが、バラショフがおしまいの「ポルタワ」という言葉を言うか言わないかのうちに、すかさずコランクールがペテルブルグからモスクワへの旅の不便さを話題にあげ、さらに自らのペテルブルグの思い出を語り出した。

食事の後で一同はコーヒーを飲むためにナポレオンの執務室に移動した。四日前まではアレクサンドル皇帝の執務室だった部屋である。ナポレオンはセーヴル焼きのカップのコーヒーに軽く唇を触れながら腰を下ろすと、バラショフに自分の脇の椅子を示した。

人間には食後の上機嫌というべき状態があって、どんな合理的な原因にもまして自分に満足した気分にさせてくれるし、皆が自分の友達だという気にさせてくれるものだ。ナポレオンはちょうどそんな気分になっていた。自分が崇拝者の輪に囲まれているように思えたのだ。バラショフもまた自分の食事に陪席した後では、自分の友となり崇拝者となった――そう彼は確信していた。ナポレオンは感じのいい、ちょっと冷やかすような笑みを浮かべて彼に話しかけた。

「聞くところによると、この部屋はまさにアレクサンドル皇帝が使っていた部屋だそうですな。不思議なものだ、そうじゃないかね、将軍？」この話題が相手に愉快でないはずがない、なぜならアレクサンドル皇帝に対するナポレオンの優位を証明する話だからだ――ナポレオンはそう信じて疑わない様子だった。

バラショフはこれに何一つ答えられず、黙って頭を下げた。

31　ロシアとスウェーデンの間の北方戦争で、一七〇九年ウクライナ経由でモスクワに攻め込もうとしたカール十二世がピョートル大帝に敗北したポルタワの戦いを暗示している。

「そう、この部屋で四日前にヴィンツィンゲローデとシュタインが話し合いをした」同じ冷やかすような、自信たっぷりの笑みを浮かべてナポレオンは続けた。「私に納得がいかないのは」と彼は言った。「アレクサンドル皇帝が私の個人的な敵たちをことごとく身辺に集めていることだ。私にはそれが……理解できない。彼は考えてみなかったのだろうか、私にも同じことができるということを？」彼はバラショフに問いかけたが、どうやらこの話題を思い出したおかげで、彼はまたもや、まだ心中に生々しく残っている朝方の怒りの余燼《よじん》の中に放り込まれてしまったようだった。

「彼に知らしめてやろう、私が実際そうすることを」カップを置くとそれを片手で押しのけながらナポレオンは言った。「私はドイツから彼の縁戚をすべて追放する。ヴュルテンベルク公家もバーデン公家もワイマール公家も……そう、ああした連中を全部追放する。連中の逃げ場所は皇帝がロシアに作ればいいのだ！」

バラショフは頭を下げ、その姿勢によって、自分はできることならば辞去したいのですが、話しかけられる以上うけたまわざるをえませんという気持ちを表現した。ナポレオンはそうした意思表示には目もくれなかった。彼はバラショフに対して敵からの使節としてではなく、今や自分にすっかり心酔し、かつての主人の屈辱を喜ぶはずの人物として話しかけていたのだ。

「それになぜアレクサンドル皇帝は軍の統帥《とうすい》を引き受けたりしたのか？　そんなことをして何の役に立つのか？　戦争は私の専門であり、あの人物の仕事は統治することであって軍を指揮することではない。なぜ彼はそのような責務を自らに引き受けたのか？」

　ナポレオンはまた煙草入れを手に取ると、黙ったまま部屋の中を何周か回り、それから突然、思いがけずバラショフに歩み寄ると、うっすらと笑みを浮かべ、まるで何かバラショフにとって大切なばかりか喜ばしいことをしてあげようとでもいうかのように、自信たっぷりな、素早くシンプルな仕草でこの四十年配のロシア将軍の顔のそばに片手を伸ばすと、その耳をつかんで軽く引っ張り、唇だけでにやりと笑った。

　皇帝に耳を引っ張られるのは、フランスの宮廷では最高の名誉であり寵愛のしるしと見なされていたのである。

「はて、アレクサンドル皇帝の崇拝者にして廷臣のあなた、あなたはどうして何も言わないのかな？」そう言ったナポレオンの口調は、自分の面前にいながら自分以外の誰かの廷臣であり崇拝者であるということが、笑止であるとでも言うかのようだった。

「将軍の馬は用意できているか？」バラショフの辞去の礼に軽い会釈で応えると、

彼は言い添えた。

「この方に私の馬をやりなさい、長道中になるから……」

バラショフが持ち帰った書簡は、ナポレオンからアレクサンドルに宛てた最後の書簡となった。交わされた会話も詳細にロシア皇帝に伝えられ、そうして戦争が始まった。

8章

モスクワでピエールと会った後、アンドレイ公爵はペテルブルグへ発った。家族には仕事の旅だと言い置いたのだが、本当は向こうでアナトール・クラーギン公爵と会うのが目的だった。その人物と会わなければならぬと思っていたのである。到着後問い合わせてみると、クラーギンはもはやペテルブルグにはいなかった。ピエールがこの義兄に、アンドレイ公爵が後を追っていくと耳打ちしたので、アナトール・クラーギンは直ちに陸軍大臣から任命を取り付け、モルダヴィア駐留のロシア軍に赴任してしまったのである。ちょうどこの時、アンドレイ公爵はペテルブルグで、かつての上官であり、いつも彼に目をかけてくれたクトゥーゾフ将軍と再会したが、将軍は彼に、一緒に在モルダヴィア軍に行かないかと持ち掛けた。この老将軍は同軍の総司令官を拝命していたのである。アンドレイ公爵は総司令部付きの命を受け、トルコ国境をめざして出発した。[32]

クラーギンに書状で決闘を申し込むのは好ましくないとアンドレイ公爵は思っていた。新しいきっかけもなしで自分から決闘を申し込んだりすれば、ロストフ伯爵令嬢の名誉を穢《けが》すことになると思ったからだ。それで彼はなんとかクラーギンと直に出会って、新しい決闘のきっかけを見つけてやろうとしていたのだった。しかしトルコ戦線の軍でも彼はクラーギンに会うことはできなかった。アンドレイ公爵が当地に着いて間もなく、相手がロシアに戻ってしまったからである。新しい土地で新しい生活環境に置かれると、アンドレイ公爵は生きるのが楽になった。婚約者に裏切られた痛手は誰からも隠していたが、隠せば隠すほどそれはますます大きな衝撃となって響いてきた。あのことがあって以来、以前自分が幸福を覚えていた生活環境が耐え難いものとなり、またそれにもまして、かつてあれほど大事にしていた自由と独立というも

32 モルダヴィア駐留のロシア軍（ドナウ方面軍）はこの当時トルコ（オスマン帝国）との国境付近に位置しており、クトゥーゾフは一八一一年に対トルコ戦の総司令官に任じられていた。

のが、耐え難いものとなってきた。あのアウステルリッツの原で空を見ていた時初めて頭に浮かんできたかつての思想を、彼はピエールとの会話でも好んで展開したし、ボグチャロヴォ村でもスイスでもローマでも、その思想が孤独を埋め合わせてくれたものだが、彼はもはやそのことを考えなくなったばかりか、果てしない、明るい地平を切り開いてくれたその思想を思い起こすことさえ、恐れるようになっていた。今や彼の興味を引くのはただ、以前の関心事とは関係のない、最も卑近で実際的なものごとばかりで、以前の関心事が視野から追われれば追われるほど、ますます貪《むさぼ》るような興味を持ってそうした諸事に取り組むようになった。あたかも、かつて彼の頭上にあった、あの果てしなく遠くまで広がっていく天蓋《てんがい》が、にわかに低い、輪郭のはっきりした、人を圧迫する丸天井《ドーム》に変わってしまったかのようで、その下では何もかもがはっきりとしているかわりに、永遠なもの、神秘的なものは何ひとつないのだった。目の前の活動の内では、軍務が彼にとって一番簡単でかつ馴染みの仕事だった。クトゥーゾフ司令部の当直将官の職に就いた彼は、弛《たゆ》むことなく仕事に専心し、やる気と几帳面さでクトゥーゾフを驚かせた。トルコ戦線でクラーギンには会えなかったもののの、アンドレイ公爵は、再び相手を追ってロシアに駆け戻る必要を認めなかった。とはいえ彼には分かっていたのだ——たとえどれほど時間がたっても、クラーギンに会えば、相手が自分の心底《しんそこ》軽蔑する人間で、そんな奴と事を構えるほどまで身を落とすには及ばないという理屈は重々承知しているにせよ、やはり会ってしまえば自分は、ちょうど飢えた人間が食べ物に飛びつかずにいられないように、相手に決闘を申し込まずにはいられないだろうということを。そして屈辱がまだ払拭されておらず、憎しみの念が放たれぬまま心中にわだかまっているというその意識が、アンドレイ公爵がトルコ戦線において、気苦労に満ちた忙しい、そして幾分名誉心や虚栄心も混じった活動を通じて築き上げた作り物の平穏を、台無しにするのだった。

一八一二年、対ナポレオン戦争の知らせがブカレストまで届くと（クトゥーゾフはこのブカレストの町で二か月間、昼も夜もあるワラキア人女性の家で過ごしていた）、アンドレイ公爵はクトゥーゾフに西部軍への転属を願い出た。アンドレイ公爵の精勤ぶりを自分の遊惰ぶりへの面当《つらあ》てのように感じて閉口していたクトゥーゾフは、大喜びで彼を手放すことにして、バルクライ・ド・トーリのもとに赴く任務を与えた。軍は五月にはドリッサ[33]に陣を張っていたが、そこに行く前に、アンドレイ公爵は

33　ドリッサ（ドルィサ）は西ドヴィナ川の支流の名で、両河川の合流する位置にある町も同じ名で呼ばれた（現ベラルーシ、ヴェルフニャズヴィンスク）。

禿山《ルイスィエ・ゴールィ》に立ち寄った。スモレンスク街道から三キロほどの距離で、まさに道の途中に位置していたからである。この三年の間にアンドレイ公爵の生活には極めて様々な変転があり、考えることも感じることも見るものも（西も東も旅してまわったおかげで）次々と移り変わって来たので、禿山《ルイスィエ・ゴールィ》に足を踏み入れた途端、何もかもが隅々まで元のままで、生活の流れまでまったく変わっていないことに、何か不思議な思いがけないことのような驚きを覚えた。まるで魔法にかかって眠ったままの城に入っていくような気持ちで、彼は禿山《ルイスィエ・ゴールィ》の屋敷に続く並木道をたどり、石の門の先へと馬車を進めた。家の中は前とまったく変わらず落ち着いて清潔で静かであり、家具も壁も、物音も匂いも同じなら、臆病そうな使用人たちの顔も同じであり、ただ皆少しだけ老《ふ》けていた。妹のマリヤも相変わらずおどおどした不器量なオールドミスで、いつも何かを恐れ、精神の苦悩を抱えながら、人生最良の時を無益に、喜びも知らぬままに過ごしていた。マドモワゼル・ブリエンヌも前の通り、人生の一瞬一瞬をうれしそうに味わい、最高に喜ばしい期待に満ち溢れつつ、自分に満足しているコケティッシュな女性だった。ただアンドレイ公爵の目には、彼女が以前よりも自信を増したように見えた。彼がスイスから連れてきた教師のデサールは、ロシア仕立てのフロックコートを着て片言《かたこと》のロシア語で召使たちと話していた。相変わらず度量は狭いが賢明な、教養のある、実直な、気取った先生だった。父親の老公爵は、身体的には一点だけ変化があり、口の片側の歯が一本欠けているのが見えるようになっていた。精神的には全く以前通りだったが、ただし現今の世界状況に対して、以前よりさらに激しい憎悪と不信を示すようになっていた。息子のニコールシカ［ニコライ］だけが成長し、面変わりし、血色がよくなって、黒い巻き毛がふさふさと伸びていた。笑ったり喜んだりするときに、本人も気づかぬまま、その形のいい小さな口の上唇の部分を持ち上げるのだが、それがちょうど死んだ母親の公爵夫人がしていたのとそっくり同じだった。この魔法にかかった眠れる城の中で、息子だけが万物不変の法則に逆らっていた。ただし見かけは何もかも昔通りだとはいえ、こうしたすべての人々の内面的な関係は、アンドレイ公爵が会わないでいた間に変化していた。家族は今では互いによそよそしく敵対的な二つの陣営に分かれてしまっていて、単にいま、彼の前でだけ一つになっている、つまり彼のために普段の暮らしぶりを変えてみせているだけだった。一方の陣営のメンバーは老公爵とマドモワゼル・ブリエンヌと例の建築技師であり、もう一方のメンバーはマリヤとデサールとニコールシカ、それに子守りと乳母全員だった。

自分が禿山《ルイスィエ・ゴールィ》に滞在中、家の者は皆一緒に食事をしていたものの、揃って気まずそうな雰囲気だったので、アンドレイ公爵は自分という客のために皆が普段とは別の振る舞いをしている、つまり自分の存在が皆に気兼ねをさせているのを感じた。初日の午餐の時からアンドレイ公爵は何となくそれを意識して言葉も弾まなかったが、老公爵も息子がぎこちない様子をしているのに気づくと、同じくむっつりと黙り込んで、食事がすむとすぐに自分の部屋に引っ込んでしまった。晩になってアンドレイ公爵が父親の部屋を訪れ、気を引き立たせてやろうとカメーンスキー若伯爵の戦いぶりを話し始めると、老公爵は思いがけぬことに息子相手に妹のマリヤの話を始め、娘が迷信深く、マドモワゼル・ブリエンヌに冷たいと言って非難した。老公爵によればマドモワゼル・ブリエンヌだけが本当に自分に尽くしてくれるのだという。もしも自分が病気だとしたら、それはひとえにマリヤのせいであり、マリヤはわざと自分を苦しめ、苛立《いらだ》たせている。彼女はまた幼いニコライ小公爵を甘やかし、愚かな話ばかり聞かせて、だめにしようとしている――それが老公爵の言い分だった。自分が娘を苦しめていることも、娘の暮らしがひどく辛いものだということも承知しているが、同時に、自分は娘を苦しめずにはいられないし、娘はそうされて当然だという認識を持っていた。『なぜ息子はこの状態を目撃しながら、私に妹のことを何も語ろうとしないのか?』老公爵はそんなふうに思っていた。『まさかこいつは、この私が悪者あるいはバカな年寄りで、理由もなしに娘を遠ざけ、フランス女を引き寄せたとでも思っているのだろうか？　こいつは分かっていない。だから説明して、言い聞かせる必要がある』そこで彼は自分が聞き分けの悪い娘を持て余している理由を説明したのだった。

「もしも僕の意見をお訊ねでしたら」アンドレイ公爵は父親から目をそらしたまま言った（父親に非難がましい口をきくのは生まれて初めてだった）。「申し上げたくはなかったんですが、もしも僕の意見をお訊ねでしたら、このことすべてについて忌憚《きたん》のない意見を申し上げます。仮に父上と妹との間に誤解や軋轢《あつれき》があるとしても、僕は決して妹を責めることはできません。彼女がどれほど父上を愛し敬っているか、知っているからです。もしも僕にお訊ねならば」喋り続けているうちにアンドレイ公爵は苛立ってきた。この頃は何をしても苛立ちやすくなっていたのだ。「一つだけ言えることがあります。仮に誤解があるとしたら、その原因は一人のつまらない女性にあります。あんな女を妹のコンパニオンにすべきではなかったのです」

老いた父親は、はじめ動きの止まった眼で息子の顔を見つめていたが、やがてにやりと不自然に笑って、アンドレイ公爵がまだ見慣れていない、例の新しく欠けた歯の空洞を見せた。

「どのコンパニオンだね、お前？　ええ？　口が過ぎたようだな！　ええ？」

「父上、僕は別に裁き手になるつもりはありませんでした」アンドレイ公爵は苛立った硬い声で言った。「でも父上が言えというから申し上げたし、いくらでも言うつもりです。マリヤは悪くありません。悪いのは……悪いのはあのフランス女ですよ……」

「はあ、宣告を下しおったな！……宣告を！」老父は静かな声で言った。アンドレイ公爵にはひるんだようにも思えたのだが、相手はやにわに立ち上がると、怒鳴り声をあげた。「出て行け、出て行くんだ！　とっとと消え失せろ！……」


アンドレイ公爵は直ちに立ち去ろうとしたが、マリヤに懇願されてあと一日だけ残ることになった。その日アンドレイ公爵は父親と会うことはなかった。父親は部屋に閉じこもりっぱなしでマドモワゼル・ブリエンヌとチーホンしか入室を許さず、息子は出て行ったかと何度か訊ねた。その翌日、アンドレイ公爵は出立の前に息子のいる翼屋に行った。母親と同じ巻き毛の元気な子供が、彼の膝に座った。アンドレイ公爵は息子に「青髭《あおひげ》」の話をし始めたが、おしまいまで話さないうちに物思いにふけり出した。かわいらしい息子を膝の上に乗せているにもかかわらず、彼が考えているのは息子のことではなく自分のことだった。恐ろしいことに、いくら胸の内を探しても、父親を怒らせたことへの後悔も、父親のもとを（初めて喧嘩状態で）離れていくことへの心残りも、まったく見つからなかった。何より大きいのは、こうして息子をあやし、膝に乗せて、わが胸のうちに掻き立てようとした息子への昔のような愛情が、いくら探しても見出せなかったことだった。

「ねえ、お話ししてよ」息子は言った。アンドレイ公爵は返事もせずに息子を膝から下ろすと、部屋を出た。

こうして日常の服務から外れた途端、しかもまだ自分が幸せだった頃に過ごした以前の生活環境に身を置いた途端、生きることの侘《わび》しさに昔のままの力でとりつかれてしまったので、アンドレイ公爵は一刻も早くそうした思い出から逃れ、一刻も早く何か仕事を見出したかった。

「どうしても出かけるの、お兄さま？」妹が訊いた。

「出かけることができて幸いだよ」アンドレイ公爵は答える。「実に気の毒だ、お前が出かけられないのは」

「どうしてそんなことを言うの！」マリヤは言った。「どうしてそんなことを言うの、お兄さまはあの恐ろしい戦争に行く身だし、お父さまはあんなお年なのに！　マドモワゼル・ブリエンヌの話では、お父さまはお兄さまのことを訊ねていらしたそうよ……」その話題になった途端、彼女の唇が震えだし、目からは涙が滴った。アンドレイ公爵は妹から目を背《そむ》け、部屋の中を歩きだした。

「ああ、やりきれない！ やりきれないな！」彼は言った。「だってそうじゃないか、そもそもあんなくだらない人間のおかげで人々が不幸になるなんて！」そう言う彼の憎々しげな口調がマリヤをぎょっとさせた。

彼女は理解した――くだらない人間というとき、兄はただマドモワゼル・ブリエンヌのことを言っているだけでなく、自分の幸福をだめにした人物のことも言っていたのだ。

「お兄さま、ひとつだけお願いがあるの、どうぞ聞いてね」手を伸ばして兄の肘に触れ、涙の奥のキラキラした目で兄を見つめながらマリヤは言った。「お兄さまの言うことは分かるわ（マリヤは目を伏せた）。でも、悲しみをもたらすのは人間だと思ってはだめよ。人間は神さまの道具にすぎないのだから」彼女は兄の頭よりも少し上の方に目をやった。そのまなざしは人が肖像画の見慣れた一点を見つめる時のような、自信に満ちたいつものまなざしだった。「悲しみは神が遣わすもので、人間が遣わすものではないわ。人間は神さまの道具で、人間には罪はない。もしも誰かが自分に罪を犯したと思っても、それは忘れて許してあげるのよ。私たちには罰する権利はないのだから。そうすれば、人を許す喜びが分かることでしょう」

「もしも僕が女だったら、僕はそうすることだろうよ、マリヤ。それは女の美徳だからな。だが男は忘れることも許すこともしてはいけないし、またできないのだ」そう口にすると、それまでクラーギンのことなど頭になかったにもかかわらず、晴らし終えていない憎しみの念のすべてがたちまち心中に湧き上がってきた。『妹のマリヤに許しなさいと言われるということは、つまりもうとっくに相手を罰していなければならなかったということだ』彼はふと思った。そしてもはやマリヤの言葉に答えることはせず、軍にいる（と彼には分かっている）クラーギンと顔を合わせる喜びと憎しみの瞬間のことを考え出したのであった。

マリヤは、もしも兄がこのまま父親と和解せずに去ってしまったら父親がどんなに悲しむか分かっているから、ぜひあと一日待つようにと兄に懇願した。だがアンドレイ公爵は、自分はじきにまた軍から戻って来るし、父には必ず手紙を書く、それに今は自分が長居すればするだけこの軋轢は悪化するばかりだから、と答えたのだった。

「さようなら、お兄さま！　どうか忘れないで、悲しみは神さまが遣わされるもので、人間には決して罪はないってことを』――これが別れ際に彼が妹から聞いた最後の言葉だった。

『つまりはこうなるさだめなんだ!』禿山《ルイスィエ・ゴールィ》の屋敷の並木道を後にしながらアンドレイ公爵は思った。『妹は、哀れな罪もない人間なのに、分別を失った老父の餌食になる。老いた父親は自分に非があると分かっていながら、自分を変えることはできない。俺の子供は成長し人生を楽しんでいるが、生きていればやがて他のみんなと同じように、人に騙されるか人を騙すかしかない。俺が軍に行くのは何のためか? ――それは自分でも分からないが、自ら軽蔑するあの男に会いたいと願っているのだ。それもただ相手に俺を殺してほくそ笑むチャンスを与えるためにな!』生活の条件はかつても今も何も変わっていなかったが、かつてはすべてが互いに結びついていたのに、今ではすべてばらばらだった。ただ数々の無意味な現象が、何の脈絡もなく、次々と脳裏に浮かんでくるのだった。

9章

アンドレイ公爵は六月の末に軍の総司令部に到着した。皇帝がいる第一軍は、ドリッサ川のそばの要塞陣地にいた。第二軍は、話によるとフランスの大軍勢によって第一軍から分断されたようで、いったん後退して第一軍との合流を図っていた。誰もがロシア軍の戦況に不満を持っていたが、しかしロシアの諸県にまで敵が侵入して来る危険性は誰も考慮していなかったし、戦闘がポーランド西部諸県以東に及ぶことがありうるなどとは、想像もしなかった。

アンドレイ公爵は配属を命じられたバルクライ・ド・トーリ将軍を、ドリッサ川の岸辺で見つけた。陣営の近辺には大きな村も町も一つとしてなかったので、軍にいるおびただしい数の将軍や廷臣たちは、川の両岸十キロほどにわたる村々のましな家を見つけて分宿していた。バルクライ・ド・トーリの宿舎は皇帝のいるところから四キロほど離れていた。素っ気なく冷淡な態度でアンドレイ公爵を迎えた将軍は、ドイツ語なまりのロシア語で、君のことは皇帝に報告したうえで任務を決めるから、それまでは自分の司令部に所属するようにと言った。軍で見つかると期待していたアナトール・クラーギンは、ここにもいなかった。ペテルブルグに戻っていたのだが、その知らせをアンドレイ公爵は快く受け止めた。勃発した大戦争の中心地への関心にすっかり捉えられていた彼は、クラーギンを思うことで掻き立てられる苛々《いらいら》から、しばし解放されるのがうれしかったのである。まだどこにも用務のない最初の四日間、アンドレイ公爵は要塞陣地の全体を馬で回り、自分の知識と事情通の者たちとの会話をたよりに、この陣地に関するきちんとした理解を頭の中に形成すべく努めた。しかしながら、はたしてこの陣地が有利か不利かという問題は、アンドレイ公爵には未解決のまま残った。すでに自らの戦争経験から彼は一つの信念を導き出していたのだが、それによれば、戦争においてはどんなに深く考察された計画も（彼がアウステルリッツ遠征の際に見た通り）何の意味も持たず、すべては不意の、予測不可能な敵の動きにどう対応するかにかかっており、戦闘の全体がいかに、誰によってリードされるかにかかっているのである。この最後の問題を解明するため、アンドレイ公爵は自分の立場と人脈を活用して、軍の統率と、それに関与している個人や党派の性格を鋭意調査した結果、彼なりに次のように状況を理解した。

まだ皇帝がヴィルナにいたころ、軍は三つに分割され、第一軍はバルクライ・ド・トーリの指揮下に、第二軍はバグラチオンの指揮下に、第三軍はトルマーソフの指揮下に置かれた。皇帝は第一軍にいたが、ただし最高司令官ではなかった。指令には皇帝が指揮を執るとは書かれておらず、ただ皇帝は軍とともにあるとされているのみだった。そのうえ、皇帝自身に付属する総司令部はなく、ただ皇帝大本営があるのみだった。皇帝のもとには皇帝大本営長官で兵站部《へいたんぶ》長官のヴォルコンスキー公爵はじめ、数々の将軍、侍従武官、外交官、およびあまたの外国人たちが仕えていたが、軍の司令部はなかったのである。しかも次のような者たちが無役の皇帝付として存在していた。すなわち、元陸軍大臣アラクチェーエフ、将軍中最上位のベニグセン伯爵、皇位継承者であるコンスタンチン・パーヴロヴィチ大公、宰相ルミャンツェフ伯爵、プロイセンの元首相シュタイン、スウェーデンの将軍アルムフェルト、作戦立案のトップであるプフール、サルデーニャからの亡命者で侍従将官のパウルッチ、ヴォルツォーゲン他多数である。これらの人物は軍務上の役割もなく軍にいただけだが、その地位からして影響力を持っていたので、しばしば軍団長はおろか最高司令官でさえも、ベニグセンなり大公なりアラクチェーエフなりヴォルコンスキー公爵なりが、いったいどういう資格であれこれの質問なり助言なりをしてくるのか、また助言という形でなされる指令がそれぞれの個人から出ているのかそれとも皇帝から出ているのか、それに従う必要があるのかないのか、判断に迷うのであった。だがこれは表面的な状況であって、皇帝とこれらすべての人物が存在していることの真の意味は、廷臣の立場からすれば（皇帝のいる場所では全員が廷臣なのだから）誰にも明らかだった。その意味は次の通りである。すなわち皇帝は総司令官の肩書を持ってはいないが、全軍を支配下に置いており、皇帝を取り囲む人々は、彼の補佐である。アラクチェーエフは秩序の確実な執行者および維持者で、かつ皇帝のボディーガードである。ベニグセンはヴィルナ県の地主で、地域代表として皇帝の接待役を果たしているような風情だが、実は優れた将軍で、相談役もできればいつでもバルクライ・ド・トーリの後釜に据えることもできるという、便利な存在である。大公が参加しているのは、それが本人にとって好都合だからだ。元首相のシュタインがここにいるのは、相談役として有用だからであり、アレクサンドル皇帝が彼の個人的資質を高く評価しているからだ。アルムフェルトはナポレオンを蛇蝎《だかつ》のごとく嫌っているうえに、自信満々の将軍なので、常にアレクサンドル皇帝に影響力を持っている。パウルッチがここにいるのは、発言ぶりが大胆できっぱりしているからである。侍従将官たちがここにいるのは、彼らは皇帝のいるところ何処にでも付き添うからである。そして最後に、これが重要なのだが、プフールがここにいるのは、彼が対ナポレオン戦の作戦計画を作り、アレクサンドル皇帝にその計画が目的にかなっていることを信じさせたうえで、軍事行動全般を指揮しているからであった。プフールにはヴォルツォーゲンがついており、性格がきつく、自信満々で皆を小馬鹿にしたような、書斎的理論家であるプフールよりも、もっと分かりやすい形でプフールの考えを伝える役をしていた。

ここに名をあげたロシア人や外国人（とりわけ異国の環境で活動する人間にありが

ちな大胆さを発揮して毎日新しい、思いがけない提案をしてくる外国人）の他にも数多くの二流の人間たちがいたが、彼らは上司がそこにいるからという理由で軍に身を置いている者たちだった。

この巨大な、騒然とした、きらびやかな、誇り高い世界で交わされるあらゆる思想や意見の中に、アンドレイ公爵は以下のような、比較的はっきりとした傾向や派閥の区分を見て取った。

第一の派閥はプフールと彼の追随者のような戦争理論家で、戦争の科学なるものがあり、その科学には斜行《しゃこう》の法則、迂回の法則等々といった、独自の不変の法則があると信じている者たちである。プフールとその追随者たちは、国土の奥深くまで退却することを要求した。それは戦争理論とやらによってあらかじめ定められた正確な法則にしたがった退却であった。そしてその理論を逸脱した振る舞いはすべて、無知、無学もしくは悪意のなせる業と見なしていた。この派に属していたのはドイツの皇族、ヴォルツォーゲン、ヴィンツィンゲローデなど、主としてドイツ人であった。

第二の派閥は第一の派閥の正反対だった。世の中は常にそうであるが、一方の極があれば、また他方の極を代表する者がいるわけである。この派の者たちはまだヴィルナにいた時から、ポーランドに侵攻し、事前に立てたあらゆるプランを捨てよと要求していた。この派閥の代表者たちは大胆な作戦の提唱者であるばかりでなく、国民精神の提唱者でもあり、それ故に論争になると一方的で譲らない傾向があった。この者たちはロシア人で、バグラチオン、近頃頭角を現してきたエルモーロフその他が含まれていた。当時このエルモーロフの放った有名な冗談というのが広まっていたが、それは彼が皇帝に「一つお願いがあります、どうか私をドイツ人に昇進させてくださ い」と請願したというものである。この派の者たちは、例のスヴォーロフ大元帥を想起しながら、考えることは無用だ、地図にピンを立てる作業も無用だ、ただ戦い、敵を撃破し、敵がロシアに入るのを許すな、兵の士気をくじくな、と口にするのだった。

三番目は一番皇帝の信頼が厚い派閥だったが、これに属すのは宮廷人たちで、先の二つの派閥の間を取り持つ働きをしていた。この派の者たちの大半は軍人ではなく、アラクチェーエフもその一人だったが、考えることも言うことも、通例確信があるわけでもないのに確信があるように見せかけたいという人間の口にすることと同じだった。彼らは言うのだった——疑いもなく戦争は、とりわけボナパルト（人々は再びボナパルトという呼称を用いるようになっていた）のような天才を相手とする戦争は、奥深いじっくりとした検討と、深甚なる学問的知識を必要とするが、その点でプフールは天才的である。ただし理論家がしばしば一面的になりがちなこともまた認めざるを得ず、それゆえ彼らの言うことを鵜呑みにしないで、プフールの論敵の意見にも耳を傾けねばならないし、さらには実践派、すなわち軍事経験者の意見をも聞き、そのうえで三者の中間案をとるべきだ。この派の者たちはプフールのプランに従ってドリッサの陣地を固めながら、その他の軍の動きに変更を加えるべしと言い張っていた。そんな作戦は虻蜂《あぶはち》取らずにしかならないのだが、この派の者たちにはそれが一番と思われたのだった。

第四の派閥は、皇位継承者である大公を一番目立つ代表とするものだが、大公はかのアウステルリッツでの自らの幻滅がいまだ忘れられずにいた。かの地で大公は鉄兜に騎兵服のいでたちで、勇敢にもフランス軍を殲滅《せんめつ》してやろうという意気込みで近衛隊の先頭を切って出陣したが、予期せぬ形で第一線に出てしまい、全軍大混乱の中をかろうじて逃げ帰ったのだった。この派の者たちの考えは、良くも悪くも真っ正直だった。彼らはナポレオンを恐れ、相手を強きもの、自らを弱きものと考えて、それを率直に口に出していた。彼らは言うのだった――「こんなことをしても結局、悲惨、恥辱、破滅に終わるだけだ！　その証拠にわれわれはヴィルナを放棄し、ヴィテプスクを放棄した。ドリッサも放棄することだろう。われわれに残されたただ一つの賢い行為は、講和を結ぶことだ。それも少しでも早く、われわれがペテルブルグから追い出されぬうちに！」

こうした見解は軍の上層部にかなり広がっているもので、ペテルブルグにもその支持者がおり、宰相のルミャンツェフもその一人だった。彼は別の国政上の理由から講和を主張していたのである。

第五の派閥はバルクライ・ド・トーリの信奉者で、それも人間としてというよりは陸軍大臣及び総司令官としての彼を支持する者たちだった。彼らは言うのだった——「とにもかくにも（切り出し方はいつもこうだった）、あの方は廉潔《れんけつ》な、有能な人物で、あの方にまさる人物はいない。あの方に実権を与えるべきだ。なにせ戦争というものは指揮系統が一本でなければうまくいくはずがないのだから。実権さえ与えれば、あの方は本来の実力を見せてくれるだろう。かつてフィンランドで見せたように。わが軍が秩序を乱さず強力なままで、敗北を味わうことなくドリッサまで退却できたのも、ひとえにバルクライのおかげだ。もしも今バルクライをベニグセンに替えたりしたら、すべて台無しだ。ベニグセンはすでに一八〇七年に自分の無能ぶりを証明しているのだから」

第六の派閥はベニグセン派で、こちらは反対に、何といってもベニグセンほど有能で経験豊富な人物はおらず、どう転んでもやはり最後は彼に落ち着くのだと言っていた。さらに彼らは、わが軍のドリッサまでの退却は、総じて赤っ恥と言うべき敗北であり、絶え間なき失敗の連続だったと言い立てた。「失敗を犯してもらえばもらうほど」と彼らは言ったものだ。「それだけ好都合だ。そうなれば少なくとも、こうしていてはいけないと気づくだろうから。必要なのはあんなバルクライ風情ではなくて、ベニグセンのような人物だ。彼はすでに一八〇七年に実力を発揮してみせ、あのナポレオンも真っ当に評価しており、皆が進んで権力を委ねたくなる人物だ。そんな人物はベニグセンしかいない」

第七は皇帝の、とりわけ若い皇帝の周囲に常にいるような取り巻きたちで、アレクサンドル皇帝の周りには特にその数が多かった。これは将軍や侍従武官の面々で、皇帝としてよりも一人の人間としての陛下を熱烈に敬慕《けいぼ》し、一八〇五年のニコライ・ロストフがそうであったように、衷心から欲得抜きで崇め奉って、皇帝の内にあらゆる徳を見るのみか、あらゆる人間的長所を見出していた。皇帝が軍の指揮を執るのを断ると、この者たちは皇帝の謙虚さに感激しながらも、なおかつその謙虚さの行き過ぎを諫《いさ》め、ひたすら一つのことを願い、主張し続けていた。それは、崇拝する皇帝が度の過ぎた自己不信を捨てて自ら軍のトップに立つことを公然と宣言し、自分のもとに総司令部を作ったうえで、必要な点については経験豊富な理論派や実践派の面々と相談しながら、自分で自分の軍を率いることである。そうして初めて軍の士気も最高に上がろうというものだから。

第八が最大の派閥で、全体の九十九パーセントを占めるほど圧倒的な規模であるが、ここに属する者たちが求めているのは和平でも戦争でも攻撃でも、またドリッサにせよ他のどこにあるにせよ、防衛陣地でもなく、バルクライでも皇帝でもプフールでもベニグセンでもない。彼らが求めているのはただ一つの、しかももっとも本質的なもの、すなわち自分にとっての最大の利益と満足なのである。皇帝の大本営を舞台にひしめき、互いに混じり合いもつれ合っている様々な陰謀の濁流の中では、平時には考えも及ばないような利益をむさぼることができたのである。ある者は単に自分の有利な地位を失いたくないからというだけで、今日はプフールに賛成したかと思うと明日は彼の敵側に回り、明後日はただ責任を回避して皇帝の意に迎合するために、ある種の事柄については自分には何の意見もないと宣言するのだった。またある者は利益にあやかろうとして、皇帝が前の晩にほのめかしたのと同じことを大声で叫んで皇帝の注意を自分にひきつけ、会議では論陣を張って絶叫し、おのが胸を叩きながら反対者たちに決闘を申し込む剣幕まで見せて、全体の利益のためにはすすんで犠牲になる覚悟であることを見せつけた。またある者は会議の合間に、敵のいないのを見計らって、忠実な協力を提供する見返りに一時金をせびった。今なら断られるはずがないと足元を見ていたのだ。またある者は常に偶然を装いながら、山のような仕事に埋まっている自分の姿が皇帝の目に触れるようにしていた。またある者は、皇帝の晩餐会に陪席するという積年の願いをかなえるため、新しく提起された意見の適否について熱弁をふるい、そのためにそこそこ有力で妥当に見える証拠まであげてみせるのだった。

この派閥の面々は誰も彼も金を、勲章を、地位を狙いとしており、その狙いのためにひたすら皇帝の御意という風見鶏の向く方向をうかがっていた。そしてその風見鶏の方向を見極めるや否や、この軍に巣くった雄蜂《おばち》たちの集団も一斉に同じ方向に殺到しようとするので、皇帝にしてみれば方向を変えることがますます難しくなるのだった。状況が混沌の度を加え、恐るべき深刻な危機が迫って万事が非常事態の性格を強める中、人種を異にするたくさんの人々が集まって、陰謀、プライド、衝突、雑多な意見や感情が竜巻のごとく渦巻く場において、ひたすら個人的な利害にかまけるこの第八の、最大の派閥の人間たちは、状況全体を大いに混乱させ不透明なものとさせていた。どんな問題が提起されていようと、この雄蜂たちの群れは、ひとつのテーマを奏で終わらないうちにもう別のテーマへと飛び移り、そしてその騒々しい羽音によって、真剣に論じ合っている声をかき消し、わけの分からないものにしてしまうのである。

折しもアンドレイ公爵が軍に着いた頃、以上のすべての派閥の中から、さらに一つの、第九の派閥が結集し、声を上げようとしていた。この派のメンバーは高齢の、賢明な、国政の経験に長《た》けた者たちで、対立し合う意見のいずれにも与《くみ》することなく、距離を置いた立場から大本営で行われていることを観察し、かようにあいまいで優柔不断で混乱した脆弱《ぜいじゃく》な状況から脱出するための方法を検討する能力のある者たちだった。

この派の者たちは次のように語り、考えていた――諸悪の根源は主として皇帝が侍従武官を引き連れて軍に身を置いていることである。それ故に例の曖昧《あいまい》で形式的でどっちつかずの不安定な雰囲気が軍に持ち込まれてしまったが、それは宮廷には向いていても軍においては有害なものである。皇帝がなすべきことは統治することであって軍を指揮することではない。この状況を打開する唯一の方法は、皇帝が侍従武官を引き連れて軍を去ることである。皇帝がいるだけで皇帝自身の安全を保障するために五万の軍が張り付けになって動けずにいる。たとえ最高司令官がどんなに優れていても、皇帝の存在とその権力に手足を縛られているくらいならば、むしろ質は最低でも自由な最高司令官のほうがましである。

アンドレイ公爵がドリッサで任務もなく過ごしていたちょうどそのとき、この派の主要メンバーの一人であった国家評議会官房長官のシシコーフが皇帝に一通の書状を認《したた》め、バラショフとアラクチェーエフもそれに署名することを同意した。その書状で彼は、情勢全般を論ずる許可を皇帝から得たのを利用して、首都の住民を戦争に向けて鼓舞する必要があるという口実の下に、恐れながらも皇帝に軍を去ることを進言したのであった。

皇帝が国民を鼓舞し、祖国の防衛を呼びかける――これこそすなわち（皇帝自らがモスクワに滞在することで実現した通り）ロシアの勝利の主要因をなした国民の発奮につながるものだったが、この方針が皇帝に提案され、皇帝はそれを、軍を去る口実として受け入れたのである。

10章

この書状がまだ皇帝の手に渡っていない時、バルクライが食事の席でアンドレイ公爵に、皇帝は直々にアンドレイ公爵と会見し、トルコのことで質問したいとのご意向なので、翌日の午後六時にベニグセンの宿舎に出頭するようにと告げた。

ちょうどこの日皇帝の宿舎には、軍にとって危険なものとなる可能性のあるナポレオンの新しい動きに関するニュースが入っていた（もっともこれは後に誤報だと判明したのだったが）。そして同じ日の朝には、ミショー大佐[34]が皇帝のお供でドリッサの堡塁《ほうるい》を視察して回りながら、プフールが築いてこれまでナポレオンに引導を渡すべき戦術上の傑作とみなされてきたこの要塞陣地が、実は何の役にも立たぬ代物で、ロシア軍の破滅の種になるだろうという説明をしていた。

アンドレイ公爵が訪れたベニグセン将軍の宿舎は、川の岸辺に立つ小ぶりな地主屋敷を借りたものだった。ベニグセンも皇帝も留守だったが、皇帝の侍従武官チェルヌイショフがアンドレイ公爵を迎えて、皇帝はドリッサ要塞陣地の効果について強い疑念を覚えたため、ベニグセン将軍とパウルッチ侯爵を伴って本日二回目の視察に出かけたと告げた。

チェルヌイショフは取っ付きの部屋の窓辺にフランス小説を片手に座っていた。その部屋はどうやらかつて広間だったようで、いまだにオルガンが置いてあったが、その上にはカーペットのようなものが山積みになっていた。片隅にはベニグセンの副官の折り畳みベッドが置かれていた。副官自身もそこにいた。彼はどうやら宴会疲れか仕事疲れのようで、折り畳んだベッドに座ってまどろんでいた。広間の奥には二枚のドアがあり、一方はまっすぐ元の客間に続き、もう一方は右手の書斎に続いていた。前の方のドアからドイツ語の会話が聞こえてくる。そこに時折フランス語も混じっていた。ドアの向こうの元の客間に、皇帝の意向で会議が招集されていたのだが、ただし（皇帝は曖昧な表現を好むので）作戦会議というわけではなく、ただ皇帝が目前の難局に関する意見を聞きたいと思う者たちが集められていた。つまり作戦会議ならぬ、皇帝のためにある種の問題を解明する目的の選良《エリート》会議と言うべきものだった。この曖昧な会議に呼ばれていたのはスウェーデンの将軍アルムフェルト、侍従将官ヴォルツォーゲン、ナポレオンが逃亡フランス臣民と呼んだヴィンツィンゲローデ、ミショー、トーリ[35]、まったく軍人ではないシュタイン男爵、そして最後にアンドレイ公爵が聞くところでは全作戦の要となっているプフールその人だった。プフールはアンドレイ公爵のすぐ後からやって来て、チェルヌィショフのところですこし立ち話をし

34　アレクサンドル・フランツェヴィチ・ミショー（一七七一～一八四一）。サルデーニャ出身で要塞構築の専門家としてロシア軍に入り、侍従将官となった。

35　カール・フョードロヴィチ・フォン・トーリ伯爵（一七七七～一八四二）。一八〇五年以降の戦役に参加。アウステルリッツの戦いの後、アレクサンドル一世を気づかう大尉として本作に登場した（第1部第3編18章）。ここでは大佐。

てから奥に入って行ったので、アンドレイ公爵はこの人物をじっくり観察するチャンスを得た。

まるで仮装の衣装のように座りの悪い、雑な縫製のロシアの将官服をまとったプフールをひと目見ただけで、アンドレイ公爵は初対面にもかかわらず、何か顔見知りのような印象を覚えた。プフールにはあのワイローターやマックやシュミットやその他もろもろの、彼が一八〇五年に見る機会があったドイツ軍の理論派の将軍たちと似たところがあったのだ。ただしプフールは他の誰にもまして一つの典型を示していた。理論派のドイツ人一般が持つ諸特徴をここまで一身に集めた人物を、これまでアンドレイ公爵は見たことがなかった。

プフールは、背は低くてひどく痩せていたが、骨太で武骨で頑健な体格をしていて、骨盤も大きく肩甲骨も張っていた。顔はしわだらけで、目は深くくぼんでいる。髪はどうやら前のほうのこめかみのあたりだけ慌ててブラシで梳《と》かしつけたようで、後ろの方は子供のようにいくつもの房が突っ立っていた。不安そうな、怒ったような顔で辺りをうかがいながら入って来たその様子は、まるでこの大きな部屋の中にある物をすべて警戒しているようだった。ぎこちない格好で剣をおさえながらチェルヌィショフに近寄ると、彼はドイツ語で皇帝はどこにおいでかと訊ねた。一刻も早く部屋を通り抜け、お辞儀だの挨拶だのを済ませて、自分が一番落ち着いた気分になれる地図の前に座って仕事に取り掛かりたいといった風情であった。チェルヌィショフの返答にせかせかと頷き返していたが、自分が、つまりプフール自身が自らの理論に基づいて設置した堡塁を皇帝が視察中だと聞くと、にやりと皮肉な笑みを浮かべた。そうして自信満々のドイツ人がよくするように、なんだか低く険しい声で「馬鹿者《ばかもの》が……」とか「何もかも台無しだ……」とか「今にとんでもないことになるぞ……」とか、ぶつぶつ独り言を言っていた。アンドレイ公爵はよく聞き取れなかったので、そのまま奥へ行こうとしたが、チェルヌィショフが公爵をプフールに紹介して、こちらは戦争が首尾よく終わったトルコ戦線から転任されたのですと告げた。プフールはアンドレイ公爵をというよりも彼の体越しに背後を一瞥すると、にやりと笑って「それはきっと、戦術にかなった正しい戦《いくさ》だったんでしょうな」と言った。それから見下《みくだ》した笑みを浮かべると、声の聞こえてくる部屋へと入っていった。

どうやらプフールは、もはやいつ皮肉っぽい苛立ちを爆発させてもおかしくない心境にあったのだが、今日はまたあろうことか、自分に断りもなく自分の陣地が視察され、検討の対象にされたということで、とりわけ穏やかでなかったようである。アウステルリッツでの見聞に学んだアンドレイ公爵は、ほんの短時間プフールと会っただけで、この人物の人となりをはっきりと思い描くことができた。プフールはまるで苦行者のように、ただひたすら一途《いちず》に自己を信じ切っている人間の一人で、そうした人間はドイツ人にしかいない。なぜかと言えば、まさにドイツ人だけが、抽象的な理念にすぎない科学、すなわち完全なる真理を知ったつもりになる技を根拠に、自分を信じることができるからである。フランス人も往々にして自信家になるが、それは個人としての自分が、男性から見ても女性から見ても、知性においても肉体においても抗《あらが》いがたいほど魅力的な存在だと感じるからである。イギリス人が自信を持つ根拠は、自分が世界最良の体制を持つ国家の国民であり、それゆえ常にイギリス国民としてなすべきことをわきまえ、さらにはイギリス国民として自分が行うことはすべて疑う余地なく正しいとわきまえているからである。イタリア人が自信を持つ理由は、興奮しやすくて、自分のことも他人のこともすぐに忘れてしまうからである。ロシア人が自信を持つのは、まさに彼が何も知らず、また知ろうとしないからである。なぜならロシア人は、何かを十分に知ることが可能だなどとは信じていないからだ。ドイツ人の自信は誰よりも悪質で、強固で、質《たち》が悪い。なぜなら自分が真理を、科学を知っていると思い込んでいるからだ。科学は彼が自分で考え出したものなのに、それが彼にとっては絶対の真理にすり替わってしまっているのだ。プフールは明らかにそういう人物だった。彼には科学が、すなわち斜行進撃の理論があった。これは彼自身がフリードリッヒ大王の戦史から導き出した理論だった。そのため、現代の戦史の中でお目にかかるようなものはすべて、彼の目から見れば愚行であり、蛮行であり、醜悪なぶつかり合いであって、双方がひたすら過ちを繰り返すあまり、とても戦争の名では呼び得ないような代物なのだった。つまり理論からかけ離れていて、科学の対象になり得ないのである。

一八〇六年にプフールはイエナとアウエルシュタットで終わった戦争[36]の作戦立案に加わったが、しかしこの戦争の帰趨《きすう》にも、彼は自分の理論が間違っているという根拠は何一つ見出さなかった。それどころか、彼の理論から逸脱した行動こそが、彼の理解ではあらゆる失敗の唯一の原因であった。彼は持ち前の喜びと皮肉の混じった口調で言ったものだ――「だから言っただろう、万事ろくな結果にはならんと」プフールは、自分の理論を愛するあまり、理論の目的とすること、すなわち実践への応用を忘れてしまうタイプの理論家だった。つまり理論愛にかまけて実践を憎み、無視していたのである。彼は失敗をむしろ歓迎していた。実践において理論から逸脱するが故に

36　プロイセンがナポレオン軍に敗れた戦い。

失敗が生ずるならば、それはまさに彼の理論の正しさの証明に他ならないからである。

アンドレイ公爵とチェルヌィショフを相手に彼は今次の戦争について二言三言述べたが、その時の表情も、あらかじめ悪い結果を見越していて、しかもそれを不満にさえ思っていないような表情だった。後頭部に飛び出ている梳かし忘れた幾房かの髪と、慌ててなでつけたこめかみのあたりが、とりわけ雄弁にそのことを物語っていた。

プフールが次の間に入っていくと、すぐにそこから低音で愚痴っぽく喋る彼の声が聞こえてきた。

11章

アンドレイ公爵がプフールの去っていく姿を見届ける暇もなく、部屋の中に急ぎ足のベニグセン伯爵が入ってきて、アンドレイ公爵に軽く会釈したかと思うと、立ち止まりもしないで自分の副官に何か指示を与え、奥の部屋に向かった。皇帝は馬でこちらへ向かっているところで、ベニグセンは皇帝を迎える準備をするために一足先に着いたのだった。チェルヌィショフとアンドレイ公爵は表階段に出て行った。ちょうど皇帝が疲れた様子で馬から下りるところだった。パウルッチ侯爵が何か皇帝に話しかけている。皇帝は首を左に傾け、気乗りのしない様子で、パウルッチの妙な熱弁を聞いていた。話にけりを付けたいという風情で皇帝は歩み出したが、真っ赤になっていきり立つイタリア人は作法も忘れ、後を追いながら喋り続けるのだった。

「あのドリッサの陣を進言した人物に関して言えば」皇帝が階段に差し掛かり、アンドレイ公爵に目を止めて、はて誰だったかという風にじっと見つめていた間も、パウルッチはそんな話をしていた。

「あんな人物は」もはや止まらないといった感じで、パウルッチはなりふり構わず喋り続けるのだった。「つまりドリッサの陣を進言したような人物は、私に言わせれば、二つに一つ、すなわち瘋癲《ふうてん》病院送りか絞首刑か、どちらかに処すべきです」皇帝はこのイタリア人の言葉にしまいまで耳を貸さず、聞こえなかったふりをしていたが、アンドレイ公爵が誰だったかに思い至ると、優しく彼に声をかけてきた。

「よく来てくれた。皆が集まっている部屋に通って、そこで待っていてくれたまえ」そう言うと皇帝は書斎に入っていった。ピョートル・ミハイロヴィチ・ヴォルコンスキー公爵とシュタイン男爵が続けて入ると書斎のドアが閉ざされた。アンドレイ公爵は皇帝の許可が下りたのを幸い、すでにトルコ戦線で見知っていたパウルッチと一緒に、会議の行われる客間に入っていった。

ヴォルコンスキー公爵がいわば皇帝の参謀長のような職務を務めていた。そのヴォルコンスキー公爵が書斎から出てくると、客間に地図を持ち込んできてテーブルの上に広げ、いくつかの問いを提示して、お集まりの諸君の意見をうかがいたいと告げた。実は夜の間に通報があり（これは後に誤報だと分かったのだったが）、フランス軍がドリッサの陣地を迂回して進んでくると知らされていたのだった。

まず口火を切ったのはアルムフェルト将軍で、彼は意外にも、当面の難局を避けるための、まったく新しい布陣を提案してみせた。ペテルブルグ街道からもモスクワ街道からも外れた位置に軍を結集させて敵を迎え撃つべしというのだったが、それは（自分にも意見があるのだということを見せつけたいという当人の願望を別にすれば）何一つ根拠を持たぬ提案であった。この計画はアルムフェルトが以前から温めていたもので、今これを表明したのは、提起された問題に答えようというよりは（そもそも彼のプランはその問題の答えになってはいなかった）、ただそれを表明する機会を生かしたかったからに過ぎないのは明らかだった。それは凡百の諸案と同じで、戦争がどういう性格を帯びるかを理解しないまま、いくらでももっともらしく作ることのできるようなものの一つにすぎなかった。彼の意見に反対の者もいれば、支持する者もいた。若いトーリ大佐はこのスウェーデン人の将軍の意見を最も激しく論駁《ろんばく》したが、その論駁の途中で脇ポケットから何やらたくさん書き込んだ手帳を取り出すと、読み上げる許可を求めた。その長大な草案の中でトーリはまた別の、アルムフェルトの案ともプフールの案とも完全に対立する作戦計画を提起していた。パウルッチはトーリに反論して、前進攻撃の案を提起した。目下ロシア軍がいるドリッサ陣地は、彼の表現によれば五里霧中の罠であり、ここから脱出するためには攻撃しかないというのである。こうした議論の間、プフールと通訳（すなわち宮廷関連における彼の橋渡し役）のヴォルツォーゲンは、ともに黙っていた。プフールは侮蔑的に鼻を鳴らしたり、体の向きを変えたりしながら、いま耳にしているようなたわごとにわざわざ言い返すようなことはプライドが許さないといった様子を見せていた。それでも議長役を務めるヴォルコンスキー公爵が彼を指名して意見を求めたので、彼はただ次のように述べた。

「私などに何をお訊ねになるのですか？　アルムフェルト将軍は、背後ががら空きの立派な陣形を提案された。そちらのイタリア人の方の攻撃案も、実に素晴らしい！　それに退却案も、また結構です。何をいったい私などにお訊ねになるのです？」彼は続けた。「だって皆さんご自身、私などよりすべてを良くご存知じゃないですか」とところがヴォルコンスキー公爵が渋い顔をして、自分は皇帝の名代としてあなたの意見を聞いているのだと言うと、プフールはすっくと立ち上がり、にわかに発奮して喋り出した。

「何もかもぶち壊し、何もかもめちゃくちゃにして、私などより良く分かっているという顔をしていたくせに、今になってのこのこやって来て、どうやって立て直せばいいのかと訊くわけですか？　なにも立て直すことなんかありませんよ。何もかも私が述べた原理の通り、きちんと実行すれば済むことです」骨ばった指でテーブルをたたきながら彼は言うのだった。「何が難局ですか？　下らん、児戯に等しい」彼は地図に歩み寄ると、カサカサの一本指で地図のあちこちをつつきながら、早口でまくし立てるのだった――いかなる偶然もドリッサ陣地の合目的性を裏切るものではない、すべてはあらかじめ計算済みであり、もしも敵が実際に迂回しようとすれば、不可避的に殲滅《せんめつ》されるのだと。

ドイツ語が分からないパウルッチは、彼にフランス語で質問をし始めた。ヴォルツォーゲンが、フランス語の不得意な上司のサポートに入る。プフールはそのヴォルツォーゲンの通訳も間に合わないほどの早口で、自分の計画には、すでに起こったことも、これから起こる可能性のあることも含めて、すべてが読み込み済みであり、もし今難局を迎えたとすれば、それはひとえに、すべてが正確に履行されていないからであるとまくしたてた。彼は絶えず皮肉な笑みを浮かべながらこれを論証し続けたあげく、最後に、まるで証明済みの問題の答えをあれこれの方法で検算していた数学者が途中で投げ出すような感じで、馬鹿にしたようにぷっつりと論証をやめてしまった。ヴォルツォーゲンがこれを引き取ってフランス語で上司の考えを述べ続けながら、時折「閣下、これでよろしいですね？」とプフールに確かめると、プフールは、喧嘩中の人間が逆上のあまり味方にまで殴り掛かるような形で、ヴォルツォーゲンをも怒鳴りつけるのだった。

「おい、何をいつまで説明しているんだ？」パウルッチとミショーがそれぞれフランス語でヴォルツォーゲンに食って掛かった。アルムフェルトはドイツ語でプフールに話しかけ、トーリはヴォルコンスキー公爵にロシア語で説明している。アンドレイ公爵は黙って聞き、観察していた。

全員の中で最もアンドレイ公爵の共感を呼んだのは、憤怒に燃えながら決然として、むやみに自信満々のプフールであった。ここにいる人物の中で彼一人が自分のために何も求めず、誰にも敵意を持たず、ただ一つのことだけを望んでいた――自らが長年の労苦の果てに導き出した理論に沿って構築された計画が実行されることだけを。彼は滑稽で、その皮肉な態度は不快感をもたらしたが、なおかつ理念に対する無限の献身ぶりは、おのずと敬意を誘うものだった。おまけに、プフールを除いて今喋っている人間たちの言葉のすべてに、一八〇五年の作戦会議には見られなかった一つの共通特徴があった。それは、うまく隠されてはいるが、実はナポレオンの天才への尻に火がついたような恐怖心であり、その恐怖心が今や一つ一つの反論に表れていたのである。誰もがナポレオンにはすべてが可能だと思い込み、四方八方から攻めてくる可能性を想定しては、その恐るべき名前の力で互いの想定をつぶし合っていた。どうやらただ一人プフールだけが、ナポレオンさえも、自分の理論の論敵一般と同じ野蛮人にすぎないとみなしている風情だったのだ。とはいえプフールは、アンドレイ公爵の心に尊敬の気持ちばかりでなく、憐《あわ》れみの気持ちをも呼び起こした。廷臣たちの彼に対する態度からも、パウルッチがあえて皇帝に直訴した内容からも、そして何よりプフール自身のある種絶望的な表情からも、明らかに読み取れた通り、彼の凋落《ちょうらく》は間近で、それを皆も知り本人も感じていたのだ。その自信満々な様子やドイツ人らしいぶつぶつと皮肉っぽい口ぶりにもかかわらず、こめかみのあたりの髪を撫でつけておきながら後頭部の房毛が突っ立ったままのこの人物は、見るも哀れだった。苛立ちや侮蔑の表情で押し隠してはいるものの、自分の理論を大規模な実験の場で検証し、全世界にその正しさを証明する唯一の機会が自分の手から滑り落ちようとしていることに、彼は明らかに絶望を覚えていたのである。

話し合いは長引き、そして長引けば長引くほどに、議論はますます白熱して怒鳴り合いや個人攻撃が飛び交い、そしてそれにつれてすべての意見から何らかの総合的な結論を導き出すのがますます難しくなってきた。多言語混淆で行われる提案や計画や論駁や怒号の応酬に耳を澄ましているアンドレイ公爵は、皆の話の内容にただただ驚くばかりだった。かつて軍務についていた頃しばしば彼の脳裏に去来していた思い、すなわち戦争の科学など存在しないし、またありうべくもない、したがっていわゆる戦争の天才というものも存在し得ないという考えが、今や彼にとって完全に明白な真理となっていた。『条件も状況も不明で判定できず、遂行する者たちの力に至ってはなおさら判定不能な戦争のような事業に、いったいどんな理論や科学があるというのだ？　一日後には自軍と敵軍がそれぞれどんな状態にあるか、昔も今も分かりはしないし、それぞれの部隊がどんな戦力を持っているのかも、誰にも分からないのだ。先頭にいるのが臆病者で「わが軍は分断された」などと喚いて逃げ出したりすれば別だが、仮に陽気で大胆な人間が前にいて「万歳《ウラァー》！」と気合を入れれば、あのシェングラーベンの時のように、五千人の部隊が三万人の部隊に対抗できる場合もある。ところが逆の場合には、あのアウステルリッツの時のように、五万人の部隊が八千人の部隊を前に敗走することもあるのだ。あらゆる現実の出来事におけるのと同様に、何一つ確定できず、すべては無数の諸条件によって左右され、しかもその諸条件の意味は一瞬にして決まるのに、その一瞬がいつ訪れるのかは誰も知らない――そんな出来事にいったいどんな科学がありうるというのだ。アルムフェルトがわが軍は分断されたと言えば、パウルッチはわが軍はフランス軍を両面から挟み撃ちの形にしたと言う。ミショーがドリッサの陣地の弱点は川を背にしていることだと言えば、プフールはまさにそれがこの陣地の強みだと言う。トーリが一つのプランを出せば、アルムフェルトが別のプランを出す。どちらも立派でどちらもお粗末であり、そしてどんな布陣の利点も、事が起こった時にしか明らかにはならないのだ。ではどうして誰もが「軍事の天才」などという言葉を使うのか？　絶好のタイミングで糧食の乾パンを取り寄せたり、お前は右に行け、お前は左に行けと命令を出したりする人間が天才だというのだろうか？　軍人は栄光と権力に包まれているので、愚劣な大衆は権力者におもねろうとして、彼らに本来備わってもいないような高度な資質を付与して、天才呼ばわりするというだけのことではないか。ところが俺が知っている最も優れた将軍たちは、愚かな、あるいはぼんやりした人たちだった。一番はバグラチオンで、あのナポレオンさえ一目置いている。ではナポレオン本人はどうだ！　俺はアウステルリッツでのあの人物のひとりよがりの浅薄な顔を覚えている。良き連隊指揮官には天才も要らなければ何ひとつ特別な資質も要らない。いやむしろ反対に、最も優れた、最高の人間的資質が欠けていることこそが必要なのだ――愛、詩情、優しさ、哲学的な知的懐疑といったものが。浅薄なうえに、自分の行っていることが重要だと固く信じている必要がある（さもなければ忍耐力が持つまい）。そのときはじめて彼は勇猛な指揮官となるだろう。指揮官がまともな人間で、誰かを愛したり、憐れんだり、何が正しくて何が間違っているかを考え始めたりしたら、それこそ大変だ。大昔から彼らのために天才の理論が作られてきたのは理解できる。なぜなら彼らこそが権力者だったからだ。ただし軍事の成否に貢献するのはそうした連中ではなく、戦列の中にいて「おしまいだ」とか「万歳《ウラァー》！」とか叫び出す兵士である。だからそうした戦列に混じっているとき、人ははじめて自分が役に立っているという確信をもって働くことができるのだ！』

やり取りに耳を傾けながらそんな考えに浸っていたアンドレイ公爵は、パウルッチに呼ばれてハッと我に返ったが、その時にはすでに一同が解散しかけていた。

翌日の接見の折、皇帝はアンドレイ公爵にどの部署での勤務を希望するかと訊ねた。これに対して皇帝の側近としての勤務を願い出るのではなく、軍に勤めることをお許し願いたいと答えたため、アンドレイ公爵は宮廷世界との縁をみずからすっぱりと切ることになったのだった。

12章

開戦の直前にニコライ・ロストフは両親からの手紙を受け取ったが、そこにはナターシャが病気になったこととアンドレイ公爵との婚約が破談になったことが手短《てみじか》に告げられ（破談はナターシャが断ったためと説明されていた）、親たちはまたもや彼に退役して帰郷するよう求めていた。手紙を受け取ったニコライは退役も休暇も願い出ようとはせずに、ただ両親に宛てて、ナターシャと婚約者の破談について極めて残念に思っており、自分もあなた方の願いを実現すべくできる限りの努力をすると書き送った。ソーニャには別に手紙を書いた。

『愛する心の友よ』と彼は書いた。『僕の帰郷を引き留めるものがあるとすれば、それはただ一つ、名誉を貴ぶ気持ちしかない。ところがまさに戦が始まろうとしている今、もしも僕が自分の幸せを自分の務めや祖国への愛よりも優先させるならば、僕は単に同僚に対してのみか、自分自身に対しても不名誉な思いをすることだろう。ただし別れているのもこれが最後だ。いいかい、戦争が終わったらすぐに、もしも僕がまだ生きていて君に愛されているとしたらだが、僕はすべてを打ち捨てて君のところへ飛んでいく。そしてわが燃える胸に君を抱きしめるのだ、今度こそ永遠に』

実際、ニコライが帰郷して約束通りにソーニャと結婚するのを妨げたのは、ただ開戦のみであった。オトラードノエで一秋猟にふけり、冬にはクリスマス週間とソーニャの愛を味わった経験は、静かな地主生活の喜びと安らぎという将来像に向けて彼の目を開かせてくれた。これまで知らなかったそうした喜びや安らぎに、今の彼は心惹かれていたのである。『素晴らしい妻、子供たち、しっかりした追い犬の群れ、十頭か十二頭の威勢のいいボルゾイ犬、農業経営、隣人たち、選挙で選ばれてやる勤め！』彼は思った。しかし今は戦で、連隊にいなければならなかった。そしてそれが不可避である以上、ニコライは持ち前の性格から、連隊での暮らしに満足を覚えていたし、その生活を自分に快適なものとすることができるのだった。

休暇から戻って同僚たちに歓迎された後、ニコライは軍馬補充に派遣され、小ロシアから優良な馬たちを連れて戻ったが、おかげで本人も満足し、また上官のお褒めにもあずかることができた。休暇中に彼は騎兵大尉に昇進しており、連隊が増員の上で戦時編成をとった際には、また元の騎兵中隊を任されることとなった。

軍事行動が開始され、連隊はポーランドへと移動になり、俸給が二倍になって、新しい将兵や馬たちが加わった。そして大事なことに、戦争の初めにつきものの高揚した陽気な気分が広がった。ニコライも連隊で有利な立場にあるのを意識しつつ、軍隊勤務の快感や面白さに浸っていた。いずれはそうしたものとお別れせざるを得ないと知りながら。

軍は複雑多様な国家的、政治的および軍事的な理由によって、ヴィルナから退却しつつあった。退却の道程の一歩一歩に、総司令部の成員たちの利害や思惑や意地が織りなす複雑なゲームが関与していた。とはいえパヴログラード連隊の軽騎兵たちにとっては、夏の一番良い季節に十分な食料をもって行われたこの退却行軍は、この上なく簡単で楽しい作業であった。くさったり心配したり陰謀をめぐらしたりするのは総司令部の者たちの仕事であり、軍の真っただ中にいる者たちは、どこへ、何のために行くのだなどと自問したりはしなかった。仮に退却を惜しむ者がいたとすれば、それはただ住み慣れた宿を立ち退き、かわいいポーランド娘とお別れしなくてはならないからに過ぎなかった。もしも誰か戦況が思わしくないことに思い至る者があったとしても、優秀な軍人らしく、つとめて陽気に振る舞い、全体状況など考えずに目前の任務だけを考えようとするのだった。はじめのうち隊はヴィルナの近くに気楽に滞在したまま、ポーランド人の地主たちと顔見知りになったり、皇帝およびその他の最高司令官たちの閲兵に備えたり、それをすませたりしていた。その後スヴェンツィヤーヌィ[37]に撤退、携帯不可能な食糧は処分すべしとの命令が下った。このスヴェンツィヤーヌィは軽騎兵たちの記憶に残ったが、それはひとえに、後に全軍がこの地での宿営をそう呼んだ通り、これがまさに「酩酊キャンプ」に他ならなかったためであり、さらには、軍の者たちが食糧徴発の命令をいいことに、食糧だけでなく馬匹《ばひつ》も、馬車も、絨毯も、ポーランド貴族たちから徴発して、多くの苦情が寄せられたためであった。ニコライがスヴェンツィヤーヌィを記憶しているのは、この地に入った当日、騎兵曹長を更迭したこと、および中隊の全員がぐでんぐでんに酔っぱらってどうしようもない状態だったことからである。彼らは彼の知らない間に古いビールを五樽も盗み出していたのである。スヴェンツィヤーヌィからさらに次々と撤退が続いてドリッサに至り、ドリッサからもまた撤退して、もはやロシア国境に近づいていた。

七月十三日、パヴログラード連隊は初めて本格的な戦闘に入ることになった。

戦闘前日の七月十二日の深夜は、激しい雷雨だった。一八一二年は概して驚くほど荒れた天気が多かったのだ。

37　現リトアニアのシュヴェンチョニース（ヴィリニュスの北方八十四キロ）。

パヴログラード連隊の二個中隊が野営していたのは、穂が出たところを家畜や馬に散々荒らされたライ麦畑の真っただ中だった。土砂降りの雨の中、ニコライは目をかけている若い将校のイリインと二人で応急の囲いをしただけの掘っ立て小屋の中にじっとしていた。そこへ彼らの連隊の将校で、鼻の下から頰まで続く長い口髭を生やした男が、司令部に行った帰りに大雨に降られて飛び込んできた。

「伯爵、私は司令部から帰ってきたところですが、ラエフスキー将軍の快挙をお聞き及びですか?」そう言って将校は司令部で聞いたばかりのサルタノフカ[38]の戦いの詳細を物語った。

ニコライはうなじに雨だれが落ちてくるのを嫌って首をすくめたまま、パイプをふかしながらぼんやりと話に耳を傾け、時折近くで縮こまっている若い将校のイリインの様子をうかがっていた。これは最近入隊したばかりの十六歳の少年で、今のニコライとの関係は、ちょうど七年前のニコライとデニーソフとの関係に等しかった。イリインは何事につけてもニコライをまねて、まるで女のように彼に惚れ込んでいた。

並の二倍の口髭を生やした将校ズドルジンスキーは、サルタノフカの堤防がロシア軍にとってのテルモピュライ[39]となったいきさつと、その堤防上でラエフスキー将軍が古代人にも比肩するような見事な行動をとったいきさつを、大仰な言葉で物語った。

ズドルジンスキーが語るラエフスキーの行動というのは、激烈な砲火の下、自分の息子二人を堤防に上らせ、親子そろって攻撃をかけたことを指していた。ニコライは話を聞きながら、ズドルジンスキーの讃辞にさっぱり同感の意を示さなかったばかりか、逆に聞かされた話を恥ずかしく感じていて、ただ反論するのは控えているといった顔をしていた。アウステルリッツの会戦や一八〇七年の戦役を経てきたニコライは、自分の経験から戦場での出来事を語るとき人が必ず嘘を混ぜるのを知っていたし、自分もまたそうだったからだ。それにまた、彼くらいの経験を積めば、戦場で起こることは何もかも、われわれが想像したり語ったりできるようなこととは全く違っているのが分かっていたのだ。だから彼はズドルジンスキーの話が気に入らなかったし、ズド

38　ニコライ・ラエフスキー（一七七一〜一八二九）はバグラチオン軍の第七歩兵軍団指揮官。後のボロジノ戦でもいわゆるラエフスキー角面堡を舞台に活躍した。サルタノフカはモギリョフ（現ベラルーシのマヒリョウ）の近郊の村で、六月十一日に進攻する仏軍と露軍の衝突がおこり、ラエフスキー軍団はダヴー配下の五個師団との十時間の戦闘の末に相手を撃退した。敵の榴散弾で胸を負傷しつつ兵を鼓舞したラエフスキーの活躍は、語り草となった。ただしこの先に語られる親子での攻撃の話は本人が否定している。

39　古代のペルシャ戦争でペルシャ遠征軍を迎え撃ったスパルタ中心のギリシャ防衛軍が善戦の末に敗れた戦場。

ルジンスキー本人もまた気に食わなかった。口髭が頰にまでつながったこの男が、いつもの癖で話し相手の顔の真上に覆いかぶさるようにかがみこんでくるので、ただでさえ狭い掘っ立て小屋の中でなおさら窮屈な思いをさせられたからである。ニコライは黙って相手を眺めていた。『第一に、攻撃を仕掛けたという堤防の上は、きっと恐ろしく人間が入り乱れひしめいていたはずだから、仮にラエフスキーが息子たちをそこに引っ張り出したとしても、それは彼のすぐそばにいた十名ほどの兵士を別にすれば、誰にも影響を与えたはずがない』ニコライはそんなふうに考えていた。『他の連中にはラエフスキーがどんなふうに、誰と一緒に堤防の上を進んでいるのかなど、見えたはずがない。しかもそれを見ていた人間だって、たいして鼓舞されたはずはないのだ。だって自分の生死がかかっている状況下で、ラエフスキーの優しい父性愛などにかまっていられるだろうか？　さらに言えば、サルタノフカの堤防が敵の手に渡ろうと渡るまいと、かのテルモピュライを引き合いに出して言われるほど、祖国の運命にかかわるような問題ではない。だとすれば、それほどの犠牲を払う理由はいったい何だったのか？　さらに言えば、なぜわざわざ戦争の場に、自分の子供たちを引っ張り込むのか？　俺だったら、弟のペーチャはおろか、あのイリインだって、血はつながってはいないが好青年のあのイリインだって、なるべくどこか安全な場所においてやろうとするだろう』ズドルジンスキーの話を聞きながらニコライはずっとそんな思いにふけっていたのだったが、ただし自分の考えを口にすることはなかった。こういうことにはすでに経験を積んでいたからだ。この話がロシア軍への称賛を喚起するものである以上、疑いなど持っていないふりをしなくてはならない——彼にはそれが分かっていた。そしてその通りに振る舞ったのである。

「しかし、これはもうたまりませんね」ズドルジンスキーの話がニコライの気に入らないのを見て取ったイリインが言った。「靴下もシャツも、それに尻までびしょ濡れです。どこか避難所を探してきますよ。雨は小やみになったようですから」イリインが出て行くとズドルジンスキーも馬で立ち去った。

五分もするとイリインが泥を撥ね散らかしながら掘っ立て小屋に駆けつけてきた。

「万歳《ウラァー》！　ロストフ大尉、すぐに行きましょう。見つかったんです！　二百歩ばかり先に居酒屋があって、うちの連中が集まっています。体を乾かすだけでもめっけものですし、マリヤ・ゲンリホヴナも来ていますよ」

マリヤ・ゲンリホヴナというのは連隊の軍医の妻である若いきれいなドイツ女性で、軍医がポーランドで結婚した相手であった。軍医は金がないためか、あるいは新婚早々若い妻と離れ離れになるのが嫌なのか、軽騎兵連隊の行く先にどこへでも連れて歩いていたのだが、この医者の焼き餅が連隊将校の間で冗談の種になっていた。

ニコライはマントを引っ掛けると、ラヴルーシカに荷物を持ってついて来いと声をかけ、イリインとともに歩き出した。泥道に足をとられそうになったり、そぼ降る雨の下でぴしゃぴしゃ足音を立てたりしながら、時折遠くの稲妻に照らされる夜の暗がりを歩いていく。

「大尉、どこにおられます？」

「ここだ。ひどい稲妻だなあ！」そんな風に二人は声を掛け合うのだった。

13章

主人が逃げて空き家になった居酒屋の前に軍医の小型の幌馬車が停まっており、店の中にはすでに五人ばかりの将校が集まっていた。ふくよかな金髪のドイツ女性マリヤ・ゲンリホヴナはカーディガンを着てナイトキャップをかぶった姿で、入口側の片隅の大きな長椅子に座っていた。夫の軍医は妻の後ろで眠り込んでいる。入って行ったニコライとイリインは陽気な喚声と笑い声で迎えられた。

「いやはや！　ずいぶん楽しそうだな」ニコライは笑顔で言った。

「そっちこそ、何をもたもたしてたんだい?」

「おいおい! 体から雨水がぼたぼた滴っているじゃないか! うちの客間を濡らさないでくれよ」

「マリヤ・ゲンリホヴナのお着物を汚すなよ」いろいろな声が答える。

ニコライとイリインは、慎み深いマリヤ・ゲンリホヴナに恥ずかしい思いをさせずに濡れた服を着替えられる場所を探した。衝立のかげに隠れて着替えようとしたが、物置になっているその小さなスペースにも三名の将校がぎゅう詰め状態で陣取って、空き箱の上に立てたローソクを囲んでカードに興じており、どうしても場所を譲ろうとはしない。マリヤ・ゲンリホヴナがカーテン代わりにと言ってしばらく自分のスカートを貸してくれたので、ニコライとイリインはその陰に隠れ、荷を運んできたラヴルーシカの助けを借りて、濡れた服から乾いた服に着替えたのだった。

壊れたペチカに火が起こされていた。どこからか持ってきた板を二つの鞍の上にのせて馬衣で覆ったところへ、小型のサモワール、行軍用ポータブル・バー、半分だけ残ったラム酒の瓶を出して並べ、マリヤ・ゲンリホヴナにホステス役をお願いして、皆がその周りに集まっているのだった。ある者はそのすてきな指を拭ってくださいときれいなハンカチを差し出し、ある者は湿気でお御足が冷えないようにと彼女の足元にハンガリー風の騎兵ジャケットを敷き、ある者は隙間風を防ごうとコートをカーテン代わりに窓に掛け、ある者は彼女の夫が目を覚まさないようにと、その顔からハエを追っていた。

「夫にかまわないでいいわ」マリヤ・ゲンリホヴナがおずおずと幸せそうにほほ笑んで言った。「一晩寝ていないから、うっちゃっておいてもぐっすり寝ているわ」

「そうはいきませんよ、マリヤ・ゲンリホヴナ」将校が答える。「軍医殿には奉仕しておかないと。だって万が一こちらが足だの手だのを切り落とされる羽目になった時、軍医殿が情けをかけてくださるかもしれませんからね」

コップは三つしかなかった。水もひどく濁っていて、茶が濃いのか薄いのかの見わけもつかず、しかもサモワールにはコップ六杯分の湯しかなかった。だがそれだけに、マリヤ・ゲンリホヴナのふっくらとして指の短い、あまりきれいでない爪の生えた小さな手から、階級の順番でコップを受け取るのが、なおさらうれしかった。どうやらこの晩は本当に将校たちがみんな、マリヤ・ゲンリホヴナに恋をしてしまったようだった。衝立の裏でカードに興じていた将校たちさえ、じきにゲームを放り出してサモワールのそばに移動し、皆のムードに同調してマリヤ・ゲンリホヴナをちやほやしだした。こんなにも華やかで礼儀正しい青年たちに囲まれていると思うと、マリヤ・

ゲンリホヴナは幸せのあまりうきうきしてきた。彼女はその気持ちを隠そうと努めていたし、しかも眠っている夫が身じろぎするごとに明らかに怯えあがっていたのだったが、それでもその顔の輝きは隠せなかった。

スプーンは一つしかなく、砂糖は有り余るほどあったものの、かき混ぜる道具が足りなかった。そこで彼女が順番に皆の砂糖をかき混ぜることに決まった。ニコライは自分の受け取ったコップにラム酒を注ぐと、マリヤ・ゲンリホヴナにかき混ぜてくださいとお願いした。

「あら、お砂糖が入ってないじゃありませんか?」彼女が言うと皆が笑った。まるで彼女が何を言っても、そして他の者たちが何を言っても、すべてが滑稽で、しかも何か裏の意味を持っているかのようだった。

「ええ、僕は砂糖はいりません。ただあなたの手でかき混ぜていただきたいのです」

マリヤ・ゲンリホヴナは承知してスプーンを探したが、それはすでに誰かの手に渡っていた。

「指でしていただけませんか、マリヤ・ゲンリホヴナ」ニコライは言った。「その方がうれしいです」

「熱いわ!」気を良くして顔を赤らめたマリヤ・ゲンリホヴナが言った。

イリインが水の入った桶を手に取ると、そこにラム酒を一滴たらし、マリヤ・ゲンリホヴナに近寄って指でかき回してくださいと頼んだ。

「これが僕のコップです」彼は言った。「ただ指を浸すだけで結構、そうしたら全部飲み干しますから」

サモワールの湯が飲み干されると、ニコライはカードを取り出して、マリヤ・ゲンリホヴナも入れて「キング」ゲームをしようと提案した。皆でくじを引き、誰がマリヤ・ゲンリホヴナと組むかを決めた。ニコライの提案で決まったゲームのルールは、見事キングになった者がマリヤ・ゲンリホヴナの手にキスをする権利を獲得し、ビリに終わった者は軍医殿が目を覚ました時に飲むように、新しくサモワールを沸かすというものだった。

「じゃあ、もしもマリヤ・ゲンリホヴナがキングになられたら?」イリインが訊いた。

「この人は今のままでもクイーンさ! だからこの人の命令は法律と同じなんだ」

ゲームが始まった途端に、マリヤ・ゲンリホヴナの背後から軍医のもじゃもじゃ頭がぬっとあらわれた。彼はもう前から目を覚ましていて、話に聞き耳を立てていたのだったが、どうやら話されたり行われたりしていることがどれ一つとして、彼には楽しくもおかしくも面白くもなかったようである。その顔は暗く沈んでいた。将校たちに挨拶もせずにポリポリと体を掻くと、ちょっと外に出させてくれと頼んだ。通り道がふさがっていたのだ。軍医が出て行ったとたん、将校一同がどっと爆笑し、マリヤ・ゲンリホヴナは真っ赤になって泣き出しそうになったが、将校たちの目にはそれがますます魅力的に映るのだった。外から帰って来た軍医は妻に（妻はもはや前のように楽しげに笑ってはおらず、怯えたように夫を見つめて宣告を待ち受けていた）、雨も止んだから幌馬車に戻って寝なくちゃいけない、ただ置きっぱなしにしたら何もかも盗まれてしまうから、と言った。

「いや、僕が伝令を呼んで見張らせますから……それも二人！」ニコライが言った。

「ご心配いりません、軍医殿」

「私が自分で番をいたします！」イリインが言う。

「いや、諸君、諸君はよく寝ているからいいが、私は二晩寝ていないんだ」そう言うと軍医は陰気な顔で妻の隣に腰を下ろして、ゲームの終わるのを待った。

妻を横目で窺っている軍医の真っ暗な顔つきを見ると、将校たちはなおさら楽しくなり、多くの者はどうにも笑いがこらえきれなくなって、大急ぎで何か笑うのに体裁のいい口実を探すのだった。軍医が妻を連れて出て行き、幌馬車に収まってしまうと、将校たちは居酒屋の中で濡れた外套にくるまって横になったが、長いこと寝付けぬままに、軍医のびっくりした顔や軍医夫人のはしゃぎぶりを思い起こしたり、表階段に飛び出していって、幌馬車で何が行われているかを報告したりしていた。何度かニコライは頭まで外套にくるまって眠ろうとしたが、またもや誰かの言葉が彼の気を散らし、またもや会話が始まって、わけもなく朗らかな、子供のような笑い声が湧き起こるのだった。

14章

二時を過ぎてもまだ誰も眠りについていなかったが、そこへ曹長が現れてオストロヴナ村方面へ出動せよという命令を伝えた。

将校たちは相変わらず喋ったり笑ったりしながら急いで準備にかかり、またサモワールを立てて濁り水を沸かしにかかった。だがニコライは茶が沸くのを待たずに中隊めがけて歩き出した。すでに夜が白みかけていて、雨は止み、雲も散ろうとしていた。空気はじめじめとして寒く、とりわけ生乾きの服を着た身にはひんやりとこたえた。居酒屋を出たところでニコライとイリインはそろって、夜明けの薄明の中で雨に濡れて艶々と光っている軍医の革製の幌馬車を覗き込んだ。幌の下から軍医の両足が突き出しており、馬車の中ほどの枕の上にナイトキャップを被った奥方の頭が見えて、寝息が聞こえた。

「まったく、実にかわいらしい人だな！」ニコライは連れ立って出てきたイリインに言った。

「本当に魅力的な方です！」イリインはいかにも十六歳の青年らしく生真面目に答える。

半時間後には中隊が街道に整列していた。「乗馬！」の号令がかかると兵士たちが十字を切り、馬にまたがった。馬上のニコライが前に出て「前進！」と号令すると、軽騎兵たちは四列縦隊となり、泥んこ道に馬の蹄《ひづめ》をピチャピチャいわせながら、カシャカシャというサーベルの鞘鳴《さやな》りと、ひそひそ声とともに、前を行く歩兵隊と砲兵隊を追う形で、白樺並木の広い道を進みだした。

青や紫色のちぎれ雲が朝焼けに赤く染まりながら、風に追われて流れていく。あたりはどんどん明るくなってきた。村道に必ず繁っている葉のふさふさとした小草が、まだ昨日の雨で濡れているのがはっきりと見える。白樺のしだれた枝も同じく濡れそぼったまま風に揺れ、キラキラ光る雫《しずく》を脇に滴《しただ》らせている。兵士たちの顔がしだいにくっきりと見分けられるようになってきた。ニコライはついて離れぬイリインとともに、道路の脇の二列になった白樺の間を進んでいった。

ニコライは出陣の際には、自分の裁量で、前線用の軍馬ではなくコサック馬に乗ることにしていた。馬の通《つう》でもあれば馬好きでもある彼は、最近精悍《せいかん》なドン産の大柄で気のいい栗毛馬を手に入れていたが、それに乗っていると誰にも追い越されることはなかった。今その馬で行く彼は、快楽を味わっていた。脳裏には馬のこと、今日の朝のこと、例の軍医夫人のことが去来したが、この先に控える危険のことは一度も浮かばなかった。

かつてのニコライは出陣の際に恐れを覚えたものだったが、今の彼は毛ほどの恐怖も感じはしなかった。これは別に戦火に馴れたから怖くなくなったわけではなく（危険に馴れることは不可能なので）、危険を前にした際に自分の心をコントロールすることを覚えたからであった。戦いに赴く際には何を考えてもかまわないが、ただしおそらく一番関心の深いこと、すなわち目の前に迫った危険のことだけは考えない――そのことに彼は習熟したのである。軍務についたばかりの頃は、どんなに努力しようと、どんなに自分の臆病を咎めようと、どうしてもこれがかなわなかったのだが、年季が入った今となっては、ひとりでにできるようになっていた。今こうしてイリインと並んで白樺の間を馬で行きながら、時折手に触れる枝の葉をむしったり、馬の腿《もも》の付け根に軽く片足で触れたり、吸い終えたパイプを振り向きもしないで後から来る軽騎兵に渡したりしていたが、その様子はまるで乗馬散歩に出かける人のように穏やかでのんびりとしたものだった。イリインの方はぺらぺらと不安げに喋ってばかりいたが、その興奮しきった顔を見ると痛々しい感じがした。今この少尉が味わっている、恐怖と死を予期した重苦しい心境を、ニコライは経験で知っていたが、同時に、彼を助けてやれるものはただ時間をおいて何一つないということも知っていたのである。

太陽が黒雲の下からきれいな帯状の大気の中に顔を出したかと思うと、まるで雷雨一過の玲瓏《れいろう》たる夏の朝を損なうことをはばかるかのように、風がぴたりと止んだ。いまだ雫は滴っていたが、もはやゆったりとした重い雫で、ものみなが静まり返っていた。太陽はすっかり上って地平線上に姿を見せた後、上にたなびく細長い黒雲の中に消えた。そして数分後、さらに輝きを増して黒雲の上辺から、端を食い破るようにして顔を出した。そしてその輝きと時を同じくして、まるでそれに応えるかのように、前方で砲声が響いたのだった。

砲声までの距離を考えていたニコライがまだ結論を出す前に、ヴィテプスク[40]からオステルマン＝トルストイ伯爵[41]の副官が駆けつけてきて、速歩《トロット》で街道を前進せよとの命令を伝えた。

中隊は、同じく急ぎ足になった歩兵隊と砲兵隊を追い越して丘を下り、また一つ、住民が逃げて空っぽになった何とかいう名の村を駆け抜け、もう一度丘に登った。馬は泡の汗をかき、人間は真っ赤な顔をしていた。

「止まれ、整列！」前方で大隊長の号令が聞こえた。

「右向け右、常足《なみあし》前進！」前方で号令が続く。

軽騎兵隊は兵列に沿って陣地の左翼にすすみ、最前列にいたロシアの槍騎兵隊の背後に並んだ。右手には味方の歩兵たちが密集縦隊をなして並んでいたが、これは予備軍だった。その頭越しに望む丘の上、まさに地平線上の澄み渡った大気の中に、早朝の斜めの陽光を赤々と浴びて、味方の砲列が見える。前方の窪地の向こう側には敵の縦隊と砲列が見えた。窪地のただ中では、すでに戦闘に入った味方の散兵線が、にぎやかに敵と撃ち交わす銃声が響いている。

もう久しく耳にしていなかったその銃声を耳にすると、ニコライはまるで最高に陽気な音楽を聴いたかのように、胸を弾ませた。パン、パパパン！――不意に単発の銃声がしたかと思えば、立て続けに何発かの銃声が続く。またしんと静まったかと思うと、さらにまた、誰かがかんしゃく玉をいくつも踏みつぶしたような音が響くのだった。

軽騎兵隊がこの場所に停止して一時間ほどもたったころ、砲撃が開始された。オステルマン伯爵がお付きの一団を従えて中隊の後ろを通りかかり、立ち止まって連隊長とちょっと言葉をかわすと、そのまま丘の上の砲列へと向かった。

オステルマン伯爵が立ち去った直後、槍騎兵隊で号令が聞こえた。

「縦列組め、突撃用意！」前にいた歩兵たちが騎兵を通すために二小隊に分かれた。槍騎兵たちが槍先の小旗をはためかせながら速歩で丘を下り、麓《ふもと》の左手に見えるフランス軍の騎兵隊に向かって突撃していく。

槍騎兵隊が丘を下り終えた途端、軽騎兵隊に丘の上に移動して砲兵隊を掩護《えんご》せよとの命令が下った。軽騎兵隊が槍騎兵隊のいた場所に立った時、散兵線からヒュルヒュルキーンという音を立てて何発かの弾丸が飛んできたが、見当はずれの方角で当たりはしなかった。

久しく耳にしていなかったその音を聞くと、ニコライは先ほど銃声を聞いた時より

40　現ベラルーシのヴィーツェプスク。
41　第一西部方面軍第四歩兵軍団司令官。

ももっと楽しくなり、気合が入ってきた。彼は背筋をピンと伸ばして丘の麓に広がる合戦の場に目を凝《こ》らし、槍騎兵になりきったような気持ちでその動きを追った。槍騎兵たちがフランス軍の竜騎兵隊の間近まで襲い掛かったところで、そのあたりが硝煙に包まれて何かがもつれ合ったかと思うと、五分もしたころ槍騎兵隊が引いて、以前の位置とは別の、少し左の位置に戻った。栗毛の馬に乗った橙《だいだい》色の軍服の槍騎兵たちの間やその背後に、灰色の馬に乗ったフランスの竜騎兵たちの青い大きな塊が見えた。

15章

ニコライは狩猟家ならではの鋭い目で、味方の槍騎兵を追ってくる青いフランス竜騎兵の群れをいち早く見つけた。算を乱した槍騎兵の集団と、それを追うフランス竜騎兵たちが、どんどんこちらに近寄ってくる。丘の麓では小さく見えた者たちが、ぶつかり合い、追いかけ合って、腕やらサーベルやらを振り回しているのが、すでに見分けられるようになっていた。

ニコライは目の前の光景を、獣の駆り出しを見るような眼で見つめていた。持ち前の感覚で彼は見て取った——もし今、軽騎兵たちを率いてフランスの竜騎兵隊を急襲すれば、相手は持ちこたえられまい。だがもし急襲するなら、今すぐに行うべきであり、ここを逃したらもはや手遅れだ。彼は周囲を見回した。すぐ脇に立っていた大尉も、同じく下方の騎兵たちを食い入るように見つめているところだった。

「大尉」ニコライは話しかけた。「あいつら、ひねり潰せるんじゃないか……」

「そう行けば快挙だが」大尉は言った。「だが実際は……」

大尉の言葉をしまいまで聞かずに、ニコライは馬をひと蹴りして中隊の前に跳び出した。するとまだ彼が号令も発しきらないうちに、彼と思いを同じくしていた中隊の全員が、後を追って駆けだしたのだった。どういう風の吹き回しでそんな挙に出たのか、ニコライは自分でも分からなかった。何もかも猟の時と同じで、後先の考えも計算もなく、ただ行動したのである。竜騎兵たちが近くに迫っており、彼らが馬を飛ばし、列を乱しているのを彼は見て取った。相手が持ちこたえられないのが彼には分かり、しかもチャンスは一瞬だけで、今自分がその一瞬を逃せば二度とめぐってこないことも分かったのだ。のこぎりのような笛のような音を立ててあたりを飛び交う銃弾が気持ちを掻き立て、馬はカッとなってぐいぐい前へ出ようとしたので、彼にはもはや抑えが利かなかった。そこで馬をひと蹴りして号令を発すると、もうその瞬間、背後に展開した自分の中隊が完全な速歩でついてくる馬蹄《ばてい》の響きが聞こえたので、そのまま麓の竜騎兵隊めがけて丘を下り出したのだった。丘を下りきるや否や速歩がひとりでにギャロップに切り替わり、味方の槍騎兵とその後を追ってくるフランス軍竜騎兵たちに近づくにつれて、足取りはますます速まった。竜騎兵たちが間近に迫ってくる。すると軽騎兵隊の姿に気付いた先頭の者たちがくるりと馬首を返し、後ろにいた者たちは次々と馬を止めた。ちょうどオオカミのゆく手を遮ろうとするときのような心境で、ニコライはドン産の馬を全速にし、列を乱したフランス軍竜騎兵たちの行く手を目指して疾駆した。その勢いに槍騎兵の一人は馬を止め、歩兵の一人が踏みつぶされまいとして地面に身を伏せ、乗り手のいない馬が一頭、騎兵の間に紛れ込んだ。フランス軍竜騎兵の大半は自陣に逃げ帰ろうと馬を飛ばしている。ニコライはそのうちの葦毛馬に乗った一人に目を付け、後を追った。途中で灌木の茂みに行き当たると、駿馬《しゅんめ》は彼を乗せたままそれをぴょんと飛び越した。必死に鞍上《あんじょう》で身を立て直すニコライには、このままいけばあと数瞬で狙った敵に追いつくのが分かった。軍服から将校だと思われる相手のフランス人は、身をかがめ、サーベルで葦毛馬を急《せ》き立てながら疾走している。一瞬後にはニコライの馬が胸板を相手の将校の馬の尻にぶつけてあわや押し倒しそうになった。するとその瞬間、ニコライは自分でもなぜか分からず、サーベルを振りかざしてフランス人将校めがけて打ち下ろしたのだった。これをしたとたん、ニコライの昂《たかぶ》った気持ちがすっと消えた。相手の将校は落馬したが、サーベルは手首の上あたりをちょっと切り裂いただけだったので、落馬はサーベルの打撃のためというよりはむしろ馬がぶつかった衝撃と恐怖のためだった。ニコライは馬を抑えて、自分が打ち負かした相手がどんな人物か確かめようと、敵の姿を目で探した。フランス人の竜騎兵隊将校は、片足が鐙《あぶみ》に引っかかったまま、一本足でぴょんぴょん跳ねているところだった。今にもまた斬りつけられるのではないかと怯えるように目を細め、顔をゆがめて、恐怖の表情で下からニコライを見上げている。青白い皮膚に泥撥ねを浴びた、金髪のうら若い、顎にくぼみのある明るい青い目をしたその顔は、およそ戦場には似合わず敵らしくもない、きわめて平凡な室内向きの顔だった。ニコライがまだ相手の扱いを決めかねているうちに、将校は「降伏する！」と叫んだ。急いで鐙から片足を外そうとしてかなわぬまま、怯えた青い目を片時も逸《そ》らさず、じっとニコライを見つめている。駆け寄ってきた軽騎兵たちがフランス軍将校の足を鐙から外して鞍に乗せてやった。あちこちで軽騎兵たちが、捕虜となった竜騎兵の処置に追われていた。ある捕虜は傷を負っていたが、しかし顔を血まみれにしながらも、自分の馬を放そうとはしなかった。別の捕虜は軽騎兵に抱き着く形で、その馬の尻に乗っていた。また別の捕虜は、軽騎兵に身を支えられて、その馬に這い上がろうとしているところだった。前方からフランスの歩兵隊が射撃しつつ駆けつけてくる。軽騎兵たちは急いで捕虜を連れ、早駆けで自陣を目指した。ニコライも一緒に駆け戻りながら、何かしら不快な感情が胸を締め付けるのを覚えていた。この将校を捕虜にしたことによって、そしてこの人間にさっきの一撃を加えたことによって、何か自分でも説明のつかない、わけの分からぬもやもやしたものが、心中に湧き起こったのであった。

オステルマン゠トルストイ伯爵が戻ってきた軽騎兵たちを出迎えると、ニコライを呼び寄せて感謝の言葉を述べ、彼の勇敢な行動を陛下に上奏し、聖ゲオルギー十字勲章の授与を願い出るつもりだと述べた。ニコライの方はオステルマン伯爵に呼ばれた時、自分が命令を待たずに攻撃を開始したことを思い出し、上官が呼びつけるのはてっきり独断的行動を罰するためだろうと思い込んでいた。だからこそオステルマンの賛辞や褒賞の約束はニコライにはうれしい驚きとなったはずなのに、相変わらず先刻からの不快な、漠然とした感情のせいで、精神的な吐き気が去らなかった。『はて、何を一体俺は気に病んでいるんだろう』将軍のもとを辞す時、彼はそんな風に自問した。『イリインのことか？　いや、あいつは無事だ。じゃあ、俺自身が何か恥ずかしいまねをしたというのか？　いや違う。どれも見当外れだ！』何か別のことが、まるで後悔のように彼を苦しめていた。『そう、そうだ、あの顎にくぼみのあるフランス人将校だ。俺はよく覚えている、振り上げた腕がふと止まってしまったあの時のことを』

連行されていく捕虜の集団を見かけたニコライは、自分が捕まえた顎にくぼみのあるあのフランス人を見ようと馬を走らせた。相手は例の奇妙な軍服姿で軽騎兵隊の予備の馬に乗り、不安そうに周囲を見回していた。腕の傷はほとんど傷ともいえぬものだった。ニコライを見ると作り笑いを浮かべ、挨拶のしるしに片手を振ってみせた。ニコライは相変わらず気まずい、何か恥ずかしいような気持ちを味わっていた。

この日一日とその翌日、友人や同僚は、ニコライがふさいでいるとも怒っているとも言えないが、ただ口数が少なく、じっと思い詰めているようなのに気づいた。彼は酒もあまり進まず、人を避けて、何かしきりに考えているのだった。

ニコライがずっと考えていたのは自分の輝かしい手柄のことだった。それは驚いたことに彼に聖ゲオルギー十字勲章をもたらし、勇者という評判まで与えてくれた。だが何かしらどうしても納得のいかないことがあったのだ。『つまり敵も俺たち以上に恐怖心を持っているってことだ！』彼は思った。『つまり世にいう英雄的な行為とは、たかがこれっぽっちのことだったのか？　しかも俺があんなことをしたのは果たして祖国のためだっただろうか？　顎がくぼんで青い目をしたあの男に、いったいどんな罪があるというのか？　しかもあの時のあの怯えっぷりはどうだ！　あいつは俺に殺されると思ったのだ。なんで俺があいつを殺さなくちゃならない？　俺は手が震えた。なのに聖ゲオルギー十字勲章を頂戴した。何が何だかさっぱり分かりゃしない！』

しかしニコライが胸の内でこんなことをああでもないこうでもないと考えながら、自分をこれほど悩ませている問題の正体を突き止めきれずにいた間に、よくあることだが、職務の運勢ががらりと好転した。オストロヴナの戦いの後、彼は抜擢《ばってき》されて軽騎兵大隊を預けられ、勇猛な将校が必要な時には彼に声がかかるようになったのである。

16章

ナターシャが病気だという知らせを受けたロストフ伯爵夫人は、自分もまだ病が癒《い》え切らずに衰弱した身だったにもかかわらず、末息子のペーチャをはじめ家じゅうの者を引き連れて、モスクワへやってきた。そしてロストフ一家はアフローシモフ夫人のところから自分たちの屋敷へと移り、すっかりモスクワに住みつくことになったのである。

ナターシャの病気は極めて重篤《じゅうとく》だったので、本人にも親族にとってもかえって幸いなことに、病気の原因になった出来事や本人の行動、そして婚約破棄のことは、すべて二の次になってしまった。重い病人を前にしてみれば、果たして当人がこの出来事全体にどれほどの罪があるのかなどと考えることは、土台無理だった。なにせ彼女は食べることも眠ることもせず、みるみる痩せて咳もし始め、まさに医者がほのめかす通り、危険な状態にあったのだ。考えるべきことはただ彼女を救うという一事のみだった。医者たちは個別に往診するほかに、揃ってやって来てカンファレンスを開き、フランス語やらドイツ語やらラテン語やらで喋りまくり、互いに非難し合い、自分たちが知る限りの病名をあげて、ありとあらゆる薬を処方した。しかし医者の誰一人として、次の単純な事柄を思い浮かべた者はいなかった——すなわち、生きた人間がかかる病気にどれ一つとして既知のものがないように、ナターシャの患っている病気も自分たちに知り得るはずはないのだということを。というのも、人間はそれぞれの特殊性を持つ存在であるから、かかる病気もそれぞれに特有の新しい、複雑な、医学の知らない病気である。すなわち医学書に記載されているような肺病やら肝臓病やら皮膚病やら心臓病やら神経病やらといった個々の病気とは違って、そうした臓器疾患の無数の組み合わせのうちの一つから出来上がっている病気なのである。この単純な考えが医者たちの頭に浮かび得なかったのは（ちょうど魔法使いに自分には魔法が使えないという考えが浮かびえないのと同様だが）彼らの生業《なりわい》が人を治療することだからであり、なぜ治療するかといえば、それによって彼らが金を稼いでいたからであり、またその仕事に人生最良の歳月を捧げてきたからであった。しかしこれが一番の眼目だが、右のような考えが医者たちの頭に浮かばなかった最大の理由は、自分たちが間違いなく役に立っているのを彼らが見て取っていたことであり、そして実際、彼らはロストフ一家の全員にとって有益だったのである。彼らが有益だったのは、大半は有害な物質を病人に無理やり飲み込ませたからというわけではない（有害な物質の投与量はわずかで、害といってもごく軽微なものだった）。彼らが有用かつ必要不可欠な存在だったというのは（これこそがインチキ治療師や呪《まじな》い師や同種療法《ホメオパシー》や逆症療法《アロパシー》の専門家が常に存在して後を絶たない理由なのだが）彼らが患者と患者を愛する者たちの精神的欲求を満たしていたからである。苦しんでいる時の人間は、苦しみが軽減される期待を得たいと思い、周囲の同情や世話を必要とするものだが、いつの世も変わらぬそうした人間らしい欲求を、彼らは満たしてくれたのだ。どこかをぶつけた時にそこを撫でてもらいたいと思う――小さな子供に一番原始的な形で表れるそうした永遠の人間的な欲求を、彼らは満足させてくれた。子供はどこかをぶつけるとすぐに、母親なり乳母なりの腕の中に飛び込んで行って、痛いところにキスしてもらい、撫でてもらおうとする。そうして撫でてもらったりキスしてもらったりすると、痛みが軽くなるのである。子供は、自分から見てはるかに強く賢い大人たちが、実は彼の痛みを癒やす手段を持っていないとは信じない。だから痛みが消えるだろうという期待と、たんこぶを撫でてくれる母親の同情の表情が、彼を慰めてくれるのだ。医者たちがナターシャにとって有益だったのは、彼らが彼女の「イタイイタイところ」にキスをして撫でてくれたうえで、アルバート街の薬局に急使をやって一ルーブリ七十コペイカできれいな箱に入った粉薬と丸薬を買い求め、患者がそれをきちんきちんと二時間おきに白湯で服用するならば、痛みはすぐに治まると請け合ってくれたからだった。もしも数時間おきに服用すべしという丸薬やら、温かい飲み物やら、チキンカツレツやら、こまごまとした生活上の注意やらといった医者の指示がなかったとしたら、ソーニャや伯爵夫妻は、何一つ役割もないままに、いったいどんなふうに身を処し、衰弱して消え果てて行きそうなナターシャをどんなふうに見つめていればよかっただろうか？　そうした医者の指示を守ることこそが、周囲の者たちの仕事であり、かつ慰めとなっていたのだ。そうした規則が厳格でかつ複雑であればあるほど、周囲の者たちにとってそれを守る仕事がますます大きな慰めになった。仮に伯爵が、ナターシャの病気にすでに自分が何千ルーブリもの金を使っているのを知ったうえで、娘のためならば自分はさらに何千ルーブリかけても惜しくはないと自覚しているのでなかったら、そしてそれでも回復しないようならば、またさらに何千ルーブリでも惜しまずに使って娘を外国に連れてゆき、かの地でカンファレンスを開いてもらうのだという覚悟を持っているのでなかったら、さらには彼が、メチヴィエやフェラーのような医者には病気のことが分からなかったが、フリーズは理解し、ムドローフはさらによく理解したなどということこまごまとした裏話を披露することができなかったとしたら、果たして伯爵は愛娘《まなむすめ》の病気にどのように耐えることができただろうか？　もしも伯爵夫人が、医者の言いつけをしっかり守らないといって、時に娘のナターシャと口喧嘩することもできなかったとしたら、彼女はいったい何をすればよかっただろうか？

「そんなふうでは決して治りませんよ」母親は怒りに悲しみを忘れて言うのだった。「お医者さまの言うことを聞いて、決まった時間にお薬を飲まないと！　だって冗談ごとではありませんよ、肺炎《プネウモニーヤ》になるかもしれないって言われているのですから」

自分ばかりかほかの者たちにも意味の分からないそんな病名を口にすることにさえ、

彼女は大きな慰めを見出していた。もしもソーニャに、はじめのころ自分は医者の指示したことをすべて、直ちに、正確に実行するべく三晩も着替えもせずに待機していたし、そして今でもあの金色の小箱に入った有害性の少ない丸薬を時間通りに飲ませるために、夜も眠らずにいるのだという喜ばしい意識がなかったとしたら、彼女はいったいどうしていたことだろう？　ナターシャ本人にしても、口では、どんな薬を飲んでも自分は回復しないし、こんなことは全部バカげているなどと言ってはいたが、その彼女でさえ、自分のためにこれほどの犠牲が払われていることを知り、自分が決まった時間に薬を服用しなければならないのだと自覚するのがうれしかったし、さらには自分が医者の言いつけを守らず、それによって医者の治療など信じておらず、自分の命など何とも思っていないのだということを周囲に見せつけることができるのさえもが、彼女には楽しいのだった。

医者は毎日通ってきては、脈をとり舌を見て、患者の生気のない顔には注意も払わず、彼女相手に冗談口をたたいた。だがその代わりいざ別室に出て行って、伯爵夫人が後を追って出てくると、まじめな顔つきになって考え込んだように首を振ってみせながら、確かに危険はありますが、この最新の薬は効果が期待できるから、少し様子を見てみましょう、病気は主に心因性のものですが、しかし……などと言うのだった。

伯爵夫人は自分の目からも医者の目からも隠すようにしてそっと相手の手に金貨を押し込むと、いつもほっとした気持ちになって病気の娘のもとへ戻っていく。

ナターシャの病気の症状とは、食欲がなく、少ししか眠れず、咳が出て一向に元気が出ないことだった。医者たちは治療なしで捨て置くことはできないという意見だったので、彼女は都会の蒸し暑い空気の中に留め置かれた。そんなわけで一八一二年の夏、ロストフ一家が村の屋敷に出かけることはなかったのである。

ナターシャの薬の小瓶やら小箱やらは大変な量にのぼり、そういったものが好きなマダム・ショースは一大コレクションを築いたほどだったが、それほど大量の丸薬や水薬や粉薬を服用したにもかかわらず、またいつもの村の暮らしが味わえなかったにもかかわらず、結局は若さが勝利した。ナターシャの悲しみは日々の生活の印象の積み重なりに次第に埋もれていって、前ほどの苦しい痛みとなって胸にのしかかることもなくなり、次第に過去のこととなっていった。そうしてナターシャは身体的にも回復し始めたのである。

17章

ナターシャは落ち着いてはきたが、快活になったわけではなかった。舞踏会や馬車でのドライブやコンサートや芝居といった、楽しみをもたらしてくれる外部の刺激を一切避けていたばかりか、背後に涙を感じさせないようなすっきりとした笑顔は一度も見せなかった。歌うこともできなかった。ちょっと笑顔になったかと思うと、あるいはちょっと一人で歌いかけたかと思うと、すぐさま涙が胸を塞《ふさ》いでしまうのだ。それは後悔の涙であり、二度と戻らぬ純な時代の追憶の涙であり、いくらでも幸せであり得たはずの自分の青春をあたらこうして滅ぼしてしまったことへの憤懣《ふんまん》の涙であった。とりわけ笑ったり歌ったりするのは、自分の悲哀に泥を塗る行為だと彼女には思えた。男性に媚《こ》びを見せることなど、一度も頭に浮かばなかったし、その点で自分を抑制することさえ要らなかった。自ら口にもすれば感じてもいた通り、この時の彼女にとっては、男はみんなあの女形の道化ナスターシヤ・イワーノヴナとまったく同列だったのである。胸のうちに陣取った看守が、あらゆる喜びごとを固く彼女に禁じていた。いやそもそも彼女には、かつてあの屈託のない、希望に満ちた少女期に持っていたような生への関心が、すっかり失われていたのだ。一番頻繁に、病的な気持ちで思い出すのは、兄のニコライとオトラードノエ村で過ごしたあの秋の数か月のこと、あの猟やおじさんやクリスマス週間のことだった。ほんの一日でもあの頃の時間を取り戻すことができたなら、彼女はどんな代償でも払ったことだろう！　しかしあれはもはや永遠に終わってしまったことだった。こんなにも自由であらゆる喜びに開かれた状態は、もう二度と巡ってこないだろうとあの時感じた彼女だったが、その予感は嘘ではなかったのだ。だがそれでも生きて行かなくてはならなかった。

自分はかつて考えていたように人より優れた人間ではなく、むしろ誰よりも、およそこの世のどんな人よりも劣った、はるかに劣った人間だ——そう思うと彼女はいっそ快感を覚えた。しかしそれだけでは足りなかった。そんなことは分かり切ったことであり、そのうえで『だったらどうするの？』と自問していたのである。しかしその先は何もなかった。生きていることに何の喜びもないのに、生活はどんどん過ぎていくのだ。ナターシャはどうやらひたすら誰の重荷にもならず、誰にも迷惑をかけないことにのみ気を配り、自分には何も必要としないという様子だった。彼女は家の者たちからもすっかり遠ざかり、一緒にいて気楽な相手は弟のペーチャだけだった。彼女は他の誰とよりペーチャと一緒にいるのを好み、二人きりの時には笑うこともあった。

外出することはほとんどなく、一家を訪れる客の中ではピエールだけを喜んで迎えた。ピエールの彼女に対する態度は、誰一人まねのできないほどやさしく、慎重な、そして同時に真摯なものだった。ナターシャは無意識にそうした彼の態度の優しさを感じ取っており、それ故に彼といるととてもうれしい気持ちになるのだった。とはいえ彼女はそうした彼の優しさに感謝しているというのでもなかった。ピエールのしてくれる良きことはどれ一つとして、無理をしているという感じがしなかったからだ。どうやらピエールにとっては皆に親切にするのが全く自然なことのようで、彼に親切にしてもらったからといって、感謝すべきことは一切ないような気がするのだった。時にナターシャは、ピエールが自分の前でまごついたりきまり悪い顔をしたりしているのに気づいた。それはとりわけ彼が彼女に何かいいことをしてやりたいと思っている時や、話題がナターシャに辛いことを思い出させはしないかと心配している時のことだった。そんな様子に気付くと、彼女はそれを、彼がそもそも優しくてはにかみやすい性格だからだと思い、この人は自分に限らず誰といてもきっとこうなのだろうと思うのだった。かつてナターシャがひどく動揺していた時、ピエールはふと、もしも僕が自由の身であったなら、跪《ひざまず》いてあなたの御手と愛を乞うことでしょう、と漏らしたが、ピエールはあれ以来一度としてナターシャへの気持ちを語ることはなかった。

ナターシャにもはっきり分かっていたが、あの時の彼女をあんなにも慰めてくれたあの言葉は、要するに、泣いている子供を慰めようとして人があれこれ適当なことを口走るのと同じことだったのだ。ピエールが妻帯者だからというのではなくて、自分とピエールとの間に極めて強固な道徳上の障壁が存在しているのを感じる故に（アナトールとの間にはその障壁がないと感じていたのだったが）、二人の関係において、自分の側から恋愛感情が生まれることはおろか、彼の側が自分を好きになるようなことがあり得るなどとは、一度たりとも思ったことはなかった。いやそれどころか、彼女がいくつかの例を知っているような、男女間におのずとにじみ出てくる優しい、詩的な友情さえも、二人の間に生まれるはずはないと思っていたのである。

聖ペテロの精進週[42]の終わりに、ロストフ家のオトラードノエ村の近隣に住む女地主のベローフ夫人アグラフェーナ・イワーノヴナが、モスクワの聖者たちへのお参りにやってきた。夫人がナターシャに精進を勧めたところ、ナターシャは喜んでその考えに飛びついた。医者たちは早朝の外出を禁じていたのだが、ナターシャはどうしても精進をすると言い張り、しかも精進するからには、普段ロストフ家でやっているように家にいたまま三度お勤めしてすますといった略式ではなく、ベローフ夫人がするように、精進週の間ずっと、朝、昼、晩一つも略さずに教会に通ってお勤めするのだと言ってきかなかった。

母親の伯爵夫人には、ナターシャのそうした身の入れ方が気に入った。彼女も内心、医学による治療がはかばかしい結果に結びつかないのを見て、娘にはお祈りの方が薬よりも効くのではないかと期待するところがあったので、おっかなびっくりで医者には隠したままながら、ナターシャの願いを聞き入れて、娘をベローフ夫人に任せたのだった。夫人は早朝三時にナターシャを起こしに来たが、たいてい彼女はもう目を覚ましていた。早課の時間を寝過ごすのを恐れていたのである。急いで洗面をすませ、つつましく一番粗末な服を着て古いマントを羽織ると、清冽《せいれつ》な大気に身を震わせながら、ナターシャは払暁《ふつぎょう》の透明な光を浴びた人気《ひとけ》のない街路に出て行くのだった。ベローフ夫人の勧めでナターシャは、一家の教区教会ではなく、別の教会でお勤めをした。敬虔な夫人の話では、その教会の司祭は大変厳格な人物で、行いも立派だということだった。教会の中はいつも人数が少なく、ナターシャとベローフ夫人は左側の聖歌隊席の背後の壁にはめ込まれた生神女《しょうしんじょ》のイコンの前の、お決まりの場所に立った。

42　使徒ペテロとパウロを記念した精進期で、復活祭後九週目の月曜から聖ペテロ・パウロ祭（旧暦六月二十九日）まで。

そんな慣れない早朝の時間に、生神女の黒いお顔が、前に置かれた蠟燭の光と、窓から差す早朝の光に照らされているのを見つめながら、勤行の声を追い、その意味を理解しようと努めているうちに、ナターシャはこれまでに味わったことのない何か大きな、不可知なものに対する恭順《きょうじゅん》の感覚を覚えるのだった。勤行の言葉が理解できるときには、彼女の祈りの言葉にも、個人的な感情がいろんなニュアンスとともに混じりこんできた。勤行の言葉が理解できない時には、すべてを理解しようと思うのは傲慢だ、何もかも理解できるわけはないのだから、今この瞬間に自分の心を支配してくださっている（彼女はそれを実感していた）神を信じ、神に身を委ねるべきだと思い、そう思うことで一層甘美な気持ちになった。十字を切り、頭を下げ、理解が及ばなくなると、ひたすら自分の汚らわしさに怖気《おじけ》をふるいつつ、どうか何もかもお許しください、そして情けをおかけくださいと、神に願った。彼女が一番身を入れた祈りは、痛悔《つうかい》の祈りだった。まだごく早朝で、出会う相手は仕事に向かう石工たちや通りを掃いている庭番たちしかおらず、家々はまだみな寝静まっている頃、家路をたどるナターシャは、己の様々な欠点を矯正し、新しい清らかな生活と、そして幸せを得ることができるのだという、新鮮な感覚を味わうのだった。

こうしてまるまる一週間も過ごしているうちに、そんな感覚が日々募《つの》ってきた。来たるべき「領　聖《プリオブシチーツァ》」――ベローフ夫人の楽しい語呂合わせによれば「神との交わり《ソーオプシチーツァ》」――の歓びは、ナターシャにはあまりに望外のものと思えて、そのことが起こる至福の日曜日まで、自分が生きていられないような気がしたものだった。

しかしその幸せな日はついに到来した。その記念すべき日曜日に白いモスリンの服を着て教会から戻った彼女は、この何か月もの間で初めて、自分の心が落ち着いていて、この先の人生を苦にしていないのを感じたのだった。

その日やって来た医者はナターシャを診察した後で、二週間前に処方した最新の粉薬を服用し続けるように命じた。

「必ず服用するのですよ、朝と晩にね」医者は自分の成功ぶりに心から満足したように言った。「ただ、どうかもう少し規則正しく飲むように。ご心配いりませんよ、奥さま」手の柔らかな部分でうまく金貨を受け止めながら、医者は冗談めかして言った。「じきにまた歌ったりはしゃいだりし始めることでしょう。今度の薬はじつに、じつによく効きました。とても元気になられましたね」

伯爵夫人は手の爪に目をやってからちょっと唾を吐き[43]、うれしそうな顔で客間に

43　誉め言葉や楽観が悪魔の嫉妬を買って悪い結果にならぬようにするためのまじない。

戻っていった。

18章

七月の初めになると、モスクワには戦況に関する穏やかならざる噂がどんどん広がっていった。皇帝陛下が国民に檄《げき》を飛ばされるとか、陛下御自身が軍を離れてモスクワにおいでになるとかいう話だった。ところが七月十一日まで詔勅も檄文も届かなかったため、そうしたものについて、またロシアの置かれた状況について、誇大な流言が飛び交うことになった。皇帝が軍を離れるのは軍が危機に瀕しているからであるだとか、スモレンスクは敵の手に落ちただとか、ナポレオンには百万の兵力があり、ロシアを救うことができるのは奇跡しかないだとか、いろんなことが噂されたのである。

七月十一日の土曜日、詔勅が届いたが、まだ印刷されていなかったため、たまたまロストフ家を訪れていたピエールは、翌日の日曜日に昼食に伺うときに、詔勅と檄文をラストプチン伯爵からもらって持参しましょうと約束した。

その日曜日、ロストフ一家はいつも通りラズモフスキー家の教会の祈禱式に出かけた。七月の暑い盛りだった。ロストフ家の者たちが十時頃教会の前で馬車を降りると、すでに熱をはらんだ大気にも、売り子たちの呼び声にも、派手で明るい群衆の夏服にも、遊歩道の木々の埃まみれの葉にも、衛兵交代に向かう大隊の奏でる音楽と兵たちの白ズボンにも、敷石道を行きかう馬車の轟音や照りつける陽光のまばゆい光にも、真夏の倦怠と、現在への満足および不満が感じられた。そうしたものは、よく晴れた暑い都会の一日にとりわけひしひしと実感されるのである。ラズモフスキー家の教会にはモスクワ中の名士たちが、すなわちロストフ一家の知人たちが皆集まっていた（この年には、普段はそれぞれの田舎の領地に散っていく裕福な貴族家庭の大半が、まるで何かを待ち構えているかのように町に残っていたのだった）。人ごみをかき分けて進んで行く制服の召使の後ろを母と並んで歩いていると、ナターシャの耳に若い男性の声が聞こえてきた。ひそひそ話にしてはあまりに大きな声で彼女の噂をしているのだった。

「あれがロストフ家の令嬢だよ、例のね……」

「ずいぶん痩せたなあ、でもやっぱりきれいだね！」

クラーギンとボルコンスキーの名が語られるのが聞こえた、というよりも彼女には聞こえた気がした。とはいえこれはいつものことだった。私を見かける人は誰でも、私の身に起こった事件のことしか考えない――いつだって彼女にはそんな気がするのだった。人ごみの中ではいつもそうなるように胸苦しさや切なさを覚えながら、黒いレースをあしらった藤色の絹のドレスに身を包んだナターシャは、胸の痛みや恥じらいが募れば募るほどますます落ちつきはらった、堂々とした足取りになるという、女性にこそできる技で前へと進んで行った。自分はきれいだと自覚し、しかもそれは間違っていなかったが、しかし今ではそう思っても以前のような喜びは覚えなかった。それどころか最近では、そんな思いこそが何よりも苦痛の種だった。とりわけこんなに晴れ渡った暑い日に街中にいるとなおさらだった。『また日曜日、また一週間』先週の日曜日にここに来た時のことを思い出しながら、彼女は胸の内で思った。『でも相変わらず死んだような、何の変わりばえもしない暮らし。前には同じ暮らしがあんなにも楽に感じられたのに。私はきれいだし、若いし、それに分かっているけれど、今では良い娘になった。前は悪い娘だったけれど、今は良い娘になったの、分かっている』彼女は思った。『でもそれも何の役にも立たず、誰のためにもならないで、このまま最良の年月が過ぎていくんだわ』母親の脇に立ち、近くに立っている顔見知りの者たちと目礼を交わす。ついいつもの癖で女性たちの装いをひとわたり観察し、すぐそばに立っている一人の女性の立ち居振る舞いや、狭い場所で片手で十字を切る無作法な仕草を咎める目で見つめたナターシャは、人々から批判される身でありながら自分もこうして人を批判しているのだと考え、またもや苦々しい気持ちを覚えた。そのとき不意に勤行の声が耳に入ってきて、わが身の汚らわしさに怖気をふるい、またもや自分が以前の清純さを失っていることに愕然としたのだった。

端正で静かな老人の司祭が慎み深くも厳かな態度で勤行をしている姿は、祈る者たちの心に荘厳なる慰安というべき効果をもたらした。王門が閉じられ、ゆっくりと帳《とばり》が下ろされた。神秘的な静かな声がその奥から何かを言った。ナターシャの胸は本人も説明のつかない涙をたたえ、うれしいような苦しいような気持ちが彼女の心を昂《たかぶ》らせていた。

『教えてください、私は何をすべきなのかを、どうしたらきっぱりと、永遠に立ち直れるのかを、自分の一生をどうしたらいいのかを……』彼女はそんなことを考えていた。

輔祭が説教壇に出てきて、親指を大きく広げた手で長く伸びた髪を祭衣の下から外へ出し、胸に十字架を当てると、大きな声で物々しく祈りの言葉を唱え始めた。

「和《ミーロム》をもって主に祈らん」[44]

『和をもって、ということは皆でともに、階級の区別も敵意もなく、同胞の愛で一つになった者たちで、祈ろうということだ』ナターシャは思った。

「至高の平安を、そしてわれらが魂の救いを！」

『われらの頭上に住む天使たちとすべての肉体を持たぬ者たちの魂の平安を』ナターシャは祈った。

軍のための祈りの際には、彼女は兄とデニーソフを思い起こした。水路を行く者、陸路を行く者のための祈りの際には、アンドレイ公爵を思い出し、彼のために祈ると同時に、自分が彼にした悪しき行為を神が許してくれるようにと祈った。われらを愛する者たちのための祈りの際には、彼女は自分の家族のことを、父のこと母のことソーニャのことを祈り、そしてそこで初めて彼らに対する自分の罪をすっかり理解し、彼らに対する自分の愛の強さをひしひしと実感したのだった。われらを憎む者たちのための祈りの際には、彼女は祈る相手を得ようとして、わざわざ自分の敵や自分を憎む者たちを想定した。その敵の中に彼女は債権者をはじめ父親と事を構えているすべての者たちを加えたが、敵や自分を憎む者たちをイメージしようとするたびに、自分にあんなにもひどいことをしたアナトールのことが頭に浮かんできたので、自分に憎しみを持つ人物ではなかったが、彼を敵とみなし、喜んで彼のために祈ったのだった。ただ祈りの時だけ、アンドレイ公爵のこともアナトールのこともはっきりと落ち着いて思い起こすことのできる力が自分にあるのが感じられた。神の前での畏怖と畏敬の気持ちに比べれば、二人に対する自分の気持ちなど何でもないと思えたのだ。皇室と宗務院《シノド》45のための祈りの際には、彼女はとりわけ深々と頭を下げて十字を切りながら、仮に自分には分からなくとも、疑うことはできないし、何といっても最高機関たる宗務院を愛しているから、そのために祈るのだと自分に言い聞かせた。

連禱《れんとう》が終わると輔祭は肩衣の胸のあたりで十字を切って告げた。

「われらの身とわれらの命を神なるキリストに捧げん」

『われらの身を神に捧げん』胸の内でナターシャは繰り返した。『神さま、私の身をあなたの御心《みこころ》に委ねます』彼女は考えた。『何も望みません、願いません。お教えください、私は何をすべきなのか、自分の意志を何処に用いるべきなのか！　さあ、私をお受け取りください、お受け取りください！』感極まったもどかしい口調でナターシャは十字も切らず、細い両腕をだらりと垂らしたまま胸の内で語り掛けた。いまに

44　連禱の最初の文句。ミーロムは本来「平和《ミール》の状態で」といった意味を持つが、ナターシャが以下に考えるように、「皆でともに」の意味にも解釈可能。

45　ロシア正教会の最高統括機関。一七二一年ピョートル一世（大帝）が近代化の一環として総主教制を廃して作ったもので、教会に対する国家権力の支配の強化をもたらした。

も目に見えぬ力が彼女をつかみ取り、自分自身から、自分の未練や願望や呵責《かしゃく》や希望や悪徳から解放してくれるのを待ち望むかのように。

母親の伯爵夫人は勤行の間に何度か、陶然とした表情で目をきらきら光らせた娘の顔を振り返っては、どうかこの娘をお救いくださいと神に祈っていた。

意外なことに勤行の真っ最中に、ナターシャのよく知っている段取りを違《たが》えて、堂務者が三位一体祭の際に跪《ひざまず》いて祈るとき使う木製の椅子を持ち出してくると、王門の前に置いた。そこへ司祭が藤色のビロード製の帽子を被って登場し、髪を整えてから苦労して跪いた。一同もその例に倣って跪き、怪訝《けげん》そうに顔を見合わせている。たった今宗務院から届いたばかりの、ロシアを敵の襲来から救うための祈禱が行われようとしていたのだ。

「万軍の主なる神よ、われらの救いの神よ」司祭が明瞭でかつ仰々しさのない、静かな声で祈りを始めた。これは教会スラヴ語で読唱する聖職者にのみ特有の調子で、それがまたロシア人の心に抗いがたい作用を及ぼすのだった。「万軍の主なる神よ、われらの救いの神よ！　今こそ汝のつつましき民を慈悲と寛容の御心で保護し、仁愛の御心でわれらの祈りを聞き届け、われらを寛恕《かんじょ》し、慈《いつく》しみたまえ。見よ、汝の大地を荒らし、汝の世界を空無《くうむ》ならしめんとするかの敵が、われらに戦いを挑めり。見よ、無法なる民が結集して汝の育《はぐく》みし財を滅ぼし、汝の正しきエルサレムを、汝の愛するロシアを破壊せんとす。汝の神殿を穢し、祭壇を覆し、われらの聖所を貶《おとし》めんとす。主よ、いつまで、いつまで、かの罪人たちは驕《おご》り昂《たかぶ》らんとするか？　はたしていつまで、はたしていつまで、法に背く権力を振りかざさんとするか？

支配者なる主よ！　汝に向けたわれらの祈りを聞き届けたまえ。無上の敬神者であり無二の大専制君主たるわれらが皇帝アレクサンドル・パーヴロヴィチを、汝の力によりて支えたまえ。皇帝の正義と謙譲を想起し、その徳に報いたまえ、それによりて皇帝はわれらを、汝の愛するイスラエルを護るがゆえに。皇帝の議《はかりごと》と企図と事業を祝福し、汝の全能の右手により皇国を強固にし、敵に勝利せしめたまえ。かのモーセをアマレクに、ギデオンをミディアンに、ダビデをゴリアテに勝利せしめた如く。皇帝の軍を護り、汝の名において戦う者たちの腕に銅の弓を託して、彼らに戦場に赴《おもむ》く力を与えたまえ。自ら剣と盾をとり、われらが加勢に立ち上がり、われらに悪を企てる者たちを恥辱と汚辱にまみれさせ、汝に忠実なる軍勢の前に、風の前の塵泥《ちりひじ》のごとき目に遭わせ、汝の強き天使をして、彼らを辱め、追い払わしめたまえ。彼らの知らぬ網にて彼らを捕獲し、隠れたる罠に彼らを落とし、而《しこう》して彼らを汝の僕《しもべ》たるわれらの足下にひれ伏せさせ、われらが軍団の蹂躙《じゅうりん》に委ねたまえ。主よ！　大事にあれ小事にあれ、汝の救済の力は尽きることなく、汝は神であるゆえに、何人《なんぴと》たりとも汝に歯向かうこと能《あた》わず。

われらが父なる神よ！　古《いにしえ》よりの汝の寛容と慈悲を思い起こしたまえ。われらから顔を背《そむ》けず、われらの至らなさをも嫌わず、汝の大いなる慈悲によってわれらを許し、あふるるがごとき寛容でわれらが過ちと穢れを見過ごしたまえ。われらの心を清め、われらの内なる正義の精神を呼び覚ましたまえ。われらすべてを汝への信仰によって鍛え、希望によって固め、真の相互愛によって奮い立たせ、汝がわれらとわれらの父祖に賜りし遺産の正しき防衛を目指す一心によって武装させ、而して穢れたる民の王笏《おうじゃく》が聖なる民の運命の上に振り上げられることのなきよう計らいたまえ。

われらが神なる主よ、われらが信じ、称《たた》える主よ、汝の慈悲へのわれらの望みを裏切らず、祝福のしるしを示したまえ。われらとわれらの正しき信仰を憎む輩《やから》がそれを見て恥じ入り、滅び去るよう。そして汝の名が主であり、われらは汝の臣であることを、すべての国々が知るよう。主よ、今こそわれらに汝の慈悲を示し、われらに汝の救いを与えたまえ。汝の僕たちの心を汝の慈悲で喜ばせ、われらの敵を討ち破って、汝の忠実な僕たちの足元で速やかに彼らを滅ぼしたまえ。汝は汝に頼る者たちの守護と救いと勝利であるがゆえに。われら汝に栄光を捧げん、父と子と聖霊に、今も何時《いつ》も世々《よよ》に。アーメン」

心が開かれた状態にあっただけに、ナターシャにはこの祈りが強烈な作用をおよぼした。彼女はモーセのアマレクに対する、ギデオンのミディアンに対する、ダビデのゴリアテに対する勝利のくだりを、そして汝のエルサレムの破壊のくだりを一語一語聞き取り、自らの胸に満ち溢れていた優しさとやわらぎを込めて神に願った。ただし自分がその祈りで何を神に願ったのか、よく理解してはいなかった。正しき心を願い、信仰による、希望による心の強化を願い、われらを愛によって奮い立たせよという祈りに彼女は心から共感した。しかし敵どもを足下に蹂躙せしめよと祈ることは彼女にはできなかった。なぜならそのわずか数分前に、敵を愛し、敵のために祈るため、ひたすら敵の多きことを願ったばかりだったからである。とはいえ彼女には、跪いて唱えられた祈りの正しさを疑うこともまたできなかった。彼女は胸の内で、人々が犯した罪によって受ける罰に対して、とりわけ自らが罪によって受ける罰に対して、敬虔なる気持ちで戦《おのの》くような恐怖を覚えていた。だからすべての人々を、そして自分を許し、すべての人々に、そして自分に、人生の平安と幸福を授けたまえと、神に願ったのだった。そして彼女には、神が自分の祈りを聞いてくれているような気がしたのである。

19章

ピエールがロストフ家からの帰途に、ナターシャの感謝のまなざしを思い起こしながら天空に浮かぶ彗星を見つめて、何か新しいものが自分に開示されたと感じたあの日を境に、それまでずっと彼を苦しめていた地上の事柄すべての虚しさや無意味さに関する問題は、ぱったりと頭に浮かばなくなった。かつてはあらゆる仕事の最中に「なぜだ？」「何の役に立つ？」という例の恐るべき問いが浮かんできたものだったが、いまそれに代わって頭に浮かぶのは別の問いでもないし、以前の問いへの答えでもなく、ただ彼女の面影なのだった。くだらない会話を聞いたり、あるいは自分でしたりした時も、人の世の出来事の愚劣さや無意味さについて読んだり気づいたりした時も、彼は以前のように愕然とすることはなく、何一つ永らえず行方知れぬこの世で何故に人はあくせくと生きるのかなどと自問することもなく、ただ最近会った時の彼女の姿を思い出すだけで、あらゆる疑念が消え去るのだった。それは別に彼の頭に浮かんだ疑問に彼女が答えてくれるからではなくて、彼女のイメージが瞬時にして彼を別個の、より明るい精神活動の領域へと連れて行ってくれるからであった。そこは正も邪もありえない美と愛の領域、そのために生きるに値する領域だった。たとえどんな俗世の忌まわしさを見せつけられても、彼は自分に言うのだった。

『どこかの誰かさんが国家と皇帝を食い物にしているのに、国家と皇帝はそいつに名誉をもって報いている——だがそんなことは放っておけ。あのお嬢さんが昨日僕に微笑んでくれて、また来てくださいと言ったんだ。そして僕は彼女を愛している、そして誰一人決してそれに気づくことはないのだ』

ピエールはそれでも相変わらず社交界に出かけては、相変わらずたくさん飲み、同じようにのんびりとだらけた生活を送っていた。なぜならロストフ家で過ごす時間のほかにも潰すべき時間は残っていたのだし、前からの習慣もモスクワでできた知人たちも、抗いがたい力で彼を一度身についた生活へと惹きつけていたからである。しかし最近になって戦場から頻々と不穏な噂が届くようになり、そしてナターシャの健康が回復し始めて、何とかして守ってやりたいという憐れみの感情を彼の胸に掻き立てることがなくなってみると、彼は次第に故知れぬ不安に駆られ始めた。今の自分の状況がこのまま長く続くはずはない、今に破局が訪れて、生活の全面的な変更を強いられることになるだろう——そう感じた彼は、居ても立ってもいられぬ気持ちで万象の内に迫りつつある破局の兆しを嗅ぎ取ろうとしていたのである。そんな折、ピエールはフリーメイソンの同志の一人から、ヨハネの黙示録から読み取ったという以下のようなナポレオンに関する予言を教えられたのだった。
　黙示録第十三章第十八節にはこう書かれている――「知恵はここにあり、心ある者は獣の数字を数へよ。獣の数字は人の数字にして、その数字は六百六十六なり」[46]
　さらに同じ章の第五節にはこうある――「獣また大言と瀆言《けがしごと》とを語る口を与へられ、四十二か月のあひだ働く権威を与へらる」
　ヘブライ語の数秘術《ゲマトリア》ではアルファベットの最初の十文字が一から十までの数を示し、それ以降の文字が十の倍数を示すが、それをフランス語のアルファベットに当てはめると次のようになる。

a（1）b（2）c（3）d（4）e（5）f（6）g（7）h（8）i（9）k
（10）l（20）m（30）n（40）o（50）p（60）q（70）r（80）s（90）t
（100）u（110）v（120）w（130）x（140）y（150）z（160）

　この規則に従い《皇帝ナポレオン＝l'empereur Napoléon》という綴りのアルファベットを全部数字に直すと、数字の合計が六百六十六となり、したがってナポレオンは黙示録で予言された獣であるということになる。さらに同じ規則で《四十二＝quarante deux》すなわち例の獣が大言と瀆言《けがしごと》を語るとされている月数の綴りを数字に直すと、その数字の合計もまた六百六十六となるので、ここからナポレオンの権勢の限界は、このフランス皇帝が満四十二歳を迎えている一八一二年にはすでに到来しているという結論になる。[47]この予言はピエールを大いに驚かせたので、彼は果たして何が獣の、すなわちナポレオンの権勢を終わらせる歯止めとなるのかについてしばしば自問し、同じ数秘術の計算原理に基づいて、その興味深い問題の答えを発見しようと試みていた。ピエールはその問いの答えとして《皇帝アレクサンドル＝l'empereur Alexandre》とか《ロシア国民＝la nation Russe》とかいった言葉を想定してみたが、文字を数字化した合計は六百六十六よりもはるかに多いかそれとも少ないかのいずれかだった。あるときそうした計算の最中に、彼は自分の名前《伯爵ピエール・ベズーホフ＝comte Pierre Besouhoff》をこれに適用してみたが、合計数字は全然合わなかった。綴りを変えてsをzに変え、前置詞のdeを付け、冠詞のleをつけてみても、一向

46　日本聖書協会『舊新約聖書（文語訳）』より漢字表記を改めて引用（以下も同じ）。
47　ナポレオンは一七六九年八月十五日生まれなのでこの年の夏が満四十二歳の最後だった。

に期待する結果は出ない。そのとき彼の頭に一つの考えがひらめいた——もしも求める問題の答えが本当に自分の名前だったとすれば、その答えには必ず自分の民族アイデンティティも含まれているはずではないか。そこで《ロシア人ベズーホフ＝le Russe Besuhof》として数を数えると、六百七十一という結果になった。わずかに五だけ超過するが、五はすなわちe、つまり《皇帝＝l'empereur》という綴りの場合は［母音の前なので］冠詞leから省略されてしまうeである。そこで文法的には間違いだが、同じ伝でeを省略することにより、ピエールは求めていた答えを得た——《ロシア人ベズーホフ＝l'Russe Besuhof》でぴったり六百六十六である。この発見に彼の胸は沸き立った。いったいどうして、どんな脈絡で自分が黙示録に予言された一大事件に関係しているのかは分からなかったが、しかし彼は一瞬たりともその関係を疑いはしなかった。ナターシャへの愛、アンチキリスト、ナポレオンの来襲、彗星、六百六十六、皇帝ナポレオンとロシア人ベズーホフ——このすべてが必ずや一つとなって熟成し、時いたれば一大事件となって現れ、囚われ人のような思いを味わわされているこの呪われた、下らぬモスクワ的慣習世界から彼を解放し、大いなる功業と大いなる幸福へと導いてくれるはずなのだった。

先述の祈禱式があった日曜日の前の晩、ピエールはロストフ家の人々に、自分がごく親しくしているラストプチン伯爵から皇帝のロシア国民への檄文と最新版の軍情報を入手して持参する約束をしていた。日曜の朝ラストプチン伯爵の家に立ち寄ってみると、そこには軍から到着したばかりの急使がいた。

急使は、ピエールの見知っているモスクワの舞踏会の常連の一人だった。

「どうか、僕の荷を軽くしていただけませんか？」急使は言った。「兵士から親御さんたちへの手紙がかばんに一杯あるもので」

その手紙の中にはニコライ・ロストフが父親に宛てたものも混じっていたので、ピエールはそれを代理で受け取った。さらに彼はラストプチン伯爵から、印刷したばかりの皇帝のモスクワ市民への檄文と最新の軍関係の通達、それに伯爵自身の手による最新のビラ[48]をもらった。軍関係の諸通達にざっと目を通したピエールは、中の一通の負傷者・戦死者・受勲者の記事の中にニコライ・ロストフの名が挙げられ、オストロヴナの戦闘における勇気ある行動に対して聖ゲオルギー第四等勲章受章とあるのを発

48　モスクワ総督で作家でもあったロストプチン（本書ではラストプチン）伯爵は、対ナポレオン戦争に際してモスクワ市民の愛国心を煽るため絵入りの「ロストプチンのビラ」を自作し配布した。

見した。さらに同じ通達の中には、アンドレイ・ボルコンスキー公爵を狙撃兵連隊長に任ずるとの記事もあった。ロストフ家の人々にボルコンスキーの名を思い出させるのは忍びない気がしたが、息子の受勲の報で一家を喜ばせてやりたいという気持ちには勝てなかったので、ピエールは檄文とビラと残余の通達は手元に残し、あとで食事にお呼ばれする際に自ら持参することとして、通達とニコライの手紙をロストフ家に届けさせた。

ラストプチン伯爵と交わした話、何か気がかりで焦っているような伯爵の口調、軍の状況の悪さを屈託なく語った急使との面談、モスクワでスパイが見つかったとか、ナポレオンが秋までにはロシアの両首都に入ると約束していると書かれた文書がモスクワに流布しているとかいう噂、明日にも見込まれている皇帝の還御《かんぎょ》についての会話――こうしたものがみな、あの彗星の出現以来、そしてとりわけ戦争の勃発以来ピエールの胸にとりついて離れない興奮と期待の感覚を、新たな力で掻き立てるのだった。

すでに久しくピエールには軍務に就こうという思いがあって、もしも障害さえなければ入隊していてもおかしくはなかった。その障害となったのは、ひとつには彼が所属し、誓いによって結ばれているフリーメイソンが、恒久平和と戦争廃止を説いていることであり、また一つは、モスクワ市民の多くが軍服を着て愛国心を説いている姿を見ると、なぜかそうした一歩を踏み出すのが恥ずかしく感じられることだった。そして彼が軍務に就くという意図を実行しないでいた一番の理由は、六百六十六の獣の数字のしるしを持つ自分《ロシア人ベズーホフ》が「大言と瀆言《けがしごと》とを語る」例の《獣》の権勢に歯止めをかけるという大いなる事業に参画することは、すでに世の初めから決まっていることであり、それゆえ自分は何一つ事を起こす必要はなく、ただ起こるべきことを待てばいいのだと、漠然と感じていたことであった。

20章

日曜日にはいつもそうだが、ロストフ家の午餐には親しい知人の誰彼が集まることになっていた。

ピエールはまず家の者たちだけに会いたかったので、早めに馬車で乗り付けた。

この一年でピエールはたいそう太ってきて、醜くも見えかねないところだったが、ただ背が高く、四肢が大きく、力が強くて、いかにも軽々と太った体を運んでいたので、そんな印象をまぬかれていた。

息を弾ませて何かひとりごとを言いながら、彼は階段を上っていった。御者はすでに「お待ちしますか」と問うことすらしなかった。伯爵さまがロストフ家を訪れると、帰りは夜の十一時すぎになるのが分かっていたからだ。ロストフ家の召使たちがうれしそうに駆け寄ってきて、彼のマントを脱がせ、ステッキと帽子を受け取った。ピエールはクラブ通いの習慣で、ステッキも帽子も控えの間に残しておくことにしていた。

ロストフ家で彼が最初に見かけたのはナターシャだった。まだ目で見る前、控えの間でマントを脱いでいるときに、彼はすでに彼女の声を聞きつけていた。彼女は広間で、階名唱法《ソルフェージュ》で歌っていたのだった。病気をして以来歌わなくなっていたのを知っていたので、その声は彼を驚かせ、そして喜ばせた。静かにドアを開けると、祈禱の際に着ていたのと同じ藤色のドレスのナターシャが、部屋を歩き回りながら歌っている姿が目に入った。ドアを開けた時にはこちらに背を向けて歩いていたが、くるりと振り返って彼の太った、びっくりした顔を見ると、顔を赤らめて足早に近寄ってきた。

「また歌ってみたくなりまして」彼女は言った。「やっぱりこれも勉強ですからね」言い訳するような口調でそう付け加える。

「いや素晴らしいことです」

「あなたがいらしてくださって、何てうれしいんでしょう！　今日は私、とっても幸せ！」ピエールが久しく見たことのなかった、かつてのようなきびきびした表情で彼女は言った。「ご存知ですか、ニコライ兄さんが聖ゲオルギー十字勲章をもらいましたのよ。私とっても鼻が高いわ」

「知っていますとも、通達を届けさせたのは僕なんですから。さて、お邪魔をしてはいけないな」そう言い添えると彼は客間へ向かおうとした。

ナターシャが彼を呼び止める。

「伯爵、どう思われます、私が歌うのはいけないでしょうか？」顔を赤らめながらも目を伏せることはなく、問いかける眼差しでピエールを見つめながら彼女は言った。

「いや……どうしてですか？　いけないどころか……でも、なぜあなたは僕の意見など訊くんです？」

「自分でも分かりません」ナターシャは素早く答えた。「でも私、あなたのお気に召さないようなことは何もしたくないんです。あなたに全幅の信頼を寄せていますから。お分かりにならないでしょう、あなたが私にとってどれほど大切な方か、私にどれほどたくさんのことをしてくださったか！……」早口で語る彼女はピエールがこの言葉に顔を赤らめたのにも気づかなかった。「私、あの通達の中にあの方の、ボルコンスキーさんの名前を見ましたわ（この言葉を彼女は早口の小声で発したのだった）。あの方はロシアにいて、また軍務に就かれているのですね。あなたはどう思われますか」早口で話しかける様子は、力が尽きるのを恐れて焦っているかのようだった。「あの方はいつか私のことを許してくださるでしょうか？　私に対して悪い感情を抱き続けられることはないでしょうか？　どう思われますか？　どう思われますか？」

「僕が思うに……」ピエールは言った。「あの人が許すべきことなど何もありません……。もしも僕があの人の立場だったら……」そうして過去に思いをはせたピエールは、瞬時にして想像の中で、自分が彼女を慰めようとして、もしも自分がこんな人間でなくて世界最高の人間でありしかも自由な身であったなら、跪いてあなたの御手を乞うでしょうと語り掛けた、あの時に飛び移っていた。するとあの時と同じ憐れみとやさしさと愛の感情が彼を捕らえ、同じ言葉が喉元まで浮かんできた。だが彼女はそれを口にする暇を与えなかった。

「ええ、あなたは――あなたは」あ、な、たという言葉を嬉々として発音しながら彼女は言った。「別ですわ。あなたほど優しくて、寛大で、優れた方は、私知りませんし、いるはずがありません。もしもあなたがいらしてくださらなかったら、あの時もそして今でも、私自分がどうなっていたか分かりません。なぜって……」彼女の目に突然涙が浮かんだ。彼女はくるりと後ろ向きになって楽譜を目の高さに掲げると、歌い出し、またもや広間を歩き始めた。

その時客間から末息子のペーチャが駆け出してきた。ペーチャは今では十五歳の紅顔の美少年になっていて、ふっくらとした赤い唇をしているところは姉のナターシャに似ていた。大学に行く準備をしていたのだが、最近では学友のオボレンスキーとひそかに語らって、軽騎兵隊に入隊しようと決めていた。ペーチャはその件で相談があって、自分と同じ名のピエール[49]のもとへ駆け寄ってきたのだった。

彼は自分が軽騎兵隊に入れてもらえるかどうか調べてほしいと、かねてからピエールに依頼していたのである。

ピエールはペーチャの声も耳に入らぬまま、客間に向かう。

ペーチャは相手の手を引っ張って自分に注意を向けさせた。

「ねえベズーホフさん、僕の件はどうなりましたか。お願いしますよ！　あなただ

49　ペーチャは愛称で正式名はピョートル。ピエールもピョートルというロシア名をフランス語風に読んだものなので、二人は同名者同士ということになる。

けが頼りなんですから」ペーチャは語り掛けた。

「ああそうか、君の件ね。軽騎兵隊のことだろう？　話すよ、話す。今日すっかり話すから」

「やあ、どうですか、詔勅は手に入りましたか？」老伯爵が訊ねた。「うちの娘が今朝ラズモフスキー家の祈禱式で新しいお祈りを聞いてきましたよ。大変良い祈りだと言っておりました」

「手に入れましたよ」ピエールは答えた。「明日、皇帝がお見えになります……。貴族会の臨時会議が開かれて、千人当たり十人の徴兵が行われるという話です。あ、そうだ、おめでとうございます」

「いやまあ、おかげさまで。それで、軍のニュースは何か？」

「わが軍はまた撤退です。もうスモレンスク付近まで退却しているようですよ」ピエールは答えた。

「いやはや、いやはや！」伯爵は言った。「で、詔勅はどこに？」

「檄文です！　ああ、そうでした！」ピエールはにわかに書類を探してあちこちのポケットに手を突っ込んだが、見つからない。さらにポケットを上から叩いて確かめながら、入ってきた伯爵夫人の手にキスをすると、気づかわしげな眼で辺りを見回した。明らかにナターシャを待っているのだが、彼女はもう歌はやめているのに客間には姿を見せていなかった。

「いや参ったな、どこへ突っ込んだものやら」彼は言った。

「本当に、失せ物《うせもの》の多い方だこと」伯爵夫人が言った。

ナターシャが和らいだ、はずんだ表情で入ってくると、黙ってピエールを見つめながら腰を下ろした。彼女が部屋に入って来た途端、それまで沈んでいたピエールの顔が一挙に明るくなった。相変わらず書類を探し回りながら、彼は何度かちらちらと彼女の方をうかがった。

「いやはや、取ってきましょう、家に忘れたんですね。それに違いない……」

「でも、お食事に遅れますわ」

「やれやれ、馬車も返してしまったし」

だが控えの間まで書類を探しに行ったソーニャが、ピエールの帽子の中に目指すものを見つけ出した。大事をとって裏地の奥に隠してあったのだった。ピエールは直ちに檄文を読み上げようとした。

「いや、食事の後に取っておきましょう」いかにも朗読を楽しみにしている様子で老伯爵が言った。

午餐の席では、新たにゲオルギー勲章を拝受した騎士の健康を祈念してシャンパンが飲まれた。その席でシンシンが町のニュースを題材に、老いたグルジア大公妃の病気のこと、フランス人医師のメチヴィエがモスクワから姿を消したこと、さらにはラストプチンのもとへどこかのドイツ人がシャンピニオン[50]だといって連れてこられたが（これはラストプチン本人がそう話したのであった）、ラストプチン伯爵は民衆に向かって、こいつはシャンピニオンではなくて、ただのおいぼれキノコのドイツ人だと言って、そのシャンピニオン氏を釈放するように命じたというエピソードを披露した。

「実際、あちこちで人が捕まっていますからな」伯爵が言った。「私は妻に言っているんですよ、あまりフランス語で話すなって。なにせこんなご時世ですから」

「お聞き及びですか？」シンシンが言った。「ゴリーツィン公爵はロシア語の教師を雇ってロシア語の勉強をしていますよ。街頭でフランス語を喋るのは危険になりつつありますから」

「ところで、伯爵、国民義勇軍が招集されたら、あなたも馬に乗る羽目になりますな？」老伯爵がピエールを振り向いて言った。

ピエールは食事の間ずっと口数も少なく、何か考えている様子だった。こう質問された時も、彼は何のことか分からないといった顔で伯爵を見つめた。

「ええ、ええ、出征ですね」彼は言った。「いや待って下さい！　僕が軍人になれるものですか！　とはいえ、何もかも実に、実に変な展開ですからね！　僕だって自分のことも分かりません。とにかく、戦争なんてまったく興味がない僕ですが、今どき誰だって自分のことに責任が負えないわけですから」

食事がすむと老伯爵は安楽椅子にゆったりとおさまって、朗読の名手という評判の高いソーニャに、読んでくれと真顔で頼んだ。

『われらが古《いにしえ》の都モスクワに告ぐ。

敵は大軍を率いてロシアの領土に侵入した。敵はわれらの愛する祖国を滅ぼさんとして進撃中である』ソーニャは持ち前の高い声で、ひたむきに読み上げる。伯爵は目をつぶって聞き入り、ところどころで短くため息をついた。

ナターシャは背筋を伸ばして座ったまま、探るような眼でまっすぐに父親を見つめたりピエールを見つめたりしていた。

ピエールは彼女の視線を身に感じてはいたが、つとめて振り返らぬようにしていた。

伯爵夫人は詔勅のものものしい表現を耳にするたびに、感心しないといった様子で咎

50　ここではキノコのことではなくシュピオン（スパイ）の訛り。

めるように首を振っていた。そうした言葉の中に彼女が見出すのはひたすら、息子を脅《おびや》かしている危険がそうそう急には去らないというメッセージのみであった。シンシンは口元をせせら笑いの形にして、いかにもからかうタネがあればすぐにでも笑いものにしてやろうとでもいうように、身構えていた。からかいのタネはソーニャの朗読ぶりでも、伯爵の発言でも、そして他に良いタネがなければ檄文自体でもよかったのである。

ロシアを脅かす数々の危険と、皇帝がモスクワに、そしてとりわけ名だたる貴族階級に寄せる期待についてのくだりを読んだ後に、ソーニャは何よりも聞き手たちの謹聴ぶりに気圧《けお》されて声を震わせながら、最後の言葉を読み上げた。『われら自ら率先して、この首都においてもまたわが国の他の諸地域においても、ためらうことなく国民の中心に立ち、協議し、今現在敵の進路を阻んでいる義勇軍を、そして出現する敵を随所で打ち破るべく新たに組織される義勇軍を、指揮しようではないか。願わくは、敵がわれらに及ぼさんと企んでいる破滅の運命が敵の頭上に下り、隷属状態から解放されたヨーロッパがロシアの名を褒め称えんことを！』

「そのとおりだとも！」伯爵が叫んだ。涙に濡れた目を見開き、まるで濃縮酢酸塩入りのガラス瓶を鼻先に突きつけられた人のように何度も鼻をすすっては声を途切らせている。「陛下のお言葉があれば、われわれはすべてを犠牲にして何一つ惜しみはせん」

シンシンはすでに用意していた冗談で伯爵の愛国心をからかおうとしたが、その暇もないうちに、ナターシャが席を立って父親に駆け寄った。

「なんて素敵なんでしょう、うちのお父さまは！」そう口走って父親に口づけすると、ナターシャはまたピエールをちらりと見た。そこには彼女が生気を回復するとともに戻って来たあの無意識の色気が混じっていた。

「たいした愛国少女だ！」シンシンが言った。

「愛国少女なんかじゃないわ、ただ……」ナターシャは心外そうに応じた。「おじさまには何でも滑稽に見えるかもしれませんが、これは全く冗談ごとじゃありませんわ……」

「冗談ごとどころか！」伯爵が改めて言う。「陛下が一言おっしゃるだけで、われわれはみな歩み出すのだ……。そこいら辺のドイツ人とは出来が違うからな……」

「お気づきでしたか」ピエールが言った。「『協議し』という一句がありましたね」

「いや、たとえ目的は何であろうとも……」

この時、これまで誰も注意を払っていなかったペーチャが父親に歩み寄ると、真っ赤になって、変声期のため野太い声になったり甲高い声になったりしながら言った。

「こうなったらお父さん、僕、思い切って言います。お母さんにも。どう思われてもかまいません——思い切って言わせてもらいます。僕を軍務に就かせてください。そうせずにはいられないのです……それだけです……」

伯爵夫人は悲痛な形相で天を仰ぎ、両手をパンと打ち合わせると怒りの目で夫を振り返った。

「あなたがあんなことをおっしゃるからですよ！」彼女は言った。

しかし伯爵はこの時にはもう動揺を乗り越えていた。

「おやおや」彼は言った。「また一人兵隊さんの登場か！　まあつまらぬ考えは捨てなさい。勉強しなくてはな」

「つまらぬ考えではありません、お父さん。オボレンスキー家のフェージャだって、僕より年下のくせに出征しようとしています。第一、どっちみち僕は、勉強になんて身が入りませんよ。だって今は……」口ごもったペーチャは、真っ赤になって汗を滴らせながらも、思い切って続けた。「祖国が危機に瀕しているのですから」

「もういい、たくさんだ、つまらぬことを……」

「でもお父さんが自分で言ったんでしょう、すべてを犠牲にしてと」

「ペーチャ、黙れと言っているだろう」伯爵は夫人を振り返りながら一喝《いっかつ》した。夫人は顔色を失って、凝固したような眼でじっと末息子を見つめている。

「お父さんこそ聞いて下さい。このベズーホフさんも話してくれますから……」

「いいか、まだ口の端《は》の乳も乾かぬ小僧っこが軍人になりたいなんて、とんでもない！　さあいいか、分かったな」そう言うと伯爵は書類を手にして部屋を出て行こうとした。書類はおそらく休む前に自室でもう一度読むつもりなのだろう。

「ベズーホフさん、どうです、一服しませんか……」

ピエールはどぎまぎして何も判断できない心境だった。いつになくキラキラと躍動するナターシャの瞳が、単なる親しみ以上のものをたたえてじっと自分に注がれているせいで、そんな心理状態になっているのだった。

「いや、僕は家に帰ろうかと……」

「帰るって、どうしてです、だって、夜までうちでゆっくりしていってくれるおつもりだったんでしょう……。ただでさえこのところ足が遠のいていらしたのに。この子なんかはね」と伯爵はナターシャを手で示しながら人のよさそうな口調で言った。

「あなたがいる時だけ明るくなるんですよ……」

「すみませんが、失念していたことがあって……。どうしても家に戻らなければなりません……。用事があって……」ピエールは急いで言い訳した。

「じゃあ仕方ありませんな、またお会いしましょう」伯爵はそう言い残してついに部屋から出て行った。

「どうしてお帰りになるの？　どうしてご機嫌が悪いの？　どうして？……」挑みかかるように彼の目を見つめながらナターシャがピエールを問いつめる。

『なぜなら、僕があなたを愛しているからです！』彼はそう答えたかったが、口には出さず、顔を真っ赤にして涙さえ浮かべながら目を伏せてしまった。

「なぜなら、僕はお宅にあまり頻繁に出入りしない方がいいからです……。なぜなら……いいえ、ただ用事があるだけで……」

「どうして？　いいえ、おっしゃって」断固問い詰めにかかろうとしたところで、ナターシャは不意に黙ってしまった。二人はともにびっくりしたような気まずい顔になって互いを見つめ合った。彼はなんとか軽い笑みを浮かべようとしたが、できなかった。浮かんだ笑みは苦悩を表していた。彼は彼女の手に口づけして部屋を出た。

ピエールは二度とロストフ家に出入りするまいと心に誓った。

21章

入隊の意図をきっぱりとはねつけられたペーチャは、自分の部屋に帰って一人閉じこもり、さめざめと泣いた。お茶の席にも泣きはらした眼で出てきて、真っ暗な顔で黙りこくっていたが、皆は何も気づかぬふりをしていた。

翌日、皇帝が到着した。ロストフ家の使用人たちの何人かも、暇をもらって皇帝をひと目見ようと出かけて行った。この日の朝、ペーチャは身支度に長い時間をかけ、髪を梳かし、襟《カラー》の具合も大人ふうに整えた。鏡の前で顔をしかめてみたり、いろんなポーズをとったり、肩をすくめてみたりしたあげく、誰にも告げずに、帽子を被って見とがめられぬようにこっそりと裏階段から外へ出た。ペーチャはまっすぐに皇帝のいる場所へ行き、侍従の誰かに（皇帝は常に侍従たちに囲まれているものだとペーチャは思っていた）、自分ロストフ伯爵は若輩ながら祖国に仕えたいと願っており、年の若さは献身の妨げにはならないので、すぐにでも云々と、直に説明しようと決意していた。身支度をしている間に、彼は侍従に告げるべき立派な文句をたくさん用意していたのだ。

ペーチャは、まさに自分が子供だからこそ（ペーチャは自分の幼さに誰もが驚くだろうとさえ思っていた）陛下へのお目通りがかなうだろうと踏んでいたのだったが、それでいて襟《カラー》の形でも、髪型でも、貫禄をつけたゆったりとした歩き方でも、自分を老成した人物のように見せようとしていた。しかし先に進んでクレムリンの周りに続々と集まって来る群衆に目を奪われるにつれて、彼は大人じみた貫禄のあるゆったりとした足取りを保つことを、どんどん失念していった。クレムリンの間近まで来ると、もはや群衆にもみくちゃにされぬようにという注意が先に立ち、決然とした、あたりを威嚇するような表情になって、肘を両脇に張ってガードする姿勢をとった。だが至聖三者門《トロイツキエ・ヴァロータ》のところでは、彼の決意がいかほどのものであれ、おそらくは彼がどんなに愛国的な目的でクレムリンにやって来たのかなど感知しない人々によって、ものすごい力で壁に押し付けられたので、さすがの彼も降参して立ち止まり、馬車の一団が門の天井にすさまじい轟音を響かせて入っていく間、待期せざるを得なかった。ペーチャの周囲には下男を連れたどこかのかみさんと二人の商人、それに退役兵士が立っていた。門の下にしばらく立っていたペーチャは、馬車が全部通り過ぎるのを待たずに、他の連中より一足早く先に進もうと思って、猛然と肘で人々を押しのけにかかった。だが最初に肘鉄を食らわせたすぐ前のかみさんは、怒って彼をどなりつけた。

「坊や、何だって人を押しのけるのさ。ごらん、みんなじっとしているだろう。どうして割り込もうとするんだい!」

「そんなことをすると、みんなが割り込み始めるぜ」下男が言うと、自分でも肘を使い、ペーチャの体を嫌なにおいのする門の片隅に押し付けた。

ペーチャは満面に噴き出す汗を両手で拭い、汗でぐっしょり濡れた襟を直した。せっかく家で大人のようにしゃれた形にした襟が台無しだった。

自分がみっともない格好をしているのを意識したペーチャは、こんな姿で侍従たちの前に出て行ったら、陛下のもとへなど通してもらえないのではないかと心配になった。しかし、ぎゅう詰めになっている身では、服装を整えて別の場所へ移るのは土台無理だった。馬車で通り過ぎる将軍たちの中にロストフ家の知人の姿があった。ペーチャはその人物に助けを請おうとしたが、そんな振る舞いは男としての沽券《こけん》にかかわると思ってやめた。馬車が全部通り過ぎると、群衆が門に殺到し、ペーチャもその勢いで広場まで押し出されたが、そこはもう人でいっぱいだった。広場ばかりか斜堤《しゃてい》の上も屋根の上も、いたるところ人であふれかえっていた。広場に出た途端、クレムリン全体を満たしている鐘の音と喜ばしげな人々の話し声が、はっきりとペーチャの耳に聞こえてきた。

広場に出てしばらくは、それまでよりもすいた感じがしていたが、しかし突然皆が被り物をとると、一斉にどこか先の方をめがけて殺到していった。息もできないほどペーチャを圧迫しながら、そろって「万歳《ウラァー》、万歳《ウラァー》！　万歳《ウラァー》！」と叫んでいる。ペーチャはつま先立ちになって背を伸ばし、やみくもに押しのけ合ったりつかみ合ったりしてみたが、周囲の者たちのほかは何も見えなかった。

誰の顔も同じ一つの感動と歓喜の表情を浮かべていた。ペーチャの脇に立っている商家の妻は声をあげて泣き、その目から涙がしとどに流れていた。

「父上さま、天子さま、皇帝陛下！」そう唱えては指で目の涙を拭っている。

「万歳《ウラァー》！」四方八方から喚声が上がった。

群衆はしばし一箇所に立ち止まっていたかと思うと、その後また前方に突進した。

ペーチャも我を忘れて歯を食いしばり、獣のごとくに目をむき出して、肘を使い、「万歳《ウラァー》！」と叫びつつ突進した。この瞬間の彼は、自分もみんなも殺しかねないような剣幕だったが、しかし右からも左からも全く同じ獣のような形相の人間たちが、同じく「万歳《ウラァー》！」と叫びながら押しよせてくるのだった。

『なるほど、これが皇帝というものか！』ペーチャは思った。『いや、僕がのこのこ出て行って皇帝に請願するなんて無理だ、僭越《せんえつ》に過ぎる！』そう思ったものの、彼は相変わらず必死で前の方に出ようともがいていた。すると前にいる者たちの背中越しに何もない空間と、そこに敷かれた赤い羅紗の通路がちらりと見えた。だがそのとき、群衆が動揺して後ずさった（前の方にいた警官たちが皇帝の通り道に近づきすぎた者たちを追い払ったのだ。皇帝は宮殿からウスペンスキー大聖堂へ向かおうとしていた）。そこでペーチャは不意にあばら骨のあたりに強烈な打撃を食らい、ぐいぐい押されたため、急に目の前が暗くなって意識を失ってしまった。気がつくと、白髪交じりの髪を後ろで小さな束にして、着古した青い聖衣をまとったどこかの聖職者、おそらく堂務者が、片腕で彼の脇を支え、もう一方の腕で押し寄せる群衆から彼の体を守ってくれているところだった。

「貴族の子供が一人押しつぶされたぞ！」堂務者は訴えていた。「いい加減にしろ！……そんなに押すんじゃない……人が押しつぶされているんだぞ、押しつぶされて！」

皇帝はウスペンスキー聖堂へと入っていった。群衆は改めて整列し、堂務者は青ざめて息も絶え絶えなペーチャを《大砲の王さま《ツァーリ・プーシカ》》[51]のところまで連れ出してくれた。何

51　十六世紀に作製された重量約十八トンの巨大大砲。クレムリンの大聖堂広場に展示されている。

人かがペーチャに同情を示すと、にわかに人々が殺到してきて、早くも彼の周囲で押し合いへし合いが始まった。近くにいた者たちが彼の世話を買って出て、フロックコートのボタンをはずし、大砲の台座に座らせてから、彼を押しつぶしたと思われる誰彼に剣突《けんつく》を食らわせた。

「おいおい、これじゃあまるで人殺しだな」「いったいどういう料簡だ！」「人でなしのような真似をしやがって！」「見ろ、かわいそうに、すっかり血の気が失せているじゃないか」人々が口々に言った。

ペーチャはじきに意識を回復し、顔に赤みが戻って痛みも去った。そしてしばしの災難の代償として、彼は大砲の上の特等席を獲得し、そこから同じ道を戻るはずの皇帝を見る可能性を得たのだった。もはや請願のことなど頭になかった。ただ皇帝を見たいという一心で、一目でも見れば自分を果報者と思ったことだろう！

ウスペンスキー聖堂での祈禱式は、皇帝の来駕を歓迎する祈禱とトルコとの講和締結を祝す祈禱とを合わせたものだったが、その祈禱式の間、群衆はしばし散り広がり、物売りが現れてクワスや糖蜜菓子やペーチャが大好きな芥子《けし》の実を大声で売り歩き、ありふれた雑談も聞こえてきた。商家のおかみがずたずたに破れたショールを示して、どんなに大枚をはたいて買ったものかを説明すると、別の女が、今どき絹地のものは何でも高くなってと応じる。ペーチャの命の恩人の堂務者は役人を相手に、目下主教猊下《げいか》とともに祈禱を執り行っているのは誰々であると解説していた。堂務者は何度か「衆僧《しゅそう》こぞりて［たくさんの司祭が集まって］」という言葉を繰り返したが、ペーチャにはその意味が分からなかった。二人の若い町人が、クルミをかじっている屋敷勤めの娘たち相手に冗談を言ってふざけていた。そうした会話のすべてが、とりわけペーチャの年頃の青年には特に魅力的であるはずの娘相手の冗談口が、今のペーチャには何の興味も掻き立てなかった。彼は高い大砲の上の自分の席に座ったまま、ひたすら皇帝のことを、自分の皇帝への愛のことを思って、胸を高鳴らせていたのだ。群衆に押しつぶされた時の痛みや恐怖の感覚と歓喜の感覚とが一つになったせいで、この瞬間の重要性についての内なる意識が、いやがうえにも高まっていたのである。

不意に河岸通りから大砲の発射音が聞こえてくると（これは対トルコ講和記念の祝砲だった）、群衆は発射の様子を見ようとしてまっしぐらに河岸通りめがけて駆けだした。ペーチャも同じく駆けつけたかったが、この坊やの御守り役を自任する堂務者が、彼を放そうとしなかった。まだ祝砲が続いているうちに、ウスペンスキー聖堂から将校や将軍や侍従たちが駆けだしてきたかと思うと、その後からゆったりとした足取りで別のお歴々が歩み出てきた。またもや人々が被り物をとり、大砲の見物に駆け去った者たちも、また駆け戻ってきた。そして最後に軍服に綬《じゅ》を帯びた男性が四人、聖堂の扉から姿を現した。「万歳《ウラアー》！　万歳《ウラアー》！」またもや群衆が歓呼の声をあげる。「どの人？　どの人？」ペーチャは涙声で周囲に問いただすが、誰も答えてくれない。みんなそれほど夢中になっていたのだ。そこでペーチャは四人の人物の一人をこれと思い定めると、歓喜のあまり湧き上がってきた涙にくもってあまりよく見えない目で、その人物に自分の歓喜のすべてを集中し（実はそれは皇帝ではなかったのだが）、荒々しい声で「万歳《ウラアー》！」と叫ぶと、明日さっそく、どんな犠牲を払ってでも軍人になるのだと決めてしまった。

群衆は皇帝の後を追って駆けだし、そのまま宮殿までついて行って、そこで散り始めた。すでに遅い時間でペーチャは腹に何も入れておらず、体からは汗が滝のように滴っていた。しかし彼は家に帰ろうとはせずに、減りはしたがまだかなり大勢残っている群衆とともに、皇帝が食事をしている宮殿の前にたたずんで、宮殿の窓を見つめていた。そうしてさらに何かを期待しながら、表階段に馬車を乗りつけて皇帝の食卓に向かう高位高官たちや、食事の世話をして窓の中をちらちら行き来する宮廷の従僕たちを、ひとし並みに羨んでいたのである。

皇帝の食事の席でヴァルーエフが窓の外に目をやってこう言った。

「民衆はいまだ陛下のお姿を見ようと待ち望んでいますな」

食事が終わると、皇帝は席を立ち、ビスケットの残りをかじりながらバルコニーに出た。すると群衆がバルコニーめがけて殺到し、ペーチャもその真っただ中にいた。

「天子さま、父上さま！　万歳《ウラァー》、皇帝陛下！……」群衆もそしてペーチャも口々に叫ぶ。そしてまたもや女たちや、ペーチャも含めた何人かの涙もろい男たちが、感極まって泣き出した。皇帝が手に持っていたビスケットのかなり大きなかけらがバルコニーの手すりに落ち、手すりからさらに下の地面に落ちた。一番近くに立っていた半コート姿の御者が、そのビスケットのかけらに飛びついてつかんだ。群衆の何人かがその御者に飛び掛かる。それを見た皇帝は、召使に命じてビスケットを大皿いっぱい持ってこさせると、そのビスケットをバルコニーから撒《ま》きはじめた。ペーチャは目を血走らせ、押しつぶされる危険になおさら鼓舞《こぶ》される形で、撒かれるビスケットめがけて飛びついて行った。自分でもなぜかは分からなかったが、とにかく皇帝の御手から一つのビスケットをいただくことが必要であり、そのためには人に負けないことが必要だったのだ。飛び掛かったはずみに彼は、ビスケットを受けとめようとしていた一人の老婆を転ばせてしまった。だが老婆は地面に倒れながらも、負けを認めようとしなかった（なおもビスケットをつかもうとしたが、手がとどかなかった）。ペーチャは膝頭で老婆の手をはじくと、ビスケットをつかみ取り、皆に後れをとるのを恐れるかのように、もはやしわがれてしまった声でまたもや「万歳《ウラアー》！」を連呼するのだった。

皇帝が去り、その後群衆の大半が散り始めた。

「ほら言っただろう、もう少し待とうって。その通りになったじゃないか」あちこちからそんなうれしそうな声が聞こえてきた。

ペーチャは幸福の絶頂にあったが、これで家に帰ると思うと、そしてこの日のお楽しみはこれで終わりだと悟ると、やはり寂しい気持ちになった。ペーチャはクレムリンから家には向かわずに、友人のオボレンスキーの家へと向かった。友人は十五歳で、同じく連隊に入ろうとしていた。自宅に帰ると彼は断固とした強い口調で、もし軍に出してもらえなければ、自分は家出すると宣言した。そしてその翌日、父親のイリヤ・ロストフ伯爵は、いまだ完全に降参したわけではないが、何とかペーチャをどこか安全な部署につかせられないものかと、下調べに出かけたのであった。

22章

二日後の十五日の朝、スロボツコイ宮殿の門前に無数の馬車が立ち並んでいた。宮殿の広間はいずれも人でいっぱいだった。第一の広間には制服姿の貴族たちが、第二の広間には青い長上着《カフタン》にメダルをいくつも下げた、顎鬚《あごひげ》の商人たちが集まっていた。貴族会議が行われる広間にはざわめきと人の動きが絶えなかった。皇帝の肖像画の真下にある大きなテーブルには、最高の重鎮たちが高い背もたれのついた椅子に座ってずらりと並んでいる。だが大半の貴族は広間を歩き回っていた。

ピエールが毎日のようにクラブやらそれぞれの自宅やらで顔を合わせている貴族の面々が、そろって制服を着こんでいた。エカテリーナ女帝時代の制服もあればパーヴェル帝時代のもあり、新しいアレクサンドル帝時代の制服もあれば、一般の貴族制服も見られた。そして制服というものが持つ共通の性格が、老若入り交じった多種多様な見慣れた顔に、一種異様な、現実離れした趣《おもむき》を添えていた。とりわけ印象的なのは老人たちで、視力も衰え、歯もなくし、頭も禿げた者たちが、黄色っぽく脂肪太りした、あるいは痩せてしわくちゃの姿をさらしていた。老人たちは概《おおむ》ね自分の席に着いて黙り込んでおり、歩き回ったり喋ったりしている者があれば、必ず誰かもっと若い者に寄り添っている。先日ペーチャが広場で見た群衆の顔に見られたのと同じように、どの顔にも驚くほど対照的な二種類の表情が浮かんでいた。すなわち何か厳粛なるものを待ち構える皆に共通の表情と、ごく日常的なこと、昨日のこと——ボストンの勝負やら、料理人のペトルーシカやらどこかのジナイーダ・ドミートリエヴナ嬢の健康のことやらを考えている表情とが、同居しているのだった。

　ピエールは早朝から、すでに彼には窮屈になった貴族制服を着こんだ不格好な姿で、広間に入っていた。彼は興奮していた。貴族ばかりか商人階級も含めた——フランスの三部会に匹敵する身分総合《エタ・ジェネロー》の——異例の集会が、久しく思い起こさなかったが胸のうちに深く刻まれていた『社会契約論』やフランス革命に関する一連の思考を、彼に呼び覚ましたからである。例の檄文に彼が読み取った言葉、すなわち皇帝が自らの国民と協議するために首都モスクワを訪れるという言葉は、彼のそんな印象を補強してくれるものだった。そうした意味で何かしら重大な、自分が久しく待ち望んでいた出来事が近づいていると思った彼は、歩き回りながらあたりの様子をうかがい、人々の話に耳を傾けていたが、しかし自分の興味を占めているような思想の表現は、どこにも見出せなかった。

皇帝の詔勅が朗読されると皆は歓呼の声で応えたが、それがすむと集団はまたばらけて、それぞれの話を始めた。月並みな話題の他にピエールの耳に聞こえてくるのは、皇帝が入室されるときに会長たちはどこに立つべきか、皇帝歓迎舞踏会はいつ執り行うべきか、郡ごとに行うべきかあるいは県全体で行うべきか、といったたぐいの相談事だった。しかし話題が戦争に及び、貴族会議が招集された当の目的に及ぶや否や、人々の口ぶりははっきりしない、曖昧なものとなった。皆自分が喋るより人の意見を聞く方に回りがちだった。

退役海軍軍人の制服をまとった勇ましげな美貌の中年男性が一人、広間の一つで演説し、その周りに人垣ができていた。ピエールもその話し手を取り巻く輪に加わり、耳を澄ました。エカテリーナ女帝時代の地方長官の長上着《カフタン》を着たイリヤ・ロストフ伯爵が、知った者ばかりの人群れの間をさわやかな笑顔で歩いていたが、彼もまたこの集団に近寄って、話を聞き始めた。人の話を聞くときにいつもそうするように人のよさそうな笑みを浮かべ、弁士への共感のしるしに、いかにももっともだという風にうなずいてみせている。退役海軍軍人の発言は極めて大胆なものだった。それは聞いている者たちの表情からも察せられたし、またピエールが最もおとなしい、静かな人物として知っている者たちが、感心しないといった表情で立ち去ったり、異を唱えたりしていることからも察せられた。人波を押し分けて輪の中央まで進み、耳を澄ましていたピエールは、弁士がたしかに自由主義者《リベラル》だと確信したが、それはピエールが思っているのとは全く違う意味の自由主義者だった。退役海軍軍人は格別響きの良い、歌うような、いかにも貴族らしいバリトンで話していた。ロシア語の r の音をフランス語風に発音するうえに子音を省いてしまう結果、「おいボーイ《チェロヴェーク》、パイプだ！」を「おいボイ《チェアエーク》、パイプだ！」で済ませてしまうような、あの発音である。その話しぶりはいかにも奔放でかつ威圧的な声で語ることに慣れた者の口調だった。

「スモレンスクの連中が陛下《ゴスアイ》に義勇軍を献上したからといって、それがいったい何でしょう。はたしてわれわれがスモレンスクの連中の範に倣《なら》うべきだとでも言うのでしょうか？　モスクワ県の高潔なる貴族《ブアロードノエ》は、いざ必要とあらば、自らの皇帝陛下への献身を別の方法で示すことができるでしょう。果たしてわれわれは一八〇七年の義勇軍を忘れてしまったのでしょうか！　あれこそまさに、生臭坊主と盗人どもの腹を肥やしただけだったではありませんか……[52]」

イリヤ・ロストフ伯爵はにんまりと微笑んで、そうだとばかりに頷いた。

「しかもどうでしょう、われわれの義勇軍は国家の益になったでしょうか？　断じて否！　ただ財政を破綻させただけです。徴兵の方がまだましです……さもないと諸君の手に戻ってくるのは、兵士でも百姓でもない、やくざ者ばかりです。貴族は犠牲を惜しみません。われわれ自身揃って出陣もするし、さらなる新兵徴集も引き受けましょう。ただ陛下《グサイ》（彼はゴスダーリというべきところをしばしばこう発音した）の号令ひとつで、われわれは皆、陛下のために死ぬ覚悟です」弁士は感極まったように付け加えた。

イリヤ・ロストフ伯爵はわが意を得たりとばかりにごくりと唾を飲み込み、ピエールを肘でつついたが、ピエールの方は自分も喋りたいという気になっていた。気持ちが奮い立つのを覚えて、彼はずいと前に出て行ったが、いまだ自分が何に発奮しているのかも分からなければ、何を喋るつもりなのかも自覚していなかった。いざ喋ろうと口を開けた途端、さっきの弁士のそばに立っていた歯の一本もない元老院議員が、知的な顔に怒りの表情を浮かべて、ピエールの機先を制した。見るからに議論慣れしていて論点を逸《そ》らさない心得のあるこの人物は、低いがよく通る声で語り出した。

「失礼ながら私の意見では」歯のない口をもぐもぐ言わせながら元老院議員は言った。「われわれがここに召集されたのは、徴兵と義勇兵のいずれが今の国家にとって

52　聖職者階級の出身であるスペランスキーと、その仲間を暗示している。

好都合か、といった問題を議論するためではありません。われわれは皇帝陛下が賜られた檄文に応えるために召集されたのです。徴兵と義勇兵のいずれが好都合かを議論する役割は、最高権力に委ねようではありませんか……」

ピエールはにわかに昂《たかぶ》る気持ちのはけ口を見出した。目前に控えた貴族階級の任務に対して、このように杓子定規で視野の狭い見解を持ち込もうとする元老院議員に、憤慨したのである。一歩前に進み出ると、彼は相手の発言を制した。自分が何を喋ろうとしているのかもわきまえぬままに、威勢よく喋り出したが、その言葉には時折唐突にフランス語が混じり、ロシア語の表現も文語風になりがちだった。

「失礼ながら閣下」彼は語り出した（ピエールはこの元老院議員とはよく知った仲であったが、この場合フォーマルな態度がふさわしいと思ったのである）。「私は決して賛成するものではありません――こちらの、その……（ピエールは言葉に詰まった。本当はわが尊敬すべき対論者の方《モン・トレ・ゾノラーブル・プレオピナン》にと言いたかったのだ）こちらのその……私の存じ《ク・ジュ・ヌ・パ・》上げない方《ロヌール・ド・コネートル》に。しかし私の意見では、貴族階級は単に自らの共感と喜びを表明するためばかりでなく、自分たちが祖国を支援する手段を議論するためにも、招集されているのです。私の意見では」と彼は意気込んで続けた。「陛下御自身にしてもきっと落胆されることでしょう、もしもわれわれが単に陛下に供出する百姓の所有者であり、そして……みずからをも砲弾の餌食[53]として差し出すだけの存在にすぎず、われわれから何の、じょ……じょ……助言も得られないとご認識されたならば」

聴衆の多くは、元老院議員の見下したような薄笑いに気付き、またピエールが奔放に過ぎる発言をしているのを見て取ると、円陣から離れて行った。満足しているのはイリヤ・ロストフ伯爵だけだったが、彼は海軍軍人の話にも元老院議員の話にも同じく満足していたのであり、そもそもいつだって最後に耳にした人物の話が気に入る質《たち》なのだった。

「私の意見では、そうした問題を論じるに先立って」ピエールは続けた。「われわれは陛下にお訊ねし、謹んで陛下のご発表を請うべきでしょう――わが軍にはどれだけ兵力があるか、兵たちはそして軍はいかなる状態にあるかを。そしてそのうえで……」

しかしピエールが先を続ける暇もなく、やにわに三方向から攻撃の声が聞こえた。一番激しい攻撃を仕掛けてきたのは、かねてからの知り合いでいつも好意を示してくれたボストン・ゲーム好きのステパン・ステパーノヴィチ・アプラクシンだった。この人物は制服を着込んでいたが、制服のせいか、それとも別の原因のせいか、ピエー

53　消耗品のような兵卒の意味。

ルには目の前の人物が全くの別人に見えた。アプラクシンはにわかに年寄りくさい憎悪の表情を顔に浮かべると、ピエールに向かって吠えかかった。

「貴君に申しあげておくが、第一に、われわれにはそのようなことを陛下に問う権利はない。そして第二に、仮にそのような権利がロシアの貴族階級にあったにせよ、陛下はわれわれにお答えになることはできない。軍は敵の動向に応じて動くものであり、兵力も常に増減しているからだ……」

もう一人が声をあげてアプラクシンの発言を遮った。これは四十がらみの中背の人物で、ピエールがかつてよくジプシーの店で見かけて、たちの悪いカード賭博師だという覚えのある男だったが、この人物もまた制服を着て様変わりした姿でピエールに詰め寄って来たのだった。

「しかも、今は議論している時ではなく」その貴族は言った。「行動が必要だ。ロシアが戦争の舞台となっているのだから。敵が攻め込んできたのだ。ロシアを滅ぼし、われらが父祖の墓を穢し、妻を、子を奪い去ろうとして」貴族は己の胸を叩いた。「皆で立ち上がるのだ、一人残らず戦いに赴くのだ、皆で、父なる皇帝陛下のために!」血走った目を見張って貴族は叫んだ。聴衆の中からいくらか賛同の声が上がった。「われわれはロシア人であり、信仰を、玉座を、祖国を護るためには自らの血を流すことを恐れはしない。たわごとは控えるべきだ、われわれが祖国の子であるならば。われわれはヨーロッパに示してやるのだ、ロシアがロシアのために立ち上がる姿を」貴族は叫んだ。

ピエールは反論しようとしたが、一言も発言できなかった。自分の発する言葉が、思想的な内容とはかかわりなく、この意気盛んな貴族の言葉ほどには人の胸に響かないのを思い知らされたからである。

イリヤ・ロストフ伯爵は人垣の背後で頷いている。何人かは一句ごとに弁士の方へぐいと肩を向けて、「そうだ、そうだ！　その通りだ！」と相槌を打っていた。

自分は金でも百姓でも自分自身でも、供出することにやぶさかではないが、ただし協力するにも事の状況を知る必要があるのだ――そうピエールは言おうとしたが、言わせてもらえなかった。たくさんの声が一斉に叫んだり喋ったりしていて、イリヤ・ロストフ伯爵さえ皆に頷いてみせる暇がないほどだったのだ。集団自体も大きくなったり散り散りになったりまた集まったりしたあげく、皆でガヤガヤと喋りながら大きな広間の大きなテーブルめがけて移動していった。ピエールは喋れなかったばかりか、口を開こうとしただけで露骨に遮られ、押しのけられ、皆の共通の敵であるかのように顔を背けられた。これは別に彼の発言の主旨が皆の気に食わなくて生じたことではなかった。彼の後でたくさんの発言があった結果、彼の言ったことなど忘れ去られていたからだ。これはまさに、集団の士気の向上のためには、はっきりとした愛の対象とはっきりとした憎悪の対象が必要な故に生じたことだった。ピエールはその憎悪の対象にされたのだ。例の意気盛んな貴族の後に続いてたくさんの弁士が語ったが、皆同じ調子の熱弁だった。多くは弁舌さわやかでしかも個性的だった。

『ロシア報知』誌の発行者グリンカ[54]が列席していて（彼に気付いた者たちは「作家だ、作家だ！」と言い交わしていた）発言したが、それは、地獄は地獄の力で撃退すべきだ、自分は稲妻が光っても雷鳴が轟いてもにこにこ笑っている子供を見たことがあるが、われわれはそんな子供であってはならない、というものだった。

「そうだ、そうだ、雷鳴が轟いているのだからな！」後列の者たちが納得したように繰り返した。

集団が歩み寄った大きなテーブルには、制服を着て首に綬《じゅ》をかけた、白髪や禿頭の七十代の老いた重鎮たちがずらりと並んでいた。そのほとんどは、ピエールがそれぞれの家で道化たちといるところや、クラブでボストンをしているところを見かけたことのある者たちだった。寄って来た集団は、相変わらずガヤガヤ喋っている。後ろから詰め寄せる集団の勢いで高い椅子の背に押し付けられながら、一人また一人と、あるいは時に二人同時に、弁士たちが発言した。後方に立つ者たちは、弁士が言い漏らしたことに気付くと、急いでその言い漏らしたことを口にした。また別の者たちは、暑いところにぎゅうぎゅう詰めにされながら、何か考えが浮かばないかと頭の中をひっかきまわしたあげく、思いついたことを急いで口にするのだった。ピエールの顔見知りの老いた重鎮たちは、椅子に座ったまま発言者の顔を順番に見回していたが、大半の老人たちの表情は、ただ暑くてやりきれないということを訴えていた。それでもピエールは気持ちが沸き立つのを覚えていた。人々の発言の意味内容よりもむしろ声音《こわね》や表情に表れている、自分たちが何でもわけなくやってのけられるのを見せたいという共通の感情が、彼にも伝わって来たのだ。自分の考えを捨てるつもりはなかったが、何か悪いことをしたような気がして、言い訳したくなった。

「私はただ、何が必要かを知った方が義捐《ぎえん》もしやすいだろうと言いたかったのです」ほかの者たちの声を怒鳴り負かす覚悟で彼はそう言った。

すぐ近くにいた小柄な老人が彼を振り返ったが、しかしテーブルの反対側で上がっ

54　セルゲイ・グリンカ（一七七五（六）～一八四七）。作家、歴史家。愛国主義的な雑誌『ロシア報知』（一八〇八～二〇、二四）を通じて祖国戦争前後の反フランス思潮をリードしようとした。

た絶叫にたちまち注意を奪われてしまった。

「そうだ、モスクワは明け渡されるでしょう！　モスクワは生贄《いけにえ》となるのです！」一人の男が叫んでいた。

「奴は人類の敵だ！」別の人物が声をあげた。「どうかひとこと言わせてくれ……諸君、僕を押しつぶすつもりか……」

23章

その時、貴族の人波がさっと左右に引いたかと思うと、その前を将軍の軍服を着て肩から勲章の綬を掛け、しゃくれた顎に鋭い目をした人物が足早に入って来た。ラストプチン伯爵だった。

「皇帝陛下がじきにお見えになります」ラストプチン伯爵は言った。「私も今お目にかかってきたところです。思うに、目下の状況下においてはわれわれがあれこれ議論すべき問題はありません。陛下はわれわれ貴族とそして商人階級を招集されました」ラストプチン伯爵は続けた。「あちらからは巨万の金が流れ出てくるでしょう（そう言って彼は商人たちのいる広間を指さした）。一方われわれの務めは、義勇兵を出し、自らも骨身を惜しまぬことです……。それがわれわれにできる最小限のことであります！」

テーブルに着いている重鎮たちだけの間で会議が始まった。始めから終わりまでひどくひっそりとした会議で、わびしさを覚えるほどだった。なにしろさっきまであれほど騒然としていたのが、一転して年寄りくさい声がポツリポツリと聞こえるばかりで、それも一人が「賛成」と言えば、次の者がちょっと目先を変えて「私も同意見だ」などと言ってみせるくらいのものだったからである。

モスクワ市民はスモレンスク市民と同様、千名につき十名の義勇兵を軍装品一式付きで供出する、というモスクワ貴族会の決議を記録するよう、書記官に命令が下った。会議を終えた者たちはほっとしたような顔つきで椅子音高く立ち上がると、誰彼と手を取りあって語らいながら、しびれた足を伸ばそうと広間を歩き回った。

「陛下だ！　陛下だ！」突然部屋から部屋へとそんな声が伝わると、人々は一斉に出入り口に殺到した。

広い通路に壁のように立ち並んだ貴族たちの間を通って皇帝が広間に入って来た。誰の顔にも、恭順と畏怖を含んだ好奇心が浮かんでいる。ピエールはかなり離れたところに立っていたので、皇帝の話があまりよく聞き取れなかった。聞き取れた範囲で理解したのは、皇帝が国家の瀕している危機について語り、そしてモスクワの貴族にかけた期待について語っているということだった。別の声が皇帝に答えて、いましがた成立したばかりの貴族会の決議を伝えた。

「諸君！」皇帝が一瞬声をうわずらせて言った。人垣が一瞬ざわめき、そしてまた静まった。ピエールは皇帝の実に人間味のこもった心地よい、そして感動を含んだ声をはっきりと耳にした。その声はこう言っていた。「私はロシア貴族の熱情を一度たりとも疑ったことはない。だが本日示されたその熱情は、私の期待を上回るものだ。祖国を代表して諸君に感謝する。諸君、ともに行動しよう。時が何よりも貴重であるゆえ……」

皇帝が口を閉じると、集団がその周りにひしめいて、四方八方から歓呼の声が上がった。

「そう、何よりも貴重なのは……陛下のお言葉だ」イリヤ・ロストフ伯爵の涙にむせんだ声が背後から聞こえた。伯爵は何も聞こえないなりに、すべてを自己流に理解していたのである。

皇帝は貴族の広間から商人の広間に移っていった。そしてそこに十分ほどとどまった。ピエールはほかの者たちに交じって商人の広間から感動の涙を目に浮かべて出てくる皇帝の姿を目撃した。後に知れたところでは、商人たちへの挨拶を始めるやいなや、皇帝の目に涙があふれだし、そのまま声を震わせながら挨拶を終えたという。ピエールが目撃した時、皇帝は二人の商人に伴われて広間から出てくるところだった。一人の商人はピエールも顔なじみの太った徴税請負業者、もう一人は痩せて細い顎鬚を生やし、黄色い顔をした商人組合長だった。二人とも泣いていた。痩せたほうは目に涙を浮かべているだけだったが、太った徴税請負業者のほうはまるで子供のように泣きじゃくり、ひたすら「命も財産もお取りくださ い、陛下!」と繰り返していた。

この瞬間のピエールが感じていたのはただ一つ、自分は何も惜しくない、自分にはすべてを犠牲にする覚悟があることを示したいという願望ばかりだった。自分が行った立憲派的な演説が何か疚《やま》しいもののように感じられたので、彼はそれを埋め合わせる機会はないかと探し求めた。マモーノフ伯爵が一個連隊を拠出しようとしているのを知ると、ピエールも即座に千名の義勇兵とその経費を提供する旨を、ラストプチン伯爵に宣言した。

ロストフ老伯爵はこの日の出来事を涙なしには妻に語れなかった。そしてペーチャの願いもたちまち受け入れて、自ら息子の入隊申請に出かけたのであった。

翌日皇帝はモスクワを去った。一堂に会した貴族たちもみな制服を脱ぎ、またもや各家庭やクラブに身を落ち着けて、ため息を漏らしながら領地管理人たちに義勇兵拠出の件を申し渡した。そうして自分たちがしでかしたことに、驚きあきれたのである。

第2編

1章

ナポレオンがロシアと戦争を始めたのは、彼がドレスデンまで来ずにはいられなかったからであり、さんざん讃辞を浴びせられて有頂天にならざるを得なかったからであり、ポーランドの軍服を着用せずにはいられなかったからであり、やる気を掻き立てるような六月の朝の印象に従わざるを得なかったからであり、駐仏ロシア大使クラーキンの前で、そして次にはアレクサンドル皇帝の侍従将官バラショフの前で、怒りの爆発を抑えられなかったからである。

アレクサンドル一世があらゆる交渉を撥ね退けたのは、彼個人が侮辱を受けたと感じていたからである。バルクライ・ド・トーリが軍を最良の形で統括しようと努めたのは、自らの務めを果たし、偉大なる司令官という名声を勝ち得たいと思ったからである。ニコライ・ロストフが馬を飛ばしてフランス兵たちを急襲したのは、平地を駆け抜けてみたいという願望が抑えきれなかったからである。そしてこの戦争に参加した無数の者たちのすべてが、まさにこれと同じように、自分たちそれぞれの個性、習慣、条件や目的に応じて行動したのである。人々は恐れ、見栄を張り、喜び、怒り、考えを巡らしたが、その際、彼らは自分たちが何をしているかをわきまえたうえで、自分のためにそうしているのだと思い込んでいた。ところが実は全員が思い通りには動けない歴史の道具であって、本人には分からないが後生《こうせい》のわれわれには理解できる活動を行っていたのである。それがこの世で何かを実践するすべての人間の変わらざる運命であり、しかも人間界の位階《ヒエラルキー》において高い位置にあればあるほど、ますますその自由の度合いは小さくなるのである。

今日では一八一二年当時に活動した者たちはとっくに舞台を去っており、彼らの個人的な利害も跡形もなく消え去って、あの時代の歴史的な帰結のみがわれわれの眼前に残されている。

だが仮に、ヨーロッパの人間たちがナポレオンの指揮のもとにロシアの奥地まで入り込み、そこで死んでいったことが必然であったのだとすれば、この戦争の参加者である者たちの、本性に反した、無意味で残忍な行動も、われわれに理解できるものとなる。

神意がこの者たちすべてに、それぞれの個人的な目的の達成を追求させ、大いなる結果を達成することを促したのだ。それは誰一人として（ナポレオンもアレクサンドルも、ましてや他の戦争参加者の誰一人として）微塵《みじん》も予期することのなかった結果であった。

一八一二年のフランス軍の惨敗の原因が何であったか、今のわれわれには明らかである。ナポレオンのフランス軍の破滅の原因は、一つには、遅い時期に冬季遠征の支度もせずにロシアの奥地に侵入したことにあり、また一つには、ロシアの諸都市が焼き払われ、ロシア国民が敵への憎しみを掻き立てられたことで、戦争の性格が変わったことにある——これには異論の余地はない。そうでもなければ、八十万の兵を擁する世界最高の軍隊、しかも最高の司令官に率いられた軍隊が、半分の勢力しか持たぬ、素人の、経験の浅い司令官たちに率いられた軍隊、すなわちロシア軍と戦って負けるはずがなかったのだが、当時は（今なら自明と思える）このことを誰一人予期しなかった。いや単に誰一人それを予期しなかったばかりか、ロシア軍側は、こうしたロシアを救うべき唯一の展開を、終始全力を傾けて妨げようと試みたし、フランス軍側は、ナポレオンの豊富な経験といわゆる軍事的天才がありながら、夏も終わる頃に全力を傾けてモスクワまで戦線を延ばそうとした。すなわち、まさに自滅につながる作業に全力で取り組んでいたのである。

一八一二年に関する数々の歴史的著作において、フランス人の著者は、ナポレオンが戦線延長の危険を感じていたこと、会戦を求めていたこと、元帥たちが彼にスモレンスクにとどまるよう進言していたことを好んで語り、さらにこれに類した根拠をあげながら、当時すでにこの戦役の危険性が理解されていたことを論証しようとする。一方ロシア人の著者たちがより好むのは、戦役の初めからナポレオンをロシアの奥地におびき寄せる《スキタイ式戦術》[1]の案が存在していたのだという話で、ある者はそれがプフールの案だと言い、ある者はどこかのフランス人の、ある者はトーリ大佐の、ある者は皇帝アレクサンドル自身の案だと言う。その際に彼らが示すメモだの企画書だの書簡だのには、実際にそのような戦術が示唆されているのである。しかしフランス人の場合もロシア人の場合も、起こった出来事が前もって予見されていたことを示唆するこの種の言説が今出てくるのは、単に結果がそのとおりになったからに他ならない。仮に予期した事態が起こらなかったとしたら、そうした言説は忘れられていたことだろう。ちょうど正反対のことを示唆したり仮定したりした何千何万もの言説が、今日忘れ去られているように。そうした言説は、当時は人口に膾炙《かいしゃ》していたが、後に正しくなかったということになって、忘れられたのである。どんな出来事についても最初の段階では、常におびただしい数の予想が立てられるので、結果がどう転がろうと必ず「俺はすでにあの時に、こんなふうになると言ったんだ」という者たちが現れる。だがそういう者たちは、無数の予想の中には全く正反対の予想も混じっていたのだということを忘れているのである。

戦線が延びる危険をナポレオンが意識していたという仮説も、敵をわざとロシアの奥地に引きずり込んだというロシア人の側の仮説も、明らかにこれと同じ範疇に属する。だからナポレオンと彼の元帥たちがそんな考えを持っていたと言ったり、ロシア軍の司令官たちがそういうプランを持っていたと言ったりする歴史家は、かなりなこじつけを行っているはずなのである。あらゆる事実はこうした仮説と完全に食い違っている。戦争の期間を通じてロシア軍の側にはフランス軍をロシアの奥地に誘い込みたいという気持ちなどなかったばかりか、敵がロシアに最初に足を踏み入れた時から、

1　スキタイ（スキュティア）は黒海北岸（現ウクライナ）に紀元前八〜三世紀に栄えたイラン系遊牧騎馬民族。アケメネス朝ダレイオス一世がこの地に遠征した際、スキタイは全面衝突を避けて敵を国土の奥に引き込み、焦土戦術をとることで撃退した。ヘロドトスの歴史書に書かれたこの故事をナポレオンも知っており、火事で焼けるモスクワを見ながら自分たちが《スキタイ式戦術》にはまったのを悟ったと言われる。

これを食い止めようとあらゆる措置が講じられたのだし、ナポレオンにしても、戦線の延長を恐れなかったばかりか、一歩一歩の前進を勝利として喜び、それまでの戦役の場合とは違って、戦闘を求める意欲はきわめて薄かったのである。

戦争が始まったばかりの時にわがロシア軍は分断されてしまったので、わが軍が目指す唯一の目的は、全軍をまとめることだった。ところが退却して敵をロシアの奥地に誘い込むためなら、軍をまとめても何の益もないのである。皇帝が軍とともにいたのも、一歩も譲らずロシアの国土を守り抜くべく軍を鼓舞するためであり、退却させるためではなかった。プフールの計画で巨大なドリッサの陣地が作られたのをみても、その先への退却は想定されていなかった。皇帝は、一歩退却するたびに総司令官たちを叱責していたのだ。モスクワを焼くどころか、スモレンスクまで敵の侵入を許すことさえ、皇帝の脳裏に浮かんだはずはないのであり、全軍が合流しようとしていた時も、皇帝はスモレンスクが陥落して焼かれたことに、そしてその城壁の前で一大決戦が行われなかったことに、怒りを表明しているのである。

皇帝がそう思うくらいだから、ロシア軍の司令官たちも、そして全ロシア国民も、自軍が国の奥地にまで退却していると思うと、なおさら憤りを覚えたのだった。

ナポレオンはロシア軍を分断したうえで国土の奥地へと進んだが、その間いくつかの戦闘の機会を逃している。八月に彼はスモレンスクにいたが、考えていたのはひたすらどうしたら先に進めるかということばかりだった。ところが今やわれわれには分かっているように、前進は彼にとって明らかに破滅への道だったのだ。

事実が明白に物語るのは、ナポレオンもモスクワ進撃が危険だとは予測していなかったし、アレクサンドルやロシア軍の司令官たちも、当時はナポレオンをおびき寄せることなど考えもせず、むしろ逆のことを考えていたということである。ナポレオンをロシアの奥地までおびき寄せたのは、誰かの計画の所産ではなく（そんなことが可能だとは誰一人信じていなかった）、人々の、すなわち戦争に加わっていた者たちの、陰謀や目論見《もくろみ》や願望のきわめて込み入ったゲームの結果であった。彼らは何が必然なのかも、何がロシアを救う唯一の道かも、分かってはいなかった。すべてが予期せぬ形で生じたのである。軍は開戦直後に分断された。味方は軍を集結させようとしたが、それは戦闘を展開して敵の侵入を阻止するという明白な目的ゆえだった。しかし軍をまとめるのを優先して、当面強敵との戦闘を回避し、ずるずると急角度の後退を行ううちに、わが軍はフランス軍をスモレンスクに引き入れていく。ただし、分断された軍の間をフランス軍が進撃してきたためにわが軍の後退が急角度になったという説明だけでは足りない。わが軍の後退がますます急角度になり、その距離が延びていったのは、人気のないドイツ人《ネーメッツ》のバルクライ・ド・トーリを（彼の下につくことになった）バグラチオンが嫌っていて、そのせいで第二軍を率いるバグラチオンが、この相手の指揮下に入るまいと、バルクライの軍との合流をできるだけ遅らせようとしたからである。バグラチオンが長いこと合流しなかった理由は（合流こそが総司令部の第一目的とするところだったのだが）この進軍に加われば自分の軍を危険にさらすように思えて、自分に最も有利なのは、敵を側面や後方から脅《おびや》かしながらより左手の、南の方向へと退却し、ウクライナで自軍を補充することだと考えたからだった。しかしどうやらそんな考えが浮かんだのも、憎らしいうえに階級も自分より低いドイツ人バルクライの指揮下に入りたくなかったからのようだ。

皇帝が軍にいるのは士気を鼓舞するためだったが、皇帝がいて、しかもそれが決断力を欠いた人物であり、無数の助言者やら計画やらが横行している状況が、第一軍の活力を麻痺させ、軍は後退していく。

ドリッサの陣地に腰を据えるはずになっていたのだが、思いがけぬことに、総司令官の地位をうかがうパウルッチがアレクサンドルに猛烈に働きかけた結果、プフールの計画はすっかり反故《ほご》にされて、すべてがバルクライに託された。ところがバルクライは信用がなかったので、その権力も限られたものとなっていったのである。

軍はばらばらになり、指揮系統は統一されず、バルクライは人気がない――このような混乱、四分五裂、ドイツ人総司令官の不人気の中から、一方では優柔不断と戦闘の回避が生じたのだし（仮に全軍がまとまっていてバルクライ以外の人物がトップにいたならば、戦闘の回避はありえなかっただろう）、他方ではドイツ人への怒りと愛国的機運がどんどん募《つの》っていく。

結局皇帝は軍を離れるが、その離脱の唯一の、最も都合のいい口実に選ばれたのが、皇帝は首都の住民を鼓舞して国民戦争の機運を盛り上げねばならないというものであった。そしてこの皇帝のモスクワ行きによって、ロシア軍の兵力は三倍に増強される。

皇帝が軍を去ったのは総司令官への権力統一の邪魔をしないためであり、より大胆な方策がとられるのを期待してのことであった。しかし軍の指揮系統はますます乱れ、弱体化していく。ベニグセン、大公、群れなす侍従将官たちが軍に居残って、総司令官の活動を見守り、発破《はっぱ》をかけようとするので、バルクライの方はそうした有象無象

2　「ドイツ人」を意味するネーメッツは本来「（ロシアの）言葉が喋れない人」の意味で、広くヨーロッパ系の外国人をこう呼ぶこともあった。クトゥーゾフの前のロシア軍総司令官バルクライ・ド・トーリは、スコットランド人だった。

の皇帝からのお目付け役に監視されてますます窮屈さを覚え、大胆に動くべきところがなおさら慎重になり、戦闘を避けるようになっていく。

バルクライは慎重な態度を変えない。皇位継承者である大公はそれが裏切り行為であるとほのめかし、大決戦を要求する。リュボミルスキー、ブラニツキー、ヴロツキー[3]等々の者たちがそうした軋轢《あつれき》をことごとく煽り立てるので、バルクライは皇帝に書類をお届けするという名目でポーランド人の侍従将官たちをペテルブルグへ派遣し、こうしてベニグセン及び大公との公然たる戦いを開始する。

とうとうスモレンスクで、バグラチオンがあれほど避けていたにもかかわらず、二つの軍が合流する。

バルクライが宿舎にしていた屋敷にバグラチオンが馬車で乗りつける。バルクライは肩帯をつけて迎え、位では自分より上のバグラチオンに報告を行う。バグラチオンは相手に負けぬ鷹揚《おうよう》さを見せようと、位が上にもかかわらず、相手の指揮下に入る。だが指揮下に入りながら、ますます相手の言うことを聞かなくなる。バグラチオンは皇帝に命じられたままに、個人的報告を行っている。彼はアラクチェーエフにこう書き送った。『陛下の御意のままではありますが、小生は大臣（バルクライのこと）[4]とはどうしても一緒にやれません。どうか小生をどこかの連隊指揮官なりへとお回しください。ここにはいられませんので。総司令部もすっかりドイツ人だらけになって、ロシア人には生きづらい雰囲気となり、筋の通らぬことばかりです。小生は心底陛下と祖国にお仕えしているつもりでしたが、気がつけばバルクライに仕える身となっておりました。正直な話、まっぴらです』ブラニツキーやヴィンツィンゲローデといった面々がこの総司令官同士の関係にさらに水を差すために、統一はますます崩れていく。スモレンスクの手前でフランス軍に攻撃を仕掛けようということになり、一人の将軍が陣地の視察に送られる。だがバルクライを嫌うその将軍は、友人の軍団長のところに出かけて一日つぶし、バルクライのもとに帰ってくると、見てもいない戦場予定地を仔細にわたって酷評するのだった。

こちらが来《きた》るべき戦場をめぐる議論や駆け引きにかまけ、フランス軍の位置を見失ってその居場所を突き止めようとしている間に、フランス軍はネヴェロフスキー師団に遭遇し、スモレンスクの城壁にまで迫ってくる。

こうしてわが軍の連絡路を保つために、思いがけずスモレンスクで戦闘を行わざる

3　それぞれアレクサンドル一世の侍従武官、侍従将校、侍従将官。

4　バルクライ・ド・トーリは一八一〇～一二年ロシアの軍務大臣であった。

を得なくなる。戦闘は行われ、双方に数千の死者が出る。

スモレンスクは皇帝と全国民の意志に反して放棄される。だがそのスモレンスクが、知事に騙された住民たち自身の手で焼き払われ、無一物になった住民は、ひたすら自分たちの失ったものを思い、敵への憎しみを燃え立たせながらモスクワを目指すが、これが他のロシア人たちへの先例となる。ナポレオンは先へと進み、わが軍は後退し、こうしてまさにナポレオンを打ち負かすべき条件が達成されていった。

2章

息子が出立した翌日、ニコライ・ボルコンスキー公爵は娘のマリヤを呼びつけた。

「どうだ、これで満足したか？」父親は娘に言った。「息子と仲たがいさせおって！　満足か？　まさにお前の望み通りになったわけだ！　さぞかし満足だろうな？……私は辛い、辛いとも。年を食って弱っているところへ、お前のやりたい放題にされたからな。なに、喜ぶがいい、喜ぶがいいさ……」この後一週間マリヤは父親と顔を合わせることはなかった。父が病気になって書斎にこもっていたからである。

マリヤが驚いたことに、気づいてみるとその病気の間、老公爵はマドモワゼル・ブリエンヌも部屋に入らせなかった。看病していたのは侍僕のチーホン一人だった。一週間もすると公爵は部屋から出てきてまた以前の生活に戻り、とりわけ建築や造園に精を出すようになったが、マドモワゼル・ブリエンヌとの以前のような関係はすっぱりと断ち切ってしまった。その表情も、マリヤに対する冷淡な態度も、まるでこんなメッセージを発しているかのようだった――『ほら見ろ、お前は私のことで勝手な妄想をしたあげく、あのフランス女との関係であることないことアンドレイに吹き込み、私とあいつを仲たがいさせたが、いいか、見ての通り、私にはお前もフランス女も必要ないのだ』

一日の半分をマリヤは甥っ子のニコールシカ［ニコライ］の部屋で過ごして、彼の勉強を見守り、自分でもロシア語と音楽を教え、また家庭教師のデサールと話をした。一日の残りは自分の部屋で、読書したり、年寄りの乳母や、時折裏口の階段から訪ねてくる「神の遣い」たちの相手をしたりして過ごした。

戦争についてのマリヤの思いは、女性一般の戦争についての思いと同じだった。彼女は戦地にいる兄の身を案じ、人々に殺し合いをさせる人間の残忍さに、分からぬままに怖気をふるっていた。だが今度の戦争の意義となると、ちんぷんかんぷんだった。彼女にはこれが、過去のすべての戦争と変わらないように思えたのだ。いつも話をかわすデサールは、戦争の経緯に熱烈な関心を抱いていて、一所懸命に自分の読みを彼女に披露しようとしたし、彼女を訪ねてくる神の遣いたちもみな、アンチキリストの襲来についての世間の噂を、それぞれにおぞましげな口調で語り聞かせた。いまやドルベツコイ公爵夫人となった友人のジュリーは、またもや彼女と文通を始めていたが、そのジュリーはモスクワからこんな愛国的な調子の手紙を書き送って来るのだった。

『親愛なる友よ、ロシア語でお手紙します』ジュリーは書いていた。『なぜなら私、フランス人全員に反感を抱いているせいで、彼らの言葉にも同じく反感を感じて、話しているのを聞くのも堪えられないのですから……。モスクワではみんな、敬愛する皇帝陛下を讃美するあまり熱狂状態にあります。

哀れな夫は、仕事の疲れと飢えをユダヤ人の居酒屋ではらしている状況ですが、にもかかわらず、手元に届く知らせはいつも私を元気づけてくれます。

きっとあなたのお耳にも入っていると思いますが、かのラエフスキー将軍は雄々しくも二人の息子を抱いて言ったそうです――「この子らとともに命を捨てよう、だがわが軍はびくともせんぞ」そして実際、敵の方が二倍もの勢力を持っていたにもかかわらず、わが軍はびくともしなかったそうです。私たちはできることをして時を過ごしておりますが、戦時には戦時の暮らし方があります。公爵令嬢アリーナとソフィーは始終うちにいらして、戦地に夫を送った不幸な寡婦《やもめ》どうし、木綿をほどいて包帯をこしらえながら、話に花を咲かせています。ただあなたがいないのだけが寂しくて……云々』

こうした周囲の言葉にもかかわらず、マリヤには今度の戦争の意義が分からなかった。彼女がこの戦争の意義を十分理解しきれなかった主たる原因は、父親の老公爵が一切この戦争のことを話題にせず、戦争そのものを認めようともしないで、デサールが昼食時にこの話題を出しても、鼻で笑っているふうだったからだ。そんな父親の落ち着き払った自信満々な態度を見て、マリヤは自分で考えもせずに父を信じ込んでしまったのである。

七月中ずっと老公爵はすこぶるよく働き、元気いっぱいと言いたいほどだった。新たな庭園の造成にとりかかり、使用人たち用の新館工事にも着手した。ただ一つマリヤの心配の種は、父があまり睡眠をとらず、しかも書斎で寝るという従来の習慣を変えて、毎晩寝場所を変えていることだった。ある時は自分の野営用のベッドを回廊に広げさせ、ある時には客間のソファーかヴォルテール式安楽椅子に服も脱がずにおさまったまま、マドモワゼル・ブリエンヌならぬ召使の子供のペトルーシャに本を読ませながらうとうとし、ある時は食堂で夜を過ごす、という調子だった。

八月一日、息子のアンドレイ公爵からの第二の手紙が届いた。第一の手紙はすでに出立後まもなく届いていたが、そこでアンドレイ公爵は、自分の言葉が過ぎたことをおとなしく詫びて、どうか今後も変わりなく父上のご慈愛を賜りますようにと書いていた。これに対して老公爵は優しさに満ちた返書を認《したた》め、そしてその後、かのフランス人女性を遠ざけたのである。アンドレイ公爵の第二の手紙は、すでにヴィテプスクがフランス軍の手に落ちた後にその町の近郊で書かれたものだったが、それには戦争の概況が略述されて、地図までがじかに書き添えられており、さらにこの先の戦争の進展予想が書かれていた。その手紙の中でアンドレイ公爵は、父親のいる領地が戦場の間近で、まさに軍の進路上にあるという不都合を指摘し、父親にモスクワへ移るよう進言していた。

この日の午餐の席でデサールが、フランス軍がすでにヴィテプスクに入ったようだと口にすると、老公爵はその言葉でアンドレイ公爵の手紙を思い出したのだった。

「今日アンドレイから手紙が届いた」彼は娘のマリヤに言った。「読んでいないか?」

「いいえ、お父さま」娘はびっくりして答えた。手紙を受け取ったことも知らされていないのだから、読んでいるはずがないのだ。

「あいつが書いてよこしたのは戦争のことだ、例のな」今次の戦争に触れる時お決まりのようにその顔に浮かぶ、例のばかにしたような笑みを浮かべて、公爵は言った。

「そうでしょうとも、大変興味深いですね」デサールが言った。「御子息は事情を知る立場にいらっしゃいますから……」

「ああ、興味津々ですわ!」マドモワゼル・ブリエンヌが言う。

「じゃあ取ってきてもらおうか」老公爵はマドモワゼル・ブリエンヌに向かって言った。「例の小さな机の上だ、文鎮を載せてある」

マドモワゼル・ブリエンヌはうれしそうに立ち上がる。

「いや、待った」老公爵は顔を曇らせて制止した。「ミハイル・イワーノヴィチ、君が行ってくれ」

建築技師のミハイル・イワーノヴィチが立ち上がり、書斎に向かう。しかし彼が部屋を出て行ったとたん、老公爵はキョロキョロと辺りを見回し、ナプキンをかなぐり捨てると、自分で出かけて行った。

「何ひとつできやしない、何でもごっちゃにしてしまいおる」

公爵が席を外している間、マリヤもデサールもマドモワゼル・ブリエンヌも、そしてニコールシカまでもが、黙ったまま目を見交わしていた。老公爵はミハイル・イワーノヴィチを引き連れて、急ぎ足で手紙と図面を持って戻ってきたが、それらは自分のそばに置いたまま、食事の間誰にも読ませなかった。皆で客間に移ると、彼はマリヤに手紙を渡し、自分は目の前に新しい建物の図面をひろげてじっと目を据えたまま、娘に手紙を朗読するよう命じた。手紙を読み終えるとマリヤは問いかけるように父親を見た。

父親は自分の考えに没頭している様子で、図面を見つめている。

「公爵、今の話をどう思われますか?」デサールが思い切って訊ねた。

「私が! 私がか!……」まるで寝覚めの悪い人間のように、公爵は建物の図面から目を離そうとせずに言った。

「大いにあり得ますね、戦場がこの地に迫ってくるのは……」

「ハ、ハ、ハ! 戦場がな!」公爵は言った。「何度も言っているだろう、戦場はポーランドだ。ネマン川よりこっちへは敵は決して入ってきやせん」

敵がすでにドニエプル近辺まで迫っているのに、まだネマン川のことを言っている公爵を、デサールは驚愕の眼で見つめた。だがマリヤの方は、ネマン川の地理的な位置を忘れていたせいで、父親の言うことを本当だと思っていた。

「雪解けの時期になればポーランドの沼で溺れ死ぬことだろう。それが分かっていないのは奴らだけだ」そう言う公爵はどうやら一八〇七年の戦役のことを頭に置いているようで、彼にはそれがつい最近のことと思えるのだった。「ベニグセンがもっと早くプロイセンに進軍しているべきで、そうしていたら戦局は別の展開をしていたはずだ……」

「しかし公爵」デサールがおずおずと言う。「手紙にはヴィテプスクの名が挙がっていますが……」

「ああ、手紙にな、そう……」不満そうな口調で公爵は言った。「そう……そうだな……」その顔が不意に暗い表情になった。しばし沈黙が続く。「そう、あいつは書いているな、フランス軍が撃破されたと、あれはどこの川だったか？」

デサールは目を伏せた。

「御子息はそのことは何も書いていらっしゃいません」小さな声で彼は答えた。

「なに、書いていない？　しかし、私が勝手に思いついたわけでもあるまいし」長い沈黙が続いた。

「ああ……そうだった……。なあ、ミハイル・イワーノヴィチ」不意に頭をもたげて建物の図面を指さしながら、彼は言った。「君の修正案があれば聞かせてくれ」

ミハイル・イワーノヴィチが図面に近寄ると、公爵はその新築の建物の図面について相手としばし話し合った後、マリヤとデサールを怒りの目で一瞥して、自室へ引っ込んだ。

マリヤは父親に注がれるデサールの当惑と驚愕に満ちたまなざしを目に止め、彼の沈黙にも気づき、自分も、父親が息子の手紙を客間のテーブルの上に忘れて行ったことに驚いていた。しかしそれを口にしてデサールに当惑と沈黙の理由を問いただすことを恐れたばかりか、それについて考えること自体を恐れていた。

晩になって父に遣わされたミハイル・イワーノヴィチが、客間に置き忘れたアンドレイ公爵の手紙を回収しにマリヤのところにやって来た。マリヤは手紙を渡した。そして気が進まないながら思い切ってミハイル・イワーノヴィチに、父が何をしているか訊ねた。

「ずっと忙しそうにされています」そう答えたミハイル・イワーノヴィチの慇懃無礼な笑みを見ると、マリヤはすっと顔が青ざめた。「新築の棟のことを大変気にかけていらっしゃいます。少し読書をされましたが、今は」ミハイル・イワーノヴィチは声を落とした。「ライティングデスクに向かっておられますから、きっと遺言状にとりかかられたのでしょう」（最近の公爵のお気に入りの作業の一つは、自分の死後に残る書類の作成で、それを彼は遺言状と呼んでいた）

「ところでアルパートィチはスモレンスクに遣いにやられるのでしょうか？」マリ

ヤは訊ねた。
「もちろんです、ずっと待機しておりますから」

3章

ミハイル・イワーノヴィチが手紙を持って書斎に戻ってくると、公爵は眼鏡をかけて目にも燭台にも庇《シェード》をつけた姿で開いたライティングデスクに向かい、片手に持った書類を遠くにかざしながら、ちょっと改まったポーズで、自分の死後に皇帝に献上されることになっているその書類（覚書と本人は名付けていた）を読んでいるところだった。

ミハイル・イワーノヴィチが部屋に入った時には、公爵は今読んでいるその覚書を書いた頃のことを思い出して涙ぐんでいた。ミハイル・イワーノヴィチの手から息子の手紙を受け取ってポケットへ入れ、書類もしまい込むと、公爵はもうずっと前から待たせていた支配人のアルパートィチを呼び寄せた。

スモレンスクで果たすべき用事をメモした一枚の紙を手に取ると、公爵は戸口に控えたままのアルパートィチの鼻先を行き来する形で部屋の中を歩き回りながら、指示を出し始めた。

「まずは便箋だ。いいか、八帖だ。ほら、この見本どおりのやつだぞ。小口は金《きん》……見本をやるから、必ずこれと同じものを選ぶんだ。ニスと封蠟《ふうろう》はミハイル・イワーノヴィチの書きつけどおりにな」

しばし部屋を歩き回ってから公爵はメモを覗き込んだ。

「次に、知事に直接、登録に関する書状を手渡すこと」

次に必要なのは新館のドアにつけるかんぬきで、これは必ず公爵自身が考案した型通りでなくてはならなかった。次の用事は例の遺言状を収める編み文箱《ふばこ》を注文することだった。

アルパートィチへの用務伝達は二時間以上も続いていた。公爵は一向に相手を放免しようとしない。座って思案にふけっているうちに、目が閉じてうとうとしだした。アルパートィチがもじもじし始める。

「もういい、下がれ、下がれ。何か用があったら呼びにやる」

アルパートィチは出て行った。公爵はまたライティングデスクに近寄り、中を覗き込んで自分の書類に手を触れると、また蓋を閉じて、今度はテーブルに向かって知事への書状を書き始めた。

書状に封をして立ち上がった時は、もう夜更けだった。眠ろうとしたが、自分が寝付けないだろうこと、ベッドに入ればおよそ忌まわしい考えばかりが頭に浮かんでくるだろうことが分かっていた。公爵はチーホンを呼びつけると、今夜のベッドを置く場所を指示するために、一緒にいくつもの部屋を歩き回った。そうして歩き回りながら、あちこちの片隅を一つ一つ検分していくのだった。

どこもかしこもしっくりこない気がしたが、最悪なのは書斎にある馴染みのソファーだった。きっとそこに横たわっていやなことをさんざん考えてきたせいで、そのソファーがおぞましい場所になってしまったのだ。どこもしっくりこなかったなかで、かろうじてましなのが休憩室のピアノのかげだった。まだ一度もそこで寝たことはなかったのだ。

チーホンともう一人の召使がベッドを運んできて設置にとりかかる。

「違う、そこじゃない！」公爵は大声で言うと、自ら手を出して角から二十センチばかり遠ざけ、それからまた近づけた。

『やれやれ、やっと準備完了だ、これで休めるぞ』そう思って公爵はチーホンに着替えを任せた。

長上着《カフタン》とズボンを脱がせてもらうための骨折りに腹立たしげに顔をしかめながら着

替えを済ませ、やれやれとばかりにベッドに腰を下ろした公爵は、黄ばんでカサカサに乾いた自分の足を侮蔑のまなざしで見つめながら、しばし物思いにふける風情だった。とはいえ何か考えていたわけではなく、その両足を持ち上げてベッドに身を横たえるという次の苦行に移る踏ん切りがつかなかったのである。『ああ、何という辛い目に遭うんだ！　おお、一刻も早く、一刻も早くこんな苦行が終わって、お前たちが私を解放してくれたなら！』彼は思った。唇を固く結んでもう幾度となく繰り返してきたこの苦行を遂行し、彼は身を横たえた。だが横になった途端、ベッドの全体が体の下で、まるで苦しい息遣いでもがいているかのように、上下に律動しはじめた。これはほぼ毎晩経験することだった。彼は閉じかけた目を見開いた。

「休ませてもくれん、畜生どもめ！」怒りを込めて誰かに向かってつぶやく。『そう、そうだった、まだ何か大事なことがあったな、何かとても大事なことを、夜寝床で考えようと、とっておいたんだった。かんぬきのことだったか？　いや、そのことならもう伝えた。いや、何かほら、客間であったことだ。マリヤが何か出まかせを言ったんだ。デサールが、あのばか者が何か言ったぞ。ポケットに何か入れたが――思い出せん』

「チーホン！　食事の時の話題は何だった？」

「若旦那さまのことと、それからミハイル……」

「黙れ、黙れ」公爵はテーブルをバンバンとたたいた。「そうだ！ アンドレイの手紙だ。マリヤが読んで、デサールがヴィテプスクについて何か言ったな。今読んでみよう」

ポケットに入っていた手紙を持ってこさせ、レモネードとねじり蠟燭の載った小机をベッドに引き寄せるように命じると、公爵は眼鏡をかけて読み始めた。そしてこの夜のしじまの中、緑のシェードから漏れるほのかな光の下で手紙を読み通した彼は、ようやく瞬時にしてその意味を悟ったのだった。

『フランス軍がヴィテプスクに入った。四行程でスモレンスクに達する。もしかしたらすでに着いているかもしれん』

「チーホン！」チーホンが駆けつける。「いや、いらん、用はない！」彼は怒鳴った。

彼は手紙を燭台の下に隠して目を閉じた。すると脳裏にドナウの光景が浮かび上がった。晴れ渡った真昼、葦の茂み、ロシア軍の陣営。彼が、若い将軍の彼が、顔に一筋の皺もない、はつらつとした陽気な血色のいい姿で、ポチョムキンのカラフルな幕屋に入っていく。するとこの寵臣に対する燃えるような羨望の念が、あの時と同じような激しさで彼の胸を搔き立てた。あの最初の出会いの時にポチョムキンとの間で交わされたすべての言葉を彼は思い出す。次に頭に浮かんだのは脂ぎった顔に黄色い染みの浮き出た背の低い太った女性、母なる女帝陛下の姿、はじめて女帝が彼に情けをかけて謁見してくれた際の、その笑顔と言葉だった。それから同じ顔が葬儀の祭壇に納まっているところ、そしてその女帝の棺の前で、その御手に歩み寄る権利をかけて、かのズーボフと張り合ったことが思い起こされた。

『ああ、早く、一刻も早くあの頃に帰りたいものだ。今のことなどすべて一刻も、一刻も早くおしまいになって、やつらが私にかまわないでいてくれるよう』

4章

ニコライ・ボルコンスキー公爵の領地 禿山《ルイスィエ・ゴールィ》 はスモレンスクから六十キロほどモスクワ寄りに位置し、モスクワ街道から三キロ離れていた。

公爵がアルパートィチに指示を与えていたのと同じ晩、デサールはマリヤに面会を求めてこう告げた――公爵はお加減があまりすぐれず、ご自身の身の安全のために何の措置も講じようとされないが、アンドレイ公爵のお手紙によれば、当地にいるのは安全とは思えない。そこで謹んでご忠告申し上げるが、お嬢さまご自身がスモレンスクの県知事への手紙を書いてアルパートィチに託し、戦争の状況および禿山《ルイスィエ・ゴールィ》の危険度について教えを乞うてみてはいかがだろうか。デサールがマリヤに代わって知事への手紙を書き、マリヤが署名をしたものがアルパートィチに託され、それを知事に届けるように、そしてもしも危険な場合には可及的速やかに戻ってくるようにとの指示が出された。

　すべての指示を受け取ると、アルパートィチは家の者たちに見送られて、白い毛皮の帽子（公爵の贈り物）を被り、公爵同様ステッキを手にして、よく食い太った三頭の鹿毛馬を付けた革張りの幌馬車に乗ろうと外に出た。

　馬鈴は舌《ぜつ》が結わえられ、小鈴にはみな紙きれが詰めてあった。公爵は禿山《ルイスィエ・ゴールィ》では誰にも馬鈴や小鈴を鳴らして通ることを許さなかったのだ。しかしアルパートィチは遠出の時には馬鈴や小鈴を鳴らしていくのを好んでいた。アルパートィチ直属の使用人たち、村会の書記、事務員、使用人用と主人用の二人の料理女、二人の老婆、コサックのなりをした年少の使用人、御者たちとその他いろんな召使たちが彼を見送りに出ていた。

　娘が座席の背と尻置きに更紗をかぶせた羽毛のクッションを敷いてやる。妻の姉にあたる老婆がそっと包みを持たせる。御者の一人は彼が席に着くのに手を貸してやろうとする。

「おいおい、まるで女の旅支度だな！　女だ、まるで女だ！」ふうふう息をつきながら公爵そっくりの早口で慨嘆してみせてから、アルパートィチは幌馬車に乗りこんだ。村会の書記に仕事のことで最後の指示を与えると、その先はもう公爵の真似はせずに、アルパートィチは禿げた頭の帽子を脱ぎ、三度十字を切った。

「お前さん、何があっても……どうか戻ってきてね、ヤーコフ・アルパートィチ。お願いだから、私たちを可哀そうだと思って」妻が呼びかける。戦争と敵の噂を聞いて心配しているのだ。

「女だ、まるで女、女の旅支度だ！」ぼそりとそうつぶやくとアルパートィチは出発した。見回すとあたりの畑は、あるところではライ麦が黄ばんだ姿を見せており、あるところではまだ緑色をした燕麦がびっしり茂っており、あるところではまだ耕耘《こううん》が始まったばかりの黒い色を呈している。今年の春小麦の珍しいほどの作柄に目を細め、そこここで刈り入れが始まっているライ麦畑の畝《うね》に見入りながら進んで行くアルパートィチは、自分の仕事についても余念がなく、種まきや収穫について考えたり、公爵の命令で忘れているものはないかと考えたりしていた。

道中二度馬に飼葉《かいば》をやり、八月四日の夕刻にアルパートィチは町に到着した。

道中アルパートィチは何度か輸送隊の馬車列や軍隊に行き合い、また追い越した。スモレンスクに近くなると、遠くで射撃音が聞こえたが、そうした音には彼は驚かなかった。彼が一番驚いたのは、スモレンスクの間近まで来たとき、目に入って来た見事な燕麦の畑で、どこかの兵士たちが刈り取りをしていたことだった。明らかに飼葉用で、しかもそこが宿営地になっていたのだ。そうした状況にアルパートィチはドキリとさせられたが、しかしじきに忘れて自分の用務のことを考えていた。すでに三十年以上もの間、アルパートィチの生活上の関心は、唯一公爵のご意向の枠内に限定され、決してその範囲を超えることはなかった。公爵の命令の実行に関係しないものはすべて、アルパートィチにとっては関心がないどころか存在さえしないのであった。

八月四日の夕刻にスモレンスクに着いたアルパートィチは、すでに三十年来の習慣通り、ドニエプルを渡ったところにあるガチェフカ[5]という市外地の村のフェラポントフという男が経営する旅籠《はたご》に宿をとった。このフェラポントフは十二年前、アルパートィチの口利きで公爵から森を一つ買い取って商売をはじめ、今ではこの県に屋敷と

5　かつてスモレンスクの波止場として賑わった「ラチェフカ」村を指すとみられる。

旅籠と粉屋の店を持つ身になっていた。フェラポントフは太って髪の黒い、赤ら顔の四十男で、唇が厚く、まるまるとした団子鼻で、鼻とそっくりの団子のようなこぶが黒い嶮しい両眉の上にもそれぞれあり、腹もまるまると突き出ていた。

フェラポントフはチョッキに更紗のシャツという姿で、通りに面した店の前に立っていた。アルパートィチの顔を見ると近寄ってきた。

「これはようこそ、アルパートィチさん。みんなが町から出て行くのに、あんたは町に来たわけだ」主人は言った。

「どうしてなんだね、町から出て行くって?」アルパートィチが訊く。

「だから言うんだよ、みんなバカだってね。すっかりフランス軍に怯えちまっているのさ」

「空騒ぎさ、女じゃあるまいし!」アルパートィチは言った。

「いやまったく、同感だよ、アルパートィチさん。だって命令が出ているんだからね、敵を入れるなって。だから、大丈夫だよ。それをこのへんのやつら、荷馬車一台出すのに三ルーブリもぼったくりやがる——まったく人でなしだよ!」

アルパートィチはうわの空で聞いていた。サモワールと馬の干し草を注文し、茶をたらふく飲んで横になる。

一晩中旅籠の脇の通りを軍隊が移動していた。翌日、アルパートィチは町でだけ着用する胴着を着て、用事を果たしに出かけた。晴れた朝で、八時からもう暑かった。麦刈りには大事な一日だな——そんな考えが浮かぶ。町外れの方では早朝から銃声が響いていた。

八時を過ぎると銃声に砲撃の音が加わった。通りにはどこかへ急ぐ人々や兵士があふれていたが、しかし普段通りに辻馬車が行き交い、商店主は店の前に立ち、教会ではお勤めが行われていた。アルパートィチは徒歩で商店と役所と郵便局と知事邸を順に回った。役所でも商店でも郵便局でも、ロシア軍の話と、すでにこの町の攻撃を開始した敵軍の話でもちきりで、皆互いにどうしたものかと相談を持ち掛けては、懸命に不安をなだめ合っていた。

知事邸のそばにはたくさんの住民とコサック兵がいて、知事専用の旅行馬車があった。表階段でアルパートィチは二人の貴族紳士と出くわしたが、その一人は顔見知りだった。その顔見知りの貴族は元郡警察署長だったが、こんな熱弁をふるっていた。

「いやこれはもう、冗談ごとじゃないぞ。独り身の者はまだましだ。ひどい目を見てもひとりで済むからな。ところがこっちは家族が十三人と、おまけに全財産だ……。みんなを破滅させおって、それでよくお上《かみ》がつとまるもんだ……いや、あんなろくでなしどもは縛り首にしてしまえ……」

「まあまあ、いい加減にしておけよ」もう一人が制止する。

「知ったことか、聞かれたってかまわん！　まったく、俺たちは犬ころじゃないんだからな」そう言って振り返ったところで、元郡警察署長の紳士はアルパートィチに気付いた。

「おや、アルパートィチ君、どうしてここに？」

「公爵さまのお言いつけで知事閣下をお訪ねするところです」アルパートィチは昂然と頭をそらし、片手をふところに差し入れて答えた。公爵のことを口にするときにはいつもそうするのだった……。「戦況を訊ねてこいとのご命令です」彼は言った。

「それなら見ての通りだよ」紳士は叫んだ。「荷馬車が全くないという体《てい》たらくさ、一台もな！……そしてあれだ、聞こえるだろう？」射撃音の聞こえてくる方角を指さして彼は言った。

「皆を破滅させおって……ろくでなしどもが」またもや悪態をついて紳士は表階段を下りて行った。

アルパートィチは首を振って階段を上った。控室には商人やら女性やら役人やらがいて、黙って互いに目を見交わしている。執務室のドアが開くと皆一斉に立ち上がり、殺到した。ドアから駆け出てきた役人は、一人の商人と何か言葉を交わすと、背後にいる首に十字架をかけた太った役人に一声かけて、またドアの中に身を隠した。自分に向けられた視線と質問を一切避けようという身振りである。前の方に出て行ったアルパートィチは、次にその役人が出てくると、前ボタンをはめたフロックコートに片手を差し入れたポーズで、二通の手紙を差し出しながら声をかけた。

「アッシュ男爵[6]さま宛ての、陸軍大将ボルコンスキー公爵からのお手紙でございます」その堂々とした厳粛な口上に役人はつい振り向き、手紙を手に取った。数分の後知事はアルパートィチを呼び入れ、せわしい口調で言った。

「公爵と公爵のお嬢さまに、私は何も知らされていなかったと、お伝えしてくれ。私は皇帝陛下のご命令通りに行動したまでだとな。これを……」

知事はアルパートィチに一通の文書を渡した。

「だがともかく、公爵はご病気の身なのだから、当方としてはモスクワへ行かれるよう忠告申し上げる。私自身、今発つところだ。お伝えしてくれ……」だが知事は最後まで言い切れなかった。埃と汗にまみれた将校が一人ドアから駆けこんできて、フ

6　スモレンスク県知事。

ランス語で何か喋り出したのだった。知事の顔に恐怖が浮かんだ。

「行きたまえ」知事はアルパートィチにひとつうなずいてそう言うと、何やら将校に問いただし始めた。知事の執務室を出ると、むさぼるような好奇の眼、怯えたような眼、困り果てたような眼が一斉にアルパートィチに注がれた。いまや近いところから、ますます大きく響いてくる射撃音に否応なく耳を澄ましながら、アルパートィチは急いで旅籠を目指した。知事がよこした文書は次のようなものだった。

『スモレンスクの町はいまだ寸毫《すんごう》の危険にもさらされておらず、その惧れもありえないことを保証する。余が一方から、バグラチオン公爵が他方から進軍し、スモレンスクの手前で合流する手はずであり、これは二十二日に完了する。その後両軍は総力を結集し、貴下に委ねられた県の同胞住民を守るべく、その力をもって祖国の敵を撃退するまで、もしくはその勇猛な隊列の最後の一兵が絶えるまで、戦い抜くであろう。これから明らかなように、貴下にはスモレンスクの住民を安心せしめるに十分なる権利がある。なぜなら、かくまで勇猛なる二つの軍によって守られる者は、その勝利を確信してよいからである』（バルクライ・ド・トーリよりスモレンスク県知事アッシュ男爵宛の指令書。一八一二年付）

人々が不安そうに通りを行き来していた。

食器、椅子、戸棚などをうずたかく積み上げた荷馬車がひっきりなしに家々の門から出てきて通りを進んで行く。フェラポントフの旅籠の隣の家にも荷馬車が停まっていて、女たちが号泣しながら別れの言葉を交わしている。番犬が吠えたてながら、馬車につながれた馬たちの前でくるくる回っていた。

アルパートィチは普段よりも急《せ》いた足取りで門をくぐると、まっすぐに納屋のそばにいる自分の馬と馬車に歩み寄った。眠っていた御者を起こし、馬を付けるように命じて、玄関に入っていく。主人夫婦の部屋で子供の泣き声と、わんわん泣き叫ぶ女の声、そして腹を立てたフェラポントフのかすれた怒声が聞こえた。アルパートィチが入っていったとたん、玄関にいた料理女が、まるで驚いた雌鶏《めんどり》のようにあたふたしだした。

「こっぴどく殴ったんです、おかみさんを殴ったんです！……殴るわ引きずり回すわで！……」

「どうして？」アルパートィチは訊ねた。

「町を出たいと言ったんですよ。女ですから当たり前でしょう！　よそに連れて行って、私も子供たちも、死ぬような目に遭わせないで。みんな出て行ったのに、うちはどうするのって。そうしたら殴り始めたんですよ。殴るわ引きずり回すわ！」

アルパートィチはあたかもそれでいいんだといった風に一つ頷くと、それ以上聞こうともせずに、主人の部屋の向かいにあたる、買った品物を置いてあった部屋に向かった。

「この悪党、人殺し」そんな叫び声がしたと思うと、子供を抱いた痩せた女が青ざめた顔で、頭のプラトークもほどけ落ちたままドアから飛び出してきて、階段を駆け下りて外に出て行った。フェラポントフも後を追って出てきたが、アルパートィチを見るとチョッキやら髪やらを直し、一つあくびをしてから彼の後について部屋に入って来た。

「ひょっとして、もうお帰りかね？」主人は訊ねた。

質問に答えず、主人の方を振り返りもせず、自分の買い物を点検しながら、アルパートィチは、宿代はいくらかと訊ねた。

「じゃ、勘定しよう！　それで、知事のところへは行ったのかい？」フェラポントフは訊ねる。「どんな決定が出たんだね？」

アルパートィチは、知事は何もはっきりしたことを言わなかったと答えた。

「うちのような商売をしていたら、出て行けるかい？」フェラポントフは言う。「ドロゴブージ[7]まで荷馬車一台で七ルーブリも取ろうというんだから。だから言うんだよ、あいつらは人でなしだってね」

「あのセリヴァーノフのやつなんか」彼は続けた。「ちゃっかり木曜日にやってきてね、軍に小麦粉を一袋九ルーブリで売りつけていったのさ。どうだね、茶でも飲むかい？」馬車の支度を待つ間、アルパートィチとフェラポントフはたっぷりとお茶を飲みながら、穀物の値段やら出来高やら刈り入れの時期やらについて話をした。

「ところで、静かになったねえ」茶を三杯飲んだ末に立ち上がりながらフェラポントフは言った。「きっと、味方の勝ちさ。通しはしないって、言い切ったんだから。つまり強いんだよ……つい先だっても、あのプラートフ将軍[8]が敵のやつらをマリーナ川に追い込んで、一日で一万八千人だったかな、溺れ死にさせたと聞いたがね」

アルパートィチは購入品をまとめて入って来た御者に渡すと、主人に宿代を払った。門のあたりで、出発しようとしている幌馬車の車輪と馬蹄《ばてい》と小鈴の音がした。日がだいぶ傾き、通りの半分が影になって残りの半分があかあかと日差しを浴びている。アルパートィチは窓を覗いてからドアに向かった。突然、遠くでヒューという

7　スモレンスクから百キロほどのドニエプル川沿岸の町。

8　第2部第2編15章で言及されたドン・コサックの領袖でロシア軍の将軍。2巻五一五ページ、注40参照。

奇妙な音とドスンという衝撃音が聞こえ、続いていくつもの砲声が一つの轟音となって響き渡ると、そのせいでガラスがカタカタと震えた。

アルパートィチが通りに出ると、二人の男が通りを橋の方角へ駆けていくところだった。あちこちの方角から砲弾のヒューという飛翔音、着弾音、榴弾の爆発音が聞こえてくる。町の中に落ちているのだ。しかしそれらの音はほとんど耳に入らず、町の外で響く砲撃の音に比べて住民の注意をひかなかった。これはナポレオンが四時過ぎに開始を命じていた百三十門の砲による町への一斉砲撃であった。人々ははじめのうちその砲撃の意味が分からなかったのである。

飛来する榴弾や砲弾の音は、はじめ好奇心を刺激しただけだった。それまで納屋の庇《ひさし》の下でひたすら泣きじゃくっていたフェラポントフのかみさんもぴたりと泣き止み、子供を抱いたまま門のところまで出てくると、黙って人々の様子を観察し、音に耳を澄ました。

料理女と店員も門のところに出てきた。みんなうきうきと興味津々で、頭上を飛ぶ砲弾や榴弾を目でとらえようとしている。そこへ街角から何人かの男が、ガヤガヤと喋りながら姿を現した。

「すごい威力だな！」一人が言う。「屋根も天井も木っ端みじんだもんな」

「豚みたいに地面まで掘っくり返しやがったぜ」別の男が言った。「こいつは大したもんだ、おかげで活が入ったぜ！」笑いながら男は言った。「逸《そ》れてもらってありがとうさん、さもなきゃお前なんかぺちゃんこさ」

人々がこの者たちの周りに集まった。彼らは立ち止まって、自分たちのすぐそばで一軒の家に砲弾が落ちた次第を物語った。そうしている間にも新たな砲弾や榴弾が次々と人々の頭上を飛んで行く。猛スピードで陰気な音を立てて行くのが砲弾、気持ちよくヒューと飛ぶのが榴弾だ。だが一つとして近くには着弾せず、すべて飛び過ぎて行くのだった。アルパートィチは幌馬車に乗りこんだ。宿の主人は門の下に立っている。

「何も珍しいもんはないぞ！」赤いスカートの料理女が服の袖をたくしあげてむき出しの肘をゆすりながら、話を聞こうと街角に近寄っていったところへ、彼は声をかけた。

「あらあらこれは大変だわ」そう言って駆けつけた彼女だったが、主人の声を聴くと、からげたスカートの裾を直しながら戻ってきた。

また一つ、ただし今度はごく近いところで、ちょうど上空から降下してくる鳥のように何かがヒュッと飛来したかと思うと、通りの真ん中でパッと光がはじけ、何かが破裂して通り一面に煙が広がった。

「悪党め、何をしやがった？」旅籠の主人がそう叫び、料理女に駆け寄っていく。その瞬間、あちこちで女たちの悲痛な叫びが上がり、怯えた子供が泣き出し、人々は黙ったまま青ざめた顔で料理女の周りに集まった。その集団の中からひときわ大きく聞こえてくるのは、呻《うめ》き訴える料理女の声だった。

「おお、ああ、みんな！　みんな、お願いよ！　どうか私の命を助けて！　お願いよ、みんな！……」

五分もすると通りには誰も残っていなかった。榴弾の破片で太ももを砕かれた料理女は、台所に運ばれた。アルパートィチ、彼の御者、フェラポントフのかみさんと子たち、および庭番が、地下倉にしゃがみこんで耳をそばだてていた。轟くような砲声、飛来する砲弾の笛のような音、そしてあらゆる音を圧する料理女の哀れな呻き声は、一瞬も止むことがなかった。かみさんは子供の体をゆすってなだめていたかと思うと、地下倉に入って来る誰彼に向かって哀れっぽいささやき声で、通りに残った主人はどこにいるかと問いかけている。入って来た一人[9]の店員が、ご主人は他のみんなと一緒に大聖堂へ行って、スモレンスクの奇跡のイコンを担ぎ出そうとしているよと教えてくれた。

薄暗くなったころには砲撃も鎮《しず》まってきた。アルパートィチは地下倉を出て玄関口に立ち止まった。さっきまで晴れ渡っていた夕空は、一面煙に覆われている。そしてその煙越しに、高空にかかった鎌の形の三日月が、奇妙な光を放っていた。先刻までの恐るべき砲声が収まってみると、町は静けさに包まれたかに思われ、それを破るのはただ町のあちこちから聞こえる足音、呻き声、遠くの叫び、火事場で物がはじける音ばかりだった。料理女の呻き声も、今では止んでいた。二手から黒々とした火事の煙の柱がモクモクと立ち上り、散っていく。通りには兵士があふれていたが、隊列をなしてはおらず、まるで暴《あば》かれた蟻塚の蟻のように、いろんな軍服の兵たちが思い思いの方角へ向かって、歩いたり駆けたりしているのだった。アルパートィチの見ている前で何人かの兵士がフェラポントフの旅籠の庭に駆け込んできた。アルパートィチは門のところに出て行った。どこかの連隊が急いで退却しようとして、押し合いへし合いになり、通りが詰まってしまったのだった。

9　聖ルカが最初に描いたとされる、生神女（聖母）が左手に幼子を抱き、右手を胸前に置く形のイコンで、「スモレンスクの生神女」と呼ばれた。十一世紀にビザンツ帝国から贈られて、霊験あらたかなイコンと見なされた。災厄の際にこうした奇跡のイコンを担ぎ出して霊験を乞う習慣があった。

「町は敵の手に渡る、逃げてください、逃げて」彼の姿に気付いた将校がそう言うと、すぐさま兵士たちに向かって号令を発した。

「家の庭伝いに駆け抜けてよろしい！」将校は叫んだ。

アルパートィチは母屋に戻り、御者に声をかけて出発を命じた。アルパートィチと御者に続いてフェラポントフの一家の者たちも揃って外へ出てきた。煙と、今や立ち込めてきた夕やみにくっきりと際立つ紅蓮《ぐれん》の炎までをも目にすると、それまで黙っていた女たちも、火事の光景に号泣し始めた。するとそれをまねるかのように、通りの反対側からも同じような泣き声が聞こえてきた。アルパートィチと御者は軒庇《のきびさし》の下で、もつれた馬の手綱や引き革を震える手でそろえにかかった。

門を出たところでアルパートィチは、開けっ放しのフェラポントフの店の中で、十人ばかりの兵士がガヤガヤと大声をあげながら、小麦粉やヒマワリの種を袋や背嚢《はいのう》に詰め込んでいるのを見かけた。ちょうどそこへ、通りから戻ったフェラポントフが店に入って来た。兵士たちを見かけると彼は何やら怒鳴りつけようとしたが、不意にその場に立ち止まると、己の髪をかきむしって泣き笑いのような声をあげた。

「みんな持っていくがいいぜ、若い衆！　悪魔のやつらに取られないようにな！」そんな叫びをあげると、彼は自分で袋をつかみ、通りに向かって投げだし始めた。これに肝をつぶして逃げ出す兵士もいれば、そのまま袋に詰めている兵士もいた。アルパートィチを見かけるとフェラポントフは声をかけてきた。

「おしまいだ！　ロシアはな！」彼は叫んだ。「アルパートィチさん！　おしまいだよ！　こうなったら自分で火をつけてやる。おしまいだ……」フェラポントフは裏庭に駆け込んで行った。

通りはぞろぞろと切れ目なく歩いていく兵士たちで埋め尽くされていたので、アルパートィチは馬車を進めることもできず、待機せざるを得なかった。フェラポントフのかみさんと子供たちも同じく馬車に乗ったまま、出発できる時を待っていた。

もうすっかり夜になっていた。空には星が出て、煌々と輝く三日月が時折煙にかすんでいる。ドニエプルに出る下り坂で、兵士の列や他の馬車に交じってのろのろと進んできたアルパートィチと例のかみさんの馬車も、止まらざるを得なかった。馬車が止まった十字路からほど近い横町で、一軒の屋敷といくつかの店が燃えていた。火事はすでに下火になっていた。炎が勢いを失って黒い煙の中に消えそうになったかと思うと、また不意に赤々と燃え盛り、十字路のところに立ち止まっている群衆の顔を、異様なほどくっきりと照らし出す。火事場の前にはいくつかの人影がうごめき、焼けた木がはじける絶え間ない音に混じって人声や叫びが聞こえてくる。馬車を降りたアルパートィチは、まだすぐには先に進めないと見切りをつけて、火事を見物しようと横町に入っていった。兵士たちが火事場の脇をひっきりなしに行き来している。アルパートィチが見ると、二人の兵士ともう一人粗ラシャの外套を着たどこかの男が、何本もの火のついた丸太を火事場から引きずり出して、通りを越えた隣家の庭に運んでいた。ほかの者たちは乾草の束を抱えて運び出していた。

アルパートィチは、燃え盛る高い納屋の正面に立ち並んでいる大きな人群れに近寄っていった。どの壁もすっかり火に包まれ、裏面ははがれ、板張りの屋根は燃え落ち、梁は火を噴いている。明らかにやじ馬たちは屋根が崩落する瞬間を待ち受けているのだった。アルパートィチもまさにそれを待っていた。

「アルパートィチ！」ふと誰かの聞き覚えのある声がこの老人を呼び止めた。

「おやこれは、若旦那さま」瞬時にそれが若公爵の声だと悟ってアルパートィチは答えた。

アンドレイ公爵はマントを着て黒毛の馬にまたがったまま、群衆の背後からアルパートィチを見ていた。

「どうしてここにいる？」公爵は訊ねた。

「わ……若旦那さま」アルパートィチはそう言って泣き出した。「わ、若旦那さま……ひょっとして私たちはもうおしまいですか？ お父さまは……」

「どうしてここにいる？」アンドレイ公爵は繰り返した。

この瞬間、炎が赤々と燃えたって、アルパートィチに若い主人の青ざめたやつれた顔を照らし出してみせた。アルパートィチは自分が遣いに出されてやっとのことで逃げ出してきた顚末を語った。

「いったい、若旦那さま、私たちはもうおしまいなんでしょうか？」彼はまた訊ねた。

アンドレイ公爵は答えもせずに手帳を取り出すと、上げた片膝をテーブル代わりにして、破りとったページに鉛筆で書きだした。妹に宛てた手紙は次のようなものだった。

『スモレンスクは放棄される。禿山《ルイスィエ・ゴールィ》は一週間後には敵の手に落ちるだろう。すぐにモスクワへ発つように。いつそこを発つか、すぐに返事をくれ。ウスヴァージ[10]に急使をよこせば僕に伝わる』

書き終わってアルパートィチに手紙を渡すと、公爵は口頭で、父親と妹と息子及び

10 ウスヴァージ（ウスヴァート）は西ドヴィナ川に面した村。

その教師の出立準備をどうすべきかを告げ、さらにこれこれの方法でこれこれの場所へ即刻自分への返事を届けるように命じた。そうした指示がまだ終わらないうちに、馬に乗った司令部の幹部が随員を従えて彼のもとへ駆け寄ってきた。

「貴官は連隊長か？」司令部の幹部はアンドレイ公爵に聞き覚えのあるドイツなまりで声をかけてきた。「貴官の目の前で家々が放火されているというのに、貴官はただ手を拱《こまぬ》いているのか？　それはいったいどういう料簡であるか？　答えたまえ」そう怒鳴ったのは今や第一軍歩兵部隊左翼参謀次長となっているベルグだった。そのポストは、本人によれば大変に心地よく、しかも目立つポストだという。

アンドレイ公爵はちらりと相手を見たが、返事をせぬままアルパートィチへの指示を続けた。

「こう伝えろ——十日までは返事を待つ。もしも十日になって皆が退去したという知らせが届かなかった場合には、この俺がすべてを打ち捨て禿山《ルイスィエ・ゴールィ》に出向かざるを得ないとな」

「公爵、私が申し上げているのはただ」相手がアンドレイ公爵だと気づいてベルグが言った。「命令を実行すべき義務があるからでして。いつも命令は正確に実行しているものですから……。どうか失礼をお許しください」ベルグは何やら弁明につとめていた。

火事場で何かめりめりと裂けるような音がした。しばし火勢が弱まったかと思うと、屋根の下から黒煙がモクモクと渦を巻いて吹き出した。炎の中でさらにすさまじい炸裂音がして、何か巨大なものがどっと落下した。

「ずっしーん！」納屋の天井が落下した音をまねて群衆が騒ぐ。納屋からは小麦の焼ける煎餅のようなにおいが漂ってきた。ぱっと炎が上がり、火事場を取り囲む人々の生き生きとしたうれしげな、とはいえ疲れ果てた顔を照らし出した。

さっきの粗ラシャの外套を着た男が片手をあげて叫んだ。

「こいつはすげえ！　火が暴れ出しやがった！　みんな、すげえぞ！……」

「あれが焼けた家の主人だよ」人声が聞こえてくる。

「じゃあ、いいな」アンドレイ公爵はアルパートィチに向かって言った。「全部今言ったとおりに伝えるんだぞ」そうして傍らで黙り込んだままのベルグには一言の返事もせずに、馬をスタートさせて十字路目指して駆け去った。

5章

スモレンスクからの軍の撤退が続いていた。敵軍が後を追ってくる。八月十日、アンドレイ公爵指揮下の連隊は、街道を進む途中で禿山《ルイスィエ・ゴールィ》に通じる大道に差し掛かった。すでに三週間以上、炎暑と日照りが続いていた。毎日空にはモクモクした雲が漂い、時折日差しを隠してくれるが、夕刻にはまたすっかり雲も消えて、赤茶けた靄《もや》の中に太陽が沈んでいく。ただ夜にだけおびただしい露が大地をよみがえらせてくれるのだ。刈り残された小麦は焼け枯れて実を落としている。沼も乾ききっていた。家畜は、日に焼けた牧場に餌が見つからなくて、腹を空かせて啼《な》いている。涼しいのはただ夜中と、まだ露を宿した森の中だけだ。ただし路上には、それも軍が進んで行く街道には、夜中でも、木立の中を通る場所でさえも、そんな涼気はない。人馬に踏み砕かれた街道の土は二十センチ近くも深い砂と化しており、そんな砂塵の中では夜露も目につかなかった。夜が明けるとすぐに行軍が始まる。輸送馬車や砲車はハブのところまで、歩兵はくるぶしまで、柔らかくむんむんとした、一夜明けてもまだ冷めやらぬ熱い砂塵に埋まりながら、静かに進んだ。その砂塵の一部は人の足や車輪でこね回され、別の一部は舞い上がって軍隊の上に雲のように立ち込め、道を行く人馬の目に、髪に、耳に、鼻腔に、そして何より肺にこびりつくのだった。日が高く昇るにつれて砂塵の雲もますます高く立ち上り、その薄くて熱い砂塵の向こうの太陽は、たとえ雲に隠れていなくても、裸眼で見ることができた。太陽は大きな赤黒い球に見えた。そよとの風もなく、兵士たちはよどんだ大気の中であえいでいた。皆ハンカチで鼻と口を隠して歩いている。村に着くと皆が井戸に飛びついた。水を得ようと争い、底の泥が出るまで飲んだ。

アンドレイ公爵は連隊の指揮官として、隊の編成、隊員の安寧、必要な命令の授受と伝達に携わっていた。スモレンスクの火事とその町の放棄は、アンドレイ公爵にとって画期となる出来事だった。敵への新たな憎しみの感情が、自らの悲哀を忘れさせてくれたのだ。彼は自分の連隊の仕事に身命を捧げ、配下の兵や将校たちに気を配り、親身に接していた。連隊では彼は「うちの公爵殿」の愛称で呼ばれ、誇りとされ、慕われていた。ただし彼が優しく穏やかな態度をとるのは、自分の隊の将兵やティモーヒンなどのような、これまで付き合いのなかったまったく新しい相手、すなわち彼の過去を知ることも理解することもあり得ない相手ばかりであった。一方以前の交際相手や司令部の誰彼と出くわした途端、彼はたちまちまた身構えて、意地悪で小ばかにしたような、侮蔑的な態度をとるのだった。過去を思い出させるものすべてが反発を誘ったので、彼はそうした過去の世界に対しては、ただ公正を欠かず義務だけ果たすように心がけていたのだった。

本音を言えば、アンドレイ公爵の目にはすべてが暗い、陰鬱《いんうつ》な光を帯びて見えた――とりわけ八月六日にスモレンスクが放棄され（彼の考えではスモレンスクは防衛可能でかつ防衛すべき地点だった）、病身の父親がモスクワへの退去を迫られ、あれほどまで愛し、造成し、人を住まわせてきたあの禿山《ルイスィエ・ゴールィ》の地を、敵の略奪に委ねざるを得なくなった時以来。だがそれにもかかわらず、連隊があるおかげで、アンドレイ公爵は別の、大局的な問題とはまったく無関係な事柄を、すなわち自分の連隊のことを考えていることができたのである。八月十日には彼の連隊を含む隊列が禿山《ルイスィエ・ゴールィ》の最寄りの地点に達した。アンドレイ公爵はその二日前、父と息子と妹がモスクワへ発ったという知らせを受け取っていた。禿山《ルイスィエ・ゴールィ》へ行っても何もすべきことはなかったわけだが、あえて己の傷口に塩を塗るような持ち前の自虐的な心理から、禿山《ルイスィエ・ゴールィ》に立ち寄るべきだと決心したのだった。

自分の馬に鞍を着けるように命じると、彼は行軍の列を離れ、単身騎馬で生まれ育った父の村へと出かけて行った。まずは池のほとりを駆け抜けたが、いつもは何十人もの女たちがお喋りしながら洗濯ものを棒でたたいたり濯いだりしているその場所に、人っ子一人おらず、板張りの足場も支えが外れて、半分水に浸かったまま、池の真ん中に斜めに浮いていた。アンドレイ公爵は番小屋に馬を進めた。入り口の石の門のあたりには誰もおらず、扉も開けっ放しである。庭園の小道には早くも草が生い茂り、仔牛や馬たちが英国式庭園を歩き回っていた。温室に馬を進めてみると、ガラスがあちこち割れていて、桶植えの木々は倒れているものもあれば枯れてしまっているものもあった。庭番のタラースを呼んでみたが、答える声はない。温室の脇を抜けて裏手の植木棚に行ってみると、彫り飾りを施した板塀がすっかり壊れ、スモモの実も枝ごともぎ取られていた。年老いた百姓が一人、緑のベンチに座り込んで樹皮の靴を編んでいる（これはアンドレイ公爵が子供の頃よく門のところで見かけた男だった）。老人は耳が聞こえぬため、アンドレイ公爵が馬でやってきたのも聞こえなかったのだ。老人は老公爵が好んで座っていたベンチに腰を据えており、かたわらの折れて立ち枯れた辛夷《こぶし》の小枝のあちこちに菩提樹の靭皮《じんぴ》[11]が吊るし干されている。

アンドレイ公爵は母屋に馬を進めた。古い庭の菩提樹の木が何本か切り倒され、仔

11 丈夫な繊維でわらじなどの材料に用いられた。

馬を連れた斑毛馬《ぶちげ》が一頭、母屋のすぐ前の薔薇の木の間を歩いていた。家は鎧戸が釘で打ち付けてあった。一階の窓が一つだけ開いている。召使の子供が一人、アンドレイ公爵の姿を見ると家の中に駆け込んで行った。

アルパートィチは家族を送り出して一人禿山《ルイスィエ・ゴールィ》に残っていた。母屋にこもって聖者伝を読んでいたのだ。アンドレイ公爵の到来を知ると、鼻眼鏡をしたまま服のボタンをはめながら家から出てきて急ぎ足で歩み寄り、何も言わぬまま公爵の膝に口づけして泣き出した。

やがて自分の弱さに腹を立ててぷいと顔を背けると、アルパートィチは若主人に状況を報告し始めた。高価なものや貴重品はすべてボグチャロヴォ村へと移された。小麦も百チェトヴェルチ[12]ばかり運び出してある。牧草と、アルパートィチによれば今年はまれにみる豊作だった春小麦は、まだ青いうちに軍に接収されて刈り取られてしまった。百姓たちは無一物で、同じくボグチャロヴォ村に移った者もいれば、一部ここに残った者もいる。

アンドレイ公爵は相手の話を最後まで聞かないうちに、父と妹はいつ発ったのかと訊ねた。いつモスクワへ発ったのかという意味である。ところがアルパートィチは一家がボグチャロヴォ村へ移った日にちを訊かれているのだと思い込み、七日に発たれましたと答えると、またもや経営状態を詳しく説明し、指示を請うた。

「受領証をもらえば燕麦を軍に渡していいでしょうか？　うちにはまだ六百チェトヴェルチばかり残っていますが」アルパートィチは訊ねた。

『何と答えたものか？』アンドレイ公爵は考えた。老人の禿げ頭が日に光るのを眺めながら、彼は相手の表情から、老人自身もこんな質問が場違いであることをわきまえつつ、ただ自分の悲哀をごまかすために質問しているのだと悟っていた。

「ああ、渡すがいい」彼は答えた。

「庭が荒らされているのにお気づきかもしれませんが」アルパートィチは続けた。「どうにも防げませんでした。三つの連隊がここを通り、宿営していったのです。とりわけ竜騎兵隊ときたら。嘆願書を出すために指揮官の位と名前を書き留めておきましたが」

「それで、お前はどうするつもりだ？　もしも敵に接収されても、ここに残るつもりなのか？」アンドレイ公爵は訊ねた。

アルパートィチはそむけていた顔をアンドレイ公爵に向けると、しばしじっと彼を

12　一チェトヴェルチは二百十リットル。

見つめ、それから不意に厳かな仕草で片手を上に掲げた。

「主が私の守り手です、主の御心《みこころ》にお任せします！」彼は言い放った。

百姓と召使たちの一団が帽子もかぶらずに牧場を歩いてきて、アンドレイ公爵に近寄ってくる。

「じゃあ、これで！」アルパートィチの方に身をかがめてアンドレイ公爵は言った。「お前もここを出ろ、持てるものを持ってな。他の者たちにも、リャザンかモスクワ郊外の領地へ移るように言うんだ」アルパートィチは彼の片足にしがみついて泣き出した。アンドレイ公爵はそっと相手の体をのけると、馬の腹をひと蹴りして、ギャロップで並木道を下っていった。

植木棚のある場所では、相変わらず例の老人がぽつねんと、まるで大切な人物の遺体の顔にたかった蠅のように座り込んだまま、靴型に載せた樹皮靴を叩いていた。するとそのあたりから娘が二人、スカートの裾をたくし上げたところへ温室の木々からもいだスモモをいくつも包んで駆けだしてきて、アンドレイ公爵とばったり出くわす形になった。若旦那さまに気付くと、年上の娘がびっくりした表情になって年下の娘の手をつかみ、こぼれ落ちたまだ青いスモモを拾う暇もなく、二人一緒に白樺の陰に身を隠した。

アンドレイ公爵は面食らい、急いで二人から顔をそむけた。自分が彼女たちを見たことを、気づかれたくなかったのだ。かわいらしい娘が怯えきっているのが哀れに思えてきた。例の娘に目を向けるのははばかられたが、しかし同時にどうしてもひと目見たくてたまらなかった。二人の娘を見た彼は、今の自分の関心事とは別の、自分とは全く無縁ながら、しかし人間としてまったく正当な関心事が存在することを理解した。そしてそのとき、新たな、喜ばしい、心安らぐ感覚が彼を捕らえたのであった。娘たちが熱望しているのは明らかにただ一つ、あの青いスモモを持ち去って心ゆくまでむさぼり、しかも捕まらないことである。そしてアンドレイ公爵も娘たちといっしょになって、彼女らの目論見の成就を願っていた。彼はこらえきれず、もう一度目をやった。もはや安全だと見切った娘たちは、隠れ場所から飛び出すと、甲高い声で何か叫びながら、スカートの裾をたくし上げたまま、日に焼けた小さな裸足の足で、牧場の草の上を嬉々として走り去っていった。

軍が進んで行く街道の、砂塵にまみれた地帯を離れたおかげで、アンドレイ公爵は幾分リフレッシュすることができた。とはいえ、禿山《ルイスィエ・ゴールィ》を出てからさして遠くまで行かぬうちにまた街道に戻り、小さな池の堤防のわきで休憩していた自分の連隊に追いついた。昼の一時過ぎだった。砂塵に包まれて赤い球になった太陽が耐えがたいほどに照り付け、黒い軍服を貫いて背中を焼いた。砂塵は相変わらず、ガヤガヤとかまびすしい休止中の軍隊の頭上に、じっと立ち込めたままだ。まったくの無風だった。堤防の上を馬で通るとき、アンドレイ公爵は泥の臭《にお》いとともに、池の水のすがすがしい冷気を嗅ぎ取った。彼は水に浸かりたくなった――たとえそれがどんなに汚い水でも。叫び声や笑い声が聞こえてくる池の方に目をやると、水草の生えた濁った小さな池が、どうやら四十センチ近くも水かさを増して、堤防を浸すほどになっている。その池を人間の、兵士たちの白い裸体が、腕と顔と首だけ赤銅色に焼けた姿でいっぱいに埋め尽くし、パシャパシャとうごめいていたせいだった。裸の、白い人間の肉が、笑い声や掛け声をあげながら汚い水たまりの中でパシャパシャとうごめいているさまは、ちょうど魚籠《びく》に入れられた鮒《ふな》の群れのようだった。パシャパシャと水を浴びるその様子がうれしそうなだけに、かえってうら悲しい印象が募った。

第三中隊の若いブロンドの兵士が一人――これはアンドレイ公爵にも見覚えのある男だったが――片足のくるぶしのところに貴重品止めの革バンドをつけたまま、十字を切りながら後ずさりしていく。たっぷり助走をつけて水にどぶんと飛び込もうというのだ。もう一人、黒い髪をいつももじゃもじゃにした下士官は、腰まで水に浸かって筋骨隆々とした上体を震わせながら、手首のところまで真っ黒に焼けた両手で自分の頭に水をかけては、うれしそうな鼻息を立てている。お互いの体をぴしゃぴしゃとたたき合う音が響き、金切り声やうめき声が聞こえてくる。

岸辺にも堤防の上にも池の中にも、いたるところに白い、健康な、筋骨隆々たる肉があふれていた。堤防の上で体を拭っていた赤鼻のティモーヒン将校は、公爵に気付くと恥ずかしそうな顔をしたが、それでも思い切って話しかけてきた。

「なかなか気持ちいいですよ、連隊長、閣下もいかがですか！」彼は言った。

「汚いなあ」アンドレイ公爵は顔をしかめて答える。

「今きれいにしますから」そう言うとティモーヒンは服も着終えていないまま、池をきれいにしようと駆け出して行った。

「公爵が水を浴びたいそうだ」

「公爵ってどこの？　うちの公爵殿か？」ガヤガヤと声が交わされて皆があたふたしだしたので、アンドレイ公爵はやっとの思いで彼らを落ち着かせた。いっそ小屋の中で水を浴びようと思いついたのだった。

『肉、体、砲弾の餌食か！』自分の裸体を眺めてそんなことを思い、彼はぶるっと身を震わせた。寒かったからではなく、汚い池の水の中でうごめいていたあのおびただしい数の肉体を見て、自分にも説明できない嫌悪と恐怖を覚えたからであった。

八月七日、バグラチオン公爵はスモレンスク街道のミハイロフカ露営地で以下の書状を認《したた》めた。

『拝啓　アレクセイ・アンドレーヴィチ伯爵殿

（書状はアラクチェーエフ宛であったが、皇帝陛下もこれを読まれるであろうことが分かっていたので、彼は一語一語を力の及ぶ限り推敲《すいこう》しつつ書いていた）

すでに大臣から、スモレンスクが敵に明け渡された件につき報告がいっていることと存じます。もっとも重要な地点がいたずらに放棄されたことは、痛恨、悲痛の極みであり、全軍の失望を招いております。小生としても、大臣と直に面談して諄々《じゅんじゅん》と説得し、果ては書面でも訴えたところですが、何としてもかの人物の同意を得ることはできませんでした。わが名誉にかけて申し上げますが、ナポレオンはかつてないほどの窮地に追い込まれており、たとえ軍の半ばを犠牲にしても、スモレンスク攻略は不可能だったことでしょう。わが軍はかつてないほどの奮闘ぶりを見せ、今も依然として奮闘しております。小生は一万五千の兵を率いて三十五時間以上一歩も引かずに戦い、敵を撃退しました。しかるにかの人物はわずか十四時間すら、踏みとどまろうとしなかったのであります。これは恥ずべき所業、わが軍の汚点であり、かの人物自身、小生の考えでは、この世に生きる資格のない存在です。仮にかの人物が、将兵の犠牲が多大であったという報告をしているとすれば、それは事実無根です。戦死者はおそらく四千名程度、それ以上ではありませんし、そこまでもいかないでしょう。いや仮に一万名であったとしても、やむをえますまい、戦争なのですから！　その代わり敵も無数の死傷者を出しているのです……。

あと二日持ちこたえるくらい、どれほどのことだったでしょうか？　少なくとも敵の方が自ら退却していたことでしょう。人馬に飲ませる水もない状態だったからです。かの人物は小生に撤退しないと約束しておきながら、急に作戦命令を送り付けてきて、夜間に退却する旨を宣言したのです。こういう体たらくでは戦闘は不可能であり、われわれはやがて敵をモスクワにまで連れ帰ることになりかねません……。

貴下が講和をお考えだという噂が流れていますが、講和などもってのほかと存じます！　これだけの犠牲を払い、おまけにこのような常軌を逸した退却を重ねた後で、講和を結んだりすれば、貴下は全ロシアを敵に回し、わが軍の全員が軍服をまとうことを恥と見なすこととなるでしょう。事ここに至ったからには、戦うべきです。ロシアにその力がある限り、兵に立ち上がる力のある限り……。

指揮を執る者は一人であるべきであり、二人では成り立ちません。貴下の大臣は省の仕事においては優秀かもしれませんが、将軍としては劣等どころかただの役立たずです。そんな人物にわが祖国全体の運命が委ねられているのです……。小生は正直申し上げて、怒りで取り乱さんばかりです（不躾《ぶしつけ》な物言いをお詫び申し上げますが）。講和の締結を進言し、かような大臣に軍の指揮を委ねることを進言するような輩は、明らかに皇帝陛下を愛慕せず、われわれすべての破滅を望む者であります。そこで本音を申し上げますが、どうか国民義勇軍のご準備をお願いいたします。なんとなれば、かの大臣はこの上ない手腕を発揮して「客人」を首都まで案内しようとしているからです。侍従将官のヴォルツォーゲン氏も全軍に大きな疑惑を呼んでいます。彼はわが軍の一員というよりはむしろナポレオンの手先だと言われていますが、そんな人物が絶えずかの大臣に助言を与えているのです。小生は軍人である以上、この人物に礼を尽くしているばかりか、下士官のごとく服従しております（とはいえ小生の方が先任なのですが）。これは辛いことですが、わが恩人、わが皇帝への愛ゆえに、服従しております。ただ陛下がこのような者たちの手に栄えある軍隊を委ねていることを、遺憾に思うものであります。考えてもごらんください、この撤退によってわが軍は一万五千以上の将兵を道中の疲労で、また病院で失いました。攻撃をしておれば、これはなかったのです。どうか教えてください、果たしてわれらがロシアは――母なるロシアは――何と言うでしょうか？　何をわれわれはこれほどに怯え、何故にかくも善良にして忠誠なる祖国をやくざ者たちの手に渡し、一人一人の国民の胸に憎悪と恥辱を植え付けるのでしょうか？　何故に臆病風を吹かせ、何者を恐れているのでしょうか？　例の大臣が優柔不断で臆病で無知で愚図であらゆる欠点まみれだからといって、小生の罪ではありません。全軍が心から嘆き悲しみ、あの人物を口をきわめて罵っております……』

6章

世の中の現象は無数に分類が可能だが、そのすべてを、内容に重きが置かれる現象と形式に重きが置かれる現象に二分することができる。後者に属するのがペテルブルグの生活、とりわけサロンの生活で、これはもう田舎の生活、地方の郡や県の生活、さらにはモスクワの生活と比べても、まったく対照的である。そしてこの生活はいつも変わらない。

一八〇五年からこの方、われわれはあのボナパルトと和解してはまた争い、憲法を作りかけてはご破算にしてきたが、アンナ・パーヴロヴナ［シェーレル］のサロンとエレーヌのサロンは、前者は七年前と、後者は五年前と、それぞれ少しも変わっていないのだった。アンナ・パーヴロヴナのサロンでは、人々は相も変わらずボナパルトの成功を胡散臭《うさんくさ》そうに話題にし、その成功自体にも、彼に対するヨーロッパの君主たちの寛容な態度にも、悪意に満ちた陰謀を、すなわちアンナ・パーヴロヴナを代表とする宮廷派の人士の不快と不安を掻き立てることを唯一の目標とする陰謀を見出していた。まったく同様に、あのルミャンツェフが直々に訪問を重ね、素晴らしく聡明な女性という評価を下したエレーヌのサロンでも、一八〇八年にそうだったとおり一八一二年になっても、かの偉大なる国民と偉大なる人物がほめそやされ、フランスとの決裂が遺憾な出来事と見なされていた。エレーヌのサロンに集まる人々の意見では、事態は講和に終わるべきものであった。

最近、皇帝が軍から戻って以来、この対極的な両グループ＝サロンにも若干の動揺が生まれ、互いに張り合う形でのデモンストレーションのようなものが行われるようになったが、それぞれのグループの傾向は元のままだった。アンナ・パーヴロヴナのサロンは、フランス人はがちがちの正統王朝主義者《レジティミスト》しか受け入れず、そこで表明される意見は、フランス劇場などに行ってはいけない、あんな一座を維持するのに、まるまる軍団一つ養うほどの金をかけるなんて、といった、愛国的なものだった。人々は戦況の推移を熱心に追い、ひどくロシア軍に肩入れした噂話を披露し合った。エレーヌの、すなわちルミャンツェフの、フランス派のサロンでは、敵の残酷さ、戦争の残酷さをめぐる噂は否定され、ナポレオンが和議に向けていろんな試みをしていることが論じられた。国母たる皇太后の庇護下にある宮廷付属学校及び女学校をカザンに疎開させる準備をすべしという、あまりに性急な施策を進言した者たちは、このサロンでは非難を浴びた。エレーヌのサロンでは、概して戦争という出来事の全体が空疎なデモンストレーションであり、ごく近いうちに和平に終わるべきものと考えられていて、事柄を決めるのは火薬ではなく、それを発明した人間であるという、例のビリービンの意見が場を支配していた。ビリービンは今やペテルブルグにいてエレーヌの身内同然だった（賢い人間は皆彼女のもとに集まることになっていた）。このサロンでは皇帝の首都帰還とともに伝わって来たモスクワの熱狂ぶりが、皮肉な、じつに気の利いた、ただしきわめて慎重な口調で、笑いのタネにされていたのだった。

反対にアンナ・パーヴロヴナのサロンでは、モスクワの熱狂に賛辞が捧げられ、まるでかのプルタルコスが古代の英雄たちを語るような口調で、その様子が語られるのだった。相変わらずいくつかの要職についていたワシーリー公爵は、ちょうどこの二つのサークルをつなぐ鎖の輪の立場にあった。彼は「大事な友」アンナ・パーヴロヴナのところにも、自分の娘の外交的なサロンにも通っていて、ひっきりなしに両陣営の間を行き来していたせいで、しばしば頭が混乱し、エレーヌのところで言うべきことをアンナ・パーヴロヴナのところで言ってしまったり、あるいはその逆のことをしでかしたりしていた。

皇帝の帰還後まもなく、ワシーリー公爵はアンナ・パーヴロヴナのところで軍事問題について話し込み、バルクライ・ド・トーリを厳しく批判したが、では誰を総司令官に任ずるべきかとなると、決断がつかずにいた。客の一人で「美点の多い人」の異名をとる紳士[13]が、ペテルブルグ義勇軍の指揮官に選ばれたクトゥーゾフが、この日税務庁で義勇兵徴募のための会議をしているのを見かけたという話をしたうえで、クトゥーゾフこそあらゆる条件を満たす人物ではないかという考えを、慎重な口調ながら表明した。

アンナ・パーヴロヴナは苦笑いを浮かべて、クトゥーゾフは皇帝の御不興を買うことばかりしかしてこなかったと言った。

「貴族会で私はさんざん言ったのですよ」ワシーリー公爵が割って入った。「でも耳を貸してもらえませんでしたな。あの人物を義勇軍の長に選ぶのは陛下のお気に染まないと言ったのに。誰も耳を貸さなくってね」

「なんだかみんな盾を突くのが癖になってしまってね」彼は続けた。「しかも相手を択《えら》ばず。何もかもモスクワの盛り上がりぶりを猿真似しようとするからですよ」そう言い放ったワシーリー公爵はこの瞬間混乱をきたしていて、エレーヌのところではモスクワの熱狂ぶりをからかうべきだが、アンナ・パーヴロヴナのところではほめそやさねばならないという決まりを忘れていたのだった。だが彼はとっさに態勢を立て直した。「それにしてもクトゥーゾフのようなロシアで最高齢の将軍が役所で会議なんかするのは、いかがなものでしょうな、結局時間の無駄になるのじゃないでしょうか！　そもそも馬にも乗れないし、会議では居眠りするし、人柄ときたら最悪の人物ですよ、それを総司令官に任命するなんてあり得ましょうか！　あの人物はすでにブカレストで正体をさらしているじゃないですか！　将軍としての資質にはあえて言及しませんが、しかし現今のようなときにあんな耄碌《もうろく》した、盲目の、文字通り目の見えない人物を任命していいものでしょうか？　盲目の将軍、さぞかし立派でしょうよ！　何も見えていないのですからな。目隠し鬼ごっこというわけだ……まったく何も見えないんですから！」

13　サルデーニャ王の公使として一八〇二年からペテルブルグに滞在していたジョゼフ・ド・メーストルがモデルとされる。

誰一人これに反論しようとはしなかった。

七月二十四日の時点では、これは全くの正論だった。ただし七月二十九日になるとクトゥーゾフに公爵の称号が与えられた。公爵の称号を与えるということは、それで彼をお払い箱にしようという意思表示である可能性があったので、ワシーリー公爵の見解は相変わらず正論であり続けたが、とはいえ彼はもはや軽々にそれを公言しはしないようになっていた。しかし八月八日にサルティコフ元帥、アラクチェーエフ、ヴャズイミティーノフ、ロプヒーン、コチュベイからなる戦況検討のための委員会が招集された。同委員会は戦況が思わしくないのは指揮系統が一本化されていないからだと判断し、委員はみな皇帝陛下のクトゥーゾフに対する不興をわきまえているにもかかわらず、短時間の話し合いの結果、クトゥーゾフを総司令官に任命するという提言を行った。そして即日、クトゥーゾフが全軍および軍の占拠する全地域の全権総司令官に任命されたのだった。

八月九日、ワシーリー公爵はまたアンナ・パーヴロヴナ宅で例の「美点の多い人」と顔を合わせた。この人物はマリヤ・フョードロヴナ皇太后の女学校の監督官に任じられたいという下心から、アンナ・パーヴロヴナに取り入ろうとしていたのであった。ワシーリー公爵はいかにも自分の願いがかなったというような、幸せな勝利者の表情で部屋に入って来た。

「さて、一大ニュースをご存知ですかな？　クトゥーゾフ公爵が元帥になりましたよ。これでごたごたもすべておしまいです。いやよかった、実にうれしい！」ワシーリー公爵は言った。「ついにまともな人物が登場したわけですよ」客間に居合わせた一同を意味深長な、厳しい目つきで見まわしながら彼はそう言った。「美点の多い人」は、職を得たいという願いを持っていたにもかかわらず、ワシーリー公爵に先日当人が口にしていたクトゥーゾフ批判を思い起こさせてやりたいという気持ちを抑えることができなかった（これはワシーリー公爵に対しても、そしてこのニュースを同じく朗報と受け止めているアンナ・パーヴロヴナに対しても礼を欠く行為だったが、彼は我慢ができなかったのだ）。

「しかし公爵、あの人物は目が見えないという話でしたね？」そう言って彼はワシーリー公爵に彼自身の言葉を思い起こさせようとしたのだった。

「まさか、ちゃんと目は見えますよ」ワシーリー公爵は持ち前の低い、早口な声で言って咳払いをした。この声とそして咳払いによって、彼はあらゆる難局を切り抜けてきたのだった。「ちゃんと見えていますとも」彼は念を押した。「それにうれしいことに」と彼は続けた。「陛下は彼に全軍、全地域に及ぶ全権を与えられました。これは従来どんな総司令官にも与えられたことのないものですから、すなわちもう一人専制君主が出現したわけです」勝ち誇ったような笑顔で彼は締めくくった。

「どうかうまくいきますように」アンナ・パーヴロヴナが言った。いまだ宮廷人士の世界では新米の「美点の多い人」は、アンナ・パーヴロヴナに取り入るつもりで、いま述べられたような主張に対して彼女のかつての意見を擁護する発言をした。

「皇帝はクトゥーゾフにそうした権力を与えるのをためらっていたそうではないですか。『皇帝および祖国は貴下にこの栄誉を授ける』と言いながら、皇帝はまるで『ジョコンダ』[14]を読み聞かせられた若い女性のように顔を赤らめていたという話ですが」

「もしかして、御心のこもった御言葉ではなかったかもしれませんわね」アンナ・パーヴロヴナが言った。

「いやいや」ワシーリー公爵がむきになって弁護に入った。今や彼はクトゥーゾフのことでは誰にも一歩も譲らぬ意気込みだった。ワシーリー公爵の意見では、クトゥーゾフは単に個人として優れているばかりでなく、皆の崇敬を集めているのだった。「いや、そんなことはありません。陛下は以前からあの人物の価値を見抜かれていらしたからです」彼は言った。

「ただあのクトゥーゾフ公爵が」アンナ・パーヴロヴナは言った。「本物の権力を握って、誰一人車輪に棒を突っ込むような真似をさせないようにできればよろしいんですが」彼女は「車輪に棒を突っ込む［横槍を入れる］」という慣用句をフランス語で繰り返した。

ワシーリー公爵は彼女の言う「誰一人」が誰のことを指しているのか即座に見抜いた。彼はひそひそ声で言った。

「確かな話ですが、クトゥーゾフは絶対条件として、皇位継承者《およつぎ》の大公殿下に軍から出ていただきたいと要求したそうです。彼が陛下に何と言ったか分かりますか？」そう言ってワシーリー公爵はクトゥーゾフが皇帝に言ったという言葉を再現してみせた。「『小生には殿下が失敗されても罰することはできませんし、殿下が手柄を立てられても、褒美を与えることはできないからです』ああ、あのクトゥーゾフ公爵は、実に賢い人物ですし、しかも気骨がある。ああ、彼のことなら昔から知っていますよ」

「それどころか」といまだ宮廷人士の心得をわきまえていない「美点の多い人」が言った。「あの傑物は絶対条件として、皇帝ご自身も軍に顔を出されないようにと

14　ラ・フォンテーヌの『コント』に含まれる艶笑譚。

言ったそうじゃないですか」

彼がこう言ったとたん、瞬時にしてワシーリー公爵もアンナ・パーヴロヴナもぷいと顔を背《そむ》け、この人物のおめでたさに嘆息しながら、やれやれといった風に目を見交わしたのだった。

7章

ペテルブルグでそんなことが起きていた頃、フランス軍はすでにスモレンスクを通過してどんどんモスクワに迫っていた。ナポレオンの歴史を書いたティエールは、他のナポレオン史家たちと同様、自らの主人公を弁護しようと努めながら、ナポレオンは意志に反してモスクワの市壁へと引き寄せられていったのだと語っている。彼は正しいが、同様に歴史上の出来事の説明を一人の人物の意志に求めようとするあらゆる歴史家もまた正しい。つまり彼が正しいとすれば、ナポレオンはロシア軍の指揮官たちの手腕でモスクワにおびき寄せられたのだと断言するロシアの歴史家たちも、同じように正しいのだ。そこには、過去の全体がある一つの出来事のための準備だったと見なすような、遡及型の（後付けの）説明原理に加えて、さらに、あらゆる事柄を絡み合わせる関係づけの原理が働いている。優れたチェス・プレイヤーは、試合に負けると、敗北は自分の過ちから生じたと虚心に思い込み、ゲームの初めのあたりにその過ちの手を見つけようとする。しかし彼は忘れているのだ――一局のゲームを通じてすべての手に同じような過ちが含まれていたのであり、どの一手として完璧なものはなかったのだということを。彼が注意を向けた過ちが目についたのは、ただ対戦相手がそれを利用したからに他ならない。これに比べると、戦争というゲームはいかに複雑なことだろうか。戦争は、ある時代の一定の諸条件の下で起こり、しかもそこでは、一つの意志が生命のない機械を操るのではなく、すべてが、種々勝手な思惑同士の無数のぶつかり合いの中から生ずるのだから。

スモレンスクを後にしたナポレオンは、ドロゴブージの先のヴャジマ近郊で、次にはツァリョーヴォ・ザイミシチェ近郊で戦闘を交えようとしたが、ロシア軍は諸般の条件が無数の玉突き現象を起こしたあげく、モスクワから百二十キロのボロジノに至るまで、戦闘に踏み切ることができなかった。ヴャジマからナポレオンは、モスクワ目指してまっしぐらに進撃せよとの指令を発した。

モスクワ、この巨大な帝国のアジア風の首都、アレクサンドルの民の聖なる都、中国の仏塔《パゴダ》のような形をした無数の教会のあるモスクワ！　そのモスクワはナポレオンの想像を掻き立ててやまなかった。ヴャジマからツァリョーヴォ・ザイミシチェへの行程を、ナポレオンは専用の尾を短く刈った小ぶりな側対歩《そくたいほ》の馬にまたがって、近衛隊、警護兵、近習、副官たちに伴われて進んでいた。参謀長のベルティエは騎兵隊が捕らえたロシア軍捕虜の尋問のため後れを取っていた。そのベルティエが通訳のルローニュ・ディドヴィーユを従えてギャロップでナポレオンに追いつくと、にこやかな顔で馬を止めた。

「どうだった？」ナポレオンが言った。

「プラートフ軍のコサック兵です。プラートフの軍団は本隊と合流する、またクトゥーゾフが総司令官に任命されたと言っています。なかなか利口な、お喋りな奴です」

ナポレオンはにやりと笑うと、そのコサックに馬を与えて自分のところに連れてくるように命じた。捕虜と直々に話してみたいという気になったのだ。何人かの副官が駆け去ると、一時間ばかりして、かつてデニーソフがニコライ・ロストフに譲ったラヴルーシカという農奴の男が、従卒の胴着を着たままフランス騎兵の鞍にまたがり、いかにも食わせ物らしい一杯機嫌の陽気な顔で、ナポレオンのもとへやってきた。ナポレオンは並んで馬を進めるように命じて、尋問を始めた。

「君はコサックか？」

「コサックです、閣下」

《気取らないナポレオンの様子には、東洋人の目から見て相手が皇帝であることをにおわせるようなところが少しもなかったため、コサックは、自分がどんなお方を相手にしているのかも知らぬまま、ひどく打ち解けた調子で戦争の現況について喋りまくったのである》――このエピソードを語るティエールはそんなふうに記述している。実のところラヴルーシカは、飲んだくれて御主人に食事を出すのを忘れたため、この前日、鞭で折檻《せっかん》されたあげく鶏を手に入れて来いとある村に遣わされたのだったが、そこでつい略奪にふけっているところをフランス軍に捕まったのだった。ラヴルーシカは粗野でふてぶてしい、海千山千の下僕の一人で、何事も下品に抜け目なくやってのけるのを自らの務めと心得、自分のご主人のためならどんなご奉仕でもする覚悟でいると同時に、ご主人方のよからぬ考え、とりわけ虚栄の意図や姑息《こそく》な計算を目ざとく見抜く力を持っていた。

こうしてナポレオンの前に出されても、彼は相手の人柄をやすやすと巧みに見抜き、少しも気後れすることなく、ただ精一杯新しい御主人方のお役に立とうとするのだった。

相手がかのナポレオンだということは、彼は十分承知していたが、ナポレオンその人が目の前にいるという事実も、主人のニコライ・ロストフが、あるいは鞭を持った曹長が目の前にいること以上に、彼をたじろがせることはできなかった。というのも相手が曹長であれナポレオンであれ、奪い取られて困るようなものを彼は何一つ持っていなかったからだ。

彼は従卒たちの間で話題になっていたことを何でもぺらぺらと喋りまくった。その多くは本当のことだった。しかしナポレオンが、ロシア人は自分たちがボナパルトに勝てると思っているのか否かと訊ねると、ラヴルーシカは半眼になって考え込んだ。彼はどんなことにも下心を読み取ろうとするラヴルーシカのような人間の常として、彼はこの質問にも巧妙な罠が仕掛けられているのを見抜き、眉根を寄せてしばし口を閉ざしたのだった。

「そうですなあ、もしも戦いになれば」彼は考え深げに言った。「しかも早いうちなら、たしかにその通りでしょう。でも、この後三日も戦いなしで過ぎてしまうようなら、その時はもう、戦いそのものが長引いてしまうでしょうな」

ナポレオンにはこれが次のように通訳された。「もし戦闘が三日以内に起こるならば、フランス軍が勝つだろうが、もしも三日よりも先になれば、その時どうなるかは神のみぞ知る」通訳のルローニュ・ディドヴィーユは笑みを浮かべていた。ナポレオンは笑みこそ浮かべはしなかったが、見るからにたいそう上機嫌であり、同じ言葉を繰り返すように命じた。

これに気付いたラヴルーシカは、相手をとことん喜ばせてやろうとして、相手の正体を知らないふりをして言った。

「分かっていますよ、お宅の国にはあのボナパルトがいて、世界中の国をやっつけちまったんでしょう。でもまあ、俺たちロシアは出来が違うからね……」そう言いながら言った本人も、どういう風の吹き回しで自分の言葉の最後にお国自慢の愛国心が顔を出したのか、分かっていなかった。通訳が最後の部分を省略してこれをナポレオンに伝えると、ボナパルトはにっこりと笑った。《若きコサックは偉大なる話し相手を微笑ませしめたのであった》とティエールは書いている。黙ったまま何歩か馬を進めた後、ナポレオンはベルティエを振り向くと、ドン河の子なるこのコサックに、自分の話している相手こそが、かのピラミッドに不滅の勝利者の名を刻んだあの皇帝本人であることを告げ知らせて、どんな反応をするか確かめてみたいと言った。

その知らせは告げられた。

ラヴルーシカは（これが自分をまごつかせようとしての座興であり、さぞかし自分がびっくりするだろうとナポレオンが期待しているのを悟って）この新しい御主人たちの気に染むようにと、即座にびっくり仰天したふりをして目をむき出し、いつも鞭打ちの場に引っ立てられて行くときにし慣れている表情を作ってみせた。『ナポレオンの通訳がこれを告げた途端』とティエールは書いている。『コサックはまるで石柱のように固まってしまい、もはや一言も発さぬまま馬を進めながら、東方の大草原《ステップ》を越えて彼の耳にまで伝わっていたこの勝利者の姿から目を離そうとしなかった。これまでのお喋りぶりがとたんに影を潜め、純真な、声にならない歓喜がそれにとってかわった。ナポレオンはこのコサックへの褒美として、自由を与えるよう命じた。ちょうど鳥を故郷の野に戻してやるように』

ナポレオンは、強く想像を掻き立てるかのモスクワを夢見つつ、先へと馬を進めた。そして故郷の野に戻された鳥は、ロシア軍の前哨めがけて駆け出して行った。仲間に話してやるべき、ありもしなかった出来事を先回りして考えながら。実際にわが身に起こったことなどは話す気がしなかった。語るに足りない無様《ぶざま》な出来事だと思えたからだ。コサックたちのいる前哨に出ると、彼はプラートフ軍団に属する連隊の所在を聞き出し、夕刻にはすでにヤンコヴォに駐屯していた主人のニコライ・ロストフを見つけた。ニコライはイリインとともに近在の村々を回ろうと馬に乗ったばかりのところだった。彼はラヴルーシカにもう一頭の馬を与え、一緒に連れて行った。

アンドレイ公爵の案に相違して、マリヤはモスクワで難を避けているのではなかった。

8章

アルパートィチがスモレンスクから帰った後の老公爵は、急に夢から覚めてわれに返ったかのようだった。領地の村々から義勇兵を集めて武装させるように命じると、彼は総司令官に宛てて一書を認め、最後の最後まで禿山《ルイスィエ・ゴールィ》にとどまって死守するという自らの決意を表明したうえで、ロシア最高齢の将軍の一人が捕虜となるか死するかの瀬戸際にある禿山《ルイスィエ・ゴールィ》の防衛措置を講ずるか否かの裁量は、貴官に委ねると告げた。そして一族郎党に対しても、自分が禿山《ルイスィエ・ゴールィ》に残ることを宣言したのだった。

ただし、自分は残るという一方で、老公爵は娘と家庭教師のデサールと孫の小公爵をボグチャロヴォ村へ送り出し、そこからさらにモスクワへと避難させる手配をした。それまでしょんぼりとしていた父親が、がらりと変わって熱に浮かされたように、夜も寝ずに動き回っているのに唖然としたマリヤは、そんな父親を一人で残していく踏ん切りがつかず、生まれて初めて父の言いつけに背くことにした。彼女が立ち去るのを拒絶すると、老公爵の恐るべき怒りが、雷雨のごとく彼女の頭上に降り注いだ。父の態度は、これまで彼女が受けてきた不当な仕打ちの数々を思い起こさせるものだった。娘を責め立てようとして父親は言った――お前にはもううんざりだ、私を息子と喧嘩させたのもお前だ、お前は私のことを邪推ばかりしている、お前は私の人生を台無しにするのを自分の務めとしているんだ。あげくに、お前が避難しなくても、私は一向にかまわんと言い放って、娘を部屋から追い出したのだった。娘の存在など歯牙にもかけないと言いながら、父親は先回りして、自分の前に顔を出すなと釘を刺した。マリヤが恐れていたのとは裏腹に、父親が彼女を無理やり追放しようとはせず、ただ目の前に顔を出すなと命ずるにとどめたことは、彼女を喜ばせた。それは父親が心の奥底で、自分が出て行かずに家に残ったことを喜んでいる証拠であると、彼女は分かっていたからである。

翌日ニコライ少年が出発すると、老公爵は朝から正式な軍服を着用し、総司令官のもとに参上する用意を整えた。馬車はすでに玄関で待っていた。マリヤが見ていると、軍服にすべての勲章を付けた父が家を出て、武装した百姓や召使たちを閲兵しようと庭に向かった。マリヤは窓辺に座って、庭から響いてくる父親の声に耳を傾けていた。すると突然、数人の者たちが驚き慌てた形相《ぎょうそう》で、並木道から駆け出してきた。マリヤは表階段に飛び出すと、花壇の小道から並木道へと駆けて行った。前方から義勇兵と召使たちの大きな集団がやってくる。集団の中央の何人かは、軍服にずらりと勲章を付けた小さな老人を、腕を支えて引きずっていた。マリヤは老人に駆け寄ったが、薄暗い菩提樹並木に差す木漏れ日がちらちらといくつもの小さな輪を描いている中では、その老人の顔にどんな変化が生じたのか、はっきりと見分けることはできない。ただ彼女を驚かせたのは、これまで厳格で毅然とした表情を浮かべていたその顔が、打って変わっておどおどした従順な表情になっていることだった。娘を見ると老人は、力の抜けた唇を動かしてかすれた声を立てた。何を言いたいのかは分からない。彼は担ぎ上げられて書斎へ運び込まれ、そしてこのところ彼があれほど恐れていた例のソファーに横たえられたのだった。

連れてこられた医者はすぐその夜瀉血《しゃけつ》を行い、公爵が卒中で右半身麻痺となったとの診断を下した。

禿山《ルイスィエ・ゴールィ》に残っているのはますます危険になってきたので、卒中の翌日、公爵はボグチャロヴォ村に移された。医者も同行した。

一行がボグチャロヴォ村に着いた時には、デサールと幼い公爵はすでにモスクワに発っていた。

半身不随となった老公爵は、悪化もしなければ好転もしない最初の時のままの状態で、アンドレイ公爵が建てたボグチャロヴォ村の新居に三週間臥せっていた。意識もなく横たわるその姿は、醜いしかばねのようだった。眉や唇を引きつらせながら絶えず何かをつぶやいていたが、果たして周囲の状況を理解しているのか否かは不明だった。ただ一つ確かだと思えるのは、彼が苦しんでおり、いまだに何かを言う必要を感じていることだった。だがそれがいったい何なのか——病気で半ば正気を失った人間の頭に浮かぶ気まぐれな思い付きなのか、戦争の全般的趨勢《すうせい》にかかわることなのか、それとも自分の家庭にかかわることなのか——それは誰にも理解できなかったのである。

医者の説によれば、患者がじれてもどかしがっているように見えるのには何の意味もなく、ただ身体的な原因に発するものにすぎなかった。しかしマリヤの考えでは、父親は何か自分に言おうとしているのだった(彼女がそばにいると父の動揺が激しくなるということが、彼女の推測を裏書きしていた)。老公爵は明らかに、肉体的にも精神的にも苦しんでいた。

平癒《へいゆ》の見込みはなかった。他所《よそ》に運ぶのも無理だった。道中で亡くなりでもしたら、それこそどうなることやら？　『いっそこれで終わりに、一巻の終わりになった方がましではないかしら！』マリヤは時折そう思うのだった。昼も夜も、ほとんど寝ずに父を見守る彼女だったが、恐ろしいことに、しばしば回復の兆候を見出そうというよりは、むしろ臨終の兆候を見出そうと願いつつ、見守っていたのだ。

そんな感情が胸の内にあるのを自覚するとひどく不思議な感じがしたが、確かにそれは彼女の内にあった。そしてマリヤにとってさらに恐ろしかったのは、父親が病みついて以来（いやむしろもっと前、彼女が何かを予感しつつ父とともに残った時以来かもしれないが）、彼女の内ですっかり眠りこみ、忘れ去られていた個人的な願いや希望が、目を覚ましたことである。何年も彼女の頭に浮かぶことのなかったもの――四六時中父を恐れていなくともよい自由な暮らしへの思いや、さらには恋をしたり家庭の幸福を味わったりできるかもしれないという思いまでが、まるで悪魔の誘惑のように、ひっきりなしに彼女の脳裏に去来するのだった。これから、この後で、自分はどのような生活を築いていけばいいのか――いくら撥ねつけてもそんな問いが絶えず頭に浮かんできた。これこそが悪魔の誘惑であり、マリヤはそれに気づいていた。これに対抗する手段は祈りしかないので、彼女は祈ろうと努めた。祈りの姿勢でたたずみ、イコンを見つめ、祈りの言葉を唱えるのだが、しかし祈ることはできなかった。今や自分が別の世界に捉えられたのを彼女は感じていた。それは日々の生活という、困難でかつ自由な活動の世界であり、これまで彼女が閉じ込められていた世界、祈りこそが最大の慰みであった精神的な世界とは、まさに正反対の世界であった。彼女は祈ることも泣くこともできぬまま、日々の雑事に身を委ねていた。

ボグチャロヴォ村に残っているのが危険になってきた。あちらからもこちらからも近づいて来るフランス軍の噂が聞こえてきて、ボグチャロヴォ村から十五キロほど離れたある村では、地主屋敷がフランス軍の略奪兵たちの手で荒らしつくされたとのことだった。

医者は公爵をもっと遠くに移すべきだと主張していた。貴族会長はマリヤのもとに役人を遣わして、一刻も早く出立するように説得した。郡警察署長は自らボグチャロヴォ村まで出向いて同じことを主張したが、その際、四十キロの距離にフランス軍が迫っており、村々には彼らの宣伝ビラが配布されている状況で、もしも十五日までにお父上とともに出立されなければ、何が起こっても責任を持ちかねますと言ったものだった。

マリヤは十五日に出発する決断を下した。面倒な旅支度と、皆が指示を求めてくるのに応える仕事で、彼女は一日中忙殺された。十四日から十五日にかけての夜を彼女はいつものように、着替えもせぬまま父親の寝ている部屋の隣室で過ごした。何度か目を覚ますたびに、父親のうめき声やつぶやく声、チーホンと医者が患者に寝返りを打たせるときのベッドの軋みや足音を耳にした。何度か彼女はドアのそばに行って聞き耳を立てたが、この夜の父は普段よりもつぶやく声が大きく、寝返りを打つ頻度も高いように感じられた。眠れぬままに何度もドアに近寄って耳を澄ます彼女は、隣室に入っていきたいと思いつつ、そうする踏ん切りがつかずにいた。父親は口にこそ出さなかったが、自分を見る者の顔に表れる危惧の表情が、一切気に食わないということを、彼女は見て取っていた。時折われ知らずじっと父に注いでしまう自分のまなざしから、父が不満そうに顔を背けるのに気づいていた。深夜のただならぬ時間に自分が部屋を訪れるのが父を苛立たせることを、心得ていたのだ。

しかしこの時ほど父を失うことを辛く、また恐ろしく感じたことは、かつてなかった。彼女は父とともに過ごしてきた半生をつぶさに思い起こし、父の一つ一つの言葉や行動に、自分への愛情を見出した。時たまそうした思い出の合間に、例の悪魔の誘惑が忽然と脳裏に浮かび、父が死んだ後はどうなるか、自分の新たな、自由な生活はどのようなものになっていくかという考えがよぎった。だが彼女はそうした考えを忌まわしいものとして撥ねつけた。明け方になると父は静かになり、彼女も眠りについたのだった。

目を覚ましたのは遅かった。目覚めの際に人はよく正直な気持ちになるが、その気持ちが彼女に、父親の病気で自分が一番関心を持っていることは何なのかをはっきりと教えてくれた。目覚めてドアの向こうの物音に耳を澄まし、父のうめき声を聞き取ると、彼女はため息をついて、やっぱり何も変わりはないとつぶやいたのだった。

「でも、何があるというの？　いったい何を私は望んでいたの？　私は父の死を望んでいるんだ！」自己嫌悪に駆られて彼女は叫んだ。

着替えと洗面を済ませ、お祈りを唱えてから表階段に出て行く。表階段にはまだ馬を付けていない馬車が寄せられていて、荷物が積み込まれているところだった。暖かな曇り空の朝だった。依然として自分の心根の忌まわしさへの怖気《おじけ》が抜けぬまま、父の部屋に入っていく前に頭の中を整理しようと、マリヤは表階段の上で足を止めた。

医者が二階から降りてきて、彼女に歩み寄ってきた。

「今日は少しお加減が良くなりました」医者は言った。「お嬢さまを探していたところです。公爵のおっしゃることがいくらか分かるようになりましたから。頭がいくぶんかはっきりされたのですね。まいりましょう。お嬢さまを呼んでおられますよ……」

この知らせを聞くとマリヤは心臓がむやみにどきどきしてきて、顔がすっと青ざめ、思わず倒れぬようにドアに寄りかかった。例の恐るべき罪深い誘惑に心が満ち溢れそうになっている今、父親と会って話を聞き、相手の視線に己をさらすことは、苦しみと喜びのないまぜになった、空恐ろしい行為だった。

「まいりましょう」医者は言った。

父の部屋に入るとマリヤはベッドに近寄った。老公爵は上半身を高くして仰向けに横たわり、小さな、骨ばった、薄紫の唐草文様のような細い血管の浮き出た小さな両手を毛布の上に出していた。左目はまっすぐ前方に据えられ、右目は斜めを向き、眉も唇もじっと動かない。すっかり痩せこけて小さな、哀れな姿だった。顔は干からびたとも溶け崩れたともつかぬ様子で、目鼻立ちもすっかり縮んでしまっている。マリヤは近寄ると父の手に口づけした。左手で彼女の手をぎゅっとつかんだ様子から、父がずっと彼女を待ちわびていたことが分かった。彼女の手をぐいと引き寄せると、父の眉も唇も怒ったようにうごめきだした。

マリヤはうろたえながら、父が自分にどうしてほしいのかを探ろうとじっとその顔を見つめた。立つ位置を変えて、父の左目にこちらの顔が映るようにすると、父はほっとした様子で、そのまま何秒かじっと彼女を見つづけていた。それからその唇と舌がうごめき始め、音が聞こえ、父は話し出した。おずおずと懇願するように彼女を見つめる様子は、明らかに自分の言うことが相手に伝わらないのを恐れているのだった。

マリヤは注意力を振り絞って父を見つめていたが、もつれる舌を懸命に動かそうとしている父の滑稽な奮闘ぶりを見ると、思わず目を伏せて、喉元にこみあげてくる嗚《お》咽《えつ》を抑え込む他はなかった。父は一つ一つの言葉を何度かずつ繰り返しながら、何事かを言った。マリヤにはそれが理解できなかったが、なんとか相手のメッセージをくみ取ろうと、問いかけるような調子で、相手の発した言葉を復唱した。

「がが、ぼい……ぼい……」父はそう何度か繰り返した……。

何と言っているのか、どうにも理解できなかった。答えを見つけたと思った医者が、復唱する調子で「お嬢様が怖がって《クニャジュナ・ボイィッツァ》いるということですか？」と訊ねると、父は違うと首を振り、また同じ言葉を繰り返した。

「胸が、胸が、痛む《ドゥシャー、ドゥシャー、ボリット》だわ」マリヤが謎を解いて言った。父はわが意を得たりとばかりに呻くと彼女の手をつかんで自分の胸のあちこちに押し付け始めた。まるで手を置くべき本当の場所を探しているかのようだった。

「思うのはすべて、お前のことだけ……思うのは」今や分かってもらえるという確信を持った父は、さっきまでよりもはるかにはっきりと、分かりやすく発音するようになった。マリヤは嗚咽と涙を隠そうとして、父の手に頭をすり寄せた。

父は娘の髪を片手で撫でた。

「一晩中お前を呼んでいた……」父は言った。

「そうと知っていましたら……」涙声でマリヤは言った。「お部屋に入るのをためらっていたんです」

父は彼女の手を握りしめた。

「眠ってはいなかったのか？」

「ええ、眠ってはいませんでした」首を振ってマリヤは答えた。無意識に父親に引きずられて、彼女は今や父と同じようになるべく身振りでしゃべるようになり、舌の回り方まで同じく不自由になってきたかのようだった。

父が「いとし子よ《ドゥーシェニカ》……」と言ったのか「いい子だ《ドゥルジョーク》……」と言ったのか、マリヤにはよく分からなかったが、目つきからして、父がこれまで一度も口にしたことがないような、優しい、慈しむような言葉で呼びかけてきたのは確かだった。「どうして来なかった？」

『それどころか私は願っていた、父の死を願っていたんだ！』マリヤはそんなことを考えていた。父はしばし口をつぐんだ。

「ありがとう……むすめよ、いい子だ……なにもかも、なにもかも……ゆるしてくれ……ありがとう……ゆるしてくれ……ありがとう！……」父の目から涙が流れていた。「アンドレイのやつを呼んでくれ」不意に父は言ったが、そんな頼みを口にする父の顔に何か子供のようにおどおどした、疑心暗鬼の表情が浮かんだ。まるで自分の注文が意味をなさないことを自覚しているかのようだった。少なくともマリヤにはそう見えたのである。

「兄さんからは手紙をもらっています」マリヤは答えた。

父は驚いてひるんだように彼女を見つめた。

「いったいどこにいるのだ？」

「軍にいます、お父さま、スモレンスクに」

父は目をつぶって長いこと黙っていたかと思うと、まるで自分の疑念に答えるかのように、そして今こそすべてを理解し、思い出したことを確認するかのように、こくりと一つ頷き、目を開いた。

「そうだ」はっきりと静かな声で父は言った。「ロシアは滅びた！　滅ぼされたのだ！」そう言って父はまた泣きだし、その目から涙が流れだした。マリヤはもはやこらえきれず、父を見ながら自分も泣いたのだった。

父はまた目を閉じた。慟哭《どうこく》は止んだ。父が片手を目に寄せるしぐさをすると、侍僕のチーホンがその意味を悟って涙を拭いてやった。

それから父は目を開けて何かを言ったが、その意味は長いこと誰にも分からず、最後にチーホン一人が理解して皆に伝えたのだった。マリヤは父の言葉の意味を解くカギを、父が直前に話していた時の気持ちに求めようとした。それで彼女は父がロシアのことを語っているのだと思ったり、あるいは兄のアンドレイのことを、あるいは娘の自分のことを、あるいは孫のことを、あるいは自らの死のことを語っているのだと思ったりした。そんなわけで彼女には父の言葉の意味がつかめなかった。

「白いドレスを着なさい、私はあれが好きだ」これが父の言葉だったのである。

その言葉を理解すると、マリヤはなおさら大声をあげて泣きくずれたので、医者は彼女の腕をとると、気を落ち着けて出発の準備に取り掛かるようにと言い聞かせながら、部屋からテラスに連れ出した。マリヤが部屋から出て行くと、公爵はまたもや怒ったように眉をぴくぴくさせ、しゃがれた声をはりあげて、息子のこと、戦争のこと、皇帝のことを語りだした。そこに第二の、そして最後の卒中が彼をみまった。

マリヤはテラスにたたずんだままだった。空は晴れ渡り、陽光が差して暑かった。マリヤは何一つ理解することもできなければ考え感じることもできず、胸にあるのはただ父への激しい愛情ばかりだった。そんな愛情が自分にあろうとは、彼女はこの瞬間まで自覚していなかったように思われた。彼女は庭めがけて駆け出すと、アンドレイ公爵が植えたまだ若い菩提樹の小道を、涙にむせびながら池の方へと下って行った。

「そう……私が、……私が、……私が……。私が父の死を望んだんだ。そう、私は願ったわ、一刻も早く終わればいいと……。私は平穏を願ったんだ……。でもそれで私がどうなるというの？　平穏なんて何になるの、父がいなくなるっていうのに」速い足取りで庭を進み、痙攣《けいれん》のように嗚咽《おえつ》が漏れてくる胸を両手で押さえつけながら、マリヤは声に出してつぶやくのだった。庭をぐるりと一巡りしてまた屋敷に戻ったところで、彼女は前方からやって来るマドモワゼル・ブリエンヌ（この女性もボグチャロヴォに残ったまま去ろうとしなかった）と見知らぬ男性の姿を見た。これはこの郡の貴族会長で、早急に出立する必要があることを彼女にとくと言い聞かせようと、わざわざ自分から出向いて来たのだった。相手の話に耳を傾けながら、マリヤはその意味を理解していなかった。彼女はこの客を家に迎え入れ、朝食を勧めて一緒に席に着いた。それから相手の許しを乞うて老公爵の部屋のドアに近寄った。医者がただならぬ顔つきで出て来て、入ってはいけないと告げた。

「ここにいらしてはいけません、お嬢さま、離れて、離れていてください」

マリヤはまた庭に出ると、丘のかげになっている池のほとりの、誰にも見えない場所で、草の上に腰を下ろした。そのままそこでどれほどの時間を過ごしたのか、覚えがない。ふと小道を駆けて来る女性の足音がして、彼女はわれに返った。立ち上がって見ると、それは小間使いのドゥニャーシャで、明らかに彼女を探して駆けてきたのだった。ドゥニャーシャはお嬢さまの姿に驚いたかのように、突然足を止めた。

「いらしてください、お嬢さま……公爵さまが……」声を詰まらせながらドゥニャーシャは言った。

「分かったわ、すぐに行くから、すぐに」相手が言いかけたことをしまいまで言う余裕を与えないような剣幕でそう口走ると、マリヤは努めてドゥニャーシャの顔から眼をそらしながら、家に向かって駆けだした。

「お嬢さま、神さまのご意思が成就されようとしています。しっかりとお心の準備をなさってください」玄関口で彼女を迎えた貴族会長が言った。

「私にかまわないでください。そんなこと嘘ですわ！」マリヤは憎々し気に言い返した。医者が彼女を止めようとしたが、彼女は相手を押しのけて父の部屋のドアに駆け寄った。『どうしてあの人たちは怯えたような顔をして私を止めようとするのかしら？　私は誰も必要としてはいないのに！　それにあの人たち、ここで何をしているのかしら？』ドアを開けると、さっきまで薄暗かった室内に明るい昼の光が満ちていて、それがマリヤをゾッとさせた。部屋の中には女たちと乳母がいた。女たちは彼女に道を空けようとして、一斉にベッドから離れた。父は元通りベッドに横たわっている。だがその静かな顔に浮かんだ厳しい表情のせいで、マリヤは思わず戸口に立ち止まった。

『いいえ、父は死んでいない、そんなはずはない！』そう自分に言い聞かせながら、マリヤは父に近寄り、付きまとう恐怖を何とか乗り越えようとしながら父の頬に唇を押し付けた。だが彼女はすぐに父の体から身を離した。自分のうちに感じていた父への甘やかな気持ちが一瞬にしてすっかり力を失い、目の前の存在に対する恐怖の感情にとってかわられたのだった。『いない、父はもういない！　父は消えた。父がいたその同じ場所に今いるのは、何か見知らぬとげとげしいもの、何だか恐ろしい、身の毛もよだつ、忌まわしい謎の存在だ……』そうして両手で目を覆ったマリヤは、彼女を支えてくれていた医者の腕に倒れ込んだのだった。

チーホンと医者の立会いの下で女たちはかつて公爵であったものを洗い清め、開いた口がそのまま固まってしまわないようにプラトークで頭部を結わえ、別のプラトークで乱れていた両足をそろえて括《くく》った。それから小さなしなびた体に勲章付きの軍服を着せ、テーブルに乗せた。だれがいつ気配りしたのかも定かではなかったが、何もかもまるでひとりでにそうなったかのようにきちんと執り行われた。夜半には棺の周りに蠟燭が点され、棺には覆いが掛けられ、床には杜松《ねず》の小枝がまかれ、[15]死者のしなびた頭の下に印刷した祈禱文が敷かれ、片隅には下僧が座って詩篇を読誦《ずしょう》していた。

馬が死ぬと他の馬たちがたじろぎながら群がって、死んだ馬に向けて鼻音を立てるのと同じように、この家の客間の棺の周りにも、他人も身内も含めた人々が集まった。貴族会長も村長も百姓女たちも、みな怯えたような眼を据えたまま、十字を切り、頭《こうべ》を垂れ、老公爵の冷たく固まった手に口づけするのだった。

15　遺体をテーブルに乗せるのはロシアの習慣。杜松（ビャクシン）は常緑で芳香を発することから死の克服・永生のシンボルとされ、葬儀で焚いたり、棺の通る道に敷かれたりした。

9章

アンドレイ公爵が移り住むまで、ボグチャロヴォ村はずっと地主不在の領地だったので、ボグチャロヴォの百姓たちは禿山《ルイスィエ・ゴールィ》の百姓たちとは性格が全く異なっていた。口の利き方も、着ているものも、気風も異なっていたのだ。彼らはステップの民と呼ばれた。彼らが禿山《ルイスィエ・ゴールィ》の収穫の手伝いや、池や運河の浚渫《しゅんせつ》にやって来た時など、老公爵はその忍耐強い働きぶりを褒めたものだったが、ただし野蛮だという点で彼らを嫌っていた。

このところアンドレイ公爵がボグチャロヴォ村に滞在して、病院や学校を作り、賦役を軽減するなどの新機軸を導入したが、それは農民たちの気風をやわらげなかったばかりか、かえって老公爵が野蛮さと呼んだ彼らの性格の諸特徴を助長したのだった。彼らの間には絶えず何か曖昧な噂話が横行していて、自分たちが全員コサック軍に編入されるだの、新しい信仰に改宗させられるだの、何かのことで皇帝の文書が出されるだの、一七九七年になされたパーヴェル・ペトロヴィチ帝[16]への宣誓のことだの（これには、すでにこの当時農奴解放令が出されようとしていたが、地主たちが潰してしまったのだという噂が付随していた）、七年後にはピョートル・フョードロヴィチ[17]が即位して、その治世にはすべてが自由で簡単になり、何の制限もなくなるだの、といったことが語られていた。戦争とボナパルトとその襲来の噂は、この農民たちにおいては、アンチクリストとか世の終わりとか純粋な自由とかいった、怪しげな概念群と結びついていたのである。

ボグチャロヴォ村の近隣は大きな村ばかりで、国有地農民も地主のある小作農民も住んでいた。この地方に定住している地主はごく少なかったし、同じく屋敷勤めの召使や読み書きのできる農民の数もきわめて少なかったので、この地域の百姓たちの間には、現代人にとってはしばしば因果も意味合いも説明のつきにくいようなロシア古来の民衆生活の謎めいた伝統が、他所よりもはっきりとした強い流れとして生きていた。その表れの一つが、二十年ほど前にこの地方の農民の間に発生した、どこかの暖かな川のある地への移住運動である。ボグチャロヴォ村の者も含めて何百という数の農民が、突如家畜を売り払い、家族とともに南東の方角にあるどこかの地を目指して

16　アレクサンドル一世の父、一七九六年に即位、一八〇一年に暗殺された。
17　ピョートル三世、一七六二年のクーデターで幽閉・暗殺され、妻のエカテリーナ二世が即位したが、後にピョートル三世生存説が流れた。プガチョフは彼の名を僭称して反乱を起こした。

旅立ち始めたのである。ちょうど渡り鳥が海の向こうのどこかをめがけて飛んでいくように、この者たちは妻と子らを引き連れて、誰一人行ったことのない南東の地を目指したのだった。群れをなして動き出した者たちの中には、個別に身受け金を払って自由の身になった者も、あるいは単に逃亡した者もあり、馬車の者も徒歩の者もいたが、ともかく皆が暖かな川のある地を目指したのだった。罰せられてシベリアに送られた者も多ければ、道中で寒さと飢えのために命を落とした者も、自ら戻ってきた者も多く、そんな風にして、特にはっきりとした理由もなく始まったこの運動は、同じく何となくひとりでに終息したのだった。しかしこうした底流はこの地の住民のうちを脈々と流れてやまず、時を得ればまた何かの新しい力を蓄えて、同様に不思議で唐突な、しかしまた単純かつ自然な、強い形で表出されようとしていた。今やこの一八一二年という年に民衆の近くに生きる人間には、この底流が再び活性化して、すぐにでも表に出ようとしているのが感じられるのだった。

老公爵が亡くなる少し前にボグチャロヴォ村にやって来たアルパートィチは、農民たちの間に不穏な空気があるのに気づいた。さらに、禿山《ルイスィエ・ゴールィ》のある地帯では周囲六十キロにわたって全農民が（それぞれの村をコサック部隊の略奪破壊に任せて）退去したのだが、それとは異なって、ボグチャロヴォ村のあるステップ地帯では、聞くところによれば、農民がフランス軍と接触を持ち、敵から何かの文書を受け取って、それが仲間うちに回った結果、今の場所にとどまっているとのことだった。アルパートィチが自分に忠実な屋敷付きの使用人たちを通して知ったところによると、最近公用の荷馬車と一緒に出かけていたカルプという、村人《ミール》に大きな影響力を持つ男が、コサック兵は住民が退去した村を荒らしまくっているが、フランス兵は手を付けないというニュースを持ち帰ったという。また、別の百姓が昨日、ヴィスロウーホヴォというフランス軍が駐留している村からフランス将軍名義の文書を持ち帰ったが、それには、諸君が村に残る限り何も危害は加えないし徴集するものには代価を支払うという、住民に向けてのメッセージが書かれていたという。その証拠として当の百姓はヴィスロウーホヴォから、乾草の代価として前金でもらった百ルーブリ分の紙幣を持ち帰っているのだった（彼はそれが偽札だとは気づいていなかった）。

そして最後に、アルパートィチは由々しきことを聞きつけた。公爵令嬢の荷をボグチャロヴォ村から運び出すための荷馬車を集めるよう、彼が村長に命じたまさにその日の朝方、村で集会が開かれて、退去はせずに待機するという決議が下されたというのだ。一方で時間は切迫していた。すでに老公爵が亡くなった八月十五日、貴族会長はマリヤに対して、危険になって来たので即日立ち退くようにと迫っていた。十六日以降はもはや何があっても責任は負えません――彼はそう言ったのだった。老公爵が死んだ日、貴族会長は晩に辞去する際に、翌日の葬儀には参列すると約束していた。しかし翌日の来訪はかなわなかった。彼自身が入手した知らせによれば、フランス軍が突如動き出したとのことだったので、自分の領地から家族と貴重品一式を避難させるだけで手いっぱいだったのである。

この三十年ほどボグチャロヴォ村を管理してきたのは村長のドロンだった。老公爵がドローヌシカの愛称で呼び親しんできた人物である。

このドロンは心身ともに強靱な百姓で、大人になるとすぐに顎鬚を蓄え、そのまま六十になっても七十になっても少しも変わらない。白髪の一本もなければ歯の一本も欠けておらず、六十歳でも三十歳の時と同じくしゃきっとして腕っぷしも強いといったふうなのである。

例の暖かな川のある地への移住運動にドロンも他の者とともに加わったが、その後間もなく彼はボグチャロヴォ村の村長兼管理人となり、以来二十三年間、完璧にその職務を果たしてきた。百姓たちは彼を地主の旦那よりも恐れていた。旦那方は、老公爵も若公爵も、さらには支配人も含めて彼に一目置き、冗談で「大臣」と呼んでいたものだ。この職に就いて以来、ドロンは一度として酔態をさらしたこともなければ病気をしたこともなかった。幾晩も徹夜した後だろうと、どんなに辛い仕事の後だろうと、一度として毛ほどの疲れも見せたことはないし、読み書きのできぬ身で大量の荷をさばきながら、一度として金の計算も粉の重量計算もいい加減だったためしもなければ、ボグチャロヴォ村の一ヘクタール一ヘクタールでとれる小麦の一束なりとも、おろそかにすることはなかったのである。

荒らしつくされた禿山《ルイスィエ・ゴールィ》の領地から引き上げてきたアルパートィチは、まさにそのドロンを老公爵の葬儀の日に呼びつけて、公爵令嬢の乗用馬車用の馬十二頭と、ボグチャロヴォ村から運び出すべきものを積んだ荷馬車用の馬十八頭を準備するように命じたのだった。村の農民は年貢制の小作農民であったが、このくらいの指令が通らないことは、アルパートィチの考えからすればありえなかった。なにしろボグチャロヴォ村には年貢を払っている世帯が二百三十もあり、百姓たちは裕福だったからである。しかるに村長のドロンは、指令を聞き終えると、黙ったままうつむいてしまった。アルパートィチは自分の知っている百姓たちの名前をあげて、彼らに荷馬車を出させろと命じた。

ドロンは、その者たちの馬は荷役に出払っていると答えた。アルパートィチは別の百姓たちの名を挙げたが、ドロンによれば、その者たちの所にも馬はないという。ある者たちの馬はお上の荷役に徴用され、ある者たちの馬は役立たず、ある者たちの馬は餌不足でくたばったというのだ。ドロンの意見によれば、荷を運ぶ馬どころか、乗用馬車用の馬も集める目途は立たないとのことだった。

アルパートィチは探るような眼でしばしドロンを見つめると、顔を曇らせた。ドロンが模範的な村長兼管理人だとしたら、アルパートィチだって、だてに二十年も公爵の諸々の領地を取り仕切ってきたわけではない、模範的な支配人であった。彼は自分が相手にしている百姓たちの欲求や性癖を感覚的に理解するという高度な能力を持っていて、それゆえにこそ優れた支配人だったのである。ドロンをひと目見ただけで、彼はたちどころに理解した――ドロンの返答はドロンの考えを表したものではなく、ボグチャロヴォの村人《ミール》全体の気分を表現したものであり、村長もすでにその気分の虜となってしまっているのだと。だが同時に彼には分かっていた――一身代を築いて村人《ミール》の恨みを買っているドロンは、必ずや地主と農民の両陣営の間で板挟みになって、迷っているはずだと。まさにその迷いを相手の目の中に見て取ると、アルパートィチは渋い顔をしたままドロンにぐいとにじり寄った。

「いいか、ドロン、よく聞け！」彼は言った。「つまらん口をきくと承知しないぞ。あのアンドレイ・ボルコンスキー公爵閣下が、全村退去すべし、敵とともに残るべからずと、この俺に直々に命じられた上に、皇帝さまのご命令も同じく下されているのだぞ。残るやつは皇帝さまを裏切るやつだ。分かったか？」

「分かりました」ドロンは答えたが顔を上げようとはしない。

アルパートィチはこの答えに満足しなかった。

「おい、ドロン、痛い目を見るぞ！」アルパートィチは首を振って言った。

「仰せのままに！」ドロンは悲しげに応じる。

「おい、ドロン、いい加減にしろよ！」アルパートィチはくりかえすと、ふところに入れていた片手を出して、もったいぶった仕草でドロンの足元の床を示した。「俺はな、貴様の腹の中まで見通すどころか、貴様の足下の地面の三アルシン［約二・一メートル］下まで見通せるんだからな」ドロンの足元の床を食い入るように見つめながら彼は言った。

動揺したドロンがちらっとアルパートィチを見あげ、また目を伏せる。

「つまらん考えは捨てて皆に言え――家を捨ててモスクワに行く支度をしろ、そして明日の朝までに公爵令嬢の荷を運ぶ荷車を用意しろと。それから貴様は寄り合いには出るな。分かったな？」

ドロンは不意にその場に跪《ひざまず》いた。

「支配人さま、どうか首にしてください！　鍵をお返ししますから、首にしてください、お願いします」

「よすんだ！」アルパートィチは厳しい声で言った。「俺は貴様の足下の地面の三アルシン下まで見通せるんだぞ」彼は繰り返す。自分の持つ蜜蜂を飼う技術、燕麦を撒く時期に関する知識、そして二十年もの間あの老公爵の御意にかなってきた実績から、自分が久しく魔法使いという名声を得ていること、そして人間の足下三アルシンまで見通すような力は、まさに魔法使いのものであることを、ちゃんと承知しているのであった。[18]

ドロンは立ち上がって何か言おうとしたが、アルパートィチがそれを遮った。

「お前たちはいったい何を思いついたんだ？　ああん？……何を考えているんだ？　ああん？」

「みんなを相手に、この私に何ができましょうか？」ドロンは言った。「すっかり気が立っちまって。私からもそう言ってやったんですが……」

「なるほど」アルパートィチは言った。「飲んでいるのか？」彼は短く訊ねた。

「すっかり出来上がっていますよ、アルパートィチさん。二樽目を運んできたところで」

「じゃあこうするんだ。俺は警察署長の所へ行く。お前は連中がこんなまねをやめて、荷馬車を準備するように言い聞かせるんだ」

「分かりました」ドロンが答えた。

アルパートィチはそれ以上くどくど言わなかった。長く農民を管理してきた経験から、彼はわきまえていた――人間に言うことを聞かせるコツは、相手が言うことを聞かないのではないかという疑念を表に出さないことなのだ。ドロンから「分かりました」という従順な返事を取り付けたアルパートィチは、それで満足した。とはいえ彼は、疑わないどころかほとんど確信していたのだ――荷馬車は軍隊の力を借りなければ供出されないだろうということを。

そして案の定、夕刻になっても荷馬車は集まらなかった。村の酒場ではまた集会が開かれ、馬を森に追いやって荷馬車は供出しないことが決定された。公爵令嬢にはこのことを伏せたまま、アルパートィチは禿山《ルイスィエ・ゴールィ》から来た馬から自分の荷を下ろし、その馬たちを令嬢の乗る馬車に付けるように命じると、自分は当局に出向いた。

18　魔法使い《コルドゥーン》や予言者《ヴェシチューン》は（人には見えない）地中深くまで見通すという言い回しは古くからあり、ロシア語では魔法に縁の深い三の数を使ったこの表現がよく用いられる。

10章

父の葬儀を終えたマリヤは自室に閉じこもり、誰も部屋に入れようとしなかった。そこへ小間使いがドアの向こうにやって来て、アルパートィチが出立に関する指示を聞きに来たと告げた(これはまだアルパートィチがドロンと話をする前のことだった)。マリヤは横たわっていたソファーの上で半身を起こし、閉ざされたドア越しに自分は決してどこへも行きませんと宣言し、邪魔をしないで、と頼んだ。

マリヤが臥せっていた部屋の窓は西に向いていた。壁に顔を向けて横たわり、革製のクッションについたボタンを指でまさぐりながら、そのクッションだけを見つめている彼女は、ぼんやりとした頭でひたすら一つのことを考えていた。すなわち死というものの取り返しのつかぬ性格について、そして父親が病気になってはじめて浮かび上がってきた、これまで気づかなかった自分の心の醜さについて、思いを巡らしていたのである。祈りたかったが、祈ることはできなかった。今の自分の精神状態のまま、神に語り掛ける勇気はなかったのだ。そんな状態のまま、彼女は長いこと横たわっていた。

太陽が家の裏側に回ったせいで、斜めの夕日の光が開け放たれた窓から部屋に注ぎ込み、マリヤが見つめていたモロッコ革のクッションの一部を照らした。思考がふと歩みを止めた。無意識に身を起こし、髪を整えると、彼女は起き上がって窓辺に歩み寄り、晴れてはいるが風のある夕べの涼気を何となく胸に吸い込んだ。

『そう、ようやく心ゆくまで夕べの景色に見とれることができるわね！　あの人はもういないし、誰も邪魔する者はないから』自分に向けてそう語りかけると、彼女は椅子に腰を下ろして窓敷居に頭をもたせた。

誰かが優しい小声で庭の側から彼女の名を呼び、頭に口づけした。彼女は顔を上げた。マドモワゼル・ブリエンヌだった。黒衣に喪章をつけている。彼女はそっとマリヤに歩み寄ると、フッとため息をついて口づけし、そしてたちまち泣き出した。マリヤはじっとその姿を見た。これまでのこの相手との反目の一部始終が、相手への嫉妬が、脳裏によみがえって来た。さらにあの人が最近マドモワゼル・ブリエンヌへの態度を変え、彼女と会わなくなったこと、したがってマリヤが胸のうちで相手にぶつけた非難が不当なものだったことが、思い起こされた。『そうよ、いったいこの私に、あの人の死を望んだこの私に、人のことが非難できるだろうか！』彼女は思った。

この頃は自分の周囲から遠ざけられていながら、なおかつこの自分を頼って他所の家で暮らしているマドモワゼル・ブリエンヌの立場を、マリヤは切実に思いやった。そしてこの女性が哀れに思えてきた。彼女は穏やかに問いかけるように相手を見つめ、片手を差し伸べた。マドモワゼル・ブリエンヌはたちまち泣き出して、彼女の手に口づけしながら、マリヤをみまった悲哀を語り、自分もまた悲しんでいることを表現した。この悲しみのさなかにあって唯一の慰めは、マリヤが自分にもその悲しみを分かち合うことを許してくれたことだ──そう彼女は言った。かつての誤解はすべて、この大きな悲しみの前でご破算にされるべきだ。自分は誰に対しても潔白だと感じているし、あの方は向こうの世界から自分の愛と感謝を見ていてくださる、と。話を聞くマリヤは、その言葉の意味を理解していたわけではなく、ただ時折相手に目を向けながら、その声の響きに聞き入っていた。

「あなたのお立場はもっともっと大変ですわね、お嬢さま」しばし黙り込んだ後でマドモワゼル・ブリエンヌは言った。「分かりますわ、これまでご自身のことを考えることもできなかったし、今でもおできにならないでしょう。でも私は、お嬢さまへの愛にかけて、それを考えなくてはなりませんの……。アルパートィチはこちらにうかがいましたか？　あの人、出立のことをお嬢さまにご相談しましたか？」彼女は訊いた。

マリヤは答えなかった。いったいどこへ、誰が行かなくてはならないというのか、理解できなかったのだ。『いったい今、何かの予定を立てることが、何かを考えることができるだろうか？　どうなろうと同じことではないだろうか？』彼女は返事をしなかった。

「御承知ですか、マリヤさま」マドモワゼル・ブリエンヌは言った。「御承知ですか、私たちは危険な状態にいます。フランス軍に囲まれているのです。今動くのは危険です。もしここを出れば、ほぼ確実に敵につかまって、そうしたらどんな目に遭うか……」

相手の言っていることが分からぬまま、マリヤはじっとこの友の顔を見つめていた。

「ああ、誰か分かってくれないかしら、今の私には全部どうでもいいのよ」彼女は言った。「もちろん私は、何があってもあの人を置いて立ち去ったりしたくありません……。アルパートィチは出立のことについて何か言っていたけれど……。アルパートィチと話して。私は何も、何もできないし、したくないから……」

「彼とはもう話しました。あの人は明日出発すれば間に合うだろうと見込んでいます。でも私は、こうなったらここに残る方がいいという考えですわ」マドモワゼル・ブリエンヌは言った。「だってそうでしょう、マリヤさま、道中で兵士や反乱農民につかまったりしたら、きっとひどい目に遭いますから」マドモワゼル・ブリエンヌはハンドバッグからロシア製ではない変わった紙に書かれた文書を取り出すと、マリヤに渡した。それはフランスのラモー将軍の出した布告で、住民は自分の家にとどまるべし、住民にはフランス権力によってしかるべき保護が与えられるという内容だった。

「この将軍のお世話になるのがいいと思うんです」マドモワゼル・ブリエンヌは言った。「きっと、お嬢さまはしかるべき敬意をもって遇されますわ」

書類を読んだマリヤの顔が涙のない慟哭《どうこく》でひきつった。

「あなたは誰の手からこれを受け取ったの？」彼女は訊ねた。

「きっと、名前から私がフランス人だと分かったんでしょう」顔を赤らめてマドモワゼル・ブリエンヌは答えた。

マリヤは文書を手にしたまま窓辺を離れると、蒼白な顔で部屋を出て、元のアンドレイ公爵の書斎に向かった。

「ドゥニャーシャ、アルパートィチかドロンか、誰かに来てもらって」マリヤは命じた。「それからブリエンヌさんには、ここに入ってこないように言って」マドモワゼル・ブリエンヌの声を聞きつけた彼女はそう付け加えた。「一刻も早く出発しなくちゃ！　さっさとここを出るのよ！」自分がフランス軍の勢力下に取り残されるかもしれないという考えにゾッとしながら、マリヤは言うのだった。

『私がフランス軍の支配下に入ったなどと、もしもアンドレイ兄さんが知ったら！　ニコライ・アンドレーヴィチ・ボルコンスキー公爵の娘であるこの私が、ラモー将軍とやらに庇護《ひご》を願い出て、その恩恵に浴したなどと！』そう思うと彼女は恐慌をきたしてぶるぶる身を震わせ、真っ赤になって、未だに味わったことのない憎しみとプライドの感情が爆発するのを覚えるのだった。自分のおかれた立場の辛さ、そして何よりも無念さが、あますところなく、ひしひしと実感されてきた。『敵が、フランス軍が、この家に住み着く。ラモー将軍がアンドレイ兄さんの書斎を使う。そうして気晴らしに兄の手紙や書類をめくって読むのだ。あのマドモワゼル・ブリエンヌは恭しく将軍をボグチャロヴォに迎え入れることだろう。私にはお情けで部屋が一つ与えられるだろう。兵士たちは父の新しい墓を荒らして、遺体から十字章や星形勲章を奪うだろう。彼らはロシア軍に勝利した話を語って聞かせ、お愛想で私の不幸に同情してみせることだろう……』マリヤのこうした思いは自分の頭から出てきたものというよりは、父親や兄の立場で考えるのが自分の務めだという思いから生まれたものだった。自分がどこにいることになろうが、自分の身に何が起ころうが、彼女個人にとってはどうでもいいことだった。しかし同時に彼女は、自分が亡き父とアンドレイ公爵に成り代わるべき立場であるのを意識していた。それで彼女はひとりでに、父や兄の頭で考え、父や兄の心で感じていたのである。父や兄なら何と言うか、父や兄なら今どうするかと考えたうえで、まさにその同じことを自分もする必要があると感じていた。アンドレイ公爵の書斎に入っていった彼女は、兄の思考法に身をゆだねようと努めながら、自分の置かれた状況を思いめぐらした。

父親の死とともに失われたと考えていた生への欲求が、突然新たな、未知の力を蓄えてマリヤの前に立ち現れ、彼女を捕らえた。

興奮し紅潮した顔で部屋の中を歩き回りながら、彼女はアルパートィチやらミハイル・イワーノヴィチやらチーホンやらドロンやらを呼ぶように指図した。ドゥニャーシャも乳母も小間使いたちも誰一人として、マドモワゼル・ブリエンヌの表明した意見がどの程度正しいのか判断できなかった。アルパートィチは当局に出向いていて留守だった。呼びつけられた建築技師のミハイル・イワーノヴィチは、寝ぼけ眼でマリヤの前に現れたが、何ひとつ答えられなかった。この十五年間というもの、彼は老公爵の問いかけに対して自分の意見を表明することなく、ひたすら賛成の笑みを浮かべることで答えるのに慣れてきたが、娘のマリヤの問いに対してもまさに同じような笑みで応じたものだから、その答えからは何一つはっきりしたことを導き出すことはできなかったのである。同じく呼びつけられた老侍僕のチーホンは、癒やしがたい悲哀の刻み込まれた、げっそりとしたやつれた顔でやってくると、マリヤが何を訊ねても「さようでございます」の一言で答えるばかりで、彼女を見てはかろうじて泣き出すのをこらえている風であった。

おしまいに村長のドロンが部屋に入って来ると、公爵令嬢に向かって深々と一礼し、そのまま入り口の近くに立ち止まった。

マリヤは部屋を突っ切って歩み寄り、相手の正面に立った。

「ドローヌシカ」相手を確かな親友と見なしてマリヤは愛称で呼びかけた。なにしろこのドロンは、毎年の定期市にヴャジマに行くと、必ず名物の糖蜜菓子を土産《みやげ》に持ち帰り、笑顔でプレゼントしてくれたのだ。「ドローヌシカ、この度うちに不幸があったけれど」話し始めてみたが、先を続けることができず、彼女は黙り込んでしまった。

「何もかも神の御心のままで」ため息をついて相手は答える。しばし沈黙が続いた。

「ドローヌシカ、アルパートィチはどこかに出かけてしまったので、誰も相談相手がいないの。私がここを出て行くことはできないって、本当なの？」

「どうして行けないことがありましょう、お嬢さま、行けますよ」ドロンは言った。

「だって、敵がいるから危ないって言われたのよ。私は何もできないし、何も分からない。一人ぼっちなの。でもどうしても出て行きたいの、今夜かそれとも明日の早朝に」ドロンは黙ったまま上目づかいでマリヤを見た。

「馬がありません」彼は言った。「アルパートィチさんにも申したんですが」

「馬がいないって、どうして？」マリヤは言った。

「神さまの罰が下ったんです」ドロンは言った。「何頭かはいたんですが、軍用に徴発されてしまいました。くたばってしまったものもいます、今年はとんだ厄年で。馬に食わせるどころか、自分たちが飢え死にしかねないような具合です！　今もこうして三日も食うものもなくじっとしております。すっからかんの無一物ですわ」

マリヤは相手の話を注意深く聞いていた。

「お百姓たちが無一物？　パンもないの？」彼女は訊いた。

「飢えて死のうとしております」ドロンは言った。「とても荷馬車どころでは……」

「だったらなぜ教えてくれなかったの、ドローヌシカ？　助ける手はあるでしょう？　私、できる限りのことをするわ……」わが胸がこんなにも深い悲しみに満たされているこんな時に、人間には貧富の差があり、しかも富者が貧者を助けずにいられるなどと思うと、不思議な気がするのだった。彼女が漠然と聞き知っていたところによれば、領主分と呼ばれる穀物の備蓄があり、それを百姓たちに分け与えることができるということだった。彼女はさらに、兄も父も困っている百姓たちを助けるのはやぶさかでないだろうと理解していた。ただ彼女は、自分が処分しようと思っているその備蓄穀物を百姓たちに分け与えるに際して、何か言葉遣いの過ちを犯しはしないかと恐れていただけだった。このような気がかりのタネを与えられたことは、彼女にはむしろうれしかった。こうしたことのために自分の悲哀を忘れるのは、別に恥ずべきことではなかったからである。彼女はドロンに百姓たちの窮状を詳しく問いただすとともに、このボグチャロヴォの領主分穀物の状況を訊ねた。

「ここにも領主分の、つまりうちの兄の穀物は取ってあるのでしょうね？」彼女は訊ねた。

「ご領主分の穀物はそのまま手付かずです」ドロンは誇らしげに言った。「公爵さまが売ってはいけないとおっしゃって」

「じゃあそれをお百姓たちにあげなさい。いくらでも必要なだけね。兄に代わって許可するわ」マリヤは言った。

ドロンは何も答えず、ただ深いため息をついた。

「みんなにその穀物をやってね、それでみんなに足りるなら。全部分けてしまっていいわ。兄の代理としてあなたに命じます。そうしてみんなに伝えて、私たちのものはすべてあなたたちのものだと。みんなのためになるなら、私たちは何も惜しまないと。ぜひそう伝えてね」

そんなふうに語り掛ける公爵令嬢を、ドロンはじっと見つめていた。

「私を首にしてください、お嬢さま、お預かりしている鍵を返せと命じてください」彼は言った。「二十三年もお仕えしてきましたが、一つとして悪さをしたことはありません。どうか首にしてください、お願いです」

相手が何を望んでいるのか、なぜ解雇されたがっているのか、マリヤにはさっぱり分からなかった。私は一度もあなたの忠義ぶりを疑ったことはありませんし、あなたのため、お百姓たちのためなら何でもする覚悟です——彼女はそう相手に答えたのだった。

11章

一時間後ドゥニャーシャが公爵令嬢のもとへやって来ると、お嬢さまが命じられた通りドロンがすべての農民を連れてやって来て、皆で穀物倉庫のところに集まり、ご主人さまと話し合いたいと言っております、と告げた。

「でも私、みんなを呼んでなんかいませんよ」マリヤは言った。「ドロンさんに穀物をみんなに分けてやるように言っただけ」

「お願いですから、お嬢さま、あの者たちを追い払うように命じてください。あの者たちのところに行ってはいけません。ただ言いくるめようとしているだけですから」ドゥニャーシャは言った。「アルパートィチさんが戻ってきたら出かけましょう……どうかお気をつけなさって……」

「言いくるめるって、いったい何のこと？」マリヤはびっくりした顔で訊ねた。

「大丈夫です、私には分かっていますから、どうか私の言うとおりにしてください、お願いです。なんなら、ばあやさんにでも訊いてたしかめて下さい。みんながお嬢さまの命令でここを出て行くことに反対しているそうなのですよ」

「あなたは何か勘違いしているのよ。だって私、一度だってここを出て行けなんて命じていないもの……」マリヤは言った。「ドローヌシカを呼んで」

現れたドロンはドゥニャーシャの言葉を裏書きしてみせた。百姓たちは公爵令嬢のご命令で集まったというのだった。

「いいえ、私はあの人たちを呼んでなんかいないわ」マリヤは言った。「お前はきっと正しく伝えなかったのね。私はただ、みんなに穀物をあげてちょうだいと言っただけよ」

　ドロンは答えもせずに一つため息をついた。

「ご命令があれば連中は帰っていきます」彼は言った。

「いいえ、いいえ、私みんなの所へ行くわ」マリヤは言った。

ドゥニャーシャやばあやが引き止めるのもきかず、マリヤは表階段に出て行った。ドロン、ドゥニャーシャ、ばあや、ミハイル・イワーノヴィチが後に続いた。

『みんなはきっと思い込んでいるんだわ、私が穀物をあげるのは、みんなを置いてきぼりにしてフランス軍の勝手にさせて、私だけ逃げて行こうとしているからだって』マリヤは考えていた。『だからみんなに約束してやろう、モスクワ近郊の領地に来れば月の手当て[19]と住む場所を与えるって。きっとアンドレイ兄さんだったらもっとたくさんのことをしてあげることでしょうね』夕暮れ時に穀物倉庫のそばの放牧場に集まっている農民の集団に歩み寄りながら、彼女はそんなことを考えていた。

　集団は身を寄せ合うようにもぞもぞと動き出し、皆急いで帽子を脱いだ。マリヤは目を伏せたままドレスの中で足をもつれさせながら、彼らの間近まで歩み寄った。老若混じった多種多様なまなざしが自分に注がれ、顔立ちも千差万別だったので、マリヤにはどの一つの顔も見分けられず、いっぺんに全員と話さねばならない必要を感じながら、どう振る舞えばよいか分からなかった。だがまたもや自分は父と兄の代理であるという意識に勇気づけられて、彼女は思い切って口を開いた。

「皆さんが来てくれて、とてもうれしいわ」目を伏せたまま、心臓が早鐘のようにドキドキと打つのを覚えながら、マリヤは話し出した。「ドローヌシカの話では、あなた方は戦争のせいで何もかもなくしたそうね。これは私たちみんなの災難ですから、私も皆さんをお助けするためには何ひとつ惜しみません。私はここを出て行きます。もうここにいるのは危険だし、敵も迫っているし……ですから……皆さん、私は皆さんにすべてを提供しますから、うちの穀物を全部受け取ってください。あなたたちが困らないように。ただし、私が皆さんをここに置き去りにしようという魂胆で穀物を提供しようとしているのだというような話がもしも皆さんに伝わっているとしたら、それは嘘です。それどころか私は皆さんに、家財を全部持ってモスクワ近郊のうちの領地に移ってくるようお願いします。そして向こうで皆さんが不自由なく暮らせるようにすることを、私は責任をもって約束します。皆さんは住む家も食べるパンも与え

19 自営農地を持たない農奴に対して領主が毎月与えた食糧などの現物支給。

られるでしょう」マリヤは一息ついた。群衆の中からはため息が聞こえるばかりであった。

「これは私が独断ですることではありません」マリヤは先を続けた。「皆さんの良き領主だった私の父と、兄と、その息子になり代わって行うことです」

彼女はまた言葉を止めた。誰も彼女の沈黙を破ろうとはしなかった。

「私たちは同じ災難に見舞われているのですから、何でも分かち合いましょう。私のものはすべて皆さんのものです」目の前に立つ者たちの顔を見まわしながら、彼女は言った。

すべての目が同じ表情を浮かべて彼女を見ていたが、その表情の意味は彼女には理解できなかった。果たして好奇心なのか、忠義心なのか、感謝なのか、それとも驚愕や不信感なのか、いずれにしても皆の顔が一様な表情を浮かべていた。

「ご慈悲には深く感謝しますが、領主さまの穀物をいただくわけにはまいりませんや」後ろからそんな声がした。

「ええ、どうして?」マリヤは言った。

誰も答えない。マリヤは人群れを見回したが、気がつくと、今では彼女と目が合った者はすべて、たちまち目を伏せてしまうのだった。

「いったいどうして受け取らないの？」彼女はまた訊ねた。誰も答えなかった。

その沈黙が耐えきれなくなってきたマリヤは、せめて誰かの視線を捉えようと躍起になった。

「どうして口をきかないの？」目の前で杖に肘をついて立っている高齢の老人に彼女は問いかけた。「もしもほかに何か必要なものがあるというなら、どうか教えて。私は何でもするから」相手の視線を捉えた彼女は言った。だが相手はそのことに腹が立ったというように、すっかり顔を伏せてしまったうえでこう言った。

「話し合うことはねえ、穀物なんかいらんぞ、わしらには穀物は必要ない」

「いったい、俺たちに全部捨てろというのか？」「反対だ。反対だとも……」「承知せんぞ」「お気の毒だが、言うとおりにはできねえな」「自分だけ行けばいいんだ、一人でな……」人群れの中であちこちから声が上がった。するとまたもや群衆の顔のすべてに同じ一つの表情が浮かんだが、今度はそれは確実に好奇心の表情でも感謝の表情でもなく、敵意に満ちた断固とした表情だった。

「あら、きっと皆さんは誤解しているのね」マリヤは苦笑を浮かべて言った。「なぜここを出るのが嫌なの？　住む場所も食べるものも約束するって言っているのよ。ここにいたら敵に散々な目に遭わされるのに……」

だが彼女の声は集団の声にかき消された。

「承知せんぞ、敵にやられたってかまうもんか！」「お前さんの食い物なんてもらうもんか」「言うことは聞かんぞ！」

マリヤはもう一度、人群れの中の誰かの視線を捉えようと試みたが、一つとして彼女の方に向いている視線はなかった。皆の目は明らかに彼女を避けていたのだ。彼女は納得のいかぬまま、いたたまれない気持ちになった。

「へん、うまいことだまくらかして、農奴として連れて行こうというんだろう！」「ここにいたら無一物だから奴隷になりなさいっていうわけだ」「へん！　穀物をあげますからってか！」人群れのあちこちでそんな声がした。

マリヤはうなだれたまま人の輪を離れ、家に向かった。明日出立するための馬の用意をドロンに命じると、彼女は自室に下がり、一人きりで考えに耽るのだった。

12章

その晩マリヤは長いこと自室の開いた窓辺に腰を下ろしたまま、村から聞こえてくる百姓たちの話し声に耳を傾けていたが、考えていたのは百姓たちのことではなかった。自分がいくら考えても、あの人たちのことを理解することはできない――そう彼女は感じていたのだ。彼女はずっと一つのことを、自分の悲しみのことを考えていた。目先のことにかまけて間が空いた後では、悲しみは彼女にとってすでに過去のものとなっていた。今はもう、思い出すことも泣くことも祈ることもできた。日没とともに風もおさまって、静かなさわやかな夜となっていた。十一時を回ったころには人声も静まりはじめ、雄鶏が一声泣き、菩提樹のかげから満月が上り、ひんやりとした真っ白な露を含んだ霧が立ち込め、村も屋敷も静寂に包まれた。

次から次へと近い過去の光景が思い浮かんできた。それは病んだ父、瀕死の父の姿だった。今や彼女はやるせない喜びとともにそうした思い出にじっくりと浸っていたが、ただし父の臨終の姿だけは、忌まわしい思いで頭から撥ね退けていた。この静かで神秘的な夜のひと時、たとえ想像裡にさえあの時の光景を熟視する力は自分にはない――そんな感じがしたのである。頭に浮かぶ光景はいずれもきわめて鮮明で詳細なものだったため、彼女にはそれらが現実のものとも過去のものとも、未来のものとも思えるのであった。

ある時には、卒中を起こした父親が禿山《ルイスィエ・ゴールィ》の庭から腕を抱えて引きずってこられたまま、回らぬ舌で何かをつぶやきながら、白髪の眉毛を引きつらせ、不安なおずおずとした目で彼女を見つめている瞬間が頭に浮かんだ。

『父はあの時すでに、死んだ日に私に言ったことを告げたかったんだ』彼女は思った。『父は私に言ったことを、いつもいつも考えていたんだ』すると、父親が卒中を起こした前日の禿山《ルイスィエ・ゴールィ》での一夜の模様が克明によみがえってきた。災厄を予感した彼女が父親の意志に逆らってこの地に残った晩である。彼女は眠れぬまま深夜に忍び足で階下に降りると、この夜父親が寝場所にした花部屋のドアに歩み寄って、父の声を聞き取ろうとしたのだった。父は疲れ果てた辛そうな声で何事かチーホン相手に喋っていた。きっと話したいことがあったのだ。『なぜお父さまは私を呼ばれなかったのだろう？　なぜチーホンの代わりに私に付き添わせてくださらなかったんだろう？』あの時もマリヤはそう思ったし、そして今でもそんなふうに思うのだった。『いまやもうお父さまは決して誰にも、胸のうちにあったことをすっかり吐き出すことはできない。言いたいことを全部話して、しかもチーホンでなく私が聞き役になっていれば、そのお話を理解することができただろうに、あの瞬間はお父さまにもこの私にも二度と帰ってこないのだ。どうして私はあの時お部屋に入っていかなかったんだろう？』彼女は思った。『もしかしたらお父さまは、亡くなった日にこの私に言って下さったことを、すでにあの時言ってくれたかもしれないのに。あの時お父さまはチーホンと話しながら、二度も私のことを訊ねられた。私に会いたかったのだ。そして私はすぐそばに、ドアのかげにいたのに。話の通じないチーホンを相手に語るのは、さぞかしわびしく、辛いことだったろう。そうだ、あの時お父さまはチーホン相手にリーザさんのことを、まるで生きている人のことのように話し始めたっけ。あの人が亡くなっているのを忘れたんだわ。それでチーホンが、あの方はもういませんよと言うと、お父さまは「ばか者!」と怒鳴ったんだわ。辛かったでしょうね。私がドアのかげで聞いていると、お父さまはうめき声をあげてベッドに横たわり、大きな声で「やれやれ!」って叫ばれた。なぜ私はあの時入っていかなかったんだろう? お父さまにどんな目に遭わされるのを恐れていたのかしら? 私に何か失うものがあったかしら? それどころか、もしかしたらお父さまは喜んで、あの言葉をかけてくれたかもしれないのに』そうしてマリヤは父親が亡くなった日に自分に言ってくれたあの優しい言葉を声に出して言うのだった。「いと・し・子・よ《ドゥー・シェ・ニ・カ》!」この言葉を繰り返すとどっと涙があふれたが、それは心を癒やしてくれる涙だった。彼女は今、目の前に父の顔を見ていた。それは物心ついて以来知っていて、自分の顔と同じように記憶に刻み込み、いつも遠くから眺めていた顔ではなく、最後の日に父親の言っていることを聞きとろうとして口元にかがみこみ、はじめて間近な距離で皺も細かな造作も含めて仔細に見つめた、あの臆した弱々しい顔であった。

「いとし子よ」彼女は繰り返した。

『この言葉を言った時、お父さまは何を思っていたのかしら？　今は何を思っているのかしら？』ふとそんな問いが頭に浮かび、そしてそれへの答えとして彼女は目の前に父の姿を見たが、その顔の表情は、棺に入って白いハンカチで顔を結わえられていたあの時のものだった。するとあの時父親の体に触れて、これはお父さまではない、それどころか何か不思議な、忌まわしい存在だと確信した時の恐怖感が、またもや彼女を捕らえた。別のことを考えよう、祈ろうとしたが、何ひとつできなかった。大きく見開いた眼で月光を見つめ、影を見つめ、今にも父の死に顔が浮かんでくるかと待ち受けながら、彼女は屋敷の上に、そして邸内に立ち込めている静寂が、自分をがんじがらめにしているのを感じていた。

「ドゥニャーシャ！」彼女はつぶやいた。「ドゥニャーシャ！」今度は荒々しい声で叫ぶと、静寂から身をもぎ放すようにして女中部屋めがけて駆け出す。前方からばあやと小間使いたちが彼女を迎えるように駆けてきた。

13章

八月十七日、ニコライ・ロストフとイリインは捕虜の身を解かれて帰ったばかりのラヴルーシカと伝令軽騎兵を従えて、ボグチャロヴォから十五キロ離れたヤンコヴォの駐留地から馬上散策に出掛けた。イリインが新しく買った馬の試乗かたがた、近辺の村に乾草がないか調査しようという腹積もりである。

ボグチャロヴォはこの三日間敵味方両軍の中間にあったので、ロシア軍の後衛もフランス軍の前衛も、同様にたやすく立ち寄れる状況にあった。そこで先見の明に富む騎兵中隊長のニコライとしては、ボグチャロヴォに残った食糧をフランス軍に先んじて利用してやれと思ったわけである。

ニコライとイリインはごくごく上機嫌だった。目指すボグチャロヴォは家屋敷付きの公爵領なので、さぞかし大勢の召使やきれいな娘たちがいるだろうと思われた。そこに向かう道中、二人はラヴルーシカにナポレオンについて訊ねてはその答えにゲラゲラ笑ったり、イリインの馬を試すために競争をしたりしていた。

ニコライは、自分の目指している村が妹の婚約者だったあのボルコンスキーの所有地であろうとは、知りもしなければ考えもしなかった。

ボグチャロヴォのすぐ手前の緩やかな丘で二人は最後の競走をして、イリインを追い抜いたニコライが先頭に立ってボグチャロヴォ村の通りに駆け込んだ。

「いや、先を越されましたね」顔を真っ赤にしたイリインが言った。

「そうさ、いつも僕が一番さ、牧場でも、それからここでもな」泡の汗を吹いている自分のドン産の馬を片手で撫でてやりながら、ニコライは答えた。

「隊長、私の馬はフランス産ですから」背後からラヴルーシカが自分の馬車用の痩せ馬をフランスの馬に見立てて言った。「追い越そうと思えばできたんですが、ただ恥をかかせちゃ悪いと思いまして」

揃って並足で穀物倉庫に近寄っていくと、そのあたりにはたくさんの百姓たちが群れていた。

さっと被り物を脱ぐ百姓もいれば、被り物も取らずに近寄って来る者たちを注視している百姓もいる。皺だらけでまばらな顎ひげを生やした二人の老いたのっぽの百姓が村の居酒屋から出てくると、にこにこ顔の千鳥足で、なにか調子はずれの歌を歌いながら、将校たちに歩み寄ってきた。

「やあ、威勢がいいなあ！」ニコライが笑顔で声をかけた。「どうだい、乾草はあるかい？」

「こいつらまるで瓜二つですな……」イリインが言う。

「浮かれぇ〜えぇ〜さわぁぁぁ〜いでぇ、おたぁのぉ……おたぁ〜のぉ〜しぃ〜みぃ……」百姓たちはさも愉快そうな笑顔で歌っている。

一人の百姓が集団を抜けてニコライに歩み寄ってきた。

「どちらの軍の皆さんで？」そう訊ねてくる。

「フランス軍さ」イリインがにやりと笑って答える。「ほら、こちらがナポレオンさまだ」ラヴルーシカを示してそう告げた。

「つまり、ロシア軍ですね？」百姓が重ねて訊ねる。

「このへんにロシア軍はいっぱいいるんですかい？」別の小柄な百姓が近寄ってきて訊いた。

「いっぱいいるよ、いっぱいな」ニコライが答えた。「ところでお前たちはどうしてこんなところに集まっているんだ？」彼はついでに訊ねた。「お祭りか何かかね？」

「年寄りがあつまったんですよ、村会《ミール》の相談事で」百姓が離れて行きながら答えた。

この時、領主屋敷へと続く道を二人の女と白い帽子を被った男が将校たちのほうへ歩いてくるのが見えた。

「ピンクの服の女は僕のものです、いいですか横取りはなしですよ！」まっしぐらに自分めがけて駆けてくるドゥニャーシャに目を止めてイリインが言い放った。

「みんなのものでしょうが！」ラヴルーシカがイリインに目配せして言う。

「さて、きれいな娘さん、何のご用です？」イリインがにっこり笑って話しかけた。

「公爵令嬢さまが皆さまの所属連隊とお名前をうかがってくるようにおっしゃって」

「こちらはロストフ伯爵といって騎兵中隊長、私はあなたの忠実なしもべです」

「おたぁ〜のぉ〜しぃ〜みぃ、か！」例の一杯機嫌の老人がにこにこ顔で、小間使いと話しているイリインを見ながら歌ってみせた。

ドゥニャーシャに続いてアルパートィチが、まだ遠くから帽子を脱いでニコライに近寄ってきた。

「失礼ながら隊長さまにお願い申し上げます」口調は恭しかったが、相手の将校が若いせいで幾分甘く見ている様子もあり、片手をふところに突っ込んだままだった。「当家のご主人は、本月十五日に亡くなられたばかりの陸軍大将ニコライ・アンドレーヴィチ・ボルコンスキー公爵のご令嬢ですが、この者どもの非常識な振る舞いのために困り果てていらっしゃるところでして（彼は百姓たちを手で示した）、ぜひお越し願いたいと……そこでできますならば」心苦しげな微笑を浮かべてアルパートィチは言った。「ちょっとあちらにお移りいただけませんでしょうか、なにせここはごたごたしておりまして……」そう言うとアルパートィチは、まるで馬にまとわりつくアブのようにすぐ後ろをうろうろしている二人の百姓を示した。

「おや！……アルパートィチじゃねえか……ええ？　ヤーコフ・アルパートィチの旦那だね？……なにをもったいぶってんだい！　よしておくれよ。もったいぶってさ！　ええ？……」百姓たちが愉快そうに笑いながら話しかける。ニコライは酔った老人たちをじっと見てにやりと笑った。

「それとも、隊長さまにはこれもご一興で？」ふところに入っているのとは別の手で老人たちを示しながら、アルパートィチは改まった様子で言った。

「いいや、つまらんな」そう言ってニコライは馬を進めた。「何があったんだ？」彼は問いかけた。

「じつは、この地の無礼な百姓たちが当家のお嬢さまを領地から出そうとせず、馬車に付けた馬まで外すと脅《おど》すものですから、朝方から荷物は積んであるのにお嬢さまは出発できずにいらっしゃるという次第でございます」

「まさかそんなことが！」ニコライは叫んだ。

「真実ありのままをご報告しております」アルパートィチは念を押した。

馬から降りて手綱を伝令にあずけると、ニコライはアルパートィチと連れ立って屋敷に向かって歩きながら事態の詳細を問いただした。実際のところ、昨日百姓たちに穀物を提供すると言った公爵令嬢の提案とその後のドロン及び集まった百姓たちとの交渉が、事態をすっかりこじらせてしまったため、ドロンは結局預かった鍵を返上して百姓たちの側についてしまい、アルパートィチが呼んでも姿を見せなくなっていた。それでこの朝も、令嬢がここを出ようとして馬車に馬をつなぐように命じると、百姓たちが大挙して穀物倉庫のあたりに結集し、人をよこして、公爵令嬢をこの村から出させない、場を離れるなというお達しが出ているし、馬車から馬を外してやる、と告げたのだった。アルパートィチが出て行って交渉したが、彼らの返事は（主に喋ったのはカルプで、ドロンは群衆の中から出てこようとしなかった）、公爵令嬢は出すわけにはいかないし、そういうお達しが出ている。ただし公爵令嬢がここに残るならば、自分たちは昔通りお嬢さまにお仕えし、ご命令にはすべて従う、というものだった。

先刻ニコライとイリインが馬で道を駆けつけてきた時、マリヤはアルパートィチや乳母や女中たちが止めるのもきかず、馬車に馬を付けるように命じて、今にも出発しようとしているところだった。だが駆けつけてくる騎兵たちの姿が目に入ると、皆はフランス軍が来たと思い込み、御者たちは散り散りになって逃げだし、屋敷の中では女性たちの泣き声が上がった。

「あらまあ！　なんてうれしい！　神さまが遣わしてくださったのね」ニコライが玄関部屋を通り抜ける間、そんな感激の声があちこちで上がった。

ニコライが案内されてきた時、マリヤは茫然とした状態で、ぐったりと広間に座り込んでいた。相手が何者かも、何でやって来たのかも、そして自分の身がどうなるかも、彼女には全く分からなかった。ただニコライのいかにもロシア人らしい顔を目にして、さらに部屋に入って来た時の所作や最初に発した言葉から自分と同じ階層に属する人間だと見て取ると、彼女は例の深みのあるキラキラしたまなざしで彼を一目見てから、動揺のゆえに途切れがちな震える声で話し出したのだった。ニコライはすぐさまこの出会いに何かロマンチックなものを感じ取った。『身を護るすべもない、悲しみに打ちひしがれた娘さんが、たった一人、荒くれの、反逆的な百姓どもの言いなりになっているのだ！　そして何か数奇な運命に突き動かされて、俺はここにやって来た』彼女の言葉を聞き、その姿を見つめながらニコライは思うのだった。『それにしてもこの娘さんの顔立ちも表情も、何とつつましく気高いことか！』おずおずとした彼女の話に耳を傾けながら、彼はそんな感想を覚えた。

すべては父親の葬儀の翌日に発生した事態であるということに話が及ぶと、マリヤの声はたまらずに震えだした。彼女は思わず顔を背け、それから、自分の言葉が相手の同情を誘うためのものと受け取られはしないかと恐れるかのように、問いかけるような怯えた目でニコライを見た。ニコライの目には涙が宿っていた。それに気づいたマリヤは、例の光を宿したまなざしで、感謝を込めてニコライを見つめた。そのまなざしこそ、彼女の顔の不器量さを忘れさせてしまうものであった。

「お嬢さま、私がたまたまお宅に立ち寄ってこうしてお役に立てることをいかに幸せに感じているか、とても言葉では言えません」ニコライは立ち上がって言った。「どうぞご出発ください。もしもこの私が警護役につくことをお許しくださるなら、誰一人あなたに不快な思いをさせはしないことを、わが名誉にかけてお約束します」そう言って、あたかも皇族の貴婦人にするような恭しい一礼をすると、彼はドアに向かった。

そんな恭しい態度を守ることで、ニコライはあたかも、あなたと出会えたことを幸せと感じてはいるが、だからといってあなたのご不幸を利用してお近づきになろうという気はありませんよ、と表明しているかのようだった。

マリヤはそれを察して、そうした態度に感謝した。

「あなたさまに深く、深く感謝申し上げます」マリヤはフランス語で彼に言った。

「ただ、きっとこれは単なる誤解から生じたことで、誰も悪くはないと思っています」マリヤは不意に泣き出した。「すみません」彼女は言った。

ニコライは厳しい表情になり、もう一度深く一礼すると、部屋を出て行った。

14章

「どうです、ご令嬢はかわいかったですか？　いや、こちらのピンクの娘さんは魅力満点、ドゥニャーシャという名前で……」話しかけたイリインは、ニコライの顔をひと目見ると口を閉ざした。いつも英雄視しているこの隊長さまが、とてもそんな浮かれた気分ではないのを見て取ったのだ。

腹立たしげな眼でイリインを一瞥しただけで、ニコライは返事もせぬまま足早に村へと向かった。

「連中を懲らしめてやる、目にもの見せてやるぞ、悪党どもめ！」彼はぶつぶつとそんな独りごとを言っていた。

アルパートィチが泳ぐような、今にも駆け出さんばかりの小走りの足取りで、かろうじてニコライに追いすがっていく。

「どんなご判断を下されましたか？」ニコライに追いつくと彼は言った。

ニコライは足を止め、両の拳を握り締めると、急に恐ろしい剣幕でアルパートィチににじり寄った。

「判断？　何の判断だ？　このくたばり損ないの老いぼれが！」ニコライは怒鳴りつけた。「お前は何を見ていたんだ？　ああ？　百姓どもが反乱を起こしているのに、お前は何の手も打てないのか？　お前こそが裏切り者だ。お前たちのことは分かっている、全員生皮をひん剝《む》いてやる……」そう言うと、まるでせっかく蓄えた怒りのエネルギーを無駄遣いすまいというかのように、ニコライはアルパートィチを打ち捨てて先を急いだ。アルパートィチも屈辱感を押し殺し、泳ぐような足取りでニコライに追いすがって、さらに自分の考えを伝えようとする。彼の言い分は、百姓たちは意地になっているので、今直ちに、軍の後ろ盾もないままに、正面からこれにぶつかるのは得策とは思えないから、まずは人を遣って軍勢を連れてきてはいかがか、というものだった。

「俺がやつらに軍の力を見せてやる……。真正面からぶつかってやろうじゃないか」条理を超えた獣のような怒りにかられ、さらにその怒りのはけ口を求めてあえぎながら、ニコライは是も非も抜きでそう宣言していた。どうしてやろうという考えも頭にないまま、意識すら飛んだ状態で、素早くきっぱりとした足取りでつかつかと群衆に歩み寄っていく。そうして彼が百姓たちに近寄っていくにつれて、アルパーティチは次第に、この人物の無分別な行動がかえって良い結果を招くかもしれないと思うようになってきた。群がっている百姓たちもまた、ニコライの素早くきっぱりとした足取りと、決然たる険しい顔つきを見て、同じことを感じていたのだった。

　軽騎兵たちが村に乗りこんできてニコライが公爵令嬢との面会に向かって以来、群衆の中に動揺と軋轢が生じていた。ある者たちは、やって来たのはロシア軍だから、自分たちがお嬢さまを逃がそうとしないのを知ってさぞかし怒っていることだろうと言いだした。ドロンも同じ意見だったが、彼がこうした意見を披露するや否や、カルプやその他の者たちがこの村長上がりに食って掛かったのだった。

「お前はいったい何年、村の衆《ミール》を食い物にしてきたんだ？」カルプが彼を怒鳴りつけた。「お前はどう転んでもいいと思っていやがるな！　自分は金の入った壺を掘り起こして、持って逃げりゃあ済むんで、俺たちの家などすってんてんになってもかまわねえって腹だろう？」

「お達しにあっただろう、秩序を乱さず、誰一人家を出さず、何ひとつ持ち出すなってな。それだけ守ってりゃいいんだよ！」別の男が言った。

「お前の息子に徴兵の番が来たくせに、おまえ、あのデブの息子をとられるのが惜しくなったんだろう」にわかに小柄な老人が早口でまくしたて、ドロンを攻撃しだした。「それでうちのワーニカのやつが取られたんだ。ああ、みんな死ぬしかねえ！」

「そうだ、そうだ、一緒に死ぬしかねえ！」

「俺は村の衆を見捨てたりしねえ」ドロンは反論した。

「はは、見捨てちゃいねえが、腹は肥やしたってか！……」

二人ののっぽの百姓が自分の考えを述べ立てる。そこへニコライがイリイン、ラヴルーシカ、アルパートィチを率いて現れると、直ちにカルプが帯に両手の指を突っ込んだ格好で、軽い笑みを浮かべて前に出てきた。ドロンは反対に後列に引っ込み、集団がそれまでよりもぎっちりと固まった。

「おい！　お前たちの中で村長は誰だ？」つかつかと群衆に歩み寄ると、ニコライは叫んだ。

「村長ですかい？　あんたさんに何の用が？……」カルプが訊ねる。

だがしまいまで言わないうちに、カルプのかぶっていた帽子が飛び、頭は強い打撃のせいでぐらりと横に揺れた。

「帽子をとらんか、裏切り者どもめ！」威勢のいいニコライの声が響く。「村長はどこにいる？」すさまじい怒鳴り声だった。

「村長、村長をお呼びだぞ……ドロン・ザハールィチ、おまえさんだよ」そこここで泡を食ったようなおとなしい声が聞こえ、百姓たちの頭から帽子が取られていった。

「わしらは騒ぎなんて起こしゃしません、秩序を守っておりますで」カルプがそう言うと、その瞬間、にわかに後ろから何人かの声が語り出した。

「年寄り連中が決めたことですわ、なにせいろんなお達しが来るもんで……」

「減らず口を叩くか？……反乱だ！……悪党どもめ！　裏切者どもめ！」条理も何もなく普段とは打って変わった声で怒鳴りたてながら、ニコライはカルプの服の襟をつかんだ。「こいつを縛りあげろ、縛りあげろ！」大音声《だいおんじょう》で命じたが、ラヴルーシカとアルパートィチの他には、カルプを縛る者などいなかった。

それでもラヴルーシカがカルプに駆け寄ると、後ろから腕をつかんで捕らえた。

「丘のふもとにいるわが軍を呼びましょうか？」彼は叫んだ。

アルパートィチは百姓たちに向き直り、カルプを縛る役として、二人を名指しで呼びつけた。二名の百姓が集団から出てくると、結わえるために自分の帯を解きだした。

「村長はどこだ？」ニコライは叫ぶ。

ドロンがブスッとした蒼白な顔で人群れの中から出てきた。

「お前が村長だな？　縛り上げろ、ラヴルーシカ！」そう叫ぶニコライの声は、あたかも自分の命令に歯向かうものなどありえないといった調子だった。そして実際、さらに二人の百姓が登場してドロンを縛り始め、ドロンも彼らを助けるかのように、自分の帯を外して彼らに渡したのだった。

「残りの者はみんな俺の言うことを聞け」ニコライは百姓たちに向かって言った。「即刻各自の家に戻れ。お前たちの声が俺の耳に入らないようにな」

「でも、俺たち何も悪さはしちゃおりません」「俺たちただ、知恵が足りねえもんだから」「ばかなことをしでかしたもんだよ……」「言ったじゃねえか、こりゃあ騒動になるって」互いを責め合う声があちこちから聞こえた。

「だから俺が言っただろう」アルパートィチがわが意を得たりといった顔で言った。「良くねえことだぞってな」

「俺たちがばかでした、アルパートィチの旦那」口々にそう答えると、百姓の群れはたちまちばらけて、村のあちこちに散っていった。

縛られた二人の百姓は主人の屋敷に引っ立てられていった。二人の酔った百姓が後からついていく。

「えーい、いい見世物だぜ！」酔っぱらいの一人がカルプに声をかける。

「旦那方によくもあんな口がきけたもんだな。お前何を考えていたんだ？」

「ばか野郎さ」もう一人が相槌を打つ。「まったくのばか野郎よ！」

二時間後、ボグチャロヴォの屋敷の内庭に数台の荷馬車が並んでいた。百姓たちがせっせとご主人の荷物を荷馬車に運んで積み込んでいる。そしてあのドロンも、一度は納屋に閉じ込められた身を公爵令嬢の意向で解放され、今では庭に立って百姓たちを指図していた。

「おいおい、そんな積み方があるかい」背が高く丸いニコニコ顔をした一人の百姓が、小間使いの手から小箱を受け取りながら言った。「こういうもんだって買えば値が張るんだぜ。どうしてそんな風に投げたり綱で結わえたりするんだい。傷がついちまうだろう。そういうやり方は気に食わねえ。何でも心を込めて、きちんとしなくちゃな。ほらこうして筵《むしろ》でくるんで、それから藁《わら》をかぶせてやれば、ちゃんとするだろう。上出来じゃないか！」

「いやはや、いくらでも本があること」アンドレイ公爵の書棚を運び出してきた別の百姓が言った。「おい、つまずくなよ！　こいつは重いぞ、みんな、たいそうな本ばかりだからな」

「そうよ、遊びもなさらずにものを書いてばかりいらしたんだからな」例の背の高い丸顔の百姓が、上に載っていた分厚い事典類を指さしながら、意味ありげに目配せして言った。

ニコライは公爵令嬢に馴れ馴れしくしたくないという考えから、相手の屋敷へは行こうとせず、村に残って出発を待っていた。そうしていよいよマリヤの乗った馬車が屋敷から出てくると、ニコライも馬にまたがり、ボグチャロヴォから十二キロ離れたロシア軍の押さえている街道まで、彼女の警護を務めた。ヤンコヴォの旅籠で彼は恭しい態度で彼女とお別れし、はじめてその手に口づけすることを自らに許したのだった。

「どうかそんなふうにおっしゃらないでください」マリヤが自分を救出（と彼女は彼の行為を名付けたのだった）してくれたことに謝意を表明すると、彼は顔を赤らめて答えるのだった。「その辺の警官だって同じことをしたでしょう。まあ仮にわれわれの戦う相手があんな百姓どもでしたら、こんなところまで攻め込まれるはずもないのですが」何か決まり悪さを感じた彼は、話題を変えようとしてそんな口をきいてみせた。「お近づきになる機会を得たことだけで、僕は幸せです。ではこれで、お嬢さま、ご幸福とご平安をお祈りし、もっと良い形でまたお目にかかれることを願っております。もしも僕を赤面させたいのでなければ、どうか御礼などおっしゃらないでください」

しかしマリヤは、言葉でこそそれ以上礼を言うことはなかったが、感謝と親愛の感情に輝くその顔の表情そのもので、彼への謝意を表明していたのである。礼を言われるような筋合いはないという彼の言葉を、彼女はとても真に受けることはできなかった。それどころか、彼女は固く信じていた——もしもこの人がいなかったら、自分はきっとあの反乱者たちか、あるいはフランス軍の手にかかって、破滅していたに違いないし、まさにこの人こそが、明白な恐るべき危険に身をさらして、自分を救ってくれたのだと。さらに疑う余地のないことは、彼が彼女の立場、彼女の悲哀を察することのできるような、高雅な貴族らしい心の持ち主だということであった。彼女が涙ながらに自分の失ったものを語った時、彼もまた涙ぐんでくれたのだったが、その時の涙をたたえた優しく誠実な目が、彼女の脳裏を去ろうとしなかった。

彼と別れて一人になったマリヤは、ふと自分の目に涙が宿っているのを感じた。するとその時、けっしてはじめてではなかったが、ある不思議な問いが浮かび上がって来た——自分はあの方を愛しているのかしら？

その先のモスクワへの道中、マリヤの置かれた立場は愉快なものではなかったが、同じ箱馬車に乗っていたドゥニャーシャは、お嬢さまが何度となく車窓に身を寄せては、何かしら楽しげに、また悲しげに微笑む姿を目撃した。

『もしも私があの方を愛してしまったとして、それがどうしたというの？』マリヤはそう自問していた。

ことによると今後決して自分を愛してくれないかもしれない相手を、自分の方から好きになったということを認めてしまうのはいかにも恥ずかしいことだったが、このことは決して誰にも知られるはずはないし、それに後にも先にもただ一度だけ好きになった人のことを、誰にも内緒で死ぬまで愛し続けたとしても、それは別に悪いことではないだろうと思って自分を慰めたのだった。

時折彼のまなざしが、その親身なそぶりが、その言葉が思い起こされると、彼女は幸せになることも不可能ではないような気がした。まさにそんな折にドゥニャーシャは、お嬢さまが車窓を眺めて微笑んでいるのを目撃したのである。

『まさにあの方がボグチャロヴォにいらしてくださったなんて、それもちょうどあんな時に！』マリヤは思った。『しかも、アンドレイ兄さんとの婚約を破棄したのがあの方の妹さんだったなんて！』そうしたすべてのことに、マリヤは神意の計らいを感じるのだった。

ニコライがマリヤから得た印象も、実に好ましいものだった。彼女のことを思い出すとうれしい気分になった。そして彼のボグチャロヴォでの冒険談を聞きつけた同僚たちから、君は乾草を探しに行ったのに、ロシアで一番裕福な花嫁を釣り上げて帰って来たねなどとからかわれると、腹を立てたものだった。彼が腹を立てたのは、まさに自分が好感を覚えた、あの莫大な資産を持った優しげな公爵令嬢マリヤと結婚するという考えが、いくら抑えつけても何度となく頭に去来していたからである。自分一人のことを言えば、マリヤ以上に好ましい結婚相手は望むべくもなかった。彼女との結婚は、母親に幸せをもたらしてくれるだろうし、父親の事業も立てなおしてくれるだろう。そしてさらには、ニコライの感じるところでは、マリヤをも幸せにすることだろう。

だがソーニャは？　自分の約束は？　そんな気持ちからニコライは、ボルコンスキー家の令嬢のことでからかわれると腹を立てたのであった。

15章

全軍の指揮権を与えられたクトゥーゾフは、ふとアンドレイ公爵のことを思い出して、彼宛に総司令部へ出頭するよう指令を送った。

アンドレイ公爵がツァリョーヴォ・ザイミシチェ村に到着したのは、ちょうどクトゥーゾフが最初の閲兵式を執り行った当日の、まさにその時刻だった。アンドレイ公爵はその村の、総司令官の馬車がとまっている司祭の館の傍らに馬を停めると、門の脇のベンチに腰を下ろし、「大公爵《スヴェトレイシー》」[20]の帰還を待つことにした。今ではみながクトゥーゾフのことをそんな特別な称号で呼ぶようになっていたのだ。村の向こうに広がる野原からは、軍楽隊の演奏や、おびただしい数の人間が新しい総司令官を歓迎して「万歳《ウラアー》!」と叫ぶどよめきが聞こえてくる。同じく門のそばの、アンドレイ公爵のいるところから十歩ほどのところには、ご主人は留守だし天気は良いしということで、従卒が二名と伝令兵と執事がぼんやりとたたずんでいた。そこへ色黒でたっぷりとした口髭と頬髯を蓄えた小柄な軽騎兵中佐が現れ、門の際まで馬を寄せると、アンドレイ公爵をひと目見るなり、大公爵《スヴェトレイシー》の宿営はこちらか、いつお帰りになるか、と訊ねた。

アンドレイ公爵は、自分は殿下の司令部付きではなく、同じく他所からやって来た者だと答えた。軽騎兵中佐が盛装をした従卒の一人に同じ質問をすると、総司令官の従卒は、いかにも総司令官の従卒が将校に向かって口をきくときにするような、あの特有の小ばかにしたような口調で答えたものだった。

「大公爵《スヴェトレイシー》ですか？　きっとじきにお戻りでしょうな。何か？」

軽騎兵中佐は従卒の口ぶりに髯の中で苦笑してみせると、馬から下りて伝令兵に手綱を預け、アンドレイ公爵に歩み寄ってきて軽く会釈した。アンドレイ公爵がベンチの上で腰をずらすと、軽騎兵中佐は彼の脇に腰かけた。

「あなたも総司令官をお待ちですか？」軽騎兵中佐が先に口を開いた。「いや、誰《だえ》にでもお会いくださうとのことで、助かいますよ。これがあのドイツの腸詰め連中《えんちゅう》が相手だと、とんでもなく厄介ですかあね！　あのエウモーロフが、自分をドイツ人に昇進させてくえと申し出たのももっともですよ。今後はおかげさんで、オシア語で喋っても通じうようになうでしょう。そえができないから、こんなわけの分かあないことになっていうんで。なにせ、退却に次ぐ退却ですかあな。あなたはこの遠征に参

20　大公爵と訳したスヴェトレイシー（又はスヴェトレイシー・クニャーシ）は、十八世紀初期にピョートル大帝が特に功績のあった個人に皇族なみの名誉を与える称号として導入し、後に世襲の称号となった。クトゥーゾフはまず一八一一年十一月に対トルコ戦（第三次露土戦争一八〇六―一二）での勲功により伯爵（グラーフ）の称号を与えられ、翌一八一二年七月に、同戦争の首尾よき講和（同年五月）により大公爵（スヴェトレイシー・クニャーシ）の称号を得た。

加えていたんですか？」中佐は訊ねた。

「おかげさまで」アンドレイ公爵は答えた。「ただ退却に参加したばかりでなく、この退却で大切なものをすべて失いました。領地や生家は言うまでもなく……父まで、悲嘆に暮れて命を落としました。私はスモレンスクの者ですから」

「おや？……ボルコンスキー公爵ではあいませんか？　お目にかかえて光栄です、私はデニーソフ中佐、まあワーシカという呼び名の方が通いがいいですが」アンドレイ公爵の手を握り、好意あふれる目で相手の顔に見入りながら、デニーソフは言った。

「ええ、ご事情はうかがっています」同情のこもった声でそう言うと、しばしの沈黙の後彼は続けた。「こえこそがスキタイ式戦術というやつですよ。なにもかも結構ですが、ただし尻拭いすう方はたまったもんじゃあいません。すうとあなたがあの、アンドエイ・ボルコンスキー公爵なのですね？」彼は首を振ってみせた。「大変うえしいです、公爵、お目にかかえて大変うえしく思います」改めて相手の不幸を悔やむような笑みを浮かべながら、彼は公爵の手を握った。

アンドレイ公爵はナターシャから、最初に求婚された相手としてデニーソフのことを聞き知っていた。その思い出は今や甘い痛みを伴って、あの頃の辛い気持ちへと彼を導いていった。そうした気持ちはこの頃では久しく思い返さなくなっていたのだが、しかしそれでもやはり彼の胸のうちに残っていたのである。ただし最近は、スモレンスクの放棄、禿山《ルイスィエ・ゴールィ》への帰還、ごく最近の父親の死の知らせといった、他の強烈な印象が重なり、様々な気持ちを味わった結果、それ以前の思い出は久しく頭に浮かぶことがなく、たとえ浮かんだとしても、昔のように強く彼の心を揺すぶりはしなかった。デニーソフにとっても、ボルコンスキーの名によって喚起される一連の思い出とは、かつて自分が夜食後にナターシャが歌うのを聞いた後で、なぜかわれ知らず十五歳の娘に求婚してしまったという、はるか遠い詩情あふれる過去の出来事だった。彼はあの頃のいろんな出来事やナターシャへの恋情を思い出してにっこりと微笑んだが、すぐさま今の自分が熱烈な関心を寄せているただ一つの問題へと、頭を切り替えてしまった。それはある作戦計画で、退却する軍の前哨勤務についている際に思いついたものだった。彼はそれをバルクライ・ド・トーリに提案したことがあったのだが、今度はそれをクトゥーゾフに提案しようというつもりだったのだ。その作戦計画の骨子は、フランス軍の戦線は延びすぎているので、正面から攻撃して進路をふさぐ代わりに、あるいはそれと同時に、敵の連絡路に攻撃を仕掛ける必要があるというものだった。彼は自分の計画をアンドレイ公爵にも説明しだした。

「連中《えんちゅう》はこの戦線を全部維持することはできません。そえは不可能ですし、私は戦線を分断できることを請け合います。私に五百の兵を与えてくえたあ、ずたずたにしてみせますよ、確実にね！　戦術はただ一つ――パウチザン戦です」

デニーソフは立ち上がると、身振り入りでアンドレイ公爵に自分の計画を説明した。その話の途中で閲兵場から軍の喚声が聞こえてきたが、今度は前よりも不揃いでばらけており、軍楽隊の演奏や軍歌と混じりあっていた。村の中でも馬蹄の音や喚声が聞こえるようになった。

「総司令官のお帰りだ」門の脇に立つコサック兵が叫ぶ。「お帰りだ！」

アンドレイ公爵とデニーソフが一群の兵士たち（儀仗兵）の立ち並ぶ門に近寄ると、背の低い栗毛の馬にまたがって通りをやって来るクトゥーゾフの姿が見えた。大勢の将官が背後に随行している。バルクライだけはほぼ並んで馬を進めていた。将校たちの群れがその背後や周囲を走りながら、「万歳《ウラァー》！」と叫んでいる。

クトゥーゾフに先立って副官たちが邸内に駆け込んできた。クトゥーゾフは彼の重みに耐えつつ側対歩で泳ぐように進む自分の馬にもどかしげに拍車をくれ、しきりに頷きながら、頭にかぶった白い近衛騎兵の軍帽（赤い縁取《ふちど》りで鍔《つば》のないもの）に片手を添えて、挨拶をしていた。総司令官に向かって挙手の礼をしている擲弾兵《てきだんへい》からなる儀仗兵たちは、大半が勲章拝受者だったが、その儀仗兵たちの間近まで乗り付けると、クトゥーゾフはしばし沈黙したまま、指揮官らしくじっと動じぬ目で彼らを見つめ、それから周囲を取り巻く将官や将校たちの集団を振り向いた。その顔ににわかに微妙な表情を浮かべたかと思うと、彼はいかにも腑に落ちないという感じで肩をすくめてみせた。

「これほど屈強な戦士をそろえながら、退却また退却の連続か！」彼は言った。「ではまた、将軍諸君」そう言い添えて、彼はアンドレイ公爵とデニーソフの脇を通って門内に馬を乗り入れた。

「万歳《ウラァー》！　万歳《ウラァー》！　万歳《ウラァー》！」と背後で歓呼の声が響いた。

アンドレイ公爵がしばらく見ないうちに、クトゥーゾフはさらに肥えてぶくぶくとたるみ、脂肪がついていた。しかし馴染みの白い片目と銃創、そして顔にも体にも表れた疲労感は、元のままだった。軍服のフロックコートを着て（鞭は細い革ひもで止めて肩にかけていた）白い近衛騎兵の軍帽を被っている。そうしていかにも重そうに体を泳がせ揺らしながら、元気のいい小柄な馬にまたがっているのだった。

「ヒュー……ヒュー……ヒュー……」邸内に馬を乗り入れながら、彼はかろうじて聞き取れるような口笛を吹きだした。その顔には、いかにも公的な儀式の後で一息つこうという人物らしい、安堵の喜びが表れていた。彼は左足を鐙《あぶみ》から外し、全身で倒れ込むようにして顔には力皺《ちからじわ》を寄せ、苦労して左足を馬の背に載せると、片膝をついて一声呻き、そのままコサックや副官たちの腕に支えられて降り立ったのだった。

身じまいを正すと、すがめた目でぐるりとあたりを見回し、アンドレイ公爵にも一瞥をくれたが、どうやら誰だか分からなかったと見えて、そのまいつも通り片足を引きずるようにして表階段の方に歩き出した。

「ヒュー……ヒュー……ヒュー……」口笛を吹いてもう一度アンドレイ公爵を振り返る。すると（老人にはよくあることだが）何秒かの間をおいてようやく、アンドレイ公爵の顔の印象がその人物の記憶と結びついたのだった。

「ああ、ようこそ、公爵、ようこそ、さあ一緒に来たまえ……」振り返り振り返りしながら疲れた声でそう言うと、体の重みで階段をきしませながら大儀そうに上っていく。それからフロックコートのボタンを外すと、表階段の上に置かれたベンチに腰を下ろした。

「それで、お父上は？」

「昨日、逝去の知らせを受けました」アンドレイ公爵は短く答えた。

クトゥーゾフは驚いて目を見開いたまま、しばしアンドレイ公爵を見つめていたが、その後軍帽を脱いで十字を切って「どうか天国に安らわせたまえ！　われわれ皆の上に神の御心《みこころ》のあらんことを！」と唱えた。そうして重く深々としたため息をつき、しばし黙っていた。「私はお父上を愛し、敬っていた。心からお悔やみ申し上げる」そう言うと彼はアンドレイ公爵を抱き寄せ、脂肪のついた胸にひしと抱きしめて、長いこと放そうとしなかった。抱擁を解かれた時、アンドレイ公爵はクトゥーゾフのたるんだ唇がわななき、目には涙が宿っているのを見た。クトゥーゾフは一つため息をつくと、立ち上がろうとして両手でベンチをつかんだ。

「では、私の部屋に行って話そうか」彼はそう言ったが、しかしその時、敵の前でと同じく上官の前でもめったにひるむことのないデニーソフが、表階段の手前で副官たちが腹立たしげな小声で制止するのも意に介さず、大胆にも拍車の音を響かせて表階段を上って来た。クトゥーゾフは両手をベンチに突っ張ったままの格好で、むっとしたようにデニーソフをにらんだ。デニーソフは名を名乗ると、祖国の安寧に重要な意味を持つ案件を公爵閣下に上申したい、と述べた。クトゥーゾフは疲れた眼差しでデニーソフを見つめると、腹立たしげな仕草で突っ張っていた腕を引っ込めて腹の上で組み、相手の言葉を繰り返した。「祖国の安寧のためだと？　いったいどういうことだ？　話してみなさい」デニーソフは若い娘のように頬を赤らめたが（髯だらけのいい年した、酒焼けした顔に赤みがさすのはいかにも奇妙な眺めだった）、それでも大胆に、敵の戦線をスモレンスクとヴァジマの間で分断するという自らの計画を述べ始めた。デニーソフはこの地方に暮らしたことがあり、地勢にも詳しかった。計画は疑いもなくすぐれたものと思えたが、とりわけ彼の言葉に含まれる信念の力がそんな印象を助長していた。クトゥーゾフは自分の足を見つめていたが、時折隣家の百姓家の庭に目をやった。あたかもそちらから何か不愉快なものが押し寄せてくるのを予感しているかのようだった。すると本当に彼が目をやっていたその百姓家から、デニーソフが話している間に、書類ケースを小脇に挟んだ将官が一人姿を現したのだった。

「何だ？」デニーソフの説明の真っ最中にクトゥーゾフが声を発した。「もうできたのか？」

「用意ができました、殿下[21]」将官が答えた。クトゥーゾフは「一人の人間にそう何もかもできるもんか」と言いたげに首を振り、そのままデニーソフの話に耳を傾け続けた。

「オシアの将校として、嘘偽いなく、衷心かあお約束いたします」デニーソフは続けた。「小生がナポレオンの補給線を絶ち切ってみせます」

「主計総監のキリール・アンドレーヴィチ・デニーソフは君の何にあたるか？」相手の言葉を制してクトゥーゾフは訊ねた。

「叔父であります、殿下」

「おや！　あの方は私の親友だった」クトゥーゾフはうれしそうに言った。「よし、分かったぞ君、この司令部に残りたまえ。明日話そう」デニーソフに一つ頷いてみせると、脇に向き直り、将官のコノヴニーツィンが持ってきた書類に手を伸ばした。

「殿下、部屋の方にお越しいただけませんでしょうか」当直の将官が不平そうな声で言った。「作戦計画にお目通しいただく必要がありますし、いくつかの書類にご署名もいただかなくては」戸口から出てきた副官が、宿舎の中はすべて用意が整っていると告げた。しかしクトゥーゾフは、どうやら外で仕事を済ませて、自由な体で部屋に入りたいようであった。彼は渋い顔になった……。

「いや、ここへ小机を運んでこさせたまえ。ここで見てしまうから」彼は言った。「君はここにいたまえ」アンドレイ公爵に向かってそう言い添える。アンドレイ公爵は表階段に残って、当直将官の話を聞くことになった。

将官が報告していた時、アンドレイ公爵は玄関のドアの向こうで女性のささやき声

21　クトゥーゾフの授かった大公爵の称号は皇族なみのステイタスを示すので、尊称はドイツ語の Durchlaucht と同じ「殿下（ヴァーシャ・スヴェートロスチ）」となる。

と絹のドレスの衣擦れの音がするのを聞きつけた。ちらちらとそちらを見るうちに、彼は何度かピンクのドレスを着て藤色のプラトークを頭に被った、豊満で血色のいいきれいな女性が、皿を手にしてドアの向こうに立っているのを目にした。明らかに総司令官が入ってくるのを待ち構えているのだ。クトゥーゾフの副官が小声で説明するところによれば、これはこの家の主婦、すなわち司祭夫人で、総司令官閣下にパンと塩のおもてなし[22]をしようとしているとのことだった。彼女の夫は教会で十字架をもって大公爵《スヴェトレイシー》をお迎えしたので、彼女は家でお出迎え……というわけだった。「とっても美人のかみさんだよ」――副官はにやりと笑って言い添えた。クトゥーゾフがその言葉に振り返った。当直将官の報告（その主な話題はツァリョーヴォ・ザイミシチェの陣地の批判的検討だった）を聞くクトゥーゾフの態度は、彼がデニーソフの話を聞くときとまったく同じだったし、また七年前のアウステルリッツの作戦会議での討論を聞いていた時とまったく同じだった。彼が聞いているのは、ただ単に二つの耳があるからであり、しかもその耳の一方には、船乗りがするようにロープのくずを耳栓に詰めているのに、どうしても聞こえてしまうからに他ならなかった。とはいえ明らかに、当直将官が彼に語りうることは何一つとして、彼を驚かすことも彼の興味を引くこともできないばかりか、彼には人から聞かされそうなことが全部予《あらかじ》め分かっているのであって、それでもそうしたことに一部始終耳を傾けているのは、ちょうど礼拝式の聖歌を聞き通さないわけにはいかないのと同じように、聞かないわけにはいかないからなのだった。デニーソフの話はすべて要を得て理にかなっていた。当直将官の言うことは、さらに要を得て理にかなっていた。しかしはっきりしていたのは、クトゥーゾフが知識も知性も軽蔑しており、そして物事を決定すべき何か別のもの、知性にも知識にも左右されない何かしら別のものをわきまえているということであった。アンドレイ公爵は総司令官の顔の表情をじっと観察していたが、彼がそこに認めることのできた唯一の表情は、退屈の表情であり、そしてドアの向こうの女性のささやきが何を意味しているのかという好奇の表情であり、さらには作法は守りたいものだという願望の表情であった。クトゥーゾフが知性も、知識も、さらにはデニーソフが口にした愛国的な感情さえも軽蔑しているのは明らかだったが、その軽蔑の根拠となっているのは知性でもないし、感情でも知識でもなかった(そうしたものを彼はひけらかそうともしなかったからだ)。彼はそれらを、何か別の根拠から軽蔑していたのだ。彼がそうしたものを軽蔑する根拠となっているのは、彼自身の年齢であり、人生経験

22　ロシア古来の風習で、パンと塩を捧げて客を迎え、歓待の意を表現する作法。

であった。クトゥーゾフがこのたびの報告に対して自分の側から出した唯一の指令は、ロシア軍による略奪に関するものだった。当直将官が報告の最後に殿下に署名をと言って差し出した書類は、まだ青い燕麦を刈りとられたという地主の訴えに基づいて、各軍の隊長たちから賠償金を取り立てるという案件だった。

それが読み上げられると、クトゥーゾフは不満そうに唇をチッと鳴らし、首を振った。

「ペチカに……火にくべてしまえ！　これっきりで二度と言わんがね、君」彼は言った。「そうした案件はすべて火にくべたまえ。麦を刈ろうが薪を燃やそうが、かまうんじゃない。私はそういう命令は出さんし、赦そうとも思わんが、賠償金をとることはできん。そういうことは、なしでは済まないんだ。薪を割れば木っ端が飛ぶ[23]のが道理だからな」彼はもう一度書類に目をやった。「ああ、これこそドイツ式の几帳面さだ！」首を振り振り彼はそう言ったのだった。

16章

「さあ、これで済んだぞ」最後の書類に署名しながらそう言うと、クトゥーゾフはのっそりと立ち上がり、白いたるんだ首の皺を伸ばしながら、うれしげな顔で戸口へと向かった。

司祭夫人がさっと顔を紅潮させて、パンと塩の載った皿を手に取る。ずいぶん前から準備していたにもかかわらず、結局夫人は皿を出し遅れてしまった。それでも深々とお辞儀をすると、夫人はその皿をクトゥーゾフに差し出したのだった。

クトゥーゾフは目を細め、にっこり笑うと、片手を夫人の顎にかけて言った。

「いや何という別嬪さんだ！　ありがとう、奥さま！」

彼は乗馬ズボンのポケットから何枚かの金貨を取り出すと、夫人の皿の上に置いた。

「さて、お宅の暮らしはどんなかな？」そんなことを訊ねながらクトゥーゾフは自分に割り当てられた部屋に向かう。司祭夫人は血色のいい顔にえくぼをつくって微笑みながら、彼の後について一番上等な部屋に案内した。副官が表階段にいるアンドレイ公爵のところに出てきて、朝食に招待した。半時間後にはアンドレイ公爵はまたクトゥーゾフのもとに呼ばれた。クトゥーゾフはさっきと同じ前をはだけたフロックコート姿で安楽椅子に収まっていた。片手にフランスの本を持っていたが、アンドレイ公爵が入っていくと、しおり代わりのペーパーナイフをページに挟み、ぱたりと閉

23　「大事には多少の犠牲はつきもの」という意味の諺。「木を切れば木っ端が飛ぶ」とも言う。

じた。表紙を見ると、ジャンリス夫人の作品『白鳥の騎士』[24]だった。

「さあ座って、ここに掛けたまえ、ちょっと話をしよう」クトゥーゾフは言った。

「悲しい、とても悲しいことだ。だが覚えておいてくれ、私は君の父親だ、もう一人の父親だからな……」アンドレイ公爵は父親の最後について知っていることをすべて語り、さらに撤退の道中で禿山《ルイスィエ・ゴールィ》を通った時に見たことをすべて語った。

「何ということだ……いやはや、そこまでひどいのか！」不意にクトゥーゾフが声を震わせて言った。アンドレイ公爵の話を聞いて、ロシアの置かれた状況をまざまざと思い浮かべたのであろう。「今に見ろ、今に見ろよ」憎々しげな顔つきでそう付け加えると、この切ない会話を打ち切りたいという気持ちをあらわにして言った。「君を呼び寄せたのは、私のところに残ってもらいたいからだ」

「ありがとうございます、公爵閣下」アンドレイ公爵は答えた。「しかし遺憾ながら、私はもはや司令部のお役には立てないかと存じます」そう語るアンドレイは笑みを浮かべており、それがクトゥーゾフの目に止まった。クトゥーゾフは問いかけるような眼で相手を見つめた。「何よりも」とアンドレイ公爵は続けた。「私は連隊に慣れて、将校たちのことが好きになっており、そして皆も、どうやら私を好いてくれているようです。連隊を捨てる羽目になったら、きっと残念に思うことでしょう。しかしたとえ閣下のもとでお仕えする名誉の機会を私がお断りするとしても、どうか信じていただきたいのですが……」

知的で優しく、しかも軽く揶揄《やゆ》するような表情が、クトゥーゾフの丸々と太った顔に輝いていた。彼はアンドレイ公爵の言葉を遮った。

「残念だよ、君こそ私に必要な人物だったのにな。だが君は正しい、君の言う通りだよ。人材が必要なのはここではないからな。助言者というやつはいつでもわんさといるが、人材はいない。もしもこのへんの助言者たちがみな君のように連隊で働いてくれていたら、連隊は今のような体たらくにはならなかったはずだ。私は君をアウステルリッツ以来覚えているよ……。そう、覚えている、あの軍旗を持った君を覚えているぞ」クトゥーゾフがそう言うと、そのシーンを思い出したアンドレイ公爵の顔が喜びでさっと紅潮した。クトゥーゾフは彼の手を取って引き寄せ、頬を差し出した。するとまたアンドレイ公爵は老人の目に涙が宿っているのに気づいた。クトゥーゾフが涙もろくなっているのは分かっていたし、とりわけ今は父を失った彼への同情を表

24　第1部第1編11章で言及された教訓小説作家ジャンリス夫人の小説『白鳥の騎士あるいはシャルルマーニュ（カール大帝）の宮廷』（一七九五）。

現したい気持ちから、ひとしお彼を慈しみ、情けをかけているのだということにも気づいていたが、なおかつこうしてアウステルリッツのことを思い起こさせてくれたことは、彼にはうれしくまた誇らしかった。

「じゃあどうか自分の道を行きたまえ。私には分かっている、君の道は名誉の道だ」彼はしばし口をつぐんだ。「ブカレストでは君のいないのを残念に思ったものだよ。使者を立てる必要があったからな」そう言うと今度は話題を変えて、対トルコ戦争と締結された講和条約のことを語り出した。「いや、私はひどく非難されたものだよ」クトゥーゾフは言った。「戦争をしても、また講和をしてもな……だが結局は全てに時の利を得たわけだ。フランス語でも『待つすべを知る者には、何事も時が味方してくれる』と言うからな。あのトルコでも助言者の数はここに劣らぬほど多かったな……」その先はまた助言者の話題になった。どうやら助言者のことが彼の頭に引っかかっているらしい。「ああ、世にあふれる助言者諸君よ！」彼は言った。「もしみんなの言うことを聞いていたら、われわれはトルコで講和も結べなかっただろうし、また戦争を終わらせることもできなかっただろう。何でも手っ取り早くやろうとすると、近道のつもりがかえって遠回りになるのさ。もしもあのカメーンスキー[25]が死んでいなかったとしても、彼はいずれ失脚したことだろう。あの男は三万の兵を率いて二つの要塞に突撃をかけたのだ。要塞を落とすのは難しくはないが、難しいのは戦争そのものに勝利することだ。そしてそのために必要なのは突撃や襲撃ではなく、忍耐と時間なんだ。カメーンスキーはあのルシチュークに兵をつぎ込んだが、私がつぎ込んだのはそういったもの（つまり忍耐と時間）だけだ。そして私はカメーンスキーよりも多くの要塞を落とし、トルコ人どもに馬の肉を食らわせてやったよ」彼はちょっと首を振ってみせた。「そしてフランス人どもも同じ目に遭わせてやるさ！　私の言葉を信じるがいい」クトゥーゾフは意気揚々と胸を叩いて言い放った。「奴らにも馬の肉を食らわせてやる！」そう言うとまた彼の目が涙にくもったのだった。

「しかし、いずれ戦闘には応じる必要があるでしょうね？」アンドレイ公爵は言った。

「必要になるだろう、もしも皆がそれを望めばな、致し方ないさ……。だがね君、誰よりも一番強いのは例の二人の戦士、つまり忍耐と時間だよ。この二つがすべてを成し遂げるのさ。しかし助言者という連中はこういうことを聞き入れる耳を持っていない、それが困りものだ。ある者がこうしようと言うと、別の者は嫌だという。じゃ

25　ニコライ・カメーンスキー（一七七六～一八一一）。ロシアの将軍。対トルコ戦争の総司令官として活躍したが、一八一〇年シュムラ（シューメン）、ルシチューク（ルーセ）両要塞突撃作戦で大敗、後に病死した。

あいったいどうすればいいんだ?」問いかけるクトゥーゾフは答えを期待している様子だった。「さあ、君ならどういう命令を下す?」繰り返す彼の瞳には、深々とした知恵に富んだ表情が輝いていた。「じゃあ教えてやろう、どうすべきかをな」アンドレイ公爵がどうしても答えないので、彼はついに宣言した。「君に教えよう、どうすべきか、そして私がどうしているか。迷った時にはな、君」彼はしばし沈黙した。「じっとしていることだよ」間を置いた後で彼はそう言い放った。

「じゃあお別れだな、君。覚えておきたまえ、君の喪失の悲しみを私も心から共有していることを、そして私が君にとって大公爵《スヴェトレイシー》でもなければただの公爵でもなく、また総司令官でもなくて、父親だということを。もしも何か必要なことがあれば、まっすぐ私のところへ来なさい。ではさらばだ」彼は再びアンドレイ公爵を抱いて口づけした。そしてまだアンドレイ公爵が戸口を出ないうちに、クトゥーゾフは安堵のため息をつくと、またもや読みかけのジャンリス夫人の小説『白鳥の騎士』を手にとったのだった。

なぜどうしてそうなったのかアンドレイ公爵にはいかんとも説明ができなかっただろうが、クトゥーゾフに会った後で自分の連隊に戻った彼は、戦局全般の進行のことでも、それを委ねられた人物のことでも、安心した気分になっていた。あの老人には自分というものは全く存在せず、残っているのはただ情熱を燃やす習性と、そして（出来事を類別して結論を導くような）知性に代わる、落ち着いて事態の動きを眺める能力のみであるかのようだが、そんな老人を見れば見るほど彼は、すべてはなるべきようになるのだという安心を深めるのだった。『あの人は自分のものは何も持とうとしない。何も目論《もくろ》まないし、どんな企画も立てはしない』アンドレイ公爵は考えた。『ただすべてを聞き取り、すべてを記憶し、すべてをしかるべき場所において、良きことは何一つ妨げず、悪しきことは何一つ許さないだろう。あの人は自分の意志よりも強くかつ重大なものがあることをわきまえている。それは出来事の必然的な流れというものだ。あの人は出来事を観察し、その意味を理解することができる。そしてその意味をよく考えたうえで、それらの出来事に介入することを否み、別の方向を向いている自分の個人的意志を捨てることができるのだ。しかも』とアンドレイ公爵は考えるのだった。『あの人を信じたくなる一番のポイントは、ジャンリス夫人の小説を読み、フランスの諺などを引用しながらも、あの人がまさにロシアの人間だということだ。「そこまでひどいのか！」と言った時のあの声の震え、「奴らにも馬の肉を食らわせてやる！」と言った時の涙声――あれが信頼を生むのだ』こうした気持ちは多かれ少なかれ全員が味わっていたものだが、まさにこのような気持ちこそが、宮廷の思《おも》惑《わく》に逆らって国民がクトゥーゾフを総司令官に選んだ際に、皆が異口同音にこれを支持したという事実の背後にあったのである。

17章

皇帝がモスクワを去ると、モスクワの生活はまた以前通りの日常のペースで流れはじめたが、その流れがあまりにも普段通りであったため、かつての愛国的な奮起と熱狂の日々を思い起こすことも難しいほどだったし、ロシアが実際に危機に瀕していることも、イギリスクラブの会員が同時に祖国の赤子《せきし》であり、祖国のためにすべてをなげうつ覚悟を持っているのだということも、信じがたくなっていた。皇帝がモスクワにいた時に皆で共有した愛国的な高揚感を思い起こさせてくれるのはただ一つ、人材及び資金の寄付募集であった。寄付募集は、開始されるや否や法規めいた公的行事の形をとったため、今や逃れられぬ義務の様相を帯びていた。

敵軍がモスクワに迫ってきても、自分たちの置かれた状況に対するモスクワっ子の見解は深刻さの度を強めないばかりか、反対にますます軽薄なものとなっていた。大きな危険が迫ってくるのを見る人は、いつもそんなものである。危険が迫ってくるといつも、人間の心中で二つの声が同じ強さで語り出す。一方の声は極めて理にかなった形で、その危険の特質を見極め、それから逃れる手段を考えろと促す。もう一つの声はもっと理にかなった調子で言う——危険について考えるのはあまりに辛くまた苦しいうえに、あらゆることを予見して出来事の趨勢から身を避けるのは、人間の力にかなう業ではない。それゆえ実際に事が起こるまではせいぜい辛いことから目を背けて、楽しいことを考えているに限る、と。人間は一人の時にはたいがい前者の声に従うものだが、集団でいると、反対に後者の声に従うものだ。今のモスクワの住人達も全く同じだった。この年モスクワの人々は、久しくなかったほどはしゃいで過ごしたのである。

ラストプチンのビラに、上の方に居酒屋とそこの主人とモスクワの町人カルプーシカ・チギーリンなる人物を描いたものがあった。《このチギーリンは義勇兵で、居酒屋でしたたかに飲んだところへナポレオンがモスクワめがけて進撃しようとしていると聞いて腹を立て、およそ汚い言葉でフランス人をまとめてこきおろすと、居酒屋を出て、ロシアの鷲《わし》の国章のもとに集まった人々に語りかけた》とある。[26] このビラは、かのワシーリー・リヴォヴィチ・プーシキン[27]の最新の題韻即席詩《ブリメ》に劣らぬほど広く読まれ、論評された。

クラブの角部屋で人々が集まってこのビラを読んだものだが、ある者たちにはこのカルプーシカが「連中はキャベツを食えば体が膨れ、粥《カーシャ》を食えば腹がはぜ、汁《シチー》をすれば喉が詰まる腰抜けで、チビぞろいだから女手一つで熊手で三人投げ飛ばせらあ」などと言ってフランス人を揶揄《やゆ》するくだりが気に入っていた。またある者たちはこうした調子を快く思わず、俗悪で愚劣だと評していた。ラストプチンがフランス人を、いやそれどころかあらゆる外国人をモスクワから追放しているとか、彼らの中にナポレオンのスパイやエージェントが混じっているとかいう話も出たが、これは主として、追放者を送り出す際にラストプチンが言ったという気のきいたセリフを披露するためのきっかけだった。外国人たちを艀《はしけ》でニジニノヴゴロドへと送り出すときに、ラストプチンはこんなことを言ったのだ。「私の船だというつもりで乗りたまえ、下手をすると三途の川の渡し船にもなりかねんがね」モスクワの役所がすべてすでに他所に移されたという話も出たが、すると即座に「そのこと一つでもモスクワはナポレオンに感謝すべきだね」という例のシンシンの冗談が引き合いに出された。マモーノフの提供する連隊のコストは八十万ルーブリにのぼりそうで、ベズーホフは自分の義勇軍にもっとたくさん払ったという話も出て、さらにベズーホフの行動で一番立派なのは、自身が軍服を着て騎馬で連隊の先頭に立ち、しかも見物に集まる連中から席料も取らないことだとコメントされた。

「あなた方は誰一人容赦なさらないのね」ドルベツコイ夫人となったジュリーが、指輪だらけの細い指で綿撒糸《めんざんし》[28]を集めては丸めながら言った。

ジュリーはこの翌日モスクワを出る予定で、お別れ会を開いているところだった。

「ベズーホフさんは滑稽《リディキュール》ですけど、とても親切で、とてもやさしい方ですのよ。そんなに毒舌家《コスティク》ぶって、いったいどんな満足があるの？」

「罰金です！」義勇兵の制服を着た若者が言った。ジュリーが「私の騎士《モン・シェヴァリエ》」と呼ぶ青年で、一緒にニジニの町へ行く予定だった。

ジュリーのサロンでは、モスクワの多くの社交サロンの例に倣って、ロシア語だけで話す決まりになっており、誤ってフランス語を使った者は罰金を払って、それを献金委員会に拠出するという約束になっていた。

26　一六九ページの注48にあるモスクワ総督ロストプチン（本書ではラストプチン）の私製ビラの一つで、一八一二年七月一日付のもの。

27　詩人。有名な詩人アレクサンドル・プーシキンの叔父で、書簡体詩、寸鉄詩、提示された韻律で即興で作る題韻即席詩《ブリメ》で名をはせた。

28　外科治療の際、傷口に詰める素材で、綿布をほぐしたものを小さくまとめて作る。

「もう一つ、フランス語風の言い回しも罰金ものですね」客間にいたロシア人作家が言った。「『満足がある』なんて、ロシア語では言いませんから」

「あなた方は誰一人容赦しないのね」作家のコメントは無視して、ジュリーは義勇兵の方を向いて続けた。「確かに毒舌家《コスティク》と言ったのはルール違反ね」彼女は言った。「だから罰金も払うわ。でも本当のことを言う満足を得るためなら、私はもっと払ったって惜しくはありません。フランス語風の言い回しについては、これは私の責任ではありません」彼女は作家に向かって言った。「私にはあのゴリーツィン公爵みたいに、先生を雇ってロシア語を学習するようなお金も暇もありませんから。あら、いらしたわ」ジュリーは言った。「まさに《カン・トン》……。いやいや」義勇兵を振り返って言う。「今のは見逃してね。まさに噂をすれば影ですわ」今度は女主人の顔になってピエールに微笑みかける。「今ちょうどお噂をしていたところなんですよ」自在に嘘をつく社交界女性特有の能力を発揮して、ジュリーは言った。「あなたの連隊は、きっとあのマモーノフ連隊よりも優れたものになるでしょうって」

「いや、僕の連隊の話は勘弁して下さい」女主人の手に口づけして隣に腰を下ろしながらピエールは答えた。「もはやうんざりですよ！」

「だってあなた、確か、ご自分で指揮をとられるんでしょう？」狡《ずる》そうな、からかうような目くばせを義勇兵とかわして、ジュリーは言った。

義勇兵の方は、ピエールがいる前ではさすがに毒舌も控えめになっていて、その顔には、ジュリーの笑みが何を意味しているのかよく分かりませんといった表情が浮かんでいた。ぼんやりしてお人好しのところはあるにせよ、ピエールの人柄には、どんな形であれ目の前で自分を嘲笑《あざわら》うような真似を直ちにストップさせる力があったのである。

「いいえ」自分の大柄な、太った体を眺めまわして苦笑しながらピエールは答えた。「僕なんかがのこのこ出て行ったら、あっけなくフランス軍の銃弾の餌食になるでしょうし、それに馬にも乗れないんじゃないかと……」

とっかえひっかえいろんな人物評が行われるうちに、ロストフ伯爵一家がサロンの話題に上った。

「あのお宅は、ずいぶん内情が苦しいようですわね」ジュリーが言った。「しかもご主人が、あまりものの分からない方ですから――あの伯爵がね。ラズモフスキーさんのところであの方のお屋敷とモスクワ郊外の領地を買い取ろうと希望されているのに、なかなか話が進まないのよ。ご主人が高いことをおっしゃるから」

「いや、どうやら近々売却が成立するようですよ」誰かが言った。「もっとも、今どきモスクワで何かを購入しようなんて、正気の沙汰じゃありませんがね」

「どうして？」ジュリーが言った。「まさかあなた、モスクワが危険だなんて思っていらっしゃるんじゃないでしょうね？」

「では、あなたはどうして出て行かれるんです？」

「私？ 妙なご質問ね。私が出て行くのは……それはつまり、みんなが出ていくからだし、それに私はジャンヌ・ダルクでもアマゾネスでもありませんから」

「まあ、それはそうだわね、もうけっこうよ、こちらにもっと布切れをくださいな」

「もしもあの方にちゃんとした経営ができれば、借金など全部返済できてしまうんですがね」義勇兵の若者がロストフ伯爵に話を戻した。

「よいご老人なんだけれど、まったく頼りない方《ボーヴル・シール》。それにどうしてこんなに長くこちらに暮らしていらっしゃるんでしょう？ もうとっくに田舎にお帰りになるはずだったのに。ナタリー「ナターシャ」さんも、もうお元気になられたんでしょう？」

小狡そうな笑みを浮かべてジュリーはピエールに訊ねた。

「あの方たちは下の息子さんを待っているのです」ピエールは答えた。「息子さんはオボレンスキーのコサック隊に入られて、ベーラヤ・ツェルコフィ[29]に行ったんです。あそこに連隊ができるというので。ところがこのたびご家族がその息子さんを僕の連隊に移されて、それで毎日首を長くして待っているというわけです。ご主人の方はとっくに出発したがっているのに、奥さまが、息子さんが戻らないうちは絶対にモスクワを出て行かないとおっしゃっていて」

「私、一昨日アルハーロフさんのお宅であのご一家を見かけましたわ。ナタリーさんはまたきれいで明るくなられて。ロマンスを一曲歌われましたわ。まったく、どんなことでもやすやすとやり過ごせる方って、世の中にはいるものですわね！」

「やり過ごすって、何を？」ピエールが不満げな顔で訊ねると、ジュリーがにんまりと笑った。

「いいこと、伯爵、あなたのような騎士は、スーザ夫人[30]の小説にしか登場しませんわ」

「騎士ですって？　何のことです？」ピエールが赤面して訊ねる。

「いやですわ、伯爵、モスクワ中が知っている話《セ・ラ・ファーブル・ド・トゥー・モスクー》じゃありませんか。まったく、あなたには呆れますわ《ジュ・ヴ・アドミール・マ・パロール・ドヌール》」

29　ウクライナの町。

30　第2部第2編1章で言及されたフランス感傷主義の作家。2巻三九一ページ、注2参照。

「罰金！　罰金！」義勇兵が言った。

「はい、分かりましたよ。まったく、ろくに話もできないわね、窮屈なこと！」

「いったい何をモスクワ中が知っているのです？《ケスク・エ・ラ・ファーブル・ド・トゥー・モスクー》」ピエールが立ち上がりながら、むっとした声で言った。

「よして下さい、伯爵。ご存知のくせに！」

「何も知りませんよ」ピエールは言った。

「私は存じていますわ、あなたはナタリーさんと仲がよろしくって、それで……。いいえ、私が親しくしているのは、いつもヴェーラさんの方よ。あのすてきな《セット・シェール・》ヴェーラ《ヴェーラ》さん」

「いいえ、奥さま」ピエールは納得がいかないという口調で続けた。「僕はまったくロストフ家のご令嬢の騎士役など引き受けた覚えはありませんし、それにもうほとんどここひと月あのお宅にお邪魔していません。しかし僕に理解できないのは、そうした残酷な……」

「言い訳をする人は、非を認めている《キ・セクスキューズ・サキューズ》、と言いますわね」にやりと笑って綿撒糸《めんざんし》を振って見せながらジュリーはそう言うと、自分が言い負かしたことにするために、すぐさま話題を変えた。「どうでしょう、今日聞いたのですが、あの可哀そうなボルコンスキー家のマリヤさんが昨日モスクワに到着されたんですよ。お聞きになりました、あの方がお父さまを亡くされたのを？」

「なんですって！　あの方はどこにいるのですか？　ぜひお目にかかりたいのですが」ピエールは言った。

「私、昨晩あの方とご一緒しましたわ。今日か明日の朝には甥御さんとモスクワ郊外の領地へ移られるわ」

「それで、どんなご様子でしたか？」ピエールは言った。

「だいじょうぶ、寂しそうですけどね。でもご存知、誰があの方を救ったか？　まったく一大ロマンスよ。ロストフ家のニコライさんなの。あの方、取り囲まれて、殺されそうになって、使用人たちは怪我までしていたのよ。そこへあのニコライさんが飛び込んで行って、あの方を救い出したわけ……」

「またもやロマンスか」義勇兵の青年が言った。「きっとこの総退却が敢行されたのも、オールドミスの皆さんが全員結婚できるようにという配慮に違いないな。あのエカテリーナさんもそうだし、ボルコンスキー公爵のご令嬢もね」

「いいこと、私本気で思っているのよ、あの方はあの青年にちょっと恋をしてい《アン・プティ・プウ・アムルーズ・デュ・》るって《ジュノム》」

「罰金！　罰金！　罰金！」

「でも、こんなこといったいロシア語でどう言えばいいの？」

18章

帰宅したピエールは、その日届いたラストプチンのビラを二枚受け取った。一枚目には、モスクワを出ることをラストプチン伯爵が禁じているという噂は誤りであり、逆に伯爵は貴族夫人や商家の奥方たちがモスクワを出て行くのを歓迎すると書かれていた。《恐慌《パニック》も減るし、流言も減るであろうから》とビラにはうたわれていた。《ただし私は命を懸けて請け合おう――悪党は決してモスクワに入らせない》こうした言葉を読んで初めてピエールは、フランス軍がいよいよモスクワに入ろうとしているのをはっきりと感じたのだった。二枚目のビラには、わが軍の総司令部はヴャジマにあって、ヴィトゲンシュタイン伯爵がフランス軍を撃ち破ったが、武装することを望む住民が多いので、希望者のために武器庫には武器、すなわちサーベル、ピストル、銃が用意されていて、安価で手に入れることが可能と書かれていた。ビラの論調は、もはや例のチギーリンの話のようなおふざけ調ではなくなっていた。ピエールはこれらのビラを見ながら考え込んだ。彼が全身全霊を込めて呼び寄せようとしながら、しかも心中にわき上がる恐怖を抑えきれずにいたあの禍々《まがまが》しい雷雲が、明らかに間近に迫っていた。

『軍務に就いて出征するべきだろうか、それとも待機すべきだろうか?』何度となくピエールはこの問いを自分に投げかけていた。テーブルの上にあった一組のカードを手に取ると、彼は一人占い《パシャンス》をやり始めた。

「もしも占いが吉と出たら」混ぜたカードを手に持ったまま、上を見あげて彼は自分に語り掛けた。「もしも吉と出たら、その時は……その時はどうする?」その時はどうするのか決める暇もないうちに書斎のドアの向こうで、伺ってもよろしいかしらという、例の年長の公爵令嬢の声がした。

「その時は、僕は軍に行くべきなのだ」ピエールはついに自分に宣言した。「どうぞ、入って下さい」今度は公爵令嬢に向かって彼は言った。

(三人の公爵令嬢のうち、ピエールの家に住み続けているのはこの胴長で無表情な顔をした長女だけで、年下の二人はすでに嫁に行っていた)

「お部屋に押しかけてすみませんわね」咎めるようなつんけんした声で彼女は言った。「でも、いつかはきちんと決めなくてはなりませんわ! いったいこの先どうなるのでしょう？　みんなモスクワから出て行ってしまったし、民衆は暴動を起こしているじゃありませんか。どうして私たちは残っているのでしょう？」

「そうおっしゃっても、万事つつがなく見えますがね」ピエールはいつものおどけた口調で言った。常々この公爵令嬢の恩人という役割に気まずさを覚えていた彼が、やむを得ず身に付けたポーズだった。

「はあ、これでつつがないとおっしゃるなら……結構なつつがなさですこと！　今日はワルワーラ・イワーノヴナが私に、わが軍の目覚ましい活躍ぶりとやらをすっかりお話ししてくれましたわ。まるで名誉でもあるかのようにね。おまけに民衆はすっかり暴徒と化して言うことも聞かなくなったし、私のところの女中まで無作法になっています。これではじきに私たちまで殴られるようになるでしょう。通りはもう歩けません。何よりも、今日明日にでもフランス軍がやってこようとしているというのに、何も私たち、待っていることはないじゃないですか！　一つだけお願いしますわ」公爵令嬢は言った。「私をペテルブルグへ送り届けるよう命じてください。いくら私でも、あのボナパルトの支配下で暮らすわけにはいきませんから」

「まあ御大層な、そもそもそんな情報どこから集めたんですか？　それどころか……」

「いくらあなたがお好きでも、私はナポレオンには屈しません。他人《ひと》は他人《ひと》、私は私……。もしもお嫌だというのなら……」

「いや分かりました、すぐに命じますよ」

どうやら公爵令嬢は、怒りをぶつける相手がいないのが腹立たしかったようだ。彼女は何かぶつぶつ言いながら椅子に腰を下ろした。

「しかしあなたに伝わっている情報は正しくないですよ」ピエールは言った。「町はすっかり落ち着いていますし、何の危険もありません。ほら、今読んだところなんですが……」ピエールは公爵令嬢にビラを見せた。「総督の伯爵も、悪党どもは決してモスクワに入らせないと、命を懸けて請け合っているじゃないですか」

「ああ、あなたのあの伯爵ときたら」公爵令嬢がいまいましそうに口を開く。「あれは偽善者の悪党で、自分の方から民衆の暴動気分を煽ったのですよ。だってあの男があのくだらないビラに書いたんでしょう――誰か怪しい奴を見かけたら、前髪をつかんで交番にしょっ引いて来い（ばからしいったらありゃしない）！　捕まえた者には名誉も栄光もあたえられるだろうなんて、おだてれば人はその気になりますからね。ワルワーラ・イワーノヴナが言っていらしたけれど、あの方、危うく殺されかかったそうよ、フランス語を喋ったという理由で……」

「いや、それはただの……まあ、あなたの取り越し苦労ですよ」そう言ってピエールは一人占い《パシャンス》のカードを並べ始めた。

占いは吉と出たが、にもかかわらずピエールは、軍にも行かずに人気《ひとけ》のなくなったモスクワに残って、相変わらず不安と逡巡《しゅんじゅん》と恐れと、そして同時に喜びを覚えながら、何かしら由々しき出来事を待ち構えていた。

翌日、夕刻に公爵令嬢が去った後、総支配人がピエールを訪れて、一連隊に装備を施すのに必要な金は、所有地を一つ売却しなければ工面できないと伝えた。早い話が、このまま一連隊を作ろうとすれば、きっと破産してしまうだろうと言いたいのだった。ピエールは笑みを隠すのに苦労しながら相手の言葉を聞いていた。

「じゃあ、売りたまえ」彼は言った。「仕方ないだろう、いまさらやめるわけにもいかないし！」

状況全般が、とりわけ自分の状況が悪化すればするほど、ピエールは愉快な気持ちになった。それだけ待ち望んできた大変動《カタストロフィー》が近づいているのがはっきりとするからである。もはやピエールの知人で町に残っている者はほとんど一人もいなかった。ジュリーも去り、公爵令嬢マリヤも去った。親しい知人の中で残っているのはロストフ一家だけだったが、ピエールは彼らのところへは出入りしていなかった。

　この日ピエールは気晴らしのためにヴォロンツォーヴォ村へ大気球を見物に出かけた。レピッヒ[31]が敵の殲滅《せんめつ》のために作っているもので、試験用の気球もあって、翌日飛ばすことになっていた。気球はまだ完成していなかったが、ピエールが確かめたところでは、皇帝のご意向で作られているとのことだった。皇帝はラストプチン伯爵宛に、この気球の件で次のような書簡を送っていた。

『レピッヒの準備が完了し次第、信用のおける賢い者たちで気球の乗組員を編成し、クトゥーゾフ将軍にも急使を送って、予告されたし。将軍にはこの件は伝達済み。くれぐれもレピッヒに念を押して、最初の着地点を慎重に選び、誤って敵の手に落ちないように計らうべし。彼が自分の動きを総司令官の動きに合わせることが不可欠だ』

ヴォロンツォーヴォ村からの帰途、ボロートナヤ広場[32]を馬車で通りかかると、

31　フランツ・レピッヒ（一七七八～一八一九頃）。ドイツ生まれの発明家、音楽家。「パンメロディコン」という楽器を発明して一八一〇～一二年にヨーロッパ諸国で公演、同時に自分の考案した気球の製作提案をした。一八一二年五月からモスクワで皇帝とラストプチンの支援のもと軍事用気球作製に取り組むが失敗。ナポレオン進攻後はペテルブルグ近辺のオラニエンバウム（ロモノーソフ）で実験を続けたが、成果のないまま一八一四年はじめにロシアを去った。

32　モスクワ川をはさんでクレムリンの向かい側にある広場。

赤の広場の高台《ローブノエ・メスト》[33]に人が集まっているのが見えたので、ピエールは馬車を停めて降り立った。スパイとして告発されたフランス人料理人の鞭打ち刑だった。刑は終わったばかりで、哀れっぽく呻《うめ》いている青い靴下に緑のチョッキの、太った赤い頬髯の男を、刑吏が拷問台から解き放っている。もう一人、痩せて顔色の悪い犯罪者も、同じところに立っていた。顔からして、二人ともフランス人である。痩せた方のフランス人と同じような怯えきった病的な表情で、ピエールは人ごみを押し分けながら先へ進んだ。

「これは何だ？　誰だ？　何の罪だ？」彼は問い続けていた。だが、役人、町人、商人、百姓、布外套や毛皮外套を着た女たちからなる群衆は、ひたすら高台の上で起こっていることを食い入るように見つめるばかりで、誰一人彼に答える者はいなかった。太った男は立ち上がると、険しい表情になって肩をすくめ、気丈なところを見せたいらしく、周囲を見ようともせずにチョッキを着始めたが、しかし不意にその唇が震えだしたかと思うと、多血質の大人によくあるように、自分で自分に腹を立てて泣き出してしまった。見物人たちは大声で喋りだしたが、ピエールにはそれが、胸のうちで憐れみの情を押し殺すためのように見えた。

「どこかの公爵家の料理人だよ……」

「どうだい、ムッシュー、どうやらロシアのソースはフランス人には酸っぱかったようだな……歯が浮いたとよ」ピエールのそばに立っていた皺だらけの小役人が、フランス人が泣き出したときに言った。小役人は自分のジョークの受けをうかがう風情で周囲をぐるりと見まわした。中には笑った者もいたが、刑吏がもう一人の罪人を裸にするのを怯えたような顔で見続けている者たちもいた。

ピエールは鼻をすすり上げ、顔をしかめてくるりと向き直ると、馬車に向かって引き返したが、歩いている間も馬車に乗りこむ間も、ずっと何かぶつぶつと独り言を言っていた。馬車が再び走り出してからも、彼は何度も身震いしては大声で叫んだため、御者がつい「ご用ですか?」と声をかけたほどだった。

「お前どこに向かっている?」ルビャンカ広場に出ようとしている御者にピエールは怒鳴った。

「ご指示通り総司令官殿のところへ向かっております」御者が答えた。

「ばか野郎! 役立たず!」ピエールは怒鳴りつけたが、御者をこんなふうに罵るのは彼にはめったにないことだった。「家へ戻れと言っただろう。早くしろ、この

33　石の高台で皇帝の布告や処刑などに使われた。

くの坊め。今日にも出掛けなくては」最後は独り言だった。

体刑を受けたフランス人と高台を取り巻く野次馬たちを見た時、ピエールはこれ以上モスクワに残っていることはできないから本日直ちに軍に赴こうと、きっぱりと決意したため、彼の頭の中には、自分がそれをすでに御者に伝えたか、もしくは御者がおのずとそれをわきまえているはずだという思い込みが出来上がっていたのだった。

家に着くとピエールはお気に入りの何でも知っていて何でもできる、モスクワ中に知られた御者のエフスタフィエヴィチに、今夜モジャイスクの軍に向けて出立するから、モジャイスクへ自分の乗る馬を数頭届けておくようにという指示を与えた。それだけの手配を即日行うのは無理だったので、エフスタフィエヴィチの考えに従って、ピエールは出発を翌日に延ばさなければならなかった。馬車の替え馬を街道沿いに用意しておくための、時間の余裕を作るためである。

二十四日は悪天候の後からりと晴れ上がった。この日の昼過ぎ、ピエールはモスクワを出た。深夜にペルフシコヴォで馬車馬を替える際に、ピエールはその晩大規模な戦闘があったことを知った。話によるとこのペルフシコヴォでも、砲撃で地面が揺れたとのことだった。どちらが勝ったのかというピエールの問いには、誰一人答えることはできなかった（これは二十四日のシェワルジノの戦いであった）。明け方にはピエールはモジャイスクに馬車を乗り入れた。

モジャイスクの家々はすべて軍の宿舎に使われており、ピエールの調教師と御者が彼を待って待機していた旅籠も、客間には空きがなかった。どこもかしこも将校でいっぱいだったのである。

モジャイスクの市中も郊外も、いたるところに軍隊が駐留したり行軍したりしていた。コサック兵、歩兵、騎兵、輸送車、弾薬箱、大砲――そうしたものが至る所に見えた。ピエールは早く先へ行こうと急《せ》いていた。モスクワからますます遠く離れ、この軍勢の海原の奥深くに潜れば潜るほど、ますます彼は不安な戦《おのの》きに捉えられ、そしていまだ味わったことのない新たな喜びの感覚に捉えられるのだった。それはちょうど皇帝のモスクワ還御《かんぎょ》の際に彼がスロボツコイ宮殿で味わった、あの何かを行い、何かを捧げなくてはならないという気持ちに似たものだった。人間の幸福を形成しているあらゆるものごとは、生活上の利便にせよ、富にせよ、あるいは生命自体にせよ、いずれも取るに足らないものであり、そんなものを喜んで捨て去りたくなるような、何か比べ物にならないほど大切なものがある――そう意識するとピエールは快感を覚えた……。それが何かはピエールには説明できなかったし、はたして自分が誰のため、何のためにすべてを犠牲にすることに格別の喜びを見出しているのか、突き詰めようともしていなかった。自分が何のために犠牲を払おうとしているかは彼の関心事ではなかった。犠牲という行為そのものが彼の新たなる喜びの感情を生み出していたのである。

19章

二十四日にシェワルジノ角面堡《かくめんほう》[34]付近で戦闘があり、二十五日にはいずれの軍も一発も発砲せず、二十六日にはボロジノの会戦が起こった。

シェワルジノおよびボロジノの会戦は何のために、いかにして仕掛けられ、応じられたのだろう? ボロジノの会戦は何のために行われたのだろうか? フランス軍にとってもロシア軍にとっても、この会戦は何の意味も持たなかった。その直接の、また必然の結果となったのは、ロシア軍にとっては(それこそわれわれがこの世で一番恐れていたことだが)モスクワの破滅が近づいたことであり、フランス軍にとっては(同じく彼らがこの世で一番恐れていたとおり)全軍の破滅が近づいたことだった。こうした結果は、すでに当時の時点で火を見るよりも明らかなことだったのだが、にもかかわらずナポレオンはこの会戦を仕掛け、クトゥーゾフはこれを受けたのである。

もしも司令官たちが合理的な根拠を踏まえて考えていたなら、ナポレオンにとっては、二千キロも敵地に侵入したうえに、全軍の四分の一を失う見込みの強い会戦に応じるならば、それは確実に破滅につながるだろうことは自明と思えたはずだろうし、クトゥーゾフにとっても、会戦に応じて同じく全軍の四分の一を失えば、確実にモスクワを失うであろうことは、同様に明らかに思えたはずである。チェッカーで自分の駒が相手より一枚少ない状態で駒の取り合いを続ければ、確実に負けるから、取り合ってはいけないのは明らかだが、それと同じように、クトゥーゾフにとって戦うべきでないのは、数学的に明らかだった。

敵の駒が十六枚、自分の駒が十四枚の状態ならば、こちらは相手よりも八分の一不利なだけだが、そこから十三枚駒を取り合えば、相手はこちらよりも三倍強いことになるのだ。

ボロジノの会戦までは、わが軍とフランス軍の勢力比はおおよそ五対六であったが、この会戦の後では、ほぼ一対二となった。すなわち会戦前の十万対十二万が、会戦後

34　角面堡（ルドゥート）は近代戦で砲撃から陣地を守るために作られた、砲床を備えた小砦。多く方形や星形をしていることからこの名がある。

は五万対十万になってしまった。しかるにあの賢く経験に富んだクトゥーゾフが戦闘に応じたのだ。一方で天才的指揮官という世評の高いかのナポレオンも、軍の四分の一を失ううえに戦線をさらに長くしてしまうような戦闘を仕掛けている。ナポレオンはウイーン占領の時と同じように、モスクワを占領したら遠征を終了しようと考えていたという説があるが、そんな説を覆す証拠はたくさんある。ナポレオンの歴史家たち自身が語るところによれば、すでにスモレンスクで彼は遠征をやめようとしていたし、自軍の延び切った状態が危険だということも、モスクワ占領が遠征の終わりとはならないだろうことも認識していた。スモレンスクで、ロシアの諸都市がどういう状態で放棄されているかが分かっていたし、和平交渉申し込みの書状をいくら送り付けても、一言の返事もなかったからである。

ボロジノの会戦を仕掛け受け入れたナポレオンとクトゥーゾフは、自分の意志とは食い違った、理に合わない行動をしていた。歴史家たちは、生じてしまった事実をもとに、後付けで司令官たちの先見性と天才性を明かそうとして、回りくどい論証を行おうとしてきた。だが実はこの二人は、世の出来事を形づくる意志のない道具のような人間たちのうちでも、最も奴隷的で意志を欠いた行為者だったのだ。

古代人は、英雄こそが歴史の関心のすべてであるがごとき英雄叙事詩の手本を残してくれたが、おかげでわれわれは、現代のような人間の時代においてはその種の英雄主義的な歴史記述は意味を持たないという事実に、いまだに馴染めずにいるのだ。

もう一つの問題は、ボロジノの会戦と、それに先立つシェワルジノの戦いが、いかにして仕掛けられたかということだが、これに対しても全く同様に、きわめて明確で人口に膾炙《かいしゃ》した、ただしまったく事実に反した解釈が存在している。歴史家はみなこの経緯を以下のような調子で叙述している。

『ロシア軍はスモレンスクを撤退した時以来、一大決戦のために最適な陣地を探し求めていたが、そうした陣地がボロジノ付近に見つかった。

ロシア軍はあらかじめその陣地を補強した。それは街道の（モスクワからスモレンスクに向かう場合の）左手、街道からほぼ直角に折れた方向のボロジノ＝ウチーツァ間で、まさに会戦の行われた地域である。

この陣地の前方にあたるシェワルジノ丘陵に、敵の監視のため、前哨堡塁《ほうるい》を置いた。二十四日、ナポレオンがこの前哨堡塁を攻撃し、奪取した。二十六日、ボロジノ平原に陣を張っていた全ロシア軍に攻撃が仕掛けられた』

歴史書の類にはこのように書かれているが、これはすべて完全に間違っている。事の本質に迫ろうとする者なら、誰でも容易にその過ちに気付くはずだ。

ロシア軍は最適の陣地など探し求めてはいなかった。それどころか、退却の道中でいくつも、ボロジノよりはましな陣地をただ通り過ぎている。そうした陣地のどれ一つにも、彼らは立ち止まろうとしなかったのだ。それは一つには、クトゥーゾフが、自分以外の人間が選んだ陣地を採用したがらなかったためであり、また一つには、全国民軍による会戦への機運が、いまだ十分に熟していなかったためであり、また一つには、ミロラードヴィチ率いる義勇軍がまだ到着していなかったからであり、またほかにも無数の原因があった。事実はこうだ——従来の陣地の方が強固であったし、ボロジノの陣地（すなわち会戦が行われた陣地）は、単に強固でないばかりか、例えばロシア帝国の地図にあてずっぽうで針を刺して決めた他のどんな場所と比べても、陣地として何一つ秀でたところのない場所だったのだ。

ロシア軍は、ボロジノ平原の街道から左へ直角方向の陣地（つまり会戦の行われた場所）を補強などしていないし、それどころか、一八一二年八月二十五日以前には、この場所で会戦が起こりうるなどとは思ってもみなかった。その根拠となるのは、第一に、二十五日の時点ではこの場所に堡塁《ほうるい》などなかったばかりか、二十五日に始まった堡塁づくりが二十六日になっても完成していなかったことである。そして第二の根拠となるのは、シェワルジノ角面堡《かくめんほう》の位置である。シェワルジノ角面堡は会戦が行われた陣地の前方に位置しているが、これは何の意味もなさない。他のすべての地点をおいてこの角面堡を重点的に固めたのは何のためだったのか？　そしてこの角面堡を守るために、二十四日の深夜に至るまであらゆる力を注ぎ、六千の犠牲者を出したのは何のためだったのか？　敵の監視が目的なら、コサックの騎兵斥候で十分だったのである。第三に、会戦の場所が予見されていなかったこと、そしてシェワルジノ角面堡がその陣地の前哨点などではなかったことの証拠となるのは、バルクライ・ド・トーリとバグラチオンが二十五日まで、シェワルジノ角面堡は陣地の左翼をなすと思い込んでおり、クトゥーゾフ自身も会戦直後の熱気冷めやらぬ状態で書かれた報告の中で、シェワルジノ角面堡を陣地の左翼と呼んでいることである。すでにずっと後になってから、ボロジノ会戦に関するもっと余裕を持った形の報告書が書かれる段階で（おそらく無謬《むびゅう》であるべき総司令官の過ちを正当化するために）、（実際には左翼の一堡塁であった）シェワルジノ角面堡が前哨点であり、実際には全く予想外な形で、しかもほとんど補強もされていない場所で起こったボロジノの会戦を、わが軍があらかじめ選び補強した陣地で行ったものとする、正しくない上に奇妙な証言が捏造《ねつぞう》されたのである。

事実は明らかに以下のようなものだった。つまり陣地にはコローチャ川沿いの土地が選ばれたのだ。この川は街道と直角にではなく鋭角に交差しているため、陣の左翼はシェワルジノに位置し、右翼はノーヴォエ村のあたりに、そして中央がコローチャ川とヴォーイナ川の交わるボロジノに位置していた。コローチャ川によって遮蔽されたこの陣地が、スモレンスク街道をモスクワへと向かう敵を押しとどめることを目的とした軍にふさわしいことは、実際に起こった会戦を忘れてボロジノ平原をひと目見るならば、誰にも明らかであろう。

ナポレオンは二十四日にヴァルーエヴォに向けて軍を進めたが、(歴史書に書かれているところによれば)ウチーツァからボロジノにかけてのロシア軍の陣は目にしていないし(そんなものは存在していなかったのだから、目にするはずがなかった)、ロシア軍の前哨点も見ていない。そうしてロシア軍の後衛部隊を追撃しているうちに敵陣の左翼、すなわちシェワルジノ角面堡に突き当たり、そしてロシア軍の意表をついて、自軍にコローチャ川を渡らせたのだ。ロシア軍は大決戦に及ぶ余裕もなく、左翼を、本来意図していた拠点から後退させ、予測もしていなければ補強もしていなかった新しい場所に陣を敷いた。ナポレオンはコローチャ川の左岸、街道の左手に移ると、その後の戦場を(ロシア軍の側から見て)右から左へ、つまりウチーツァ、セミョーノフスコエ、ボロジノの間の平原に移した(その平原はロシアの他のあらゆる平原と比べて、陣を敷くのに好都合な点は一つもなかった）。そしてこの平原で二十六日の全会戦が行われたのである。当初予期されていた会戦と実際に起こった会戦の位置関係をざっと示すと次の図〔四〇二～四〇三頁〕のようになる。

もしもナポレオンが二十四日の晩にコローチャ川に軍を進めず、その晩ただちに角面堡の攻撃を命じずに、翌朝になってから攻撃を開始していたなら、シェワルジノ角面堡がわが軍の左翼だったということを疑う者は一人もいなかっただろうし、会戦もロシア軍が予期していた形で起こっていたことだろう。その場合にはロシア軍はおそらく陣の左翼であるシェワルジノ角面堡をより強固に防衛し、中央ないし右翼からナポレオンを攻撃し、二十四日の大会戦もまさに防御を固めた予定の陣地で起こっていたことだろう。ところが、わが軍の左翼への攻撃は晩のうちに、わが後衛部隊の退却に続いて、つまり近くのグリドネヴォ村での戦闘の直後に行われ、一方ロシア軍の指揮官たちはその二十四日の晩に決戦に踏み切ることを好まなかった、もしくはその準備が間に合わなかったため、ボロジノの会戦の最初の重要な一戦は、すでに二十四日に敗北に終わっていた。そして明らかにこれが、二十六日の敗戦へとつながったのである。

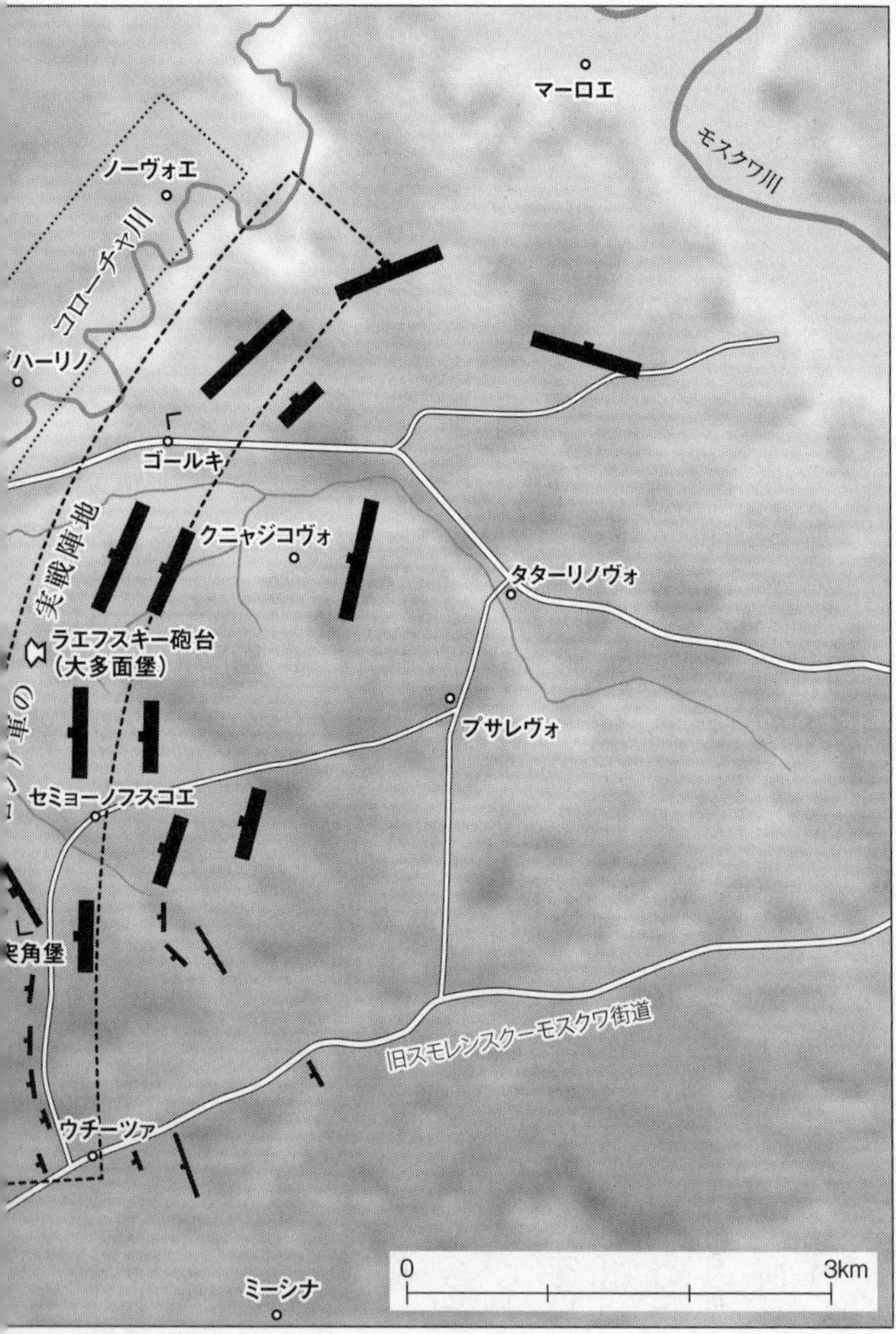
マーロエ
モスクワ川
ノーヴォエ
コローチャ川
ハーリノ
ゴールキ
実戦陣地
クニャジコヴォ
タターリノヴォ
ラエフスキー砲台
(大多面堡)
プサレヴォ
セミョーノフスコエ
角堡
旧スモレンスクーモスクワ街道
ウチーツァ
ミーシナ
0
3km

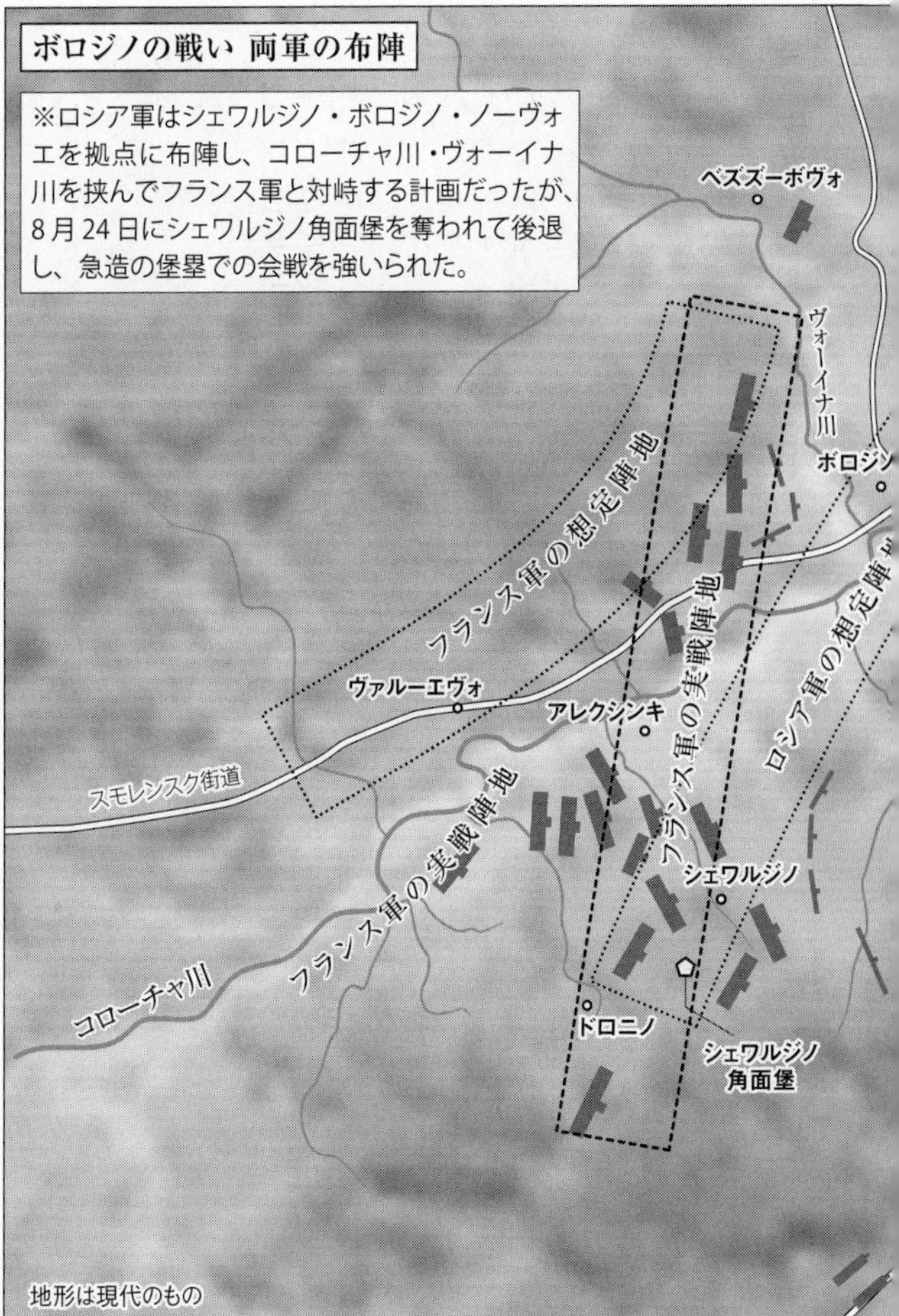
ボロジノの戦い 両軍の布陣
※ロシア軍はシェワルジノ・ボロジノ・ノーヴォエを拠点に布陣し、コローチャ川・ヴォーイナ川を挟んでフランス軍と対峙する計画だったが、8月24日にシェワルジノ角面堡を奪われて後退し、急造の堡塁での会戦を強いられた。
ベズズーボヴォ
ヴォーイナ川
ボロジノ
フランス軍の想定陣地
フランス軍の実戦陣地
ロシア軍の想定陣地
ヴァルーエヴォ
アレクシンキ
スモレンスク街道
フランス軍の実戦陣地
シェワルジノ
コローチャ川
ドロニノ
シェワルジノ角面堡
地形は現代のもの

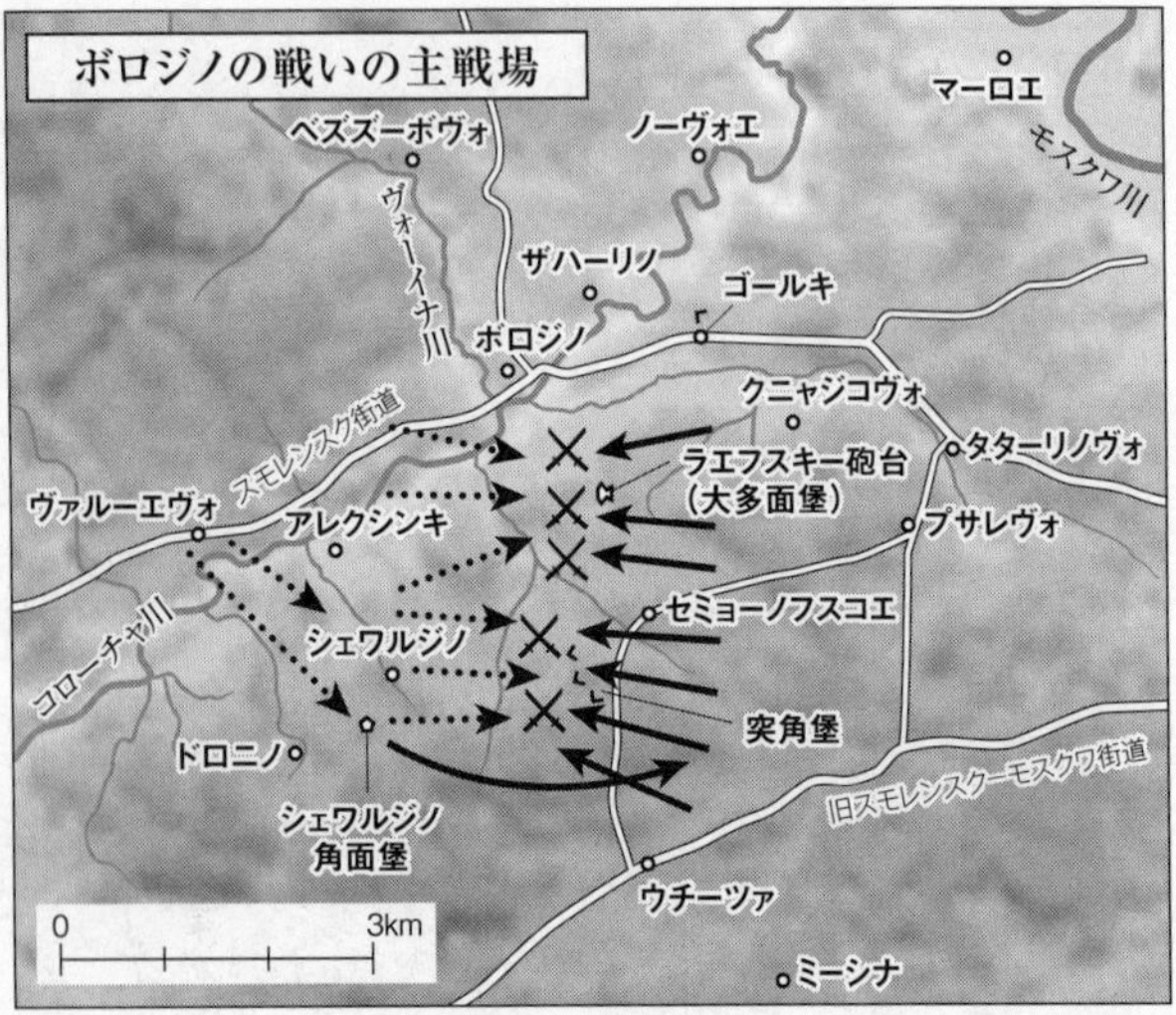
ボロジノの戦いの主戦場
マーロエ
モスクワ川
ベズズーボヴォ
ノーヴォエ
ヴォーイナ川
ザハーリノ
ゴールキ
ボロジノ
クニャジコヴォ
スモレンスク街道
タターリノヴォ
ラエフスキー砲台
（大多面堡）
ヴァルーエヴォ
アレクシンキ
プサレヴォ
セミョーノフスコエ
コローチャ川
シェワルジノ
突角堡
ドロニノ
旧スモレンスク－モスクワ街道
シェワルジノ
角面堡
ウチーツァ
0
3km
ミーシナ

二十五日の払暁《ふつぎょう》にシェワルジノ角面堡が失われた後では、わが軍は左翼を置くべき陣地を欠いた状態になったため、左翼をぐんと引き下げたうえで、大急ぎで手あたり次第の場所で左翼を固めねばならない必要に迫られた。だが、八月二十六日の時点でロシア軍は弱い、未完成の要塞でしか守られていなかった。しかもその不利な状態に輪をかけるようにして、ロシア軍の指揮官たちが、発生した事実（すなわち左翼の陣地が失われたことと、以後の戦場全体が右から左へと移ったこと）を十分に認識せぬまま、元通りノーヴォエ村からウチーツァにかけての長く延びた陣地にとどまったため、会戦の最中に軍を右から左へと移動させなくてはならないという事態に陥ったのであった。こうしたわけで会戦の間ずっと、ロシア軍は左翼を攻撃してくるフランス軍の全勢力に対して、二分の一の勢力でしか対抗できなかった（ポニャトフスキーによるウチーツァ攻撃やウヴァーロフによるフランス軍右翼への攻撃は、会戦自体の進行からは外れた個別作戦であった）。

そういうわけで、ボロジノの会戦は一般に叙述されているのとは全く異なった形で生じたのである（一般の歴史記述はわが軍の司令官たちの失敗を隠そうとして、その結果ロシア軍とロシア国民の名誉を貶めている）。ボロジノの会戦は、選び抜かれ固められた陣地でほんの僅かだけロシア軍の勢力が劣った状態で行われたのではない。

シェワルジノ角面堡が失われた結果、ロシア軍はボロジノの会戦を、何の遮蔽物もなければ、ほとんど防御施設もない場所で、フランス軍の半分しかない兵力で行わねばならなかったのだ。つまりそんな形で戦うとすれば、十時間も戦闘を続けて引き分けに持ち込むことはおろか、わずか三時間にせよ、軍を完全なる壊滅と敗走から守ることすら考えられないような、そんな悪条件だったのである。

20章

二十五日の朝ピエールはモジャイスクを出た。町から続く大きくて険しい、うねうねした山中の下り坂、右手の山の上に大きな聖堂があって、そこで勤行が行われ鐘が打ち鳴らされている場所に通りかかると、ピエールは馬車を降り、自分の足で歩きだした。背後からはどこかの騎兵連隊が、軍歌隊を前に立てて道を下ってくる。前方からは昨日の戦闘の負傷者たちを乗せた荷馬車の列が上って来た。御者の百姓たちが馬に声を掛け、鞭ではたきながら、荷馬車の両側を行ったり来たり駆けまわっている。馬車の荷台にはそれぞれ三、四人の負傷兵が寝たり座ったりしているが、急な上り坂は舗装の代わりに撒かれた石でごつごつしているため、荷馬車はガタゴトと跳ねている。それぞれ包帯を巻かれて生気のない顔をした負傷者たちは、唇をぎゅっと結んで眉根を寄せながら、荷台の縁の横木につかまって、荷車と一緒に跳ねたりぶつかり合ったりしていた。皆ほとんど子供のような好奇心をあらわにして、ピエールの白い帽子と緑の燕尾服をじろじろ見ていた。

ピエールの御者は負傷兵の馬車列に、道のどちらかの側に寄れと怒声をあびせている。歌を歌っている騎兵連隊が坂を下りながらピエールの小型馬車《ドロシキ》に迫って来たので、道が狭くなった。ピエールは切通しの道の山肌にへばりつくようにして立ち止まった。山の斜面の背後にある太陽の光は道の奥まったところまでは届かず、そのあたりはひんやりとしてじめじめしていた。ピエールの頭上には明るい八月の朝空が広がり、教会の鐘が朗らかに響き渡っている。負傷兵の馬車が一台、ピエールのすぐそばの路肩に止まって動かなくなった。草鞋《わらじ》履きの御者が息せき切って駆け付けてくると、輪金をはめていない後輪の下に石を噛ませてから、立ち止まってしまった自分の馬の尻帯を整え始めた。

荷馬車の後について歩いてきた、片腕を吊った老人の負傷兵が、丈夫な方の手で荷馬車につかまると、ピエールを振り向いた。

「なあ、若い衆、わしらはこの辺で置き去りにされちまうんだろうか？　それともモスクワまで連れてってもらえるんかな？」老人は訊ねた。

ピエールは考えごとにふけっていて、老人の質問が聞き分けられなかった。負傷兵の一行とぶつかる形になった騎兵連隊に目を遣ったり、座り込んだ負傷兵二名と横たわった負傷兵一名を乗せた、すぐそばの荷馬車に目を遣ったりするうちに、彼にはそうしたものの中に、自分を悩ませている問題の解決が潜んでいるような気がしてきた。荷馬車に座り込んでいる兵士の一人は、どうやら頬に傷を負っていた。頭部全体に包帯が巻かれていて、片方の頬が子供の頭ほどの大きさに腫《は》れあがっている。口と鼻はひしゃげて脇の方を向いていた。その兵士は聖堂を見ながら十字を切っていた。もう一人のうら若い青年は新兵で、金髪で肌も白く、細面の顔には全く血の気がなかったが、人のよさそうな笑みを顔に張り付けたようにして、ピエールを見つめていた。三人目は体を丸めて横たわっていて、顔は見えなかった。騎兵連隊の軍歌隊が、この荷馬車を見下ろす形で通り過ぎていく。

「ああ、音沙汰もなし……丸刈りの新兵よ……」

「きっと異国の空の下……」騎兵たちは兵士の踊りの歌を歌っているのだった。そしてこれに和するようにして、とはいえ別種の朗らかな調子で、山の上から聖堂の鐘の金属的な音が響いてくる。そしてさらに、また別の朗らかな感じで、反対側の山の斜面の頂上に熱い陽光が降り注いでいた。ただ斜面の下の、ピエールのそばの負傷兵の乗った荷馬車と息を切らしている痩せ馬の周りは、湿っぽくどんよりとしてうら寂しかった。

頬の腫れた兵士は騎兵隊の軍歌隊の者たちを腹立たしげに見やっている。

「ちぇ、カッコつけやがって！」咎める口調で兵士は言った。

「今どきは兵隊といったって、百姓も混じっているからな！　百姓までどんどん駆り出しているのさ」荷馬車の脇に立っていた兵士が苦笑いを浮かべながらピエールの方を向いて言った。「今どきは分け隔てもなくなっちまって……国民一丸で襲い掛かろうっていうわけだ。要するに、モスクワだな。白黒決着を付けようって寸法だ」兵士の言葉ははっきりしなかったが、ピエールはその意図するところを理解して、そうだというふうに頷いてみせた。

道の渋滞も消えたのでピエールは山のふもとまで徒歩で下り、その先は馬車に乗って進んだ。

ピエールは、誰か知っている者はいないかと道路の両側をキョロキョロ見ながら馬車を進めたが、出会うのはいろんな部隊の見知らぬ軍人ばかりで、しかも誰もが一様にびっくりしたような顔で、彼の白い帽子と緑の燕尾服を見るのだった。

四キロほど行ったところで、彼はようやく知っている人物に出会い、喜んで声をかけた。この知人は主任軍医の一人だった。幌付馬車《ブリーチカ》に若い医師と並んで座り、向こうからやって来たが、ピエールに気付くと御者代わりに御者台に座っていたコサック兵に停止を命じた。

「伯爵じゃないですか？　おやおや、どうしてこんなところに？」医師は訊ねた。

「いや、ちょっと見てみたくなったものですから……」

「なるほど、たしかに見るべきものはあるでしょうな……」

ピエールは馬車を降りると、医師との立ち話で、戦闘に加わりたいという自分の意図を説明した。

医師はピエールに、直に大公爵《スヴェトレイシー》に願い出るよう忠告した。

「戦に出るのに、どこだかわけの分からない場所に身を置いて、誰にも知られないという法はありませんでしょう」若い同僚と目を見交わしながら医師は言った。「でも大公爵《スヴェトレイシー》は何といってもあなたをご存知ですから、頼めば親切に世話をしてくださることでしょう。ぜひお訪ねしてごらんなさい」医師は言った。

医師は疲れて急いでいるように見えた。

「そうですか……。ところで、ついでにもう一つお教えいただきたいのですが、わが軍の陣地はどこにあるのですか？」ピエールは訊いた。

「陣地ですか？」医師は言った。「そうなるともう私の専門外ですな。タターリノヴォを通ってみたらどうですか、あそこで何やらいっぱい穴を掘っていますから。あそこの丘に登れば、よく見えますよ」医師は言った。

「そこから見えるのですね？……それで、もしもあなたが……」

だが医師は彼の言葉を遮ると、自分の馬車に戻った。

「ご案内したいのですが、しかしあいにくこんな調子で（医師は喉を指さしてアップアップの状態だと示した）、軍団司令官のところへ急いで行かねばなりません。いやはや、何という状況でしょう？……なにしろ、伯爵、明日は合戦なんですよ。十万の兵がいるとすれば、少なくとも二万の負傷兵が出ると見込む必要があります。ところがわれわれには担架もベッドも看護兵も医者も、六千人分にも足りないほどなんです。荷馬車は一万台あるのですが、他のものだって必要なんです。ところが、勝手にやってくれと言わんばかりでして」

陽気なびっくり眼で彼の帽子を見ていたあの生き生きとして健康そうな何万もの老若の兵士たちのうち、二万は確実に負傷するか戦死するかの運命を背負っている（しかもそれは、彼が自分の目で見た者たちかもしれない）という不思議な考えが、ピエールを愕然とさせた。

『明日死ぬかもしれないというのに、なぜあの者たちは死のことを考えずに、何か別のことを考えているのだろう？』すると何か不思議な連想が働いて、あのモジャイスク山の下り道が、負傷兵を乗せた荷馬車が、聖堂の鐘の音が、斜めの陽光が、そして騎兵たちの歌が、まざまざと脳裏に浮かんできた。

『騎兵たちは戦に行く道中で負傷兵たちに出くわしても、自分たちを待つものについては瞬時も思いを巡らそうとせず、ただ脇を通り過ぎながら負傷兵たちにウインクしてみせている。ところが彼ら全体のうち二万は死ぬさだめになっているのだ。それなのに、彼らはこちらの帽子に驚いたりしているんだ！　不思議なものだ！』タターリノヴォに向けて馬車を進めながらピエールはそんなことを考えていた。

道の左側にある地主屋敷のそばに馬車や有蓋の荷馬車がかたまっており、従卒の一群と歩哨たちが立っていた。クトゥーゾフ大公爵《スヴェトレイシー》の宿営だった。だがピエールが着いた時には、大公爵《スヴェトレイシー》は不在で、司令部の者もほとんど一人もいなかった。皆礼拝に出払っていたのだった。ピエールは近くのゴールキ村の方角に馬車を進めた。

坂道を登り小さな村道に出た時、ピエールは初めて百姓たちからなる義勇軍を見た。義勇兵たちは十字架のついた帽子と白シャツ姿で、大声で喋りかつ笑いながら、道路の右手の草ぼうぼうの大きな丘の上で、元気に汗を流しつつ、何かの作業をしていた。

シャベルで丘の土を掘り返している者もいれば、その土を敷板伝いに手押し車で運んでいる者もおり、また何もせずに突っ立っている者たちもいる。

将校が二名、丘のてっぺんに立って、監督していた。百姓たちはいかにも新しい兵士としての境遇を面白がっているようだったが、彼らを見るとピエールは、またもやあのモジャイスクの負傷兵たちを思い出した。そしてあのとき「国民一丸で襲い掛かろうっていうわけだ」と言ったあの兵士が何を言おうとしていたのかが、了解された。戦場で作業をしている髭もじゃの百姓たちは、変てこなみっともない長靴を履き、首筋に汗をかき、中にはルバシカの立襟の脇ボタンをはずして、日に焼けた鎖骨のあたりを覗かせている者もいたが、その姿はこれまで見たり聞いたりしてきたすべてのものよりも強烈な形で、今というこの瞬間の厳粛さと意味深さを、ピエールに思い知らせたのであった。

21章

ピエールは馬車を降りると、作業中の義勇兵たちの脇を通って、先ほどの医者が戦場を見晴らせると言っていた丘に登って行った。

時間は午前十一時ころだった。太陽はピエールのやや左手後方に位置しており、きれいに澄み渡った大気を貫いて、目の前の傾斜地沿いに巨大な円形劇場のように広がったパノラマを、鮮やかに照らしていた。

その円形劇場を左手上方に向けて突っ切る形でスモレンスク街道が走り、それが彼のいる丘から五百歩ほど前方の、低いところにある、白い教会のある村を貫いている（それがボロジノであった）。街道は村の手前で橋を渡り、いったん下った後また上りになって、ひたすら上った果てに六キロほど先に見えるヴァルーエヴォ村へと続いている（そこに目下ナポレオンが陣どっているのだった）。ヴァルーエヴォの向こうでは、道は地平線上にある黄ばんだ森に隠れてしまう。その白樺と樅《もみ》の森の中、街道から右手の位置に、コローチャ修道院の十字架と鐘楼が陽光に輝いているのがはるかに望《のぞ》めた。その青みを帯びた遠景の全域にわたって、森と街道の右手にも左手にも、いたるところに焚火の煙が立ち上り、味方と敵の軍勢がいくつもの不定形な集団となって散らばっているのが見えた。右手のコローチャ川とモスクワ川の流れているあたりは、山と谷の起伏が多い場所だった。遠方には谷に挟まれた形で、ベズズーボヴォとザハーリノの二つの村が見える。左手はより平坦な地形で、麦畑が見え、そして煙の立ち上る焼かれた村がポツリと見える——セミョーノフスコエ村だった。

右も左もピエールの目に映るものはすべてまったく曖昧模糊《あいまいもこ》としており、右手の平原も左手の平原も、彼のイメージにしっくりとは来なかった。いたるところに広がっているのは彼の予期した戦場ではなく、ただの畑地、木立に囲まれた原っぱ、軍勢、森、焚火の煙、村、丘、小川といったものばかり。そしてどんなに目を凝らしても、彼はこの活気に満ちた情景の中に陣地らしきものも見出せなければ、自軍と敵軍の見分けさえつかなかったのである。

『詳しい人に訊いてみなくては』そう思った彼は、軍人とは違う風体をした自分の巨体を物珍しげに眺めている一人の将校に声をかけた。

「ちょっと伺いますが」ピエールは将校に訊ねた。「あの正面に見えるのは何という村ですか？」

「ブルジノだったかな？」将校は同僚に確かめる。

「ボロジノだよ」訊ねられた同僚が訂正した。

将校は話す機会ができたのがうれしいらしく、ピエールのそばに寄って来た。

「あそこにいるのは味方ですか？」ピエールは訊ねる。

「そうです、そしてあのもっと先の方にいるのがフランス軍です」将校は言った。

「ほらあそこ、ほら見えるでしょう」

「どこ？　どこです？」ピエールが訊ねる。

「肉眼でも見えますよ。ほら、あそこ、あそこ！」将校は左手の川向こうに立ち上っている煙を手で示す。するとその顔には、これまで出会った多くの人々の顔に見受けられた、厳しくて真剣な表情が浮かび上がった。

「ああ、あれがフランス軍ですね！　じゃあ、こっちにいるのは？……」ピエールは左手の丘のあたりに軍勢が見えるところを指さした。

「あれは味方です」

「ほう、味方ですか！　ではあちらは？……」ピエールはまた別の、大きな木が一本立っている遠くの丘を指さした。そのわきの谷間には村が見え、そのあたりでもいくつもの焚火が煙を吐き、何か黒っぽいものが見える。

「あれもあちらさんです」将校は答えた（今話題になっているのがシェワルジノ角

面堡だった）。「昨日まではこっちのものだったんですが、今はあちらさんのものですよ」

「とすると、わが軍の陣地は？」

「陣地ですか？」将校は満足そうににやりと笑って言った。「僕ならはっきりご説明できますよ、なにしろわが軍の防御施設をほとんどすべて手掛けてきましたからね。ほら、ごらんなさい、わが軍の中央はボロジノ、ほらあそこです」彼は正面にあった白い教会の立つ村を指し示した。「あそこがコローチャ川の渡河地点です。ほら、あそこ、まだ窪地に刈り取られた乾草の列が置きっぱなしになっているところがあるでしょう、あそこに橋がかかっているのです。あそこがわが軍の中央ですよ。わが軍の右翼はこちら（彼はぐっと右手の方角の遠い谷間を指さした）。あそこにモスクワ川が流れていますが、あそこにわれわれはきわめて強力な角面堡を三つこしらえました。左翼は……」そう言って将校は口ごもった。「いやはや、説明するのは難しいのですがね……。昨日はわが軍の左翼はほらあそこに、シェワルジノにあったのです、ほらごらんなさい、楢《なら》の木が生えているところです。しかし今はわが軍は左翼を後ろに引っ込めました。いまの左翼はあそこです、ほら、見えるでしょう、村があって煙が立っているのが？　あれがセミョーノフスコエ村、そしてほらこっちです」彼は後にラエフスキーの名で呼ばれることになる丘を示した。「ただしあそこで戦闘が起こることはまずないでしょう。あちらさんがこっちの方へ軍を移してきたのは、あれは見せかけですよ。あちらさんはきっと、モスクワ川の右岸に回るはずです。まあ、どこで戦いが起ころうとも、明日はだいぶ欠員が出ることになるでしょうがね！」将校は言った。

将校が話している間に年のいった下士官が歩み寄って来て、黙って上官の話が終わるのを待っていたが、このくだりまで来ると、明らかに将校の発言が気に入らなかったと見えて、口をはさんできた。

「堡籠《ほうらん》35を取りにやらなければなりません」下士官は厳しい声で言った。

将校は面食らったように見えた。明日どれほどの欠員が出ることかと考えるのは勝手だが、それを口にするのはよくないと、思い至ったようだった。

「そうか、もう一度第三中隊を派遣しろ」将校は口早に命じた。

「ところであなたは、ひょっとして軍医殿ではありませんか？」

「いいえ、僕はただちょっと」ピエールは答えた。そうして彼はまたもや義勇兵たちの脇を通って丘を下り始めた。

「ああ、ひどい連中だ！」後からついてきた将校が、作業している者たちの脇を鼻をつまんで駆け抜けながら言った。

「ほらあそこだ！……運んでくる、やってくるぞ……ほら、あそこだ……じきに入ってくるぞ……」にわかにそんな声があちこちから聞こえて、将校たちも兵士たちも民兵たちも道を駆けだして行った。

丘のふもとのボロジノの方から教会の行列が上ってくる。先頭に立って埃っぽい道を整然と歩いてくるのは歩兵隊で、軍帽をとり、銃を下に向けている。歩兵隊の背後では教会の聖歌が聞こえた。

ピエールを背後から追い越して、帽子を脱いだ兵士や民兵が行列を迎えるように駆けていく。

「生神女さまを運んで来たぞ！　庇護者の生神女さまだ！……イヴィロンの生神女さまだ！……」

「スモレンスクの生神女さまだよ」ほかの者が訂正した。

義勇兵たちは、村にいた者も砲台で作業していた者もシャベルを放り出して、近づ

35　土を入れて土塁を作るための籠。
36　左手にキリストを抱いた生神女すなわち聖母像で、オリジナルがアトス山（ギリシャ）のイヴィロン修道院（グルジア正教会）にあるのでその名で呼ばれる。

いてくる教会の行列めがけて駆け寄った。埃っぽい道を進む大隊の後から法衣をまとった聖職者たちが歩いてくる。修道士の頭巾をかぶった一人の老司祭と配下の輔祭や下僧たち、および聖歌隊である。彼らの後から兵士や将校たちが、金属の飾り覆い《オクラド》をかぶせた黒い顔の大きなイコンを運んでくる。これは放棄されたスモレンスクの町から運び出されたイコンで、それ以来軍について回っているのだった。イコンの背後にも左右にも前方にも、四方八方から将兵の集団が歩み寄り、駆けつけ、帽子をとって地に着くようなお辞儀をしている。

丘に上るとイコンは停止した。イコンの下部に刺繡入りの布《ポロテンツェ》をあてがって捧げ持ってきた人々が交代し、下僧たちがあらためて香炉に火を入れ、祈禱式が始まった。暑い日差しが真上からガンガン照りつけてくる。ほのかなすがすがしい微風が人々のむき出しの髪や、イコンを飾るリボンをもてあそんでいる。広い空の下、聖歌が静かに響き渡った。揃って被り物をとった将校、兵士、義勇兵の大きな集団がイコンを取り巻いていた。司祭と輔祭が並び立った後ろの開けた場所には、高官たちが立っていた。聖ゲオルギー勲章を首に下げた一人の禿げ頭の将軍が、司祭のすぐ後ろに立って、十字も切らずに（きっとドイツ人であろう）、辛抱強く祈禱の終わるのを待っている。おそらくはロシア人の愛国心を鼓舞するために最後まで聞きとおさねばならぬと思っているのだ。もう一人の将軍はいざ戦わんといった身構えで立ち、周囲を見回しながら、胸の前でしきりに片手で十字を切っていた。百姓たちの集団に混じって立っていたピエールは、高官たちの中に何人か顔見知りの者がいるのを見て取った。だが彼はその者たちの方を見てはいなかった。彼の注意は、みな一様に食い入るような眼でイコンを見つめている兵士や義勇兵の集団の真剣な表情に、すっかり奪われていたのである。(もうこれが二十回目の祈禱式となる)疲れ果てた下僧たちが、けだるい惰性的な調子で「汝の僕《しもべ》らを災いから守りたまえ、生神女よ」と歌い、司祭と輔祭がそれを受けて「われらみな神の導きにより、汝にすがらん、不壊《ふえ》の砦として、庇護者として」と唱えるや否や、どの人の顔にも、ピエールがモジャイスクの山の下り路で見たのと同じ、またこの朝出会った数かぎりない者たちの顔に垣間見たのと同じ、現在を厳粛な時と意識する者の表情が、またもや輝き出たのだった。そうして人々はいっそう頻繁に頭《こうべ》を垂れ、髪を振り、ため息をもらし、十字を切り胸を打つ音を響かせるのだった。

イコンを取り巻く人群れが突然二つに割れて、ピエールの体を圧迫してきた。目の前の人々が大急ぎで脇に寄ったところを見ると、恐らく誰かかなりの重要人物がイコンに歩み寄ったのだろう。

それはクトゥーゾフだった。陣地を見回ってタターリノヴォに戻る途中、祈禱式に立ち寄ったのだ。誰とも違う独特の姿からピエールはすぐにクトゥーゾフだと分かった。

丸々と太った体に長いフロックコートをまとい、猫背気味で白髪頭に何も被らず、たるんだ顔の片目はつぶれて白くなっているという風体のクトゥーゾフが、片足を引きずりながら体を揺らす歩き方で人の輪に入ってくると、司祭の背後で立ち止まった。慣れた仕草で十字を切ると、彼は片手で地面に触れ、深く息を吸い込んでから、白髪頭を垂れた。クトゥーゾフの後にはベニグセンと幕僚たちが続いていた。総司令官が臨席して高位の人々全員の注目を一身に集めているにもかかわらず、義勇兵も他の兵士たちもこの人物に目を向けようともせず、祈り続けていた。

祈禱式が終わると、クトゥーゾフはイコンに近寄り、辛そうに跪いて大地に身をかがめたが、体の重みと衰弱のために、起き上がろうとして長いこと起き上がることができなかった。白髪頭がひきつったように震えている。ようやく彼は立ち上がり、子供のような天真爛漫さで突き出した唇をイコンに触れ、それからまた片手を地について深く一礼した。将官たちがその例に倣い、続いて将校たちが、さらにその後には兵士や民兵たちが、押し合いへし合いして足を踏み鳴らし、息を切らし、突っつき合いながら、興奮した顔つきでぞろぞろと歩み寄って来たのだった。

22章

押し合いへし合いに巻き込まれてよろよろしながら、ピエールは周囲を見回していた。

「伯爵、ピョートル［ピエール］・キリーロヴィチ！　どうしてここに？」誰かの声がしてピエールはそちらを振り向いた。

ボリス・ドルベツコイが、汚れた膝のところを片手で払いながら（おそらく彼も跪いてイコンに口づけしたのだ）、笑顔で近づいてくるところだった。エレガントな身なりながら、遠征中の戦士の雰囲気を漂わせている。長いフロックコートで編み鞭を肩にかけているところは、クトゥーゾフと同じだった。

一方クトゥーゾフは村の際まで行って、いちばん手前の家の日陰になったところに置かれた床几《しょうぎ》に座り込んでいた。別のコサックが駆け足で持ってきたものに、別のコサックが急いで敷物をかぶせたものである。総司令官の周りをきらびやかな随員の大集団が取り巻いていた。

イコンは群衆に従われて先へと動き出した。ピエールはクトゥーゾフから三十歩ほどのところに立ち止まってボリスと話をした。

ピエールは戦闘に加わろうという意図と陣地を見回りたいという意図を説明した。

「ではこうしましょう」ボリスは言った。「僕が宿舎をご提供いたします。全容が一番よく見えるのは、ベニグセン伯爵がこれからいらっしゃる位置からです。僕はちょうど伯爵のもとで働いていますから。僕から伯爵に報告しましょう。それでももしも陣営を回ってみたいとおっしゃるなら、僕たちと一緒にいらしてください。僕たちはこれから左翼に出かけるところなんです。そうして戻ってきたら、どうか僕の宿舎にお泊り下さい。カードで一勝負しましょう。確かあなたはあのドミートリー・セルゲーヴィチとお知り合いでしたね？　あの人はほら、あそこにいます」彼はゴールキ村の三軒目の家を指さした。

「でも僕はどちらかというと右翼が見たいのです。右翼は大変強力だというじゃないですか」ピエールは言った。「できればモスクワ川からスタートして全陣地を回ってみたいですね」

「でも、それは後ででもおできになるでしょう。肝心なのは、左翼ですよ……」

「はあ、なるほど。ところでボルコンスキー公爵の連隊はどこでしょう、教えていただけませんか？」ピエールは訊ねた。

「アンドレイ・ボルコンスキー公爵ですか？　そばを通りますから、僕がご案内しましょう」

「左翼はどんなふうなんですか？」ピエールは訊ねた。

「実のところ、ここだけの話ですが、わが軍の左翼の状況は今や奇々怪々なんですよ」ボリスは秘密を打ち明けるように小声になった。「ベニグセン伯爵の想定していたのとは全く違います。伯爵はそもそもあそこの丘を固めるつもりだったのですよ、今とはまったくちがって……でも」ボリスは肩をすくめてみせた。「大公爵《スヴェトレイシー》がそれを望まれなかったか、それともいろんなことを吹き込む連中がいたのか。何といっても……」ボリスは途中で口をつぐんだ。ちょうどこの時クトゥーゾフの副官のカイサーロフがピエールのところに歩み寄って来たからだ。「おや、パイーシー・セルゲーヴィチ」ボリスは悪びれもせずにっこりと微笑んでカイサーロフを迎えた。「僕は今、伯爵に陣地の説明をしようとしていたところです。それにしても、大公爵《スヴェトレイシー》はどうしてフランス軍の思惑をここまで正確に予測されたのか、驚くばかりですね！」

「それは左翼のことですか？」カイサーロフは答えた。

「はい、まさにその通りです。わが軍の左翼は今や実に、実に堅固になりましたからね」

クトゥーゾフは余計な人員をすべて総司令部から追い払おうとしたが、ボリスはそのクトゥーゾフの新機軸導入の後にも、しぶとく総司令部に残っていた。彼はベニグセン伯爵付きとなったのだ。これまでボリスが仕えてきたすべての人物と同じく、ベニグセン伯爵も若きボリス・ドルベツコイ公爵をかけがえのない人材と見なしていたのだった。

軍の指揮官の間には、はっきりとした二つの派閥が出来上がっていた。クトゥーゾフ派と参謀長のベニグセン派である。ボリスは後者の派閥に属していたが、一見クトゥーゾフに卑屈なほど心酔しているふりをしながら、その一方で、あのご老人はもうだめだ、全作戦を仕切っているのはベニグセンだ、といったニュアンスを醸し出す技に彼ほど長《た》けた人間はいなかった。今やいよいよ決戦の決定的な瞬間が訪れて、必ずやクトゥーゾフは一敗地にまみれてベニグセンに権力を譲渡する、あるいは仮にクトゥーゾフが会戦に勝利したにせよ、全ての手柄はベニグセンのものだという印象を世に与える結果となるに違いない。いずれにせよ明日の決戦の後で必ずや大規模な論功行賞が行われ、新人が出世の機会を与えられるだろう。それでボリスはこの日ずっと、気がはやって地に足がつかないような感じだったのである。

カイサーロフに続いてさらに他の知人たちがピエールに近寄ってきて、モスクワのことで答える暇もないほどいろいろな質問を浴びせ、また聞く暇もないほどたくさんの話を語った。どの人物の顔も活気と不安を表していた。ただしピエールには、何人かの顔に表れている興奮の原因は、個人的な立身出世の問題にあると思えた。だからこそ、別の人々の顔に見た別種の興奮の表情――個人の問題ではなく、生と死一般の問題を語り掛けてくるような表情が、彼の脳裏から去らなかったのである。クトゥーゾフがピエールと彼の周囲に集まっている集団の姿に目を止めた。

「あの青年を呼んできてくれ」クトゥーゾフは言った。副官が総司令官の意を伝え、ピエールはクトゥーゾフの席に向けて歩き出す。だが彼に先んじて一人の義勇兵がクトゥーゾフに歩み寄った。それはかのドーロホフだった。

「あの男がどうしてここに？」ピエールは訊ねた。

「あれは実に抜け目のない男で、どんなところにも入り込んでくるんですよ」そんな答えが返って来る。「将校の位から落とされたやつです。ですからまた這い上がろうと懸命で。何かの作戦を上奏したり、夜中に敵の散兵線に侵入しようとしたり……まあ、大した奴ですよ！……」

ピエールは帽子をとってクトゥーゾフに恭しく一礼した。

「このようなことを殿下にご報告申し上げれば、殿下は私を追い払われるか、もしくは私の申し上げることなどすでに承知しているとおっしゃるかもしれませんが、それでも私に失うものはないと判断いたしまして……」ドーロホフは語っていた。

「なるほど、なるほど」

「一方、もしも私の申し上げることが正しければ、国家の利益になります。国家のためには私は死ぬ覚悟でおりますから」

「なるほど……なるほどな……」

「ですから、もしも殿下が国家のために身命を惜しまぬような人間を必要とされた場合には、どうか私のことを思い起こしてください……おそらく私は殿下のお役に立てるかと思います」

「なるほど……なるほどな……」細めた片目に笑みを含めてピエールを見ながらクトゥーゾフは繰り返すのだった。

この時ボリスが持ち前の宮廷官風の如才なさを発揮して、ピエールに並ぶ形で総司令官の近くまでしゃしゃり出ると、きわめてさりげなく、まるで途切れた話を続けるように、小声でピエールに話しかけた。

「義勇兵たちときたら、もう潔《いさぎよ》くきれいな白いシャツ姿になっていますが、あれは死に備えているのですね。なんと雄々しい覚悟でしょう、伯爵！」

ボリスがピエールに話しかけたのは、明らかに大公爵《スヴェトレイシー》の耳に入れるためだった。そしてこんなことを言えばクトゥーゾフが注意を寄せるだろうと分かっていたのだ。そして実際、大公爵《スヴェトレイシー》は彼に声をかけてきた。

「おい君、義勇軍について何と言ったのかね？」彼はボリスに質した。

「殿下、義勇兵たちは明日に備えて、死ぬ覚悟で白シャツをまとっていると申しました」

「ああ！……素晴らしい、比類ない国民だよ！」クトゥーゾフはそう言って目を閉じ、首を振った。「比類ない国民だ！」ため息をついて繰り返す。

「火薬の臭いを嗅いでみたくなりましたかな？」今度はピエールに話しかける。「いや、良い匂いですよ。私はあなたの奥さまの崇拝者たる栄誉に浴しておりますが、奥さまはお元気ですかな？　私の宿営をご自由にご利用ください」そう言うとクトゥーゾフは、老人によくあるように、言いたかったこと、したかったことをすっかり失念してしまったというふうに、ぼんやりと辺りを見回した。

それから、いかにも求めていたものを思い起こしたといった様子で、自分の副官の弟のアンドレイ・カイサーロフを手招きして呼び寄せたのだった。

「なんて言ったかな、例のあのマリーンの詩は、ほらあの詩だよ、どんな文句だったかな？　あのゲラコーフに寄せて書いたやつ――『兵学校では教師となり……』とかなんとか。[37]ほら、何だっけ、教えてくれ」一笑いしてやろうという意気込みもあらわにクトゥーゾフは促す。カイサーロフが詩を暗唱すると、クトゥーゾフは笑みを浮かべながら詩のリズムに合わせて首を振るのだった。

ピエールがクトゥーゾフのもとを離れると、ドーロホフが近寄ってきて彼の手を取った。

「ここでお目にかかれるとは大変光栄です、伯爵」人前もはばからぬ大声で、ことさらにきっぱりとした厳かな口調で彼は話しかけてきた。「明日はもうわれわれのうち誰が生き残れる運命かわからないというこの日に、こうしてあなたにお話しできる機会を得てうれしく思いますが、われわれの間に生じた誤解を私は遺憾に思っており、私のことを悪く思わないでくだされぱと願っております。どうか私をお許しください」

どう答えていいのか分からぬまま、ピエールは笑みを浮かべてドーロホフを見つめていた。ドーロホフは目に涙をにじませてピエールをかき抱き、口づけした。

ボリスが上司のベニグセン将軍に何か告げると、将軍はピエールを振り返って、戦線巡回に同行しないかとすすめた。

「あなたにはご興味があるでしょう」彼は言った。

「はい、大変興味深いです」ピエールは答えた。

半時間後、クトゥーゾフはタターリノヴォへ引き上げ、ベニグセンはピエールも含めた随員を引き連れて、戦線巡回に出発した。

23章

ベニグセンはゴールキ村から街道を下って橋を目指した。それは先刻の将校が丘の上からピエールに指さして陣の中心だと言った橋で、その付近の川岸には、刈り取られて匂い立つ乾草がずらりと並んでいた。橋を越えると一行はボロジノ村まで進み、そこで左手に折れて大変な数の兵士や砲の脇を抜け、高い丘に出たが、その丘の上で

37　マリーンはアレクサンドル一世の侍従武官で有名な風刺詩人、ゲラコーフはペテルブルグの陸軍幼年学校の歴史教師で作家。詩は後者の通俗的な愛国言説を風刺したもので、「どうか作家となりたまえ、そして読者の暴君に。兵学校では教師となり、永遠の大尉となりたまえ……」と続く。

は義勇兵たちが土を掘っているところだった。これは角面堡で、この時点ではまだ名前も決まっていなかったが、後にラエフスキー角面堡もしくは丘砲台の名で呼ばれたものである。[38]

ピエールはこの角面堡に格別の注意を払いはしなかった。この場所がやがて自分にとってボロジノで一番思い出深い場所となることを、彼はまだ知らなかったのである。その後一行は谷を越えてセミョーノフスコエ村に向かったが、そこでは兵士たちが農家や穀物乾燥小屋を壊してありったけの木材を運び出しているところだった。その先は下り坂、また上り坂となって、まるで雹《ひょう》にやられたように台無しにされたライ麦畑のただ中を、でこぼこの耕地に砲兵隊が新たに敷いた道路を進んでいくと、これもこのときまだ造成中の突角堡[39]に出た。

ベニグセンはその突角堡で馬を停めると、前方の（昨日まではまだわが軍のものだった）シェワルジノ角面堡を観察し始めた。その堡塁の上にはいくつか騎馬の人影が見える。将校たちの話では、ナポレオンかミュラがそこにいるという。それで一同はその騎馬の一群にじっと目を凝らした。ピエールもまた、かすかに見える人影のうちのどれがナポレオンか見分けようとして、目を凝らす。やがて騎馬の者たちは丘を下って姿を消した。

ベニグセンは近寄って来た一人の将官に向き直ると、自軍の配置全体を説明しだした。ピエールは来《きた》るべき会戦の本質を理解しようと、あらん限りの知力を総動員してベニグセンの言葉に耳を傾けたが、しかし悲しいことに、そのためには自分の知力が不足しているのを思い知らされた。何一つ理解できなかったのだ。ベニグセンは話をやめると、耳を傾けているピエールの姿に目を止めて、急に彼に向かって声をかけてきた。

「あなたにはおそらくつまらない話でしょうな？」

「いや、それどころか、大変興味深いです」ピエールは最前の言葉を繰り返したが、それは本音とは言い難かった。

突角堡からはさらに左に折れて、あまり背の高くない白樺が密に茂った林の中をうねうねと続く道を進んだ。林の真ん中で目の前の道に茶色で足だけ白い兎が一匹飛び出してくると、何頭もの馬の足音に怯えてすっかりうろたえたあげく、そのまま長いこと一行の先陣を切る形で道の上をぴょんぴょんと駆け続け、皆の注目と笑いを誘っ

38　後出のように大砲をずらりと並べた偉容と、この会戦での重要性から「大角面堡」「運命の角面堡」などの通称もあった。

39　後部に入り口があり、前部が突出した三角形の堡塁。

た。あげくに何人かがはやし立てると、ようやく脇に飛びのいて茂みの中に姿を消したのだった。森の中を二キロほど走ったところで開けた場所に出たが、そこには左翼防衛の使命を帯びたトゥチコフ軍団の部隊が詰めていた。

この最左翼に位置する場所で、ベニグセンは滔々《とうとう》と熱弁をふるい、ピエールの見るところ軍事上重要な指示を発したのだった。トゥチコフ軍団のいる場所の前方には高地があって、そこはどちらの軍にも占拠されていなかった。ベニグセンは、せっかくの指令拠点となる場所を占拠しないで、その麓に軍をとどめておくのは狂気の沙汰だと言って、この失策を声高に批判した。何人かの将軍連中も同じ意見を表明した。中の一人は軍人らしい熱い口調で、ここに兵を置くのは犬死させるようなものだと言った。ベニグセンは自分の名において、部隊を高地に移すよう命じた。

左翼におけるこうした命令行為を見ると、ピエールはますます、軍事に対する自分の理解力を疑わざるを得なかった。ベニグセンと将軍たちが山麓に部隊を置くことを非難するのを聞いているうちは、ピエールは十分にこれを理解し、また賛同したのだった。しかしまさにそれ故にこそ、彼には山麓に兵を置かせた当の人物が、何故にそこまで明白かつ杜撰《ずさん》な過ちを犯したのか、理解できなかったのである。

ピエールは知らなかったが、この部隊はベニグセンが思ったように陣地の守備のために置かれていたのではなく、待ち伏せのために見えない場所に隠されていたのだった。つまり陰に隠れていて、押し寄せる敵を急襲するための要員だったのだ。ベニグセンはそうとは知らぬまま、自分の一存で部隊を先進させ、しかもそれを総司令官に告げなかったのである。

24章

この晴れ渡った八月二十五日の夕刻、アンドレイ公爵は自連隊の陣営の端っこにあたるクニャジコヴォ村のボロボロになった納屋の中で、片肘を突いた格好で横になっていた。壊れた壁の隙間から彼は、塀沿いに伸びる下枝を払われた樹齢三十年の白樺並木や、崩れ乱れた燕麦の堆《にお》が散在する耕地や、あちこちに兵士たちの炊事の煙が立ち上る灌木の茂みを眺めていた。

自分の人生をいかにも窮屈な、誰の役にも立たぬ、辛い人生と感じているアンドレイ公爵だったが、にもかかわらず、七年前のアウステルリッツ会戦の前夜とまったく同じように、彼は自分の気持ちが高ぶり、ピリピリしているのを感じていた。

明日の会戦の命令はすでに発せられ、彼も受け取っていた。これ以上彼がなすべきことは何もなかった。しかし思念が、それももっとも単純明快で、それだけに恐ろしい思念が、心の安らぎを妨げていた。明日の会戦が、これまで自分が参加した戦闘の中で最も熾烈《しれつ》なものになるはずだということを彼は知っていた。それゆえに生まれて初めて、死ぬかもしれないという思いが普段の生活とはまったく次元の違う、また自分の死が他人にどんな影響を及ぼすかなどという思いとも一切関係ない、ひたすら自分自身にかかわる自分の心の問題として、まざまざと、ほとんど疑う余地のない、むき出しの恐ろしい姿で胸に浮かんできたのである。そしてそうした想念の高みから眺めた時、これまで彼を苦しめ悩ませていた問題のすべてが、にわかに冷たく白々とした光にさらされて、影も奥行きもそれぞれの輪郭も失った、のっぺらぼうのように見えるのだった。これまでの全生涯はあたかも幻灯にすぎず、自分は人工照明を当てられたその光景をレンズ越しに見ていたかのように感じられた。そして今、にわかにレンズを取り払われ、鮮やかな昼の光を浴びた姿で、下手な絵筆で描かれた画集のような人生図を目にしているのだ。『そう、そうだ、これこそが俺の心を掻き立て、魅了し、苦しめてきた偽のイメージ群だ』自分の幻灯のような人生の重要なシーンが、いまや冷たくしらじらとした昼の光に、はっきりとした死への思いにさらされているのを、想像の中で一コマ一コマめくるようにしながら、彼は胸のうちでつぶやくのだった。『そう、こんな雑に描きなぐられた絵が、何か素晴らしい、神秘的な存在に見えたのだ。名声、社会的な幸福、女への愛、そしてこの祖国――そうした絵がどんなに偉大な、どんなに深い意味に満ちたものと思えたことか！　そしてそのすべてが、今俺が胸の内に立ち上ってくるのを感じているこの朝の冷たく白々とした光を浴びると、こんなにも単純な、色あせた、粗雑なものとなってしまうのだ』自分の人生の三つの大きな悲哀がとりわけ彼の注意を引いた。女性への愛、父親の死、ロシアの半分を占拠したフランス軍の来襲である。『愛か！……あの娘、俺には不思議な力に満ち満ちているように見えた。どんなにか俺はあの娘を愛したことか！　愛について、彼女との幸せについて、俺は詩のような計画を育んだのだ。いやはや、うぶな少年だな！』忌々しい気持ちで彼は声に出して言った。『いい気なもんさ！　俺は一種の理想的な愛を信じて、その愛が、一年姿を消しても彼女の操を守ってくれるはずだと思っていたわけだ！　寓話に出てくる優しい小鳩のように、彼女は俺と別れている間、寂しさにやせ細っているはずだった。ところがすべてはもっとずっと簡単だった……。すべては恐ろしく簡単な、あさましいものだった！

父もまたあの禿山《ルイスィエ・ゴールィ》に居を構えて、これが自分の場所だ、自分の空気だ、自分の百姓たちだと思っていた。ところがナポレオンがやって来て、父の存在など歯牙にもかけずに、まるで道端の木っ端を蹴散らすように父を蹴り飛ばした。そうして禿山《ルイスィエ・ゴールィ》も全滅、父の一生も滅びたわけだ。妹のマリヤはこれを天から下された試練だという。だが、いったい何のための試練なのだ、父はもういないし、二度と生き返りはしないのに？　そう二度と生き返りはしないのだ！　父は消えたのだ！　だとすれば、この試練はいったい誰のためなのだ？　祖国は、モスクワの破滅は！　それどころか、明日は俺が殺されるのだ――それもフランス軍どころか、味方の手にかかるかもしれない。昨日一人の兵士が俺の耳元で銃をぶっ放したように。するとフランス兵たちがやって来て、俺の足と頭を持って、穴に放り込むのだ。連中の鼻先でいやな臭いを立てないようにな。そうして新しい状況下での生活が始まり、それが他のやつらにも当たり前になっていく。だが俺はそんなものは知ることはないし、そもそも俺はそこにいないのだ』

　彼は白樺の並木に目を移し、そのじっと動かぬ黄と緑の葉や白い樹皮が、日差しに輝く姿をしばし見つめた。『死ぬのだ、俺は明日殺されて、この世から消える……これらすべては残り、俺一人がいなくなるのだ』彼はこの世に自分がいなくなる様をまざまざと思い描いた。すると光と影を帯びた目の前の白樺も、ふんわりと浮かぶ雲も、焚火の煙も、周囲のすべてが彼にとって姿を変え、何か恐ろしい、威嚇するようなものに思えてきた。背筋をひやりとしたものが走る。がばと身を起こすと、彼は納屋を出てひとしきり歩き回った。

納屋の裏で人声がした。

「誰だ？」アンドレイ公爵は誰何《すいか》した。

赤鼻のティモーヒン大尉だった。もとはあのドーロホフの上司の中隊長だったが、今は将校の不足のため大隊長になっている。そのティモーヒンがおずおずと納屋に入ってくると、後から副官と連隊の主計官も入って来た。

アンドレイ公爵は急いで立ち上がると、将校たちが職務上の連絡事項を伝達するのを聞き取り、こちらからもいくつか命令を伝えてから、相手を解放しようとした。するとその時、納屋の裏手から聞き覚えのある舌足らずな発音の声が聞こえてきた。

「畜生《ク・ディアーブル》！」何かに蹴つまずいた人間が罵る声がする。

アンドレイ公爵が納屋の外を見ると、近寄ってくるピエールの姿が見えた。転がっていた丸太につまずいて、ころびそうになったところだった。アンドレイ公爵はただでさえ自分と同じ世界の人間と出会うのを嫌っていたが、ピエールはなおさらだった。自分が最後にモスクワを訪れた時のあの苦い経験のすべてを、思い起こさせる存在だったからである。

「おや、これはどうした！」彼は言った。「どういう風の吹き回しだ？　思いもよらなかったな」

こう言った時の彼の目にも顔全体の表情にも、単なる素っ気なさというよりはむしろ敵意が浮かんでいて、ピエールは即座にそれを読み取った。納屋に向かって歩いているときの彼は意気軒昂《いきけんこう》としていたが、アンドレイ公爵の表情を見るなり、遠慮と気兼ねでしゅんとしてしまった。

「いや何となくね……来てみたんですよ……つまり……興味深かったものですから……」ピエールは今日一日ですでに何度も使ったこの「興味深い」という言葉を、ここでも繰り返した。「会戦を見てみたくなって」

「なるほどね、そうか、でもフリーメイソンの諸君は戦争についてどう言っていたっけ？　どうすれば戦争を避けられるとか？」アンドレイ公爵は嘲るような口調で言った。「それで、モスクワはどんな様子だ？　うちの連中は？　もうモスクワには着いたんだろう？」彼は真剣な口調になって訊ねた。

「着いていますよ。ドルベツコイ夫人のジュリーさんが教えてくれました。僕は伺ったんですが、会えませんでした。皆さんモスクワ郊外の領地に移られたようで」

25章

将校たちは辞去しようとしたが、アンドレイ公爵はまるで親友と差し向かいで残されるのを嫌うかのように、すこしゆっくりして茶でも飲んでいけと勧めた。床几《しょうぎ》がいくつかと茶が出された。将校たちはいささか驚きを含んだ表情でピエールの肥えた巨体を見つめながら、彼の語るモスクワの話や、折しも彼が見回って来たばかりのロシア軍の陣容の話に耳を傾けていた。アンドレイ公爵は黙り込んだままで、しかもひどい仏頂面をしていたので、ピエールは友人よりもむしろ好意的な大隊長のティモーヒンを相手に喋っていた。

「つまり君にはわが軍の陣容がすっかり分かったのだね？」ふとアンドレイ公爵が彼の話を遮った。

「いやまあ、何というべきでしょう？」ピエールは答えた。「僕は軍人ではないから、十分に理解できるはずもありませんが、でもまあ全体の配置は分かりました」

「だとすれば、君は誰よりもよく知っているわけだ」アンドレイ公爵はフランス語で言った。

「とんでもない！」ピエールは相手の真意をいぶかるように、眼鏡ごしにアンドレイ公爵を見つめた。「ところで、クトゥーゾフが総司令官に任命されたことをあなたはどう思っているんですか？」彼は言った。

「僕はこの度の任命を大いに喜んでいる。僕に言えるのはそれだけだ」アンドレイ公爵は言った。

「では、バルクライ・ド・トーリについてのあなたのご意見は？　モスクワでは彼のことを糞味噌に言っていますからね。あなたはあの人物をどう評価されますか？」

「この連中に訊いてみるがいい」アンドレイ公爵は将校たちを指して言った。

ピエールはやさしく問いかけるような笑顔でティモーヒンを見た。この人物を相手にすると誰もが無意識にそんな表情になるのだった。

「大公爵《スヴェトレイシー》さまがご就任されて、光明を見た思いがしました」おずおずとした口調でひっきりなしに連隊長の様子をうかがいながらティモーヒンが答えた。

「いったいどうしてそう思うのですか？」ピエールは訊ねた。

「はい、例えば、薪や食料などのことであります。わが軍はスヴェンツィヤーヌィから退却したのでありますが、その際、枯れ枝一つ拾うな、乾草にも他の何にも手を出すなと命じられました。しかしわが軍が退却すれば、いずれ敵の手に渡ってしまうものではありませんか、いかがでしょうか、隊長殿」彼は上司のアンドレイ公爵に問いかけた。「ところが手を出すなというわけであります。この件では当連隊の二名の将校が裁判にかけられました。しかし大公爵さまがご就任になって、この点は楽になりました。それで光明を見出したと……」

「では一体なぜ前任者は禁止したんでしょうね?」

ティモーヒンは困ったようにあたりを見回した。こんな質問にどう応じ、何と答えて良いか分からなかったのだ。ピエールは同じ質問をアンドレイ公爵に向けた。

「それはわれわれが敵の手に残していく地方を荒廃させないためさ」アンドレイ公爵は意地悪な、小ばかにしたような口調で言った。「ちゃんと根拠のあることだ。地方を荒らし、兵士に略奪を覚えさせるのは禁物だからな。いや、スモレンスクでの前任者の判断も正しかったんだ。フランス軍はわが軍を包囲する可能性があったし、敵の方が大きな兵力を持っていたからな。ただし彼には理解できないことが一つあった」不意に、まるで胸からほとばしり出たような甲高い声でアンドレイ公爵は叫んだ。「ただし彼には理解できなかった――われわれがあのときはじめてロシアの国土を護るために戦ったのだということを。だからこそ、兵は僕がこれまで見たこともないほど士気が高かったし、わが軍は二日続けて敵を撃退し、そしてその勝利ゆえにわが軍の力が十倍にも増していたのだということを。そこへあの人物は退却命令を出し、おかげでせっかくの奮闘も、そして犠牲も、全て無駄に潰《つい》えてしまったわけだ。彼には裏切ろうなどという気持ちはなかった。彼はすべてに最善を尽くそうとして、あらゆることを考慮に入れた。だが、だからこそあの人物ではダメなんだ。彼が現時点で役に立たないのは、まさにドイツ人なら誰でもするように、すべてをきちんと条理立てて律義に考慮しようとするからだ。どう言ったら君に分かるかな……。たとえば君の親父さんにドイツ人の従僕がいて、それが実に優秀な従僕で、親父さんの用事を何でも君より上手に果たしてくれるとしよう。だったらそいつに任せておくに限る。しかしいざ親父さんが瀕死の重病だというときには、君はそんな従僕を追い払って、自分の不慣れな不器用な手で親父さんの世話をするだろう。その方が他人の器用な手で世話してもらうよりも、親父さんが安らぐからだ。バルクライのやったのも同じことだ。しロシアが健康な間は、よそ者ではあっても優秀な大臣に仕えてもらえばよかった。しかしいざロシアが危機に瀕すると、自国の、身内の人間が必要になったわけだ。君たちのクラブでは、あの男が裏切り者にされているらしいな！　しかし、彼に裏切り者のレッテルを張った連中は、やがて自分たちの誤った誹謗を恥じて、にわかに裏切り者を英雄だとか天才だとか称《たた》え始めることだろう。それもまた輪をかけた間違いなのに。あの男はただ正直な、実に律義なドイツ人にすぎない……」

「しかし噂では、彼は腕のいい指揮官だというじゃないですか」ピエールは言った。

「腕のいい指揮官というのがいったい何なのか、僕には分からんね」アンドレイ公爵はせせら笑うように言った。

「腕のいい指揮官とは」ピエールは応じる。「つまり、あらゆる偶然を予見しているような人物ですよ……例えば敵の意図を見抜いたり」

「だからそれは不可能なんだ」まるで昔から決まっていることのようにアンドレイ公爵は言い切った。

ピエールはびっくりして相手を見つめる。

「でも」と彼は言った。「よく言うじゃないですか、戦争はチェスに似ているって」

「そうだ」アンドレイ公爵は応じた。「ただしひとつ小さな違いがある――チェスの場合なら人間は一手ごとにどれほど考えても構わない、つまり時間の制約を受けないのだ。さらにはこんな違いもある――チェスの場合、ナイトは常にポーンより強いし、ポーンが二つなら一つよりも強いに決まっている。ところが戦争では一個大隊が一個師団よりも強力なこともあれば、また一個中隊より劣ることもある。軍の力の相対的な優劣というのは、誰にも分からないんだ。嘘じゃない」彼は言った。「もしも司令部の指図によってことが決するというならば、僕はあちらに行って、指図する側に回っていることだろう。ところがその代わりに、僕は名誉にもここで、この連隊で、ほらこの諸君とともに勤務している。そして明日の命運を決するのも、実際現場にいるわれわれであって司令部の連中ではないと思っている……。勝敗を決めるのは、過去にも未来にも決して陣形でもなければ装備でもなく、兵力でさえもない。とりわけ陣形など一番どうでもいいものだ」

「では、いったい何で決まるのですか」

「気持ちだよ、僕も彼も持っている」彼はティモーヒンを指さした。「そして兵士一人一人が持っている気持ち次第だ」

アンドレイ公爵がティモーヒンに目をやると、相手は面食らったような戸惑いの目で連隊長を見つめていた。さっきまで控えめで口数も少なかったアンドレイ公爵が、ここにきてにわかに活気づいたように見えた。どうやら不意にいろんな思念があふれてきて、話さずにはいられないようであった。

「戦いに勝利するのは、勝とうという決意の固い側だ。なぜわが軍はあのアウステルリッツの会戦に敗れたか？　損害で言えば、わが軍とフランス軍との間にほとんど差はなかった。だがわれわれは非常に早い段階で、これはこちらの負け戦だと自ら認めてしまった。それで実際に負けたんだ。ではなぜ負けを認めたかと言えば、そもそもわれわれにはかの地で戦う理由がなかったからだ。さっさと戦場を離れたかったのだ。『こいつは負けだ、じゃあ逃げよう！』というわけでわが軍は敗走したんだ。仮にあの日の晩までわれわれが負けを認めずにいたとしたら、勝負はどう転んでいたか分からない。だが明日は、われわれは負けを認めないだろう。君のいうところでは、わが軍は左翼が弱くて右翼は延びすぎているそうだが」彼は先を続けた。「そんなことはみな下らない、どうでもいいことだ。明日われわれを待ち受けているのは一体何か？　無数のありとあらゆる偶然の出来事だ。それが一瞬で決まってしまう。敵と味方のどちらが逃げ出すか、どちらがどちらをやっつけるかという事次第で。それに比べれば、今行われていることなど全部お遊びにすぎない。つまり、さっき君を陣地の巡回に連れて行ってくれたような連中は、戦争全体の帰趨を左右する力を持たないどころか、むしろ障害になるばかりだ。奴らはただ自分の小さな利害にかまけているだけだからな」

「こんな時に？」ピエールは咎める声で言った。

「こんな時にだ」アンドレイ公爵はオウム返しに言う。「彼らにとっては今のこの時も、単にライバルの足をすくってまた一つ十字章やらリボン賞やらを頂戴するための好機にすぎないのだ。だが僕にとっては、明日起こるのはこういうことだ——つまり、十万のロシア軍と十万のフランス軍が相まみえて戦う。そしてその二十万の軍勢が対戦したあげく、より果敢に、身命を惜しまずに戦った側が勝利する——事実とはそういうものだ。そして君に言っておくが、たとえ何が起ころうと、たとえ上層部でどんなごたごたが起きようと、明日の会戦に勝つのはわれわれだ。明日は何が起ころうとわれわれが戦に勝利するのだ」

「いや、連隊長殿、その通り、まことにその通りであります」ティモーヒンが賛同する。「いまさらわが身を惜しむものですか！　うちの大隊の兵士たちは、驚いたことに、ウオッカも飲もうとしません。そんな日ではないというのです」一同はしばし沈黙した。

将校たちは腰を上げた。アンドレイ公爵は納屋の外まで彼らを見送り、副官に最後の指示を与えた。将校たちが立ち去ると、ピエールがアンドレイ公爵に近寄ってきたが、いざ話しかけようとしたところへ、納屋からほど近い路上に三頭の馬の足音が聞こえた。振り向いたアンドレイ公爵は、ヴォルツォーゲンとクラウゼヴィッツ[40]がコサック兵一名を伴ってやって来るのを認めた。一行は間近なところを通り過ぎて行ったが、その間もお喋りをやめなかったので、ピエールとアンドレイ公爵は図らずも次のようなドイツ語の会話を耳にすることになった。

「戦争は広い場所に移すべきだ。この見解は、限りない称賛に値するものだと思うね」一方が言った。

「そうですね」もう一方の声が言う。「それに目的が敵の力を減殺《げんさい》することにあるのですから、個々の将兵の死傷など気にかけていられませんよ」

「その通り」最初の声が賛同した。

「はあ、『広い場所に移す』か」一行が通り過ぎるとアンドレイ公爵は忌々しげに鼻をふんと鳴らして言った。「その広い場所にうちの父親は置き去りを食ったんだ。息子も、妹も、あの禿山《ルイスィエ・ゴールィ》にな。あの男にとっては、そんなことはどうでもいいのだ。ほら、つまりは、僕が君に言った通りだろう。ああしたドイツ人諸君が明日の戦争に勝利することはない。ただ思い切り醜悪なまねをしつくすばかりだ。なぜならあの男のドイツ式の頭の中にあるのは、一文の値打ちもない屁理屈ばかりだし、心の中

40　カール・フォン・クラウゼヴィッツ（一七八〇～一八三一）。プロイセンの軍人としてアウエルシュタットの戦いを経験。後一八一二年六月からロシア軍中佐として祖国戦争に参加し、ナポレオン敗退後は対プロイセンの軍使もつとめた。後に『戦争論』『一八一二年のロシア戦役』などの著作を発表している。

には明日のために唯一必要なもの、あのティモーヒンが持っているものが入っていないからだ。あいつらはヨーロッパをそっくり彼奴に進呈しておいて、われわれに教えを垂れにやって来たわけだ。結構な先生方だよ！」またもや彼の声が甲高くなった。

「では明日の会戦はこちらの勝ちだと思うのですね？」ピエールが言った。

「ああ、そうさ」アンドレイ公爵はうわの空で答える。「ただ一つ、もし僕に権限があればやりたいのは」彼はまた話しだした。「捕虜を取らないことだ。捕虜とは一体何だ？　それは騎士道の概念だ。フランス軍は僕の家を荒らし、今モスクワを荒らしに行こうとしている。そうして絶えずこの僕を辱めてきたし、今も辱めている。奴らは僕の敵であり、そろって犯罪者ばかりだ、僕の考えではな。あのティモーヒンもそう思っているし、軍全体がそう思っている。奴らは罰するべきだ。奴らが僕の敵であるうえは、友にはなりえない。たとえティルジットでどんな話が交わされようとも」

「そう、そうですね」目を輝かせてアンドレイ公爵を見つめながらピエールは言った。「僕もまったく、まったく同意しますよ！」

あのモジャイスクの山に始まってこの日一日ピエールの心を騒がせてきた問題が、この時完全に解き明かされ、すっきりと解決したような気がした。この戦争の、そして来るべき会戦の意味及び意義のすべてを、今や彼は理解したのだ。この日彼が見たすべてのものが、彼の目に映った人々の深刻な、厳しい表情のすべてが、新鮮な光に照らし出されて見えた。物理学で潜在的《ラタント》な熱＝潜熱《せんねつ》という言葉を使うが、彼は自分が見たすべての人々が内に秘めていた愛国心の潜熱を理解した。[41] そしてそれが、何故に彼らが平然と、軽薄とさえ見える態度で死に臨もうとしていたのかを、説明してくれたのである。

「捕虜をとらないこと」とアンドレイ公爵は続けた。「そのこと一つで戦争の全体が一変し、しかも戦争の残酷さを軽減してくれるだろう。そうでもしなければ、戦争はゲームのままだ。それこそ嫌らしいじゃないか、戦いながら寛大なふりだの何だのを演じるなんて。そうした寛大さや感傷趣味は、どこかのお嬢様式の寛大さや感傷趣味と同列だ。お嬢さまは仔牛が殺されるのを見ると気分が悪くなる——優しさのあまり血を見ることはできないというわけだが、そのお嬢さまが、同じ仔牛の肉にソースを付けておいしく召し上がるのだ。僕たちはやれ戦時国際法だの騎士道だの、軍使交換だの不幸な者への寛恕だのと、いろんなことを教えられている。だが全部たわごとさ。

41　潜熱は物理学では物質が液化・気化するときに吸収し、凝固するときに発する熱量を指すが、ここでは「内に潜んでいる熱」の意味と思われる。

僕は一八〇五年に騎士道も軍使交換も目撃したが、あちらもこちらも互いに騙し合っていただけだ。他人の家のものを奪い、偽札をばらまき、そして最悪なことには、こっちの子供を殺し、父親を殺す。そうしておきながら戦争の規則を語り、敵への寛大さを語っているのだ。だから捕虜なんか取らずに殺し、こっちも死ぬ覚悟で戦うべきだ！　この僕みたいに、さんざん苦しみをなめて今の境地に至った者は……」

スモレンスクと同様、モスクワが敵に取られようと取られまいと自分にはどうでもいいと考えていたアンドレイ公爵は、ここで突然、予期せぬ痙攣に喉を絞め付けられて、話の途中で黙り込んでしまった。彼は黙ったまま何度かあたりを行ったり来たりしていたが、再び話し出したときには、その目は熱に浮かされたようにギラギラ光り、唇は震えていた。

「もしも戦争で寛大さを装うようなことがなくなれば、われわれが戦争に行くのは、ちょうど今のように、確実な死に赴くだけの価値がある場合に限られるだろう。そうなればパーヴェル・イワーヌィチ某がミハイル・イワーヌィチ某を侮辱したなどという理由で戦争が起こることはない。今度のような戦争なら、本当の戦争になる。そうなれば、軍の緊張感だってこんなもんじゃ済まない。今ナポレオンが引き連れているようなウェストファリアやヘッセンの連中が、彼にくっついてロシアにまで遠征するようなことはないし、われわれだって、理由も分からずにオーストリアやプロイセンまで戦いに行くようなことはしないだろう。戦争はご愛嬌じゃなくて、この世で一番忌まわしい事業だ。だからそれをわきまえて、戦争をゲームにしないことだ。この恐るべき必然を厳しくまじめに受け止めなくてはならない。すべてはこれに尽きる——虚偽を捨て、戦争は戦争であって玩具《おもちゃ》じゃないとわきまえることだ。さもなければ戦争はおめでたい軽薄な連中のいい気晴らしになってしまう……。軍人はもっとも名誉ある階級とされている。ところで戦争とは一体何か、戦争に勝つには何が必要か、軍人社会の気風とは何か？　戦争の目的は殺人だ。戦争の手段はスパイ行為であり、裏切りとその奨励であり、軍の食糧確保のため住民の生活を破壊し、住民から略奪したり盗んだりすることだ。ごまかしも嘘も軍事上の知略となる。軍人階級の気風とは、自由の不在、すなわち規律、無為、無知、残忍さ、放蕩、飲酒だ。だがそれにもかかわらず軍人は最高の階級であり、皆に尊敬されているのだ。皇帝もみな、清の皇帝を除けば、軍服をまとっているし、より多くの人間を殺した人物により大きな褒賞を与えている。ちょうど明日起こるように、みんなして殺し合いに出かけ、何万もの人間の命を奪い、身体を損ない、そのあげくに大量虐殺できたことに感謝の祈りをあげる（その際、殺した相手の数を水増ししたりさえする）。そして殺した相手の数が多ければ多いほど功績も大きいと信じつつ、勝利を宣言するのだ。いったい天上の神はどんな顔をして彼らを見つめ、その言葉を聞いていることだろう！」細く甲高い声でアンドレイ公爵は叫んだ。「ああ、この頃僕は生きているのが辛くなってきた。どうも、多くのことが分かりすぎた罰らしい。人間は善悪の知恵の木の実を味わうべきじゃないな……。まあ、それも長いことじゃないが！」彼は言い添えた。「しかし君はもう寝たほうがいい、僕も寝る時間だから、ゴールキ村に戻りたまえ」急にアンドレイ公爵は言った。

「いや、大丈夫です！」ピエールは驚きと同情のこもった眼でアンドレイ公爵を見ながら答えた。

「戻りたまえ、戻りたまえ。会戦の前夜はよく眠っておくことだ」アンドレイ公爵は繰り返すと、さっとピエールに近寄って彼を抱き、口づけした。「さようなら、さあ行くがいい」彼は叫んだ。「また会えるかどうか、分からんが……」

そう言うと、彼はくるりと振り向いて納屋に入っていった。

すでにあたりは暗く、ピエールはアンドレイ公爵の顔に浮かんだ表情が、憎しみなのか優しさなのかの見分けも付かなかった。

しばし黙って佇《たたず》んだまま、ピエールは相手を追いかけたものかこのまま帰ったものか考えていた。『いや、あの人はそれを必要としていない！』ピエールは胸の内でそう判断した。『そして僕には分かっている、これが僕たちの最後の出会いなんだ』重い息を吐くと彼はゴールキ村目指して馬を進めた。

アンドレイ公爵は納屋に戻ると絨毯に身を横たえたが、寝つけはしなかった。

彼は目をつむった。次々といろんなイメージが頭に浮かんだ。その一つに彼は長いこと、うれしい気持ちで身を浸した。ペテルブルグでのある夜会がまざまざと思い起こされた。ナターシャが生き生きと上気した顔で、その前の夏に茸狩《きのこが》りをしていて大きな森の中で道に迷った時のことを彼に物語っていた。その話しぶりはとりとめがなく、森の奥の様子や、自分の味わった気持ち、出会った養蜂家との会話などを彼に説明するのだが、しょっちゅう話を中断しては、「だめ、できないわ、私、話が下手だから、あなたに伝えられないわ」と自分で駄目だしするのだった。アンドレイ公爵の方は、大丈夫、分かりますからと言って彼女をなだめ、そして実際彼女の言わんとすることをすべて理解していたのだったが。ナターシャが自分の言葉に満足していなかったのは、その日自分が味わった強烈な詩的な感覚をすっかり表出したいと願いながら、それがうまく言い表せないもどかしさを覚えていたからだ。「そのお爺さんときたらとっても素敵で、森の中はとっても暗くって……お爺さんはとっても優しそうな……だめ私、お話しできない」彼女は真っ赤になって興奮しながら言うのだった。アンドレイ公爵は今、あの時ナターシャの目を見つめながら浮かべたのと同じ、うれしそうな微笑みを浮かべた。『俺は彼女を理解していた』アンドレイ公爵は思った。『理解していたばかりか、彼女の内にあるあの精神の力を、あのひたむきさを、あの天真爛漫な気性を、まるで肉体に束縛されていると言わんばかりのあの精神を、俺は愛していた……あんなにも強く、あんなにも喜ばしい気持ちで愛していたんだ……』するると突然、自分の恋の帰結が思い起こされた。『あの男にはそんなものはまったく用がなかったのだ。あいつはそんなものには目もくれず、理解もできなかった。ただ彼女をかわいいぴちぴちした女の子扱いしただけで、その娘に自分の運命を結び付けようとすらしなかったんだ。だが俺は？　いまだにあいつはぴんぴんして楽しく暮らしているじゃないか』

まるで誰かに火傷でも負わされたかのようにアンドレイ公爵はハッと起き上がると、またもや納屋の前を行きつ戻りつし始めた。

26章

ボロジノ会戦前日の八月二十五日、フランス皇帝宮内長官ムッシュー・ド・ボーセとファブヴィエ大佐がヴァルーエヴォ付近に宿営中のナポレオンのもとを訪れた。ボーセはパリから、ファブヴィエはマドリードから来たものである。

宮内官の制服に着替えたムッシュー・ド・ボーセは、自ら皇帝のために持参した荷物を持ってこさせると、ナポレオンの幕舎《ばくしゃ》の取っ付きの部屋に入り、そこでずらりと周囲を取り囲んだ副官たちと話をかわしながら、荷箱の包みを解き始めた。

ファブヴィエはすぐには幕舎に入らず、出入り口の手前で足を止めたまま、旧知の将軍たちと話をかわしていた。

ナポレオン皇帝はまだ寝室から出る前で、まさに身づくろいを終えようとしているところだった。今は、鼻息を立てたりうめき声をあげたりしながらくるくると身を回転させ、侍従の構えるブラシに肉付きのいい背中を向けたり毛深い脂肪太りの胸を向けたりして、体を擦らせている。もう一人の侍従が、ガラスの小瓶の口を指で押さえながら、磨き上げられた皇帝の体にオーデコロンを振りかけていたが、その顔つきはいかにも、どこにどれだけオーデコロンを振りかけるべきかは自分だけが知っていると言いたげだった。ナポレオンの短い髪は濡れていて、額の上でもつれていた。だがその顔は、むくんで黄ばんではいたものの、生理的な満足感を表していた。「もっとだ、もっと強く……」身を縮め、うめき声をあげながらも、彼はブラシ役の侍従に要求する。昨日の戦闘でとった捕虜の数を皇帝に報告に来た副官が、必要な報告を済ませたあと、退出の許可を待って戸口に佇んでいた。顔をしかめたナポレオンが、上目遣いでじろりと副官を見た。

「捕虜がゼロだと」彼は副官の報告の言葉を繰り返した。「皆殺しにされたいということか。それはロシア軍のためにならんがな」彼は言った。「もっとだ、もっと強く……」背を曲げて脂肪太りの肩を差し出して彼は侍従に言うのだった。

「よし！　じゃあムッシュー・ド・ボーセを通せ、ファブヴィエも一緒にな」彼は一つ頷くと副官に告げた。

「承知いたしました」そう言って副官は幕舎のドアの向こうに消えた。

二人の侍従が手早く服を着せると、ナポレオンは近衛隊の青い制服姿になって、しっかりとした速い足取りで応接室へと向かった。

ボーセはこの時、持参した皇后からの贈り物を、皇帝の部屋の出入り口の真正面に置かれた二客の椅子の上に据えようと、せわしく両手で奮闘しているところだった。だが皇帝が意外に早く着替えを終えて出てきたものだから、このサプライズの準備はまだ十分整っていなかったのだ。

ナポレオンは即座に彼らがしている作業に気付き、しかもまだ準備ができていないことも見て取った。彼は不意の贈り物で自分を驚かせようという部下たちの気持ちを無にしたくはなかった。そこでムッシュー・ド・ボーセには気が付かなかったふりをして、ファブヴィエを呼び寄せた。厳格に顔をしかめて黙って耳を傾けるナポレオンの前で、ファブヴィエはサラマンカ[42]というヨーロッパの別の端っこで戦った自分の軍の勇猛さと献身ぶりを語り、兵士たちの思いはひとえに皇帝陛下にふさわしい兵であること、そして彼らの恐れはひとえに陛下のお役に立てぬことであったと述べた。合戦の結果は嘆かわしいものだった。ナポレオンはファブヴィエの話を聞きながら皮肉なコメントを与えたが、それはあたかも、自分が不在であるからにはそんな結果にならざるを得ないだろうと、あらかじめ想定していたかのような口ぶりだった。

42　スペイン西部の都市。イベリア半島を舞台とした半島戦争中、一八一二年七月二十二日この地でイギリス・ポルトガル連合軍がフランス軍を破った。

「その落とし前は私がモスクワでつけなくてはな」ナポレオンは言った。「ではまた」そう言い添えると今度はド・ボーセを呼び寄せたが、この時までにはド・ボーセも椅子の上に何やらを据えてカバーをかけ、無事サプライズの準備を完了していた。ド・ボーセは、ブルボン家の旧家臣にしかできない例のフランス宮廷式の深いお辞儀をすると、歩み寄って一通の封書を渡した。

ナポレオンは機嫌のよい顔を向けると、相手の片耳をひょいと引っ張った。

「急いで駆けつけてくれたこと、うれしく思う。さて、パリでは何と言っているのかな?」今までの嶮《けわ》しい表情を瞬時にして最大限に優しい表情に切り替えて彼は言った。

「陛下、パリ中の者が陛下のご不在をさびしがっております」ド・ボーセはしかるべく答える。ド・ボーセが何かこのような答えをせざるを得ないことはナポレオンも承知しており、冷静な時にはこれが嘘だということも分かっているのだったが、それでも彼はド・ボーセの口からこういう答えを聞くのがうれしかった。彼はもう一度相手の耳を触ってやった。

「遠路はるばる馬車旅をさせて、まことに済まなかったな」彼は言った。

「陛下! それどころか、せめてモスクワに入城される前に陛下にお目にかかれればと思ってやってまいりました」ボーセは答えた。

ナポレオンはにやりと笑うと、何気なく頭をもたげて右手の方を振り向いた。副官の一人が金の煙草入れを持って滑らかな足取りで歩み寄り、陛下に差し出す。ナポレオンはそれを手に取った。

「なるほど、君には良い機会になったな」開いた煙草入れを鼻先に近づけてナポレオンは言った。「君は旅が好きだからな。三日後にはモスクワが見られるぞ。あのアジア風の首都が見られるとは、きっと君も期待していなかっただろう。良い旅になるぞ」

自分の旅行趣味（そんな趣味があるとは本人もこれまで気づいていなかったのだが）にここまで深いご配慮をいただいたことへの感謝を込めて、ボーセは一礼した。

「おや！　それは何だ？」廷臣たちが皆、何やら覆い布で包まれたものを見つめているのに気づいてナポレオンは訊ねた。ボーセは宮廷式の巧みな身ごなしで、皇帝に背中を見せぬまま半身になって二歩後ずさりすると、パッと覆いをはぎ取ると同時に言った。

「皇后さまから陛下への贈り物でございます」

それはかのジェラール[43]が鮮やかな色彩で描いた肖像画で、描かれているのはナポレオンとオーストリアの皇女との間に生まれた男子、皆がなぜかローマ王《ロワ・ド・ロム》と呼び慣らわしている少年だった。[44]

システィーナの聖母像におけるキリストにも似たまなざしをした、大変美しい巻き毛の少年は、けん玉をしている姿で描かれていた。玉は地球を表し、別の手に持った棒は王笏を表していた。

いわゆるローマ王が地球を棒で突き刺している絵柄によって画家がいったい何を表したかったのか、十分に判然とはしなかったが、しかしその寓意は、パリでこの絵を見た者たちすべてと同様にナポレオンにも明らかに一目瞭然と受け止められたし、また大いに気に入られたのだった。

「ローマ王だな」優美な手つきで肖像画を示しながらナポレオンは言った。「素晴らしい出来ばえだ！」顔の表情を自在に変えることのできるイタリア人特有の能力を発揮して、彼は肖像画に近寄ると、考え込むような優しい表情を作った。今自分が語り、行うことが、そのまま歴史になると感じ取っていたのだ。彼には思われた――自分は息子に地球でけん玉をすることを許すような偉大さを持つ者であるが、だからこそ、まさにその偉大さとは正反対の、最も素朴な父親の優しさを示すべきであると。ぼうっと目が曇ると、彼は進み寄ってちらりと椅子を振り向き（椅子がさっと尻の下に運ばれてきたので）肖像画の正面に腰を下ろした。彼が手で合図しただけで、皆は忍び足で部屋を出て行った。そうしてこの偉大な人物が一人きりで感情に身を委ねるのに任せたのである。

しばらくそうして座り込み、自分でもなぜか分からずに肖像画のハイライト部分のざらざらした表面に手を触れてみたりした後で、彼は立ち上がると、もう一度ボーセと当直将校を呼んだ。そうして肖像画を幕舎の前に運び出すように命じたが、それは周囲に宿営している古参近衛隊[45]の将兵が、敬愛する陛下の子息でありかつ後継者であるローマ王を目《ま》の当たりにする幸福を奪わないようにという配慮だった。

まさに予期した通りで、相伴の栄に浴したムッシュー・ド・ボーセとともに彼が朝食をとっている間、幕舎の前では肖像画に駆け寄ってきた古参近衛隊の将兵が歓呼の

43　フランソワ・ジェラール（一七七〇～一八三七）。フランス新古典主義の代表的な画家で、ナポレオンの肖像画でも有名。

44　ナポレオンの嫡男のフランソワ（ナポレオン二世、一八一一～三二）は、生後すぐにローマ王の称号を与えられた。皇妃マリー・ルイーズを通じて、神聖ローマ帝国皇帝の位を占めてきたハプスブルク家の血を引く者という意味が込められている。

45　フランス近衛隊中の第三師団の別称。勇猛さと皇帝への忠誠心の強さで有名だった。

叫びをあげるのが聞こえていた。

「皇帝陛下万歳！　ローマ王万歳！　皇帝陛下万歳！」そんな歓呼の声が伝わってくる。

朝食が終わるとナポレオンはボーセのいる前で軍への命令を口述した。

「簡潔で力強い！」修正もなく一気に書き上げられた布告を自分で読むと、ナポレオンはそう言った。

布告には以下のように書かれていた。

『戦士諸君！　ついに諸君が待ち望んだ会戦がやって来た。勝利は諸君の双肩にかかっている。わが軍には勝利が不可欠だ。それはわれわれに必要なものをすべて与えてくれる——快適なる住居も、そして速やかなる祖国への帰還も。諸君があのアウステルリッツで、フリートラントで、ヴィテプスクでそしてスモレンスクで示した奮闘を再現してほしい。ずっと後の子孫をして、この日の諸君の勲功を、誇りをもって想起せしめようではないか。そして諸君の一人一人について語らしめようではないか——あの人はモスクワ攻略の大会戦に参加したのだと』

「モスクワ川の戦いだ！」[46]そう念を押すとナポレオンは、旅好きということになっているムッシュー・ド・ボーセを乗馬行に誘い、幕舎を出て鞍をつけた馬の方に足を向けた。

「陛下、それはあまりにも恐れ多いことでございます」皇帝に同道せよというお誘いに対してボーセは答えたものだった。眠たかったし、そもそも乗馬は不得手で怖かったのである。

だがナポレオンがこの「旅行好き」に向けて一つ頷くと、ボーセは馬に乗らざるを得なかった。ナポレオンが幕舎から出て行くと、息子の肖像画の前にいる近衛隊士たちの叫びはまたひときわ激しくなった。ナポレオンは眉をひそめた。

「これを外したまえ」優雅で厳かな身振りで肖像画を示しながら彼は言った。「この子にはまだ戦場を見せるのは早すぎる」

ボーセは目を閉じて頭を垂れ、深いため息をついた。そうした仕草によって、自分がいかに皇帝の言葉を評価し、理解する力を持っているかを示したのである。

46　ボロジノ会戦はフランスでは「モスクワ川の戦い」（Bataille de la Moskowa）と呼ばれる。

27章

この八月二十五日ナポレオンは、彼の歴史家たちによれば、終日馬上にあって会戦の場を視察し、元帥たちが奏上してきた作戦計画を検討し、部下の将軍たちに自ら指示を与えていた。

コローチャ川沿いにあったロシア軍の当初の戦線は分断され、その一部つまりロシア軍の左翼は、シェワルジノ角面堡が二十四日に陥落したせいで、後方に下げられていた。戦線のその部分は補強もされなければ川によって護られてもおらず、この部分の前にだけ他とは違ってがらんとした平坦な空間が開けていた。軍人だろうが民間人だろうが、誰が見ても戦線のこの部分こそがフランス軍の攻撃するべき場所であるのは一目瞭然だった。それを見てとるのにさして深い検討はいらないように思えたし、皇帝にせよ元帥たちにせよ、さほど慎重かつ細心になる必要もなく、ましてや、好んでナポレオンに帰される天才という名の傑出した高度な能力など全く無用に見えた。しかるに、後にこの事件を記述する歴史家たちも、この時ナポレオンの周囲にいた者たちも、そしてナポレオン本人も、そうは考えていなかったのである。

騎馬で野を行くナポレオンは、考え深げにあたりの地形に見入りながら、一人でうんと頷いてみたり疑わしそうに首を振ってみたりしていたが、判断に至るまでのそうした深い思考の歩みを周囲の将軍たちに伝えようとはせず、ただ最終的な結論を命令の形で伝えるのみだった。エクミュール大公の称号を持つダヴーがロシア軍の左翼前線を迂回してはどうかと進言すると、聞き終わったナポレオンはそんな必要はないと答えたのみで、なぜかという説明もしなかった。コンパン将軍（突角堡を攻撃する役割だった）が森を縫って師団を進めるという提案をすると、エルヒンゲン公すなわちネイが、森の中の移動は危険であり師団を損なう恐れがあるとあえて指摘したにもかかわらず、ナポレオンは賛意を表明した。

シェワルジノ角面堡の正面に位置する場所の視察を終えると、ナポレオンはしばし黙って考えた後、ロシア軍の防御施設攻撃のために明日に向けて砲兵二個中隊を配置すべき場所と、それと並んで野戦砲を設置するべき場所を指示した。

さらにその他の指令を与えた後、彼は宿営に戻り、口述によって会戦の作戦命令書を書きとらせた。

フランスの歴史家たちが絶賛し、他の歴史家たちも深い敬意を払うその作戦命令書は、次のようなものだった。

『夜明けとともに、エクミュール公の占拠した平地に夜間新規に配置された砲兵二個中隊が、対峙する敵の二砲兵陣地に向けて砲撃を開始する。同時に第一軍団砲兵指揮官ペルネッティ将軍は、コンパン師団の砲三十門およびドゥセー師団、フリアン師団の全曲射砲を率いて前進し、砲撃を開始して、敵の砲兵陣地に榴弾を浴びせる。攻撃に参加する火砲は以下の通り。

近衛砲兵隊　二十四門
コンパン師団　三十門
フリアン及びドゥセー師団　八門
総計　六十二門

第三軍団砲兵指揮官フーシェ将軍は、第三および第八軍団の全曲射砲計十六門を、敵軍左翼防塁への砲撃を任務とする砲兵中隊の両翼に配備、これによって同防塁への攻撃砲総数をおおむね四十とする。

ソルビエ将軍は命令一下、近衛軍砲兵隊の全曲射砲をもっていずれの防塁へも進撃できるよう、準備しておくべし。

砲撃の間にポニャトフスキー公爵は森を抜けて村を目指し、敵陣の背後に回る。コンパン将軍は第一防塁を奪取するため森を抜けて進撃する。

かくして戦闘に突入した後には、敵の動きに応じて個別命令が下される。

左翼での砲撃は、右翼での砲撃が聞こえ次第開始する。モラン師団および副王師団の砲手たちは、右翼での攻撃開始を確認の上、猛砲撃を開始する。

副王は村（ボロジノ）を占拠し、三つの橋を渡り、モラン、ジェラール両師団と同じ高地をたどる。両師団は副王の指揮の下、角面堡を目指し、他の部隊とともに戦線に着く。

以上はすべて整然と実行し、可能な限り予備軍の保存を心掛けること。

モジャイスク近辺の皇帝本営にて。一八一二年九月六日』[47]

きわめて不明瞭かつ脈絡なく書かれたこの作戦命令書は、ナポレオンの天才への宗教的な畏敬の念から自由な立場で虚心に読むならば、四箇条、すなわち四件の指令からなっている。そしてその指令のどれ一つをとっても遂行可能なものはなく、また実際、遂行されなかった。

命令書には第一点として以下の指令がある――ナポレオンの選んだ場所に配置された砲兵隊は、それらと並ぶ位置に置かれるべきペルネッティとフーシェの火砲と合わ

47　ロシア暦八月二十五日。

せて、総数百二門の火砲をもって砲撃を開始し、ロシア軍の突角堡および角面堡に砲弾を浴びせる。これは遂行されるべくもなかった。なぜならばナポレオンの指定した位置からは、砲弾はロシア軍の防塁まで届かなかったからであり、それゆえこれら百二門の火砲は、いちばん近くにいた指揮官がナポレオンの指令に逆らって攻撃位置を前進させるまで、ただ空を撃っていたのであった。

第二の指令は、ポニャトフスキーは森を抜けて村を目指し、ロシア軍の左翼の背後に回るべしというものだった。これは遂行不能で事実遂行されなかったが、それは村を目指して森に入ったポニャトフスキーがそこで進路をふさいでいるトゥチコフと遭遇して、そこを迂回できず、結果としてロシアの陣地の裏には回れなかったからだ。

第三の指令は、コンパン将軍は第一堡塁を奪取するために森を抜けて進撃するというものだった。コンパン師団は第一堡塁を奪取できずに撃退されてしまったが、それは森から出て隊列を整える際に榴散弾の砲撃を浴びる羽目になったためである。これはナポレオンの気づかぬことであった。

第四の指令は、副王は村（ボロジノ）を占拠し、三つの橋を渡り、モラン、ジェラールの両師団（この両師団について、それぞれどこへいつ動くのかは述べられていない）と同じ高地をたどる。両師団は副王の指揮の下、角面堡を目指し、他の部隊とともに戦線に着くというものだった。

この要領を得ない長文はともかく、副王が自らに与えられた指令を遂行しようとして行った試みから判断する限りでは、彼はボロジノを越えたところで左手から角面堡を目指して進撃し、モラン、ジェラールの両師団はこれと同時に正面から進撃することになっていた。

これらはすべて、作戦命令書のその他の指令項目と同様、遂行されなかったし、また遂行されるべくもなかった。ボロジノを通過した副王はコローチャ河畔で撃退され、先へは進めなかったし、モランとジェラールの両師団は角面堡を奪取できずに撃退され、角面堡は会戦の最後になってようやく騎兵隊によって奪取されたのだった（おそらくナポレオンにとってこれは予見できぬ、前代未聞の事態だった）。つまりは、作戦命令書の指令は一つとして遂行されなかったし、遂行されるべくもなかったのである。しかし作戦命令書には、かくして戦闘に突入した後には、敵の動きに応じて個別命令が下される、とある以上、会戦の最中にはナポレオンから必要な指令が下されるものと想定されるが、それも実現しなかったし、また実現すべくもなかった。というのも、会戦の際、ナポレオンは終始戦場からきわめて遠いところにいたため、（後に明らかになったのだが）彼が戦況を知るべくもなく、したがって開戦時の彼の指令はどれ一つとして遂行されるはずもなかったからである。

28章

多くの歴史家は言う――ボロジノの戦いでフランス軍が勝てなかったのはナポレオンが鼻風邪を引いていたからであり、もし彼が鼻風邪を引いていなければ、会戦前および会戦中の彼の指令はより優れたものとなっていたであろうし、そうなればロシアが滅びて、そして世界の相貌は変わっていたことであろう、と。ロシアという国ができたのはピョートル大帝という一人物の意志によるものであり、フランスが共和国から帝国になったのも、そしてフランス軍がロシアに攻めてきたのも、ナポレオンという一人物の意志によるものだ――そう認める歴史家たちにとっては、ロシアが強国として残ったのはナポレオンが八月二十六日にひどい鼻風邪を引いていたからだという論理も、必然的に成り立つことになる。

仮にボロジノの会戦を行うべきか否かがナポレオンの意志次第であり、いかなる指令を発するべきかも彼の意志次第だったとしたなら、その彼の意志発現に影響した鼻風邪は、明らかにロシアが救われた原因であり得ただろうし、それゆえ、八月二十四日にナポレオンに防水ブーツを履かせることを怠った侍従こそが、ロシアの救い手だったということになろう。こうした思考法をする限り、この結論に疑問の余地はない。それはかのヴォルテールがふざけて（何に対してふざけたのかは本人にも分からなかったのだが）サン・バルテルミの虐殺[48]はシャルル九世が胃を壊したせいで起こったと結論付けたのと同じく、疑問の余地のない結論なのだ。しかしロシアの形成はピョートル大帝という一人物の意志によるものだとか、フランス帝国ができてロシアとの戦争が始まったのはナポレオンという一人物の意志によるものだとかいうことを認めない人々にとっては、この種の推論は単に誤りであり、不合理であるばかりか、人間存在そのものと真っ向から対立するものでもある。歴史的な出来事の原因は何かという問いに対しては、別の答えがある。すなわち、この世の出来事は天の計らいであらかじめ決まっており、それはその出来事に関与する人間たちのすべての意志が連動してはじめて生ずることなので、ナポレオンがそうした出来事に及ぼす影響などは、単なる見せかけの虚構だという答えである。

48　一五七二年八月二十三日から二十四日にかけての夜、フランスのカトリック勢力がプロテスタント（ユグノー）を大量虐殺した事件。

シャルル九世が命令を下したサン・バルテルミの虐殺が、この王の意志によるものではなく、ただ王が勝手に実行を命じた気になっていただけだというのは、いかにも奇妙に思えるし、また八万人の血が流れたボロジノの会戦がナポレオンの意志で起きたものではなく（戦闘の開始も進め方も彼が指令を下したにもかかわらず）、ただ彼が勝手に命じた気になっていただけだというのも、妙な話である。しかしそうした仮説がいかに奇妙に聞こえようとも、われわれはみな、かの偉大なるナポレオンと比べて、勝るとは言えなくとも、決して劣らぬ人間であると私に語り掛ける人間の尊厳の意識が、そうした解釈を認めよと命じるし、また歴史研究もそうした仮説をふんだんに裏書きしてくれるのである。

ボロジノの会戦においてナポレオンは誰にも鉄砲一つ撃ってはおらず、誰一人殺してはいない。すべては兵士たちが手を下したのだ。つまり人々を殺したのは彼ではなかった。

フランス軍の兵士たちがボロジノの会戦でロシア兵を殺したのは、ナポレオンの指令のせいではなく、自分たちの願望によるものだった。全軍が、フランス兵もイタリア兵もドイツ兵もポーランド兵も含め、行軍の果てに飢えてぼろぼろの格好で疲れ果てていたが、それがいよいよモスクワを護ろうとしている敵軍を見た時、「ワインの栓は抜かれた、飲み干さずばなるまい」と、騎虎《きこ》の勢いを発揮したのである。仮にナポレオンがその時ロシア軍との戦いを禁じていたら、彼らはナポレオンを殺してロシア軍との戦いを始めていただろう。なぜなら彼らにはそれが必要だったからだ。ナポレオンは、身体を損なわれ命を奪われる者たちが出るのを見越して、彼らへの慰めとして、モスクワ攻略戦に加わった彼らを子孫たちが誇らしく思うであろうという言葉を指令書に含めた。それを聞いた時兵士たちは「皇帝万歳！」と叫んだが、それはまさに、例のけん玉の棒で地球を突きさしている少年の絵を見た時彼らが「皇帝万歳！」と叫んだのとまったく同じだった。彼らはどんな馬鹿げたことを言われても、やはり「皇帝万歳！」と叫んだにちがいない。モスクワで食い物にありついて勝者の休息を味わうためには、彼らは「皇帝万歳！」と叫んで戦闘に突入する以外、もはや何もなすすべはなかったのである。つまり、彼らが自分と同じ人間を殺しまくったのは、ナポレオンの指令のせいではなかった。

そして会戦の展開をコントロールしたのもナポレオンではなかった。なぜなら彼の作戦命令はどれひとつ遂行されなかったし、会戦の最中も、前方で起こっていることを彼は把握していなかったからである。したがってそこにいた者たちがいかにして互いに殺し合ったにせよ、それはナポレオンの意志によるものではなく、彼とはかかわりのないところで、一丸となって行動した何万という者たちの意志によって生じたことなのである。ただナポレオンには戦いの全体が自分の意志によって生じたと思えたに過ぎないのである。それ故に、そのナポレオンが鼻風邪を引いていたかいなかったかという問題は、歴史にとっては、最もランクの低い輸送兵が鼻風邪を引いていたかどうかという問題以上の関心事ではないのだ。

　八月二十六日のナポレオンの鼻風邪をさらに無意味なものとするのは、鼻風邪のせいで戦闘時の彼の作戦命令や諸指令が以前のものほど優れていなかったのだとする作家たちの説が、全く見当外れだということである。

　先に書き抜いた例の作戦命令は、諸会戦の勝利に貢献した以前の作戦命令と比べていささかも劣っていないどころか、むしろ最も優れたものである。会戦中に発せられたことになっている指令の類も、同じく以前よりも劣るものではなく、まさにいつも通りの出来であった。ただこれらの作戦命令や指令が以前のものより劣るように見えるのは、単にボロジノの戦いがナポレオンの勝利できなかった初めての会戦だったことによる。どんなに優れた、深謀遠慮に満ちた作戦命令や指令も、やってみたら戦争に負けたとなると、すべてまったくの愚策と感じられ、学のある軍人はそろって、しかつめらしい顔でこれを批判する。ところがどんなに不出来な作戦計画や指令でも、それで戦争に勝てたとなれば、実に優れたものと感じられ、錚々《そうそう》たる人々が万巻の書物を書いてそのお粗末な作戦の利点を証明しようとするのである。

ワイロ―タ―がアウステルリッツ会戦の際に作成した作戦命令は、この種の書きものの内では完成の極致というべきものだったが、それでも批判を浴びた。その完成度ゆえ、あまりにも詳細にわたっていたゆえに批判されたのである。

ボロジノの会戦におけるナポレオンは、権力の代表者としての自分の役割を、他の会戦の際と同じく、いやそれを上回るほど、見事に果たしていた。彼は会戦の進行を損なうような真似は一つもせず、その意見はより理にかなった方向に傾き、混乱も自己矛盾も犯さず、恐れをなして戦場から逃げ出すこともなく、優れた気転と戦争経験を発揮して、落ち着いて堂々と見せかけの司令官の役割を果たしていたのである。

29章

二度目の入念な戦線巡回から戻ると、ナポレオンは言った。

「駒は並べられた、ゲ―ムは明日始まる」

ポンチ酒を出すように命じておいてボ―セを呼びつけると、彼はボ―セ相手にまずパリの話、自分が皇后の従者スタッフに関して行おうとしていたある種の改編についての話を始めたが、その際、宮廷関係のことなら何でも事細かに覚えているその記憶力の良さで宮内長官を驚かせたものだった。

ナポレオンはたわいないことにまで興味を示し、ボーセの旅行好きをからかっては気楽なお喋りにふけっていたが、その様子はあたかも、高名で自信に満ちた経験豊富な外科医が、ベッドに縛り付けられている患者の傍らで袖口をまくり上げて手術着を着こみながら、こんなふうに言っている姿を彷彿させた。

「仕事の段取りはすべて私の腕と頭の中に、明快にきちんと収まっている。いざ仕事に取り掛かるべき時が来たら、私は誰にも劣らぬ手際で仕上げてみせるが、今は冗談を言っていてかまわないのだ。それに私が冗談を言って落ち着き払っていればいるほど、諸君もきっと大船に乗ったつもりで安心し、私の才能に讃嘆することだろう」

二杯目のポンチ酒を飲み干すと、ナポレオンは明日に控えているであろう大仕事を前に、休息するために引っ込んだ。

その明日に控えた仕事に気を取られるあまり眠りにつけないまま、彼は夜の湿気のために鼻風邪がますますひどくなってきたにもかかわらず、深夜の三時に大きな音をたてて洟をかみながら、幕舎の大部屋に出て行った。ロシア軍は撤退していないか、と彼は訊ねた。返ってきた答えは、敵の焚火は相変わらず同じ場所にあるというものだった。彼はよしというふうに頷いた。

当直の副官が入って来た。

「おい、ラップ、君はどう思う？　本日のわが軍の戦闘は首尾よくいくか」彼は副官に訊ねた。

「まったく疑問の余地はありません、陛下」ラップが答える。

ナポレオンはしばし相手を見つめた。

「御記憶ですか、陛下、スモレンスクで陛下が私におっしゃったお言葉を」ラップが言う。「『ワインの栓は抜かれた、飲み干さずばなるまい』とおっしゃったのですよ」

ナポレオンは眉根を寄せると、片手で頭を支えたポーズで、長いこと黙したまま座り込んでいた。

「軍が哀れだ」彼は不意に言った。「スモレンスクからずいぶんと兵員を減らしている。運の女神というのは本当に浮気者だぞ、ラップ。余は常々そう言ってきたが、それがつくづく身に染みてきた。だが近衛軍は、ラップ、近衛軍は健在だな？」彼は問いかける口調で言った。

「はい、陛下」ラップは答える。

ナポレオンはのど飴をひとかけ取って口に入れると、時計を見た。眠くはなかったが朝まではまだ長い。しかし暇つぶしをしようとしても、いまさら指示を出すのはいかんせん無理だった。出すべき指示はすでに出され、もはや遂行されつつあったからだ。

「近衛軍に乾パンと米を配給したか？」厳しい声でナポレオンは訊ねた。

「はい、陛下」

「米もだな？」

ラップは米についての陛下のご指示は伝えましたと答えたが、ナポレオンは不満げに首を振った。まるで自分の指示が実行されないと思い込んでいるかのようだった。従僕がポンチ酒を持って入って来た。ナポレオンはラップにもグラスを出すようにと命じると、黙って自分のグラスから一口飲んだ。

「味がしない、臭いもない」グラスをクンクン嗅ぎながら彼は言った。「この鼻風邪にはうんざりだ。連中は医学を論じているが、鼻風邪も治せないで何が医学だ？　これはコルヴィザール[49]がくれたのど飴だが、何も効かん。連中に何が治せるというのだ？　治せはしない。われわれの体は生きるための機械だ。生きるために作られているのだ。それが体の本性だ。体に宿っている生命をそっとしておいて、自分で自分を護らせておくことだ。そうすれば薬なんかを使って邪魔するよりも、ひとりでもっといい仕事をする。われわれの体は一定時間動くように作られた時計のようなものだが、時計職人には開いてみることはできない。彼らはただ手探りで、目隠し状態で扱うことしかできないのだ。われわれの体は生きるための機械だ。それに尽きる」いよいよお気に入りの定義づけに入ったらしく、ナポレオンは、不意にまたここで新しい定義をしたのだった。「ラップ、貴様は戦争の技術が何であるかをわきまえておるか？」彼は訊ねた。「それはある瞬間において敵よりも強力であるという技術だ。それに尽きる」

ラップは何も答えなかった。

「明日はクトゥーゾフと一戦を交えるぞ！」ナポレオンは言った。「お手並み拝見だ！　覚えているか、あの男はブラウナウで軍を指揮した際に、三週間の間一度も馬に乗って陣地を視察しようとしなかった奴だ。お手並み拝見だ！」

彼は時計に眼をやった。まだようやく四時だった。眠気は感じず、ポンチ酒はすで

49　ジャン＝ニコラ・コルヴィザール・デ・マレ。ナポレオンの主治医。

に飲み干され、相変わらず何もすることはなかった。立ち上がってひとしきり行きつ戻りつしたあげく、彼は暖かいフロックコートを着こんで帽子を被り、幕舎を出た。暗くじめついた夜で、うっすらと降りてくる湿気がかすかに肌に感じられた。近くのフランス近衛軍の陣では焚火がぼんやりと燃え、その煙のはるか遠くにロシアの戦線の明かりが見える。あたりはどこも静かで、陣に着くために早くも動き始めたフランス兵たちのさざめきや足音が、はっきりと聞こえた。

幕舎の前をひとめぐりし、焚火を見つめ、足音に耳を澄ましたナポレオンが、幕舎の入り口近くに立っているふさふさの毛皮帽をかぶった背の高い近衛軍の哨兵の傍らを通りかかると、相手は皇帝のお出ましにさっと反応し、黒い柱のような直立姿勢をとった。ナポレオンは哨兵に面と向かう形で立ち止まった。

「何年から勤務しておるか？」すっかり身に付いた、ぞんざいで気さくな軍人らしい気取った口調で彼は問いかけた。兵士たちに話しかける時にはいつもそうするのだった。兵士は彼に答えた。

「おお！　古参兵じゃないか！　連隊で米はもらったか？」

「拝領しました、陛下」

ナポレオンは一つ頷いて兵士から離れた。

五時半にナポレオンは騎馬でシェワルジノ村めがけて出発した。

夜が明け始め、空は晴れ渡り、ただ一ひらの黒雲が東の空にかかっていた。置き去りにされた焚火が朝の薄明りの中で燃え尽きようとしている。

右の方角から重厚な砲声が一つ轟いて四方に響き渡り、しじまの中に消えていった。何分かがたった。二発目、三発目の砲声がとどろいて大気が震えた。四発目、五発目はどこか右手の近いところから、物々しく響いてきた。

はじめの何発かの砲声が鳴りやまぬうちに、さらに他の砲声が次々と轟き、混じり合い、互いに打ち消し合うようになった。

ナポレオンは随員を従えてシェワルジノ角面堡に着くと、馬から降りた。ゲームが開始されたのだ。

30章

アンドレイ公爵のところからゴールキ村に戻ったピエールは、馬を用意して早朝に起こすよう馬丁《ばてい》に命じると、すぐさま、ボリスに譲ってもらった衝立のかげの片隅で眠りに落ちた。

翌朝ピエールがはっきりと目を覚ました時には、すでに家の中には誰一人いなかった。小さな窓のガラスがカタカタと揺れている。馬丁が立ったまま彼の体をつついていた。

「旦那さま、旦那さま、旦那さま……」ピエールの方を見もせず、どうやら起こそうという希望も失った様子で、ただ彼の肩をゆすりながら、馬丁はまじないでも唱えるようにしつこく繰り返していた。

「何だ？　始まったのか？　時間か？」ようやく目を覚ましたピエールが答える。

「お聞きください、一斉射撃です」そう言う馬丁も兵隊上がりだった。「もう皆さまお出かけで、総司令官閣下もとっくにお通りになりました」

ピエールは急いで着替えて表階段に駆けだした。外は晴れて空気は澄み、露が下りてさわやかな天気だった。今しも邪魔な黒雲のかげから顔をのぞかせたばかりの太陽が、雲のおかげで半ば勢いを削がれた陽光を振りまき、それが通りの向こうの家並みの屋根越しに、露に濡れた道路の砂塵に、家々の壁に、塀ののぞき窓に、この家のすぐ外に立っているピエールの馬たちに降り注いでいた。外では大砲のうなりも、よりはっきりと聞こえた。コサック兵を伴った騎馬の副官が一人、速歩で通りを駆け去っていった。

「始まりますよ、伯爵、始まります！」副官は叫んだ。

馬を引いてついてくるように命じると、ピエールは徒歩で通りを進み、昨日戦場を展望した丘を目指した。丘の上には将兵が群れをなしていて、司令部の者たちのフランス語の会話も聞こえれば、赤い縁取りをした白い軍帽を被り、白髪の後頭部を肩にめり込ませたクトゥーゾフの姿も見えた。クトゥーゾフは望遠鏡で前方の街道沿いを眺めていた。

登り口の階段を上って行ったピエールは、前方に目をやった途端、景観の美しさにうっとりして立ちすくんでしまった。それは彼が昨日この丘から眺めたのとまったく同じパノラマだった。ただ、今ではその場全体が軍勢と砲煙に埋まっていて、ピエールの左手後方に上った明るい太陽の斜めの光線が、朝の澄み切った大気を通して、黄金やピンクの彩をおびた貫くような光と、暗く長い影とを、そこに投げかけているのだった。パノラマの終点をなす遠くの森が、まるで何か黄緑色の宝石に細工を施したかのような姿で、うねるような梢《こずえ》の稜線を際立たせて地平線上に展望され、その間を貫く形でヴァルーエヴァの向こうに伸びるスモレンスク街道は、びっしりと軍勢で埋め尽くされていた。手前には黄金色の畑とまばらな木立がきらめいて見える。正面にも右手にも左手にも、いたるところに軍の姿があった。すべてが活気に満ちた、壮大な、思いもよらなかったような眺めだったが、何よりもピエールの胸を打ったのは、ボロジノとコローチャ川の両岸の低地からなる戦場そのものの姿だった。

コローチャ川の上に、ボロジノに、そしてその両側、とくに左手の湿地の岸を縫って流れるヴォーイナ川がコローチャ川に注ぎ込むあたりに霧が立ち込め、それが昇りはじめた明るい太陽の光に溶け、揺らめき、貫かれて、透けて見えるすべてのものを魔法のように彩り、縁取っている。その霧に砲煙が重なり、そしてその霧と砲煙のたなびくすべての場所で、水面にも、露にも、川の両岸とボロジノに結集している兵士たちの銃剣にも、朝の陽光が稲光のように照り映えていた。その霧を通して純白の教会が見え、そこかしこに散在するボロジノの農家の屋根が、密集する兵士の集団が、緑の弾薬箱が、大砲が見えた。景観の全体がうごめいている、いや、霧と砲煙がこの空間の全域にたなびいているために、うごめいているように見える。霧に包まれたボロジノ近辺の低地でも、その外側のより高いところでも、またとりわけ左手に延びる戦線の全域でも、森、野原、低地、丘のてっぺんでも、何もないところに絶えずモクモクとした砲煙が、あるいは一つずつ、あるいはいくつもまとまって、あるいはまばらに、あるいは頻繁に立ち上り、ふわっと広がって大きく伸び、渦を巻いて互いに混じり合っていくのが、あたり一面に見渡せた。

そうした砲煙と、そして砲声とが（変な言い方だが）、この景観の主要な美を形成していた。

パッ！ と唐突に丸々とした濃い煙の球が、薄紫や灰色や乳白色の彩を浮かべて湧き起こるのが見えたかと思うと、一秒ほどしてドーン！ とその砲煙の音が届く。パッ、パッと二つの煙が湧き起こり、ぶつかって混じり合ったかと思うと、ドーン、ドーンと、目で見たものが音で確認されるのだ。

最初に丸々とした濃い球の形で見た砲煙にピエールが再度目を戻してみると、もはやその場所にはいくつもの砲煙の球がたなびくように並んでおり、そしてまたパッ……（間をおいて）パッ、パッと、さらに三つ、またさらに四つと砲煙が湧き起こってきた。そしてそのたびに、同じ間隔を置いて、ドーン……ドーン、ドーン、ドーンと、美しい、しっかりとした、確かな砲声がこれに応えるのだった。それらの砲煙は駆け去っていくようにも見えたし、あるいは砲煙がその場にとどまっていて、森や野やきらめく銃剣の方が駆け去っていくようにも見えた。左手の野原や茂みでは間断なくそうした大きな砲煙が厳かな反響を伴って生まれていたが、手前の低地や森では、小さな、丸くなる前につぶれてしまうような銃の煙が立ち上り、まったく同じように小さな反響がそれに続いていた。パン、パ、パ、パン——銃の射撃音はより頻繁ながら、大砲の発射音に比べれば不確かで貧弱なものだった。

ピエールはそうした砲煙のある場所に、きらめく銃剣や大砲のある場所に、動きと音のある場所に行ってみたくなった。そうした自分の印象を他人のものと突き比べてみたい気持ちから、彼はクトゥーゾフとその幕僚たちを振り返った。皆の様子もまったく彼と同じで、彼には皆が自分と同じ気持ちで前方を、戦場を見つめているように思われた。どの顔にも今や、昨夜ピエールがアンドレイ公爵との会話の後ではっきりと理解した、例の感情の潜熱（chaleur latante）が輝いていたのである。

「さあて、君の出番だ、行きたまえ、無事を祈る」戦場から目を離さぬままクトゥーゾフは脇に立っていた将官に告げた。

命令を聞き取った将官は、ピエールの脇を通り過ぎて丘の下り口に向かう。

「渡河地点だ！」司令部の一員にどこへ向かうのかと問われると、将官は素っ気なく厳しい声で答えた。

『僕も、僕も行こう』そう思ったピエールは将官の後を追って歩き出した。

将官はコサック兵が差し出した馬にまたがった。ピエールは馬たちを預けておいた自分の馬丁に歩み寄る。おとなしい馬はどれかと訊ねてからその馬の背によじ登ると、たてがみをつかみ、がに股になった両足のかかとで馬の腹を締め付けて、眼鏡が落ちそうだけれどもたてがみと手綱から手を放すこともできぬのを意識しながら、将官の後を追って駆けだした。その格好は丘の上から見物している指令部の者たちの笑みを誘ったのだった。

31章

追い駆けていった将官が、丘を下ったところで急に左へ折れたので、ピエールは相手を見失ったまま、前を進んでいた歩兵の隊列に馬を乗り入れてしまった。歩兵の集団を抜け出ようとして右へ左へと脱出を試みるが、どこもかしこも兵士で埋まっていて、しかも皆一様にひたむきな顔つきで、何やら目には見えぬが明らかに重要な仕事に心を奪われている様子である。そして皆一様に、藪から棒に馬で乗りこんできて自分たちを踏みつぶそうとするこの白いソフト帽の太った人物を、迷惑そうな怪訝な目で見つめていた。

「なんで大隊の真ん中に馬で入って来やがるんだ！」一人が彼に向かって怒鳴った。別の一人が彼の馬を銃床で突いたので、ピエールは、思わず飛びのいた馬を、鞍橋《くらぼね》にしがみついてやっとのことで抑えながら兵士たちの前方へと駆け抜け、ようやく広い場所に出ることができた。

前方には橋があり、その橋のたもとで他の兵士たちが立位で射撃をしている。ピエールは彼らの方に馬を進めた。ピエールがそれと知らずに近寄って行ったのはゴールキとボロジノの中間のコローチャ川に架かる橋で、そこはフランス軍が（ボロジノを占拠した後）最初の戦闘行動で攻撃してきた場所だった。見ると前方に橋があり、その橋の両側とそして草原の、昨日ピエールが目を止めた乾草が三列に並んだところで、煙に包まれて兵士たちが何かをしていた。だがその場所で小止みなく銃声が聞こえているにもかかわらず、彼には一向に、そここそがまさに戦場だという考えが浮かばなかった。四方から響いてくる弾丸のうなりも、頭上を飛び交う砲弾の音も、彼の耳には入っていなかったし、川の対岸にいる敵の姿も目に入らなければ、ほど近いところに何人もが倒れていたにもかかわらず、死傷者の姿にも長いこと気づかなかった。そうして絶えざる笑みを顔に浮かべたまま、周囲を見回していたのである。

「おい、どうして戦線の前に馬を進めているのだ？」再び誰かが彼に声をかけた。

「左にどけ」「右へよけろ」人々が口々に彼に怒鳴った。

ピエールが右手にすすんでいくと、思いがけず面識のあるラエフスキー将軍の副官と出くわした。この副官も明らかに怒鳴りつけてやろうという剣幕で、怒りの形相でにらみつけてきたが、相手がピエールだと分かるとぺこりと頭を下げた。

「どうしてこんなところに？」そう言うと副官は先へ行こうとした。

見当違いな場所に用もなく紛れ込んだのを自覚したピエールは、また誰かの邪魔をするのを恐れて、副官の後を追って馬を走らせた。

「ここがそうなんですか、それとも？　あなたとご一緒してもいいですか？」彼は訊ねた。

「ちょっと、ちょっと待ってください」副官はそう答えると、草地に立っていた太った大佐のもとへ駆けつけて何かを告げ、それからようやくピエールの方を振り向いた。

「妙なところにいらっしゃいますね、伯爵？」笑顔で訊ねてくる。「面白いですか？」

「ええ、まあ」ピエールは答えた。だが副官は馬の向きを変えて先へ行こうとする。

「ここはまだましですが」副官は言った。「左翼のバグラチオンの陣ではすごい戦闘が行われていますよ」

「本当ですか？」ピエールは訊ねた。「それはいったいどこです？」

「じゃあ、一緒に丘の上までおいでなさい、あそこから見えますから。それにわれわれの砲台ならまだ凌《しの》ぎやすいですからね」副官は言った。「どうです、一緒にいらっしゃいますか？」

「はい、ご一緒します」そう答えながらピエールは、あたりを見回して自分の馬丁を目で探していた。その時はじめて彼は、よろめきながら歩いたり、担架で運ばれたりしている負傷兵の姿に気づいたのだった。昨日彼が馬で通ったあのかぐわしい乾草が並ぶ草場には、乾草の列に対してはすかいに、不様《ぶざま》に首を折り曲げた格好で、軍帽の外れた一人の兵士がじっと横たわっていた。「どうしてあの兵士を放ったらかしておくのですか？」問いかけようとしたピエールは、同じ方向を振り向いた副官が厳しい顔をしているのを見て口をつぐんだ。

自分の馬丁を見つけられぬまま、ピエールは副官と低地沿いにラエフスキーの丘に向かった。ピエールの馬は副官の馬に遅れがちで、しかも一足ごとに乗り手の尻を突き上げてくる。

「伯爵、どうやらあなたは乗馬に慣れていらっしゃらないようですね？」副官が声をかける。

「いや、大丈夫ですが、ただなんだかこの馬、やたらに跳ねるんですよ」ピエールは首をかしげながら答えた。

「おやおや！……なるほど、怪我をしていますね」副官は言った。「右前脚、膝の上です。銃弾を食らったんでしょう、きっと。おめでとうございます、伯爵」彼は言った。「銃火の洗礼を受けられましたね」

砲煙の中、前に出て耳を聾せんばかりの勢いで発砲を続けている砲兵部隊の背後を、第六軍の陣地沿いに進み、二人は小さな森に出た。森の中はひんやりとして静かで、秋の香りがした。ピエールと副官は馬を下りると徒歩で上り路に入った。

「将軍はおられるか？」丘に近づいたところで副官は居合わせた者に訊ねた。

「先ほどまでいらっしゃいましたが、あちらの方に出掛けられました」右手を示して答える。

副官はピエールを振り向いた。この先この相手をどうしたものかと迷っているようである。

「ご心配いりません」ピエールは言った。「僕は丘に登ってみます、かまわないでしょう？」

「ええ、上ってごらんなさい、上からは全部見えますし、さほど危険はありません。後で迎えに伺いますから」

ピエールは砲台へ向かい、副官はそのまま先へと進んだ。この後二人が出会うことはなかった。ずっと後でピエールが知ったところでは、この副官はこの日片腕を失ったのだった。

ピエールが登って行った丘は、周囲で何万もの将兵が討ち死にした有名な場所で、フランス軍はここを敵陣の最重要拠点と見なしていた（後にロシア側ではこれは丘砲台、もしくはラエフスキー砲台の名で知られ、またフランス側では大角面堡とか運命の角面堡、ないし中央角面堡の名で知られるようになった）。

この角面堡は一つの丘でできており、三方向に塹壕《ざんごう》が掘りめぐらされていた。塹壕の掘られたところには十門の大砲が据えられ、土塁の砲門から突き出た砲身から砲撃が行われていた。

丘の左右にも同じ線上に並ぶ形で大砲が据えられていて、同様に絶え間なく発射されている。砲列のやや後方には歩兵隊が控えていた。丘に登っていくピエールには、小さな塹壕を掘り巡らしたところに大砲をいくつか並べて撃っているだけのこの場所が、会戦の最重要地点だとは、まったく思いもよらなかった。

それどころか彼はこの場所が（まさに自分のような者がそこにいるという理由から）戦闘上最も重要度の低い場所の一つだと思い込んでいたのである。

丘に登ったピエールは、砲台を取り巻く塹壕の片隅に腰を下ろし、われ知らずうれしそうな笑顔を浮かべながら、周囲で行われていることを観察した。時折同じ笑顔を絶やさぬままに立ち上がると、砲弾の装塡や砲身の復座《ふくざ》[50]に携わる兵士たちが弾薬盒《だんやくごう》やら砲弾やらを持ってひっきりなしに傍らを駆け過ぎるのを邪魔しないように気を付けながら、砲台の中を歩き回った。砲台の大砲は耳を聾するような轟音とともに、あたり一面に濛々《もうもう》と硝煙を拡げながら、次々と絶え間なく発射されていた。

掩護の歩兵たちの間には怯えが感じられたが、それとは反対にこの砲台の上は、働く兵の数も少なく、しかも他の者たちとは塹壕ではっきり仕切られているせいで、等しく全員に共有された、あたかも家族のような活気が感じられた。

白いソフト帽をかぶったピエールという非軍人の出現は、はじめここの人々に不愉快な驚きを与えた。傍らを通る兵士たちは、驚いたというよりもむしろ怪しむ表情で、彼の姿を横目で見ていた。上級砲兵将校は長身で足の長い、あばた面の男だったが、一番端の大砲の調子を確かめるようなふりをしてピエールに近寄ってくると、しばし興味津々で彼を観察した。

一日で軍学校を卒業したばかりだと分かるうら若い丸顔の小柄な将校は、まだほん

50　発砲の反動で後退した砲身をもとに戻すこと。

の子供のような様子だったが、自分に任された二門の大砲の操作をかいがいしく監督しながら、ピエールに険しい声をかけてきた。

「どうか通路を空けてください」彼は言った。「ここにいてはいけません」

兵士たちは、やれやれといった風に首を振りながらピエールを見ていた。しかし白いソフトのこの人物が何も悪いことをしないばかりか、土塁の斜面にちんとおとなしく腰かけているか、それともおずおずとした笑みを浮かべて、丁重な態度で兵士たちに道を譲りながら、砲撃を受ける砲台の中をまるで遊歩道を歩くような落ち着きぶりで歩き回っているだけなのを見て取ると、悪意のこもった不審の念が、少しずつ優しくユーモアに満ちた共感へと変わっていった。それはちょうど兵士たちが部隊で飼っている犬だとか鶏だとかヤギだとかいう動物一般に寄せる感情と似ていた。兵士たちはじきにピエールを「家族」の一員と思うようになり、仲間にして、呼び名まで与えた。「うちの旦那」というのがその呼び名で、そう呼んでは互いの間で彼を好意のこもった笑いのタネにしていたのである。

ピエールから二、三歩の距離に砲弾が落ちて土を抉《えぐ》った。彼は浴びせられた土塊《つちくれ》を服から払い落としながら、笑顔であたりを見回した。

「よくもまあ、怖くないんですか、旦那、いやはや！」赤ら顔の肩幅の広い兵士が大きな白い歯をむき出してピエールに話しかけた。

「じゃあ、お前は怖いのかね？」ピエールが訊き返す。

「当たり前じゃないですか」兵士は答えた。「だって、容赦なしですよ。バンと一発はじけたら、腹を割かれておしまいですからね。怖がるなっていう方が無理ですよ」

相手は笑って言うのだった。

何人かの兵士が明るいうち解けた表情でピエールのそばに立ち止まった。まるで彼が皆と同じように口をきくのが予想外だったかのようで、その発見が彼らを喜ばせたのである。

「俺たちは兵隊だから当たり前だが、こちらは旦那衆だからな、びっくりするよ。さすが旦那さまだ！」

「持ち場に戻れ！」うら若い将校が、ピエールを取り巻いている兵士たちに命じた。どうやらこうした任務に就くのはこれが初めてか二回目で、兵士に対しても上司に対しても、とりわけ正確さと形式を重んずる態度で対しているようだった。

ごうごうと連なる砲声や銃声が戦場全体で激しさを増し、とりわけ左手のバグラチオンの突角堡のあるあたりで強まったが、砲煙のためピエールのいる場所からはほとんど何も見えなかった。おまけにピエールは、今この砲台にいる、まるで一つの家族のような(他のすべての者たちから切り離された)集団の観察にひたすら注意を奪われていた。はじめ戦場の景色や音によって掻き立てられた無意識の喜びの感情は、いまでは、とりわけ例の草地に一人横たわる兵士の姿を見てからは、別の感情にとって代わられていた。今や塹壕の斜面に腰を下ろして、彼は自分を取り巻く者たちの顔を観察していた。

十時になるころまでには、すでに二十名ほどの兵士が砲台から運び去られていた。二門の砲が破壊され、砲台はますます頻繁に砲弾を食らい、ブンブン、ヒューヒューと音を立てる銃弾も遠くから飛来するようになった。しかるに砲台にいる者たちは、あたかもそれに気づかぬようで、あちこちから陽気な掛け合いや冗談が聞こえてくるのだった。

「肉まんじゅうだ!」[51]笛のような音をたてる榴弾が近くに飛来するのを聞きつけて一人の兵士が叫んだ。「うちじゃねえ! 歩兵どものところさ!」別の兵が高笑いしながら訂正した。榴弾が頭上を通過して掩護の隊列に当たったのを聞き取ったのだ。

「何だ、なじみの女かい?」砲弾が頭上を飛び越していくのに思わず頭を下げた男を見て、別の兵隊が笑って言った。

何人かの兵隊が土塁のそばに集まって、前方で起こっていることを知ろうと目を凝らしていた。

「散兵線も撤収だな、見ろ、後方に下がっているぞ」土塁越しに指さしながらそんなことを言い交わしている。

「自分の仕事に目を向けろ」古参の下士官が彼らを怒鳴りつけた。「後方に下がったのは、後方で仕事があるからだ」そう言うと下士官は兵士の一人の肩をつかみ、膝蹴りを食らわせた。笑い声が起こった。

「五番砲まで引いていけ！」一方から命令が下った。

「えいこーら、力を合わせて、舟曳きの要領だ」大砲を交換する者たちの陽気な掛け声が響く。

「おや、うちの旦那ときたら、危うく帽子が飛ばされるところだったじゃねえか」赤ら顔のひょうきん者がピエールを見て、ニヤッと歯をむき出して笑った。「やい、このすべためが」大砲の車輪と人間の足に当たった砲弾に向かって、ひょうきん者は咎める口調で言い添えた。

「なんだい、お前たち、お狐さんの真似か！」負傷兵を引き取りに砲台に入って来

51　火薬の詰まった弾を意味する。

た義勇兵たちが這うように歩いているのを見て、もうひとりが笑って言った。「お粥が口に合いませんてか？　ほら、腰抜けども、すっかり足がすくんじまっているよ！」片足をもがれた兵士の前に立ち尽くしている義勇兵たちにヤジが飛んだ。「いやはや、あんさん」百姓たちは口真似までしてからかわれる。「何とも怖えもんだなぁ！」

敵の砲弾が当たって被害を受けるたびに、ますます集団の気勢が上がっていくのにピエールは気づいた。まるで雷雲が迫ってくるときのように、ますます頻繁に、ますます鮮やかに、全員の顔に（まるで起こりつつある事態に反撃を加えるかのように）内に秘めた燃え盛る炎の稲妻が輝くのであった。

ピエールは前方の戦場を見てはいなかったし、そこで何が起こっているかを知りたいとも思わなかった。ますます燃え盛るその炎を見つめることにひたすら没頭していた。その炎は彼の胸の内でも、まったく同じように燃え盛っていたのである（彼はそれを感じていた）。

十時になると、砲台の前方の茂みやカーメンカ川沿いに潜んでいた歩兵たちが退却していった。歩兵たちが銃を組み合わせた上に負傷者をのせて脇を駆け足で後退していくのが、砲台の上から見えた。どこかの将官がお供を連れて丘に登ってくると、腹立たしげな眼付きでピエールを睨みつけた後、連隊長と話をかわし、砲台の後ろに詰めている歩兵の掩護部隊に、銃撃を食らわぬため伏せるように命じて、また丘を下って行った。続いて砲台の右手にいる歩兵の隊列で太鼓の音と号令が聞こえ、そして歩兵の隊列が前進していくのが砲台からも見えた。

土塁の隙間から見ているピエールの目に、一人の人物の顔がとりわけ鮮烈に飛び込んできた。それは将校で、まだ若い顔を蒼白にして軍刀をだらりと下げたまま後ろ向きに進みながら、不安げにあたりをうかがっているのだった。

いくつもの歩兵の隊列が砲煙の中に消えていき、長く尾を引く彼らの叫びが聞こえ、激しい銃声が起こった。しばらくするとそのあたりから負傷者や担架が群れをなして戻っていった。砲台に飛来する銃弾がますます激しさを加えた。何人か、倒れたまま放置されている者もいる。大砲の周りでは兵士たちがますます忙しくきびきびと動き回っている。もはやだれ一人ピエールを気にする者はいない。二度ほど邪魔だといって怒声を浴びせられたばかりである。険しい表情をした上級将校が、大股のせかせかした足取りで砲から砲へと動き回っている。例の若い将校は、ますます頬を紅潮させながら、一層熱を込めて兵士たちを指揮していた。砲弾を手渡し、向き直り、装塡《そうてん》し、といった一連の作業を、兵士たちはきびきびと小粋にこなしていた。歩くときも、まるでばね靴を履いてピョンピョン跳ねているようだ。

雷雲が迫ってきて、誰の顔にも、ピエールが前から注目していた例の火が赤々と点った。彼が上級将校のそばに立っていると、そこへあの若い将校が上官に敬礼をしながら駆け寄って来た。

「大佐殿に申し上げます。砲弾が八発しか残っておりませんが、発砲を続けますか?」将校は言った。

「榴散弾!」質問に答えず、防壁の向こうを覗いたままの上級将校が叫ぶ。

突然何かが起こった。若い将校があっと叫ぶと、ぎゅっと身を丸めて、まるで飛行中に撃ち落された鳥のように地べたにしゃがみこんでしまったのだ。ピエールの目に映るものが何もかも奇妙な、不可解な、ぼんやりとしたものに変わった。

次々と笛のような音を立てて砲弾が飛来し、胸壁《きょうへき》に、兵士に、大砲に命中する。ピエールには聞き覚えのない音だったが、今や彼にはその音しか聞こえなかった。砲台の脇、右手の方を「万歳《ウラァー》!」の喚声とともに兵士たちが駆けてゆくが、ピエールには突撃ではなく退却しているように感じられた。

一発の砲弾がちょうどピエールの立っていた場所のすぐ前の土塁の縁に当たり、土砂が崩れ落ち、そして目の前にちらりと黒い球が見えたと思ったその瞬間、何かにどすんと当たった。砲台に入ってこようとしていた義勇兵たちが、そのまま逃げ帰って行った。

「全砲、榴散弾を使え！」将校が叫ぶ。

下士官が一名、上級将校に駆け寄ると、慌てふためいたようなひそひそ声で（ちょうど晩餐会の折に執事が御主人に、ご所望のワインはもはや残っていませんと報告する時のように）もはや砲弾《たま》は尽きましたと告げた。

「ろくでなしどもめ、何をやっておるか！」将校はピエールの方に向き直って怒鳴った。真っ赤な汗まみれの顔をして、とげとげしい目をぎらぎらさせている。「予備隊へ駆けつけて弾薬箱をとってこい！」腹立たし気にピエールを睨《ね》め回しながら、将校は部下の兵士に向かって命じた。

「私が行きましょう」ピエールは言った。将校は彼には答えぬまま、大股で別の方に行ってしまった。

「撃ち方やめ……待機！」彼は叫んだ。

弾薬をとってこいと命じられた兵士がピエールの体にぶつかった。

「おい、旦那、ここはあんたのいる場所じゃないぜ」そう言うと兵士は丘を駆け下っていく。ピエールも例の若い将校がうずくまっている場所をよけて、兵士の後を追って駆けだした。

一つ、二つ、三つと、砲弾が頭上を飛んでいき、前方に、左右に、背後に落ちる。ピエールは下まで駆け下りた。『どこへ行けばいいんだ?』もう緑色の弾薬箱のそばまで駆けつけたところで彼はふとわれに返った。戻ったものか進んだものかと迷ったまま、足を止める。すると突然、恐るべき衝撃を受けて彼は背後の地面にひっくり返った。同時に、巨大な炎の輝きが彼を照らし、そして同時に耳を聾するばかりの轟音が、炸裂音が、口笛のような音が響き渡った。

気が付くとピエールは、両手を地面に突いて身を支える格好で、尻もちをついていた。さっきまであたりにあった弾薬箱は跡形もなく、ただ焼け焦げた緑の板切れやぼろ布が焼けた草の上に散乱しているだけ。一頭の馬が梶棒の残骸を引っ張ったまま彼のもとから駆け去っていき、もう一頭はピエールと同じく地べたに倒れて、細く長い悲鳴を上げているのだった。

32章

恐ろしさにわれを忘れたまま立ち上がると、ピエールは砲台へと駆け戻った。そこだけが周囲のあらゆる惨事から身を護ってくれる避難所だと思えたのである。

塹壕に入ろうとした瞬間にピエールが気づいたのは、砲台で発砲音がせず、ただ何人かの人間がそこで何かをしていることだった。ピエールにはそれがどういう人間たちか理解するゆとりがなかった。気が付くと例の上級将校がこちらに尻を向けた格好で土塁の上に身を横たえている。まるで下の何かを見極めようとしているかのようだった。次に、見覚えのある一人の兵隊が何人かの者たちの手を振りほどいて飛び出してくると、「みんな!」と叫んだ。他にも何やら奇妙な光景を彼は見た。

だが例の大佐がもはや死んでいることも、「みんな!」と叫んだ兵士が捕虜になっているのだということも、また別の兵士が目の前で背後から銃剣で刺されたのだということも、彼には理解する暇がなかった。塹壕に駆け込んだとたん、痩せて血の気のない顔に汗を滴らせた青い軍服姿の男が、サーベルを手にして何か叫びながら飛び掛かって来たのである。出合い頭のぶつかり合いで互いを見分ける間もなかったため、ピエールは本能的に剣先をかわしながら両腕を伸ばすと、片方の手で相手の男（これはフランス軍将校だった）の肩を、もう一方の手で喉元をつかんだ。相手の将校はサーベルを手放してピエールの襟首をつかんできた。

何秒かの間、両者は互いに怯えた目で見慣れぬ顔を見つめ合い、そして両者ともに、自分は何をしているのか、何をすべきなのかの判断に迷っていた。『俺は捕虜になったのだろうか、それともこの男が俺の捕虜になったのか？』——両者ともそんな風に自問していたのである。だが自分が捕虜になったのだという意識により傾いていたのは、明らかにフランス軍将校の方だった。やみくもな恐怖に突き動かされたピエールの力強い手が、ぐいぐいと強烈に彼の喉元を絞め付けていたからである。将校は何かを言おうとしたが、その瞬間まさに両者の頭上をかすめるように砲弾がヒュンと恐ろしいうなりを立てて飛び過ぎて行き、ピエールには相手の頭がもげたように見えた。それほど素早く将校は頭を引っ込めたのだった。

ピエールも同じく頭をかがめ、手を放した。もはやどちらがどちらを捕虜にしたかなどと考えもせずに、フランス軍将校は砲台へ駆け戻り、ピエールは死傷者たちの体に躓《つまず》きながら丘を駆け下った。まるで死傷者たちが自分の足をつかもうとしているような感じを覚えながら。だがまだ麓まで行きつかないうちに、前方からロシア軍の密集部隊が駆け上って来た。兵士たちは転んだり躓いたり叫んだりしながら、陽気に勢いよく砲台目掛けて駆け上っていく（これはエルモーロフが自分の手柄としている突撃で、彼の語るところによれば、ひとえに自分の勇猛さと幸運のおかげでこの功業が可能になったとのこと。また彼はこの突撃の際に、懐にあった聖ゲオルギー十字勲章を丘に向かって投げたと言っている）。

砲台を占拠していたフランス兵たちは逃げ出した。「万歳《ウラァー》！」の掛け声とともに突進するロシア軍は、フランス兵たちを砲台の遥か彼方まで追いやり、もはや追撃の足を止めることが困難なほどだった。

砲台から捕虜が連れ出されたが、中には負傷したフランスの将官も混じっていて、将校たちがこれを取り囲んでいた。負傷者の中にはピエールが見知った者も知らない者も、ロシア兵もフランス兵も混じっており、それが苦痛に顔をゆがめながら、自分で歩いたり、這ったり、担架にのせられたりして砲台から出てくる。ピエールは自分が一時間以上を過ごした丘の砲台に上ってみたが、あの時自分を受け入れてくれた家族のような仲間は、誰一人そこにいなかった。死体の多くは、彼の知らない者たちだった。ただし何体かは彼にも見分けがついた。例の若い将校は、同じく身を縮めたまま土塁の端の血だまりの中に座り込んでいた。赤ら顔の兵士はまだぴくぴくと動いていたが、彼は収容してもらえなかった。

ピエールは丘を駆け下った。

『いや、もう彼らはこんなことをやめるだろう、自分のしでかしたことにぞっとすることだろう！』――そんなことを思いながらピエールは目的もなく、戦場から引き上げていく担架の列の後について行くのだった。

だが太陽はいまだ砲煙に覆われたまま高いところにあり、前方のとりわけ左手のセミョーノフスコエ村のあたりでは、煙の中で何かが沸き立ち、発砲の轟音、単発の銃声、一斉射撃の音が止まぬどころか、ますます激しさを加えている。そのすさまじさは、まるであがき苦しむ者の断末魔の叫びのようだった。

33章

ボロジノ会戦の主要作戦は、ボロジノ村とバグラチオン突角堡との間の一千サージェン［二・一三キロ強］にわたる空間で展開された（この空間の外では、一方ではロシア軍が昼ごろにウヴァーロフ騎兵隊による陽動作戦を実施し、また他方でウチーツァ村の先でポニャトフスキー軍とトゥチコフ軍の衝突があったが、戦場の中央で起こったことに比べれば、これら二つは個別の軽微な作戦行動にすぎない）。ボロジノ村と突角堡との間の野原、森の外れに広々と開けた、両軍から見渡せる空間で起こったのが主要な戦闘で、しかもそれはごく単純な、駆け引きのない形で行われたのであった。

会戦は両軍による数百門の大砲の猛砲撃によって開始された。

その後、砲煙が戦場一面を埋め尽くすと、その煙の中を（フランス軍の側から）右翼ではドゥセーとコンパンの両師団が突角堡を目指して進撃し、左翼では副王の連隊がボロジノ村めがけて進撃した。

ナポレオンが立っていたシェワルジノ角面堡からは、突角堡は直線で一キロの距離に、ボロジノ村は二キロ以上の距離にあったため、ナポレオンはそこで起こっていることを見ることはできなかった。砲煙と霧が混じってあたり一帯を隠していたからなおさらである。突角堡を目指すドゥセー師団の兵士たちの姿は、仏軍と突角堡との間を隔てている谷を彼らが下る間しか見えなかった。彼らが谷を下りきるやいなや、突角堡で発射される大砲や銃の煙がモクモクと濃くなって、谷の向こう側の上り斜面をすっかり覆い隠してしまったのだ。砲煙を通して何か黒っぽいもの、恐らく人影がほの見え、時に銃剣のきらめきが見えた。しかしその人影が動いているのか止まっているのか、それがフランス軍なのかロシア軍なのかは、シェワルジノ角面堡からは見分けられなかったのである。

明るい太陽が昇って、小手をかざして突角堡を見つめるナポレオンの顔に斜めの陽光がまともに射した。突角堡の前は煙で覆われていて、その煙が動いているようにも見えれば、軍隊の方が動いているようにも見えた。時折砲声の合間に人々の喚声が聞こえたが、そこで何が行われているのかを知ることはできなかった。

丘の上に立って望遠鏡を覗くナポレオンは、小さな丸いレンズの中に煙と人影――時に味方の、時にロシアの兵士たち――を捉えていたが、しかし改めて肉眼で見てみると、自分の見たものがどの場所での出来事なのか、見分けがつかないのだった。

彼は坂を下り、丘の前を行ったり来たりし始めた。

時折立ち止まって砲声に耳を澄まし、じっと戦場に視線を注ぐ。

彼の立っていた丘の麓からばかりでなく、彼の将官たちの何人かがいま立っている丘のてっぺんからばかりでもなく、突角堡自体から見たとしても、そこで何が行われているのかを判断することは不可能だった。いまやそこにはロシア兵とフランス兵が、死んだ兵と負傷兵と生きている兵が、怯えたり正気を失ったりしている兵たちが、入り乱れて、あるいは代わる代わるに身を置いていた。何時間かの間その場所では、銃声や砲声が絶え間なく続く中、あるいはロシア人ばかりが、あるいはフランス人ばかりが、あるいは歩兵たちが、あるいは騎兵たちが姿を見せ、そうして現れては倒れ、発砲し、ぶつかり合い、互いをどう扱ったら良いかも分からずに、叫び、そして逃げ帰っていくのだった。

戦場からはひっきりなしにナポレオンの派遣した副官たちや、彼の元帥たちの伝令将校が、戦況報告を持って馳せ参じた。だがそうした報告はすべて虚偽だった。それは、会戦の真っ最中に今この瞬間何が起こっているのかを語ることは不可能だからであり、また多くの副官たちが自分で本当の戦闘の現場に赴くことはせず、他人から聞いたことを伝えるのみだったからであり、さらには副官が自分とナポレオンを隔てている二、三キロの距離を馬で行くうちに状況が変わって、彼のもたらす知らせが不正確なものとなってしまったからである。例えば副王のもとから駆けつけた副官が、ボロジノ村を占拠し、コローチャ川の橋はフランス軍の手中にあるという知らせを伝える。その副官はナポレオンに、軍に渡河をお命じになるかと訊ね、ナポレオンは対岸に渡って整列して待機せよと命じる。しかしナポレオンがその指令を発した時どころか、副官がボロジノ村を出発したばかりの時点で、橋はもはやロシア軍に奪回され、焼き払われてしまっていたのである。それはまさにピエールも居合わせた会戦の初めの武力衝突での出来事であった。

突角堡から真っ青な怯え顔で馬を飛ばしてきた副官が、ナポレオンに、攻撃が撃退されてコンパンは負傷、ダヴーは戦死と報告したが、実はこの副官がフランス軍は撃退されたと告げていたその時には、突角堡はフランス軍の別の部隊によって占拠されており、ダヴーも存命で、ただ軽度の打撲傷を負っただけであった。必然的に虚偽となるこの種の報告をもとになされるナポレオンの指令は、それが発せられる前にもう遂行されているか、あるいはすでに遂行不能で、それゆえ遂行されないかのいずれかだった。

戦場により近い場所にいながらナポレオンと同じく戦闘自体には加わらず、ただ時折砲火の下に馬を乗り入れるのみの元帥や将軍たちも、ナポレオンに相談なく自分で指揮を執り、どこを狙ってどこから発砲すべし、騎兵はどこに馬を走らせ、歩兵はどこに駆け付けるべしといった指令を出していた。しかし彼らの指揮でさえも、ナポレオンの指揮とまったく同じで、ごくわずかしか、しかもまれにしか実行に結びつかなかった。むしろたいていは彼らの指示したことと反対の結果になった。前進せよと命じられた兵士たちが榴散弾の砲撃を受けて逃げ戻るケース、一箇所にとどまるよう命じられた兵士たちが不意に目の前に現れた敵を見て、時には逃げ戻り、時には前方に突進したりするケース、騎兵が命令なしで、敗走するロシア兵を追っていくケースと、いろいろあったのである。ある時は騎兵の二個連隊がセミョーノフスコエの谷を突っ切って突進したかと思うと、丘を登った途端にくるりと向きを変え、全速力で駆け戻ってきた。同じく歩兵たちも、時に行けと命じられた場所とは全く見当はずれの場所に駆け付けた。いつどこに大砲を移動するか、歩兵たちをいつ送り出し、発砲させるか、いつ騎兵隊にロシア軍の歩兵を蹂躙《じゅうりん》させるか——こうした指揮はすべて戦列に加わっている現場の部隊長が、ナポレオンはおろかネイにもダヴーにもミュラにも相談なしに行っていたのである。彼らは命令の不履行や独断的指揮権の行使で査問されることなど恐れはしなかった。なぜなら戦闘の場には人間にとって一番大事なもの、すなわち自分の命がかかっているのであり、熾烈な戦闘の真っただ中にいたこの人々は、時には逃げ帰ることに、時には前へ突進することに活路を見出しながら、一瞬一瞬の気持ちに従って行動していたからである。実のところを言えば、前進しようが後退しようが、軍の状態が楽になることも変化することも一切なかった。歩兵同士、騎兵同士がぶつかり合っても、それで被害が生じるわけではなく、被害を、つまり死や身体の損傷をもたらすものは、これらの人々が右往左往している空間のいたるところに飛来する砲弾であり銃弾であったのだ。しかるにこれらの人々が砲弾や銃弾の飛来する空間の外に出るや否や、後方に控えていた上官たちが隊を再編して軍規で縛り、その軍規の力を借りて、再び戦火のもとへと送り込む。するとそこで兵士たちはまたもや(死の恐怖の影響下で)軍規を外れ、気まぐれな群衆心理に従って右往左往するというわけである。

34章

この砲火の間近に身を置いて、時には自らそこに馬を乗り入れていたダヴー、ネイ、ミュラというナポレオン麾下《きか》の将軍たちは、それぞれ何度か整然たる大部隊をその砲火の中に送り込んだ。しかるにこれまでの全会戦を通じての不動の戦果とは裏腹に、予期していた敵軍敗走の報は届かず、整然と出陣した大部隊が、乱れ怯えた群衆となってあちら側から戻ってくるのだった。将軍たちは再度隊列を整えて部隊を送り出すが、兵員の数はどんどん減少していった。昼になるとミュラはナポレオンのもとに副官を送り、増援部隊を要求した。

ナポレオンが丘のふもとに腰を据えてポンチ酒を飲んでいるところへミュラの副官が馬で駆けつけ、陛下があと一個師団お出しくだされば、ロシア軍の撃破は確実と断言した。

「増援？」ナポレオンはまるで相手の言葉が理解できなかったかのようにいかめしい驚きの表情になり、長い黒髪をウェーブさせた（これはミュラの髪型と同じだった）美男のうら若い副官をじっと見つめた。『増援部隊だと！』ナポレオンは思った。『あいつらは軍の半分を手にしており、しかも攻撃目標はロシア軍の弱体な、防御も整っていない一翼だというのに、増援要求とは何たることだ！』

「ナポリ王に告げなさい」ナポレオンは厳しい口調で言った。「まだ正午にもなっていないから、私には自分のチェス盤上の形勢もよく見えないと。行け……」

長い髪をした美男のうら若い副官は、敬礼の手を帽子から離さぬまま重いため息をつくと、また人殺しの場へ駆け戻っていった。ナポレオンはコランクールとベルティエを呼びつけ、彼らを相手に戦闘とはかかわりのない話を始めた。

話が佳境に入り、ナポレオンが興に乗り始めたところで、話し相手のベルティエが、汗だくの馬に乗って丘に向かって駆け付けてくる供連れの一人の将軍の姿に目を向けた。それはベリヤールだった。ベリヤールは馬から下りると速足でつかつかと皇帝に歩み寄り、肝の据わった大声で増援部隊の必要性を論じ始めた。皇帝があと一個師団お出しくだされればロシア軍を壊滅に追い込めますと、彼は名誉にかけて誓ってみせた。

ナポレオンは肩をすくめ、何も答えぬまま、またぶらぶらとあたりを歩き始める。ベリヤールは自分を取り囲んだお付きの将軍たちを相手に、大きな声で熱を込めて喋り出した。

「烈火のごとき勢いだな、ベリヤール君」駆けつけた将軍に改めて近寄ると、ナポレオンは言った。「戦火の燃え盛っている時には間違いを犯しやすいものだ。もう一度戻って確かめたまえ、それから私のところへやって来るがいい」

ベリヤールの姿がまだ視界から消えぬうちに、別の方角からまた新たに戦場からの使者が馬で駆けつけてきた。

「おや、またまた何の用だ?」ひっきりなしに邪魔が入るのにさもイラついた口調で、ナポレオンは言った。

「陛下、公爵が……」

「増援部隊をよこせというのか?」憤《いきどお》った身振りでナポレオンは質《ただ》した。副官ははいと頷くと、報告にかかる。しかし皇帝はそっぽを向いて二、三歩離れ、立ち止まると元に戻ってベルティエを呼び寄せた。「増援を送らねばならない」軽く両手を開く仕草をして彼は告げた。「どの部隊を出すべきかだが、君はどう思う?」後に自ら「私が鷲に育て上げた鵞鳥《がちょう》」と呼んだベルティエにナポレオンはそう問いかけた。

「陛下、クラパレード師団を出されたらいかがです？」すべての師団、連隊、大隊をあまねくそらんじていたベルティエは言った。

ナポレオンはよかろうというふうに頷いた。

副官はクラパレード師団めがけて馬を飛ばした。そして何分かすると、丘の背後に待機していた青年近衛隊が、その場から動き出した。ナポレオンは黙ってその方角を見ていた。

「だめだ」急に彼はベルティエに声をかけた。「クラパレードを出すわけにはいかない。フリアン師団を送り出してくれ」彼は命じた。

クラパレード師団の代わりにフリアン師団を派遣することに何のメリットもなく、むしろわざわざクラパレードに待ったをかけてフリアンに交代させるのは明らかに手間だし時間の無駄だったのだが、命令は厳密に遂行された。ナポレオンは、薬によって患者の回復を妨げるような藪医者の役を軍に対して演じていることに気付かなかった――そうした役割の害は平素あれほど理解し、戒めていたにもかかわらず。

フリアン師団は他の師団と同様、戦場の砲煙の中に姿を消した。この後もさらに諸方面から副官たちが駆けつけてきて、まるで申し合わせたように同じ一つのことを語った。皆が増援部隊を要求し、皆が、ロシア軍が自陣を死守して地獄の火のごとき猛砲撃を浴びせかけ、それでフランス軍がじり貧状態になっているのだと告げるのだった。

ナポレオンは折り畳み椅子に座って考え込んでいた。

朝からすっかり腹をすかせていた例の旅行好きのムッシュー・ド・ボーセが、皇帝に歩み寄り、思い切って丁重な口調で陛下を朝食に誘った。

「どうやら、そろそろ陛下の勝利をお祝いしてもよろしい頃合いかと存じまして」

彼は言った。

ナポレオンは黙ったまま否というふうに首を振った。これを勝利に関する否定であって朝食の拒絶ではないと受け止めたムッシュー・ド・ボーセは、諧謔《かいぎゃく》と丁重さの混じった口調で、なにせ朝食がとれるのにとらないような理由は、世の中にございませんからね、と口走った。

「下がってくれ……」不意に暗い声でそう言うと、ナポレオンはそっぽを向いた。未練と悔恨に讃嘆の混じった聖人じみた笑みがムッシュー・ド・ボーセの顔に広がり、彼はすべるような足取りで他の将軍のいる方へと去っていった。

無鉄砲に賭け金を張りまくるようなまねをしながら常に勝ってきた運のいい勝負師が、いざあらゆる偶然を計算し尽くして勝負に臨んでみると、深く考えて手を打てば打つほど、確実に負けが込むのを自覚する――まさにそんな場合と同じような苦しみをナポレオンは味わっていた。

軍も前と同じなら、将軍たちも同じ、準備も同じ、作戦計画も同じ、簡潔で力強い宣戦布告も同じ、彼自身も同じだった。彼はそれを自覚していたし、むしろ以前よりもはるかに経験を積んで腕前も上がっているのを感じていた。さらには戦う相手までアウステルリッツやフリートラントの戦いの時と同じなのだ。しかるに恐るべき勢いで振り上げた腕が、魔法にかかったようにだらりと垂れてしまうのである。

常に成功を博してきたこれまでのあらゆる戦術、すなわち砲兵隊の一か所への集中も、戦線を破るための予備軍による突撃も、鉄人騎兵隊による突撃も、すでにすべて用いていたのに、勝利が得られぬばかりか、諸方から届く知らせはみな同じ――やれ将軍たちが死んだとか負傷したとか、増援部隊が必要だとか、ロシア軍は撃退不能であるとか、自軍が総崩れになっているとかいう話ばかりなのである。

以前には二、三の指図をして二言三言の訓示を述べただけで、元帥やら副官やらがにこやかな顔で駆け付けてきて勝利の祝いを述べ、軍の戦果として数個軍団の捕虜、幾束もの敵の国旗や軍旗、大砲、輸送車といったものを報告し、ミュラもただ輸送車を没収するために騎兵隊を出す許可を願い出たのみだった。ロディでもマレンゴでもアルコレでもイエナでもアウステルリッツでもワグラムでも、その他どこでもかしこでもその通りだった。ところが今、彼の軍が何か不思議な事態に陥っているのである。

突角堡奪取の報を受けたにもかかわらず、ナポレオンは状況が彼のかつてのあらゆる会戦におけるのとは違う、まったく違うものであることを悟っていた。自分が味わっているのとまったく同じ気持ちを、戦争経験に長《た》けた周囲の者たちすべてが味わっている――それが彼には分かった。皆の顔が悲しげで、皆の目が互いを避けていた。ただムッシュー・ド・ボーセだけが、起こりつつあることの意味を理解できていなかった。長い軍事経験からナポレオンは、八時間もの間あらゆる力を注いだあげく、いくら攻撃陣を送り込んでも勝利に結びつかない会戦が何を意味するか、よく分かっていた。これがほとんど負け戦であり、張りつめた一点の上でかろうじて戦況が拮抗している現状では、ほんの些細な偶然一つが、自分と自分の軍の破滅をもたらしかねないということが、彼には分かっていたのである。

このロシア遠征においては、いまだ一つの戦闘にも勝利しておらず、二か月もの間、旗も大砲も軍団も、何一つ戦利品と呼べるものは獲得しなかったが、頭の中でその奇妙なロシア遠征の経緯を逐一たどり、周囲の者たちの悲しみを秘めた顔を目にし、ロシア軍が相変わらず持ちこたえているという報告を耳にすると、まるで夢の中で味わうような恐怖感が彼を捕らえた。そして自分を滅ぼしかねないありとあらゆる不幸な偶然が脳裏に去来するのだった。ロシア軍は彼の陣の左翼を攻撃してくるかもしれないし、中央を突破してくるかもしれないし、流れ弾が彼自身を殺すかもしれない。全てありうることだ。これまでの戦闘では彼は良き偶然だけを考えていたが、今や無数の不幸な偶然が頭に浮かび、しかもそのすべてを彼は覚悟していたのだった。そう、これはちょうど夢の中で、襲いかかってくる悪者の姿を見て腕を振り上げ、相手を十分やっつけられるはずの怪力で殴りつけようとするのだが、気がつくとその自分の腕が、力なくぐったりと、ぼろ雑巾のように垂れてしまい、避けがたい破滅の恐怖の虜となるときのような、そんな救いのない心境であった。

ロシア軍がフランス軍の左翼に攻撃を仕掛けてきたという知らせが、ナポレオンのうちにそんな恐怖心を呼び起こした。彼は丘の麓の折り畳み椅子に、頭《こうべ》を垂れ、膝に肘を突いたまま、黙って座り込んでいた。ベルティエがやってきて、戦線を巡回に行きましょうと誘った。戦況がどうなっているかを確かめるためだという。

「何だって？　何の話だ？」ナポレオンは言った。「そうだな、馬を出すように言ってくれ」

彼は馬に乗るとセミョーノフスコエを目指した。

ゆっくりと散り広がっていく硝煙の中、ナポレオンが馬で行く空間の全域に、血だまりの中に馬や人間が、ぱらぱらと、あるいはひとかたまりになって倒れていた。これほどの惨劇、これほど大量の死者がこんなに小さな空間に固まっている光景は、ナポレオンは見たことがなかったし、麾下の将軍たちも誰一人経験がなかった。十時間も小止みなく鳴り続けている耳を聾するばかりの大砲の轟きが、（まるで活人画における音楽のように）その光景に特別な意味合いを添えていた。ナポレオンがセミョーノフスコエの高台にのぼると、砲煙の向こうに見覚えのない色合いの軍服を着た者たちのいくつもの隊列が見えた。ロシア軍だった。

ロシア軍は密な隊列をなしてセミョーノフスコエの村と丘の背後に立ち並び、彼らの砲は絶えずうなりを発して戦線沿いに硝煙を立ち上らせていた。もはやこれは会戦ではなかった。行われているのは延々と続く殺人であり、それはロシア軍にもフランス軍にも何の成果ももたらさぬ行為だった。ナポレオンは馬を停めてまた物思いにふけったが、ベルティエが彼をその物思いから覚ましてくれた。目の前で、そして周囲で起こっている事態、自分が指揮し、自分が左右しているはずの事態を、彼は止めることができなかった。そしてその事態が今度はじめて、失敗のおかげで、彼には無用な、恐るべきものだと感じられたのだった。

一人の将軍がナポレオンのもとに馬を乗りつけると、勇を鼓して、古参近衛隊を戦闘に加えてはどうかと提案した。ナポレオンの脇に立っていたネイとベルティエが目を見交わして、その将軍の無意味な提案を蔑むように笑みを浮かべた。

ナポレオンは頭を垂れたまま、長いこと黙っていた。

「フランスから三千二百キロも離れたところでわが近衛隊を壊滅させるわけにはいかない」そう答えると彼は馬の向きを変え、シェワルジノへと引き返していった。

35章

クトゥーゾフは白髪頭を垂れ、重い体でうずくまるような格好で、敷物をかぶせた床几に腰かけていた。ピエールが朝見かけた時とまったく同じ場所である。クトゥーゾフは何の指令もせず、ただ提案されることに賛成したり反対したりしているだけだった。

「ああ、そうだな、そうするがいい」いろいろな提案にそう答えて、「ああ、そうだな、君、ひとつ行って見て来てくれ」と側近の誰彼に依頼することもあれば、あるいは「いや、よそう、しばらく待った方がいい」と答えることもあった。もたらされた報告はしっかり聞きとり、部下が命令を求めている場合には命令を下した。ただし、報告を聞くときの彼が関心を寄せるのは、どうやら語られる言葉の意味ではなく、むしろ報告者の顔の表情や話のトーンに表れる何かしら別のもののようだった。長年の軍人としての経験から彼が知り、また老人の知恵で理解していたのは、死と戦う何十万もの人間を指揮することは一人の人間には不可能だということであった。彼はまた、会戦の帰趨を決するのは総司令官の指揮ぶりでもなければ兵員の配置でもなく、大砲の数でも戦死者の数でもないことを知っていた。それを決めるのは軍の士気という名で呼ばれるある玄妙な力であり、彼はその力を注視し、自分の力の及ぶ限りそれを鼓舞しようとしていたのである。

落ちついて注意力を集中し、老いて弱った体の疲れを緊張によってかろうじて克服している様子が、クトゥーゾフの表情全体にうかがえた。

午前十一時に彼に届けられた知らせは、フランス軍が占拠した突角堡は再び奪回されたが、ただしバグラチオン公爵は負傷したと告げていた。クトゥーゾフは「ああ」と嘆息して首を振った。

「バグラチオン公爵のもとへ行って、詳しい容態を調べてきなさい」彼は副官の一人にそう命じてから、背後に立っていたヴュルテンベルク公[52]に声をかけた。

「殿下、よろしければ第一軍の指揮をお執りください」

公が出立して間もなく、まだセミョーノフスコエ村にも着いていまいと思われる頃、公の副官が戻ってきて、公が兵員の補強を要求していると告げた。クトゥーゾフは苦い顔をすると、ドーフトゥロフに第一軍の指揮を執るべしという命令を送り、ヴュルテンベルク公には、この大事な時に殿下のお力添えなしでは立ち行かないと言って、自分のもとへ戻るように告げた。ミュラを捕虜に取ったという知らせ[53]がもたらされて、参謀たちがクトゥーゾフに祝いを述べると、彼はにっこり笑って言った。

「諸君、待ちたまえ。戦が勝利に終わったからには、ミュラが捕虜になろうと何の不思議はない。だが、喜ぶのはもう少し待とうじゃないか」しかし彼は副官を送って各軍にこの知らせを伝えさせたのであった。

左翼からシチェルビーニンが、突角堡とセミョーノフスコエがフランス軍に奪取されたという報告をもって駆け付けた際には、クトゥーゾフは戦場から聞こえる音とシチェルビーニンの表情から悪い知らせだということを見抜き、凝《こ》った脚をもみほぐす

52　アレクサンダー・フリードリヒ・カール（一七七一～一八三三）。ロシアの軍人。パーヴェル一世の妃マリヤ・フョードロヴナの弟で、皇帝アレクサンドル一世の叔父にあたる。
53　誤報で、捕虜となったのはボナミ将軍だった。

ふりをして立ち上がると、シチェルビーニンの腕を引いて脇へ連れて行った。

「君、一つ行ってくれ」彼はエルモーロフに言った。「何か手を打てないか見てきてくれ」

クトゥーゾフがいたのはゴールキ村、すなわちロシア軍の陣の中央だった。ナポレオンがわが軍の左翼に仕掛けてきた攻撃は、何度か撃退された。中央ではフランス軍はボロジノ村より先には行っていなかった。左翼ではウヴァーロフの騎兵隊がフランス軍を敗走させた。

二時を過ぎるとフランス軍の攻撃が止んだ。戦場からやって来る者も周囲に立っている者も含めて、全ての者たちの顔にクトゥーゾフは極限まで達した緊張の表情を読み取った。クトゥーゾフはこの日の予期した以上の成果に満足していた。しかし老人の体力は尽きかかっていた。何度か彼の頭が突っ伏すようにがくんと下がり、そのまうとうとした。彼に昼食が出された。

昨夜アンドレイ公爵の脇を通り過ぎながら、戦争は広い場所に移すべきだと弁じていた例の侍従将官ヴォルツォーゲン、あのバグラチオンが蛇蝎のごとく嫌う人物が、昼食の最中にクトゥーゾフを訪れた。バルクライに派遣されて左翼の状況報告に来たのだった。慧眼《けいがん》なバルクライ・ド・トーリは、敗走する負傷兵の群れと軍の後尾の乱れを見て、諸事情を勘案したあげく、会戦は負け戦と判断し、その知らせをお気に入りの部下に託して総司令官に届けたのである。焼いた鶏肉を苦労して噛み切ろうとしていたクトゥーゾフは、愉快そうな目を細めてヴォルツォーゲンを見た。

ヴォルツォーゲンは無遠慮に脚をもみほぐしながら、小ばかにしたような笑みを唇に浮かべて、軽く帽子の庇に触れる敬礼をしながら、クトゥーゾフに近寄ってきた。

ヴォルツォーゲンは総司令官に対して、これ見よがしの無遠慮な態度をとっていた。つまり自分は教養の高い軍人であるから、ロシア人がこの年老いた役立たずな人物を偶像視したいのならさせておくが、自分にはこの相手の正体がちゃんと分かっているのだと、周囲に見せつけたかったのである。『このご老体（ドイツ人は仲間内でクトゥーゾフのことをそう呼んでいた）、のんびり寛いでいるな』そう思ったヴォルツォーゲンは、クトゥーゾフの前に置かれた大皿を厳しい目つきで一瞥すると、ご老体に左翼での戦況を、バルクライに命じられたまま、また自分の目で見て理解したままに報告した。

「わが陣の全重要地点が敵の手に渡り、撃退するすべはありません。兵員がないからです。兵は敗走していて、とどめるのは不可能です」そう彼は報告した。

クトゥーゾフは嚙むのをやめると、まるで言われたことが理解できないといったふうに、驚愕の目でヴォルツォーゲンを見据えた。ご老体の動揺を見て取ると、ヴォルツォーゲンはにやりと笑って言った。

「私には自分の目で見たことを殿下に隠す権利はないものと思っておりますが……軍は完全なる混乱状態であり……」

「君は見たんですか？　見たんですか？……」険しい表情になったクトゥーゾフはさっと立ち上がってヴォルツォーゲンに詰め寄りながら叫んだ。「どうして君は……よくも君は！……」震える両手で威嚇するようなしぐさをして、息を詰まらせながら、彼はがなり立てた。「よくも君は、そんなことが、言えますね、この私に。君は何も分かっていない。バルクライ将軍にこの私からだといって伝えなさい——彼の情報は間違っている。正しい戦況は総司令官であるこの私が、彼よりもよく知っておると」

ヴォルツォーゲンは何かしら反論しようとしたが、クトゥーゾフはそれを遮った。

「敵は左翼で撃退され、右翼では撃破された。もしもよく目が見えておらんのなら、知りもしないことを口にするのは控えたまえ。バルクライ将軍のところへ戻って告げるのだ——私は明日は必ず敵に攻撃をかける固い決意であるとな」クトゥーゾフは厳しい声で告げた。一同が沈黙し、聞こえるのはただ息のきれた老将軍の荒い呼吸音だけだった。「敵は随所で撃退された。それを私は神に、そしてわが勇猛なる軍に感謝する。敵は敗れた。明日は奴らをこの神聖なるロシアの地から追い払うのだ」クトゥーゾフは十字を切ってそう告げた。そしてにわかにこみ上げる涙にむせんだのだった。ヴォルツォーゲンは肩をすくめ唇をゆがめて引き下がった。このご老体の石頭ぶりに舌を巻いたのである。

「ほら、帰って来た、これこそわが英雄だ」ちょうどこのとき丘に登って来た、丸々と太った美男の将軍の方を向いてクトゥーゾフは言った。これはラエフスキーで、一日中ボロジノ平原の重要地点で過ごしてきたのだった。

ラエフスキーは、軍はそれぞれの持ち場を堅守しており、フランス軍はこれ以上攻撃してくる力はないと報告した。

報告を聞き終わるとクトゥーゾフはフランス語で言った。

「すると君は、他の連中とは違って、わが軍が撤退する必要があるとは思わないのだね？」

「それどころか、殿下、白黒のつかない状況で最後に勝利するのは意志の強い方ですから、したがって私の意見では……」

「カイサーロフ！」クトゥーゾフは自分の副官に声をかけた。「席に着いて明日の命令を書きたまえ。それから君は」と彼は別の副官に言った。「戦線を回って、明日は攻撃だと告げて来たまえ」

ラエフスキーとの話し合いと命令の口述が行われている間に、ヴォルツォーゲンがバルクライのところから戻ってくると、バルクライ・ド・トーリ将軍は侍従武官が伝えた命令に対し書面での確認を求めていると告げた。

クトゥーゾフはヴォルツォーゲンの顔も見ずに、その命令書を書くように命じた。元の総司令官は自分の責任を逃れるために、きわめて当然にもこれを入手しておきたいと思っているのだった。

軍には、はっきりそれとは名指し難い秘密の連絡網があって、それこそが全軍にわたって士気という名の同じ一つの気分を保つ役を果たし、またそれが戦時の中枢神経ともなるのだが、そのつながりを通じてクトゥーゾフの言葉と明日の会戦の命令は、瞬時にして軍の端々まで伝わった。

別にクトゥーゾフの言葉そのものや命令自体がこの連絡網の端まで伝わったわけではない。むしろ軍の端々で人々が互いに伝え合っている話は、クトゥーゾフの言った言葉とは似ても似つかないものだった。だが彼の言葉の意味は、いたるところに伝わったのだ。なぜならクトゥーゾフの言葉は周到な考えからひねり出されたものではなく、感情から生まれたものであり、その感情は総司令官の胸の内にあったのと同じように、全てのロシア人の胸の内にあった感情だったからである。

そして明日わが軍は敵軍に攻撃をかけると聞きつけ、自分たちの信じたいことを軍の最高幹部が裏書きしてくれたのを聞くに及んで、疲れ果てて動揺していた将兵は慰められ、奮い立ったのであった。

36章

アンドレイ公爵の連隊は予備軍に回され、一時過ぎまではセミョーノフスコエ村の後方で激しい砲火を浴びながらじっと待機していた。一時を過ぎると、すでに二百名の兵を失っていた連隊は前進して、踏み荒らされた燕麦畑に出た。それはセミョーノフスコエ村と丘砲台の中間地点で、この日何千という兵がなぎ倒された場所であり、折しもこの一時過ぎの頃には、何百門という敵の大砲の猛烈な集中砲火を浴びていた。

この場所を一歩も動かず、一発の砲弾も発射せぬままに、連隊はさらに三分の一の兵を失った。前方と、とりわけ右手の方角の、立ち込める砲煙の真ったただ中でズドンズドンと大砲の音が響き、目の前一面に広がった怪しげな煙の世界の中から、シュッと素早い音を立てる砲弾やゆっくりとしたうなりをあげる榴散弾が、小止みなく飛び出してくる。時にはまるで休憩を与えるかのように、四半時もの間、砲弾も榴散弾もみなただ頭上を飛び越えるだけのこともあるが、そうかと思えば、わずか一分の間に何人もの将兵が隊からもぎ取られ、ひっきりなしに死者のかたづけや負傷者の搬送が行われるときもあった。

新たな一撃を食らうたびに、死なずに残った兵士たちが生きのびる確率は、どんどん低くなっていく。連隊は大隊ごとに列を組み、全長は三百歩にも及んでいたが、にもかかわらず将兵はすべて同じ一つの気分に支配されていた。皆が一様に寡黙で陰鬱だった。まれに隊列の間で話し声が聞こえるが、それも砲弾が命中して「担架！」の叫びが聞こえるたびにぷっつりと沈黙してしまう。大半の時間、隊員たちは上官の命令によって地面に座り込んでいた。軍帽をとって熱心に襞《ひだ》を拡げてから、また襞を作り直している者、乾いた土を手のひらでサラサラの粉末にしては、それで銃剣を磨いている者、剣帯《けんたい》を揉んでほぐしたり負い革の留め金を伸ばしたりしている者、脚のゲートルを丁寧に外しては新たに巻き直し、靴を履き直している者。中には耕地の土で小さな家を作ったり、刈り取り後の藁《わら》で小さな籠を編んだりしている者もいた。皆がそうした作業にすっかり没頭しているように見えた。人々が負傷して死んでいこうが、担架の列が連なろうが、味方が退却してこようが、砲煙の向こうに敵の大集団が姿を見せようが、誰一人そうした状況に注意を向けようとしなかった。だがいざ砲兵隊や騎兵隊が前進し、味方の歩兵隊の進撃が目に入ると、激励の声が四方八方から聞こえてきた。とはいえ、最大の関心の対象となるのは、まったく別の、戦闘とは何の関係もない出来事だった。精神的に疲弊しきったこれらの人々は、ちょっとした日常的な下世話な出来事に、はりつめた気持ちの安らぎを見出しているかのようだった。砲兵中隊が連隊の列のすぐ前を通り過ぎた。砲兵中隊の弾薬箱を乗せた馬車の一つで、副馬《そえうま》が引き綱に足を絡めてしまった。「おい、副馬を見ろ！……」「直してやれよ！」「倒れちまうぞ……」「くそ、気づきもしやがらねえ！……」連隊のどの列からも一斉にこんな叫びが起こった。別の折にみんなの注目を集めたのは、尻尾をピンと立てた一匹の小さな茶色の子犬だった。どこからともなく現れたこの子犬は、不安そうにちょこちょこと隊列の前に駆け出してきたが、不意に間近で砲弾が炸裂すると、きゃんと泣いて尻尾を巻いて明後日《あさって》の方角へ逃げていった。連隊中が爆笑と絶叫の渦と化した。しかしこの種の気晴らしは何分かしか続かず、すでに八時間以上、食い物も仕事もないまま一向に去らぬ死の恐怖にじっとさらされて過ごしている兵士たちは、蒼白な険しい顔をますます蒼白な、険しいものとしていくばかりだった。

アンドレイ公爵は連隊のすべての将兵と同様嶮しく蒼白な顔をして、背中で手を組み、うなだれた姿で、燕麦畑の脇の草地を、畔道《あぜみち》から畔道へと渡りながら行ったり来たりしていた。彼にはなすべきことも命令すべきことも、何一つなかった。すべてはひとりでに進行していたのである。死んだ者は引きずって前線から下げられ、負傷者は運び出され、隊列は空いた間を詰めた。飛びのいて危難を逃れた兵たちも、すぐに急いで戻ってきた。はじめのうちアンドレイ公爵は、兵たちの勇気を奮い起こし、手本を示すのが自分の務めだと思って、隊列を周回していたものだった。しかしやがて、自分には彼らに教えることも教える手段もないことを悟った。どの兵士もしているように、彼も無意識に自分の精神力を、自分たちが置かれた状況の恐ろしさを考えまいとする努力にひたすら注いでいるだけだったからである。足を引きずるようにして草むらをざわざわとかき分け、ブーツについた砂埃を見つめながら草地を歩く彼は、時に大股になっていつか草刈り人が草地に残した足跡をたどろうとしてみたり、また時には自分の歩数を数えて、畔と畔の間を何度往復すれば一キロになるかを計算してみたり、時には畔道に生えたヨモギの花をむしって手のひらでもむようにして、その苦みを含んだ青臭い、強いにおいを嗅いでみたりした。昨日考えたことは、何ひとつ頭に残っていなかった。彼は何も考えていなかった。ただ疲れた耳でずっと同じ音を聞き取り、発砲の轟音の中に飛来する砲弾のうなりを聞き分け、見慣れた第一大隊の将兵の顔を見つめ、そして待つだけだった。『ほらあいつだ……またこちらへ飛んでくるぞ！』彼は砲煙で閉ざされた地点から飛来する何ものかのうなりに耳を澄ましながら思うのだった。『一発、二発！　もっとだ！　当たった……』思わず立ち止まって隊列を見つめる。『いや、通り過ぎた。次が当たりだ』そうして彼はまた歩き始めた。十六歩で畔まで行こうと大股になって。

ヒューと飛来したものがドンと当たった！　彼から五歩のところで乾いた土がめくれて砲弾が潜っていった。思わず背中を寒気が走る。彼はまた隊列に目をやった。きっとたくさんの兵がやられたのだろう、第二大隊のあたりに大きな人群れができている。

「副官」彼は叫んだ。「密集しないように命じてくれ」副官は命令を果たしてアンドレイ公爵に近寄ってきた。別の方角から大隊長が馬で近寄ってくる。

「危ない！」怯えたような兵士の叫びが聞こえた。すると囀《さえず》りながら高速で飛んできて地面にとまる鳥のように、アンドレイ公爵から二歩の距離の、大隊長の馬の脇に、ピシッと小さな音で榴散弾が落ちた。まずは馬が、恐怖をあらわにするのがいいことか悪いことかと問うこともせずに、大佐を振り落とさんばかりの勢いでパッと脇に飛び退《すさ》った。馬の恐怖が人間たちにも伝わった。

「伏せろ！」副官が自ら地面に伏せて叫ぶ。アンドレイ公爵は踏ん切りがつかずに立ったままだった。榴散弾は煙を立てながら、彼と伏せた副官との間、畑地と草地の境目のヨモギの茂ったあたりを、独楽《こま》のようにくるくる回転している。

『いったいこれが死なのだろうか？』草を、ヨモギを、回転する黒い玉から噴き出す煙の流れを、まったく新しい、羨むような目つきで見つめながら、アンドレイ公爵は思った。『だめだ、俺は死にたくない、俺は生を愛している、愛している、この草を、土を、空気を……』そう考えながら同時に彼は、自分が皆に見られていることも忘れてはいなかった。

「恥ずかしいぞ、君！」彼は副官に向かって言った。「何という……」彼は最後まで言えなかった。爆発音がして、はじけた窓枠のかけらが飛び散るような音がすると同時に、むっとする火薬の臭いが広がった。そしてアンドレイ公爵の体はひゅっと脇に飛び、片手を上げたままうつぶせに倒れた。

何人かの将校たちが彼に駆け寄った。腹の右側から流れ出した血が草の上に大きな染みを作っている。

呼ばれた義勇兵たちが担架を持ったまま将校たちの背後で足を止めた。アンドレイ公爵は顔を草むらに突っ伏したままうつぶせに横たわり、鼻息を立てて荒い呼吸をしている。

「おい、何を突っ立っている、近くに寄らんか！」

義勇兵の百姓たちは近くに寄ると、肩と足を持って公爵の体を抱え上げたが、公爵が哀れなうめき声を立てると、目を見交わしてまた下ろしてしまった。

「さっさと担架にのせろ、同じことだ！」誰かの声が叫ぶ。公爵は改めて肩をつかまれ、担架にのせられた。

「ああ、大変だ！」「これはまずいぞ！」「何ということだ……」「腹をやられている！」「おしまいだ！」「大変だ！」将校たちの間でそんな声が聞こえた。「耳のすぐ脇をシュンとかすめて行ったからな」さっきの副官が話していた。百姓たちは担架を肩の上に落ち着けると、包帯所《ほうたいじょ》[54]を目指して自分たちが踏み固めた道を急いで歩き出した。

「足並みを揃えんか……。ちぇっ！……百姓どもが！」ばらばらな足取りで担架をがたがた揺らしている百姓たちを、肩をつかんで押しとどめた一人の将校が、そう怒

54　応急野戦病院。

鳴りつけた。

「俺に合わせるんだ、いいな、フヴョードル、ほらフヴョードル」先頭の百姓が言った。

「こうだろう、いい調子だ」後ろの百姓が足取りを合わせてうれしげに言った。

「連隊長殿？　ええ？　公爵殿ですか？」駆け寄って来たティモーヒンが担架を覗き込みながら声を震わせて言った。

アンドレイ公爵は目を開けると、頭部を深く担架の底に沈み込ませたまま、話しかける相手の顔を見あげ、そしてまた瞼を閉じた。

義勇兵たちはアンドレイ公爵を森へと運んだ。そこには輜重車《しちょうしゃ》が並び、包帯所《ほうたいじょ》も置かれていた。包帯所は白樺林の外れに設営された三張りのテントからなり、テントはみな裾がめくりあげられていた。同じ白樺林の中に輜重車も馬も待機していた。馬たちが飼葉《かいば》袋の燕麦を食っていると、スズメたちもそこへ飛んできて、こぼれ落ちた穀粒をついばんでいる。血の匂いを嗅ぎつけたカラスたちが、待ちきれないというふうにカアカア鳴きながら、白樺林を飛び交っている。テントの周りの二ヘクタール余りの空間には、様々な服を着た血まみれの者たちが、寝たり座ったり立ったりしている。負傷者の周囲には担架兵の集団が、陰気な張り詰めた顔で佇《たたず》んでおり、整理役の将校たちが彼らをそこから追い払おうと空しい試みをしていた。担架兵たちは将校の指示には頓着せず、担架に寄りかかって佇んだまま、まるで目の前の光景の難しい意味を理解しようとするかのように、そこで行われていることをじっと見つめているのだった。テントの中からは大きな、恨めしげな悲鳴が聞こえたかと思うと、訴えるようなうめき声が聞こえる。時折そこから看護兵たちが飛び出してきて、水を取っていったり、次に運び込むべき負傷者の名を呼んだりした。テントの脇で順番を待っている負傷者たちは、喉をゼイゼイいわせ、呻き、泣き、叫び、罵り、ウオッカをねだっている。うわごとを言っている者もいた。アンドレイ公爵は連隊長ということで、まだ治療を受けていない負傷者たちをかき分けて一つのテントの近くまで運ばれ、そこに置かれて指示を待った。目を開けたアンドレイ公爵は、長いこと周囲で起こっていることが理解できなかった。草地が、ヨモギが、耕地が、くるくる回る黒い玉が、そして自分の味わったほとばしるような生への愛の感情が、思い起こされた。ほんの二、三歩先では、頭に包帯を巻かれた背の高い、美男の、髪の黒い下士官が木の枝を杖にして立ったまま、大声で話をして皆の注意を集めていた。銃弾で頭部と脚に傷を負ったのである。男の周囲には負傷者や担架兵が群がって、むさぼるように彼の言葉を聞いていた。

「俺たちがそこでこっぴどくぶちのめしてやったものだから、敵は命からがら逃げ去って、こちらは王さままで捕虜にしたってわけさ！」黒い、燃えるような眼をぎらぎらさせて周囲を見回しながら、下士官は声を張り上げた。「ただあの時すぐに予備隊が来ていさえすれば、奴らはな、みんな、跡形も残らなかったろうよ、本当の話……」

周囲に集まったすべての者たちと同様、アンドレイ公爵も目を輝かせてこの語り手を見つめながら、気持ちが慰むのを覚えていた。『しかし、もはやどうなろうと同じではないか』彼は思った。『いったい、あの世には何があるのか、そしてこの世には何があったのか？　なぜ俺は命と別れるのをこんなに惜しむのだろうか？　この人生には何かがあった。それを俺は理解できなかったし、今でも理解できていない』

37章

テントから医者が一人出てきた。手術着を血で汚し、小さな手も血まみれで、その片手の親指と小指に（血で汚さないように）葉巻煙草をはさんでいる。医者は頭をあげて左右を見渡したが、視線は負傷者たちよりも上に向けられていた。明らかに一息つきたい気分なのだ。しばらくそうして右を見たり左を見たりしたあげく、医者は一つ息をついて視線を下げた。

「分かった、すぐにとりかかろう」アンドレイ公爵に注目を促した看護兵にそう答えると、医者は公爵をテントの中に運ぶよう指示した。

順番を待っていた負傷者の群れから不満のつぶやきが上がる。

「ほらな、つまりあの世にも旦那衆だけしか住めねえってわけよ」一人がそんな嫌味を言った。

運び込まれたアンドレイ公爵がのせられたのは後片づけの終わったばかり処置台で、まだ看護兵が仕上げの拭き掃除をしていた。テントの中のものを一つ一つ識別するのはアンドレイ公爵には無理だった。あちこちから聞こえてくる、哀訴するようなうめき声や、自らの太もも、腹、背中の痛みに気を取られていたからだ。周囲に見えるすべてのものが、まとめて一つの、裸に剝《む》かれ辱められた人間の体へと収斂《しゅうれん》し、それがこの天井の低いテントの中をいっぱいに満たしているように、彼には思えた。何週間か前のあの暑い八月の日に、ちょうどこれと同じ体がスモレンスク街道脇のあの汚い池を満たしていたのと同じように。そう、あれもまた同じ体、すなわちまさに「大砲の餌食」となるべき体だった。だからすでにあの時あの体が、今日のこの体を予告するかのような形で、彼の心中に恐怖を掻き立てたのだった。

テントの中には三つの処置台があった。そのうち二つが使用中で、三つ目にアンドレイ公爵が置かれたのだった。彼はしばし一人で放って置かれたので、否応なしにあとの二つの処置台で行われていることを目にする羽目になった。近い方の処置台にはタタール人が座っていた。脇に脱ぎ捨てられた軍服からすると、たぶんコサックである。兵士が四人がかりで彼を抑えている。眼鏡の医者がタタール人の浅黒い筋肉質の背中のどこかを切開しているところだった。

「ウッ、ウッ、ウッ！……」タタール人がまるで豚の呻くような声を立てていたかと思うと、不意に頬骨の張った浅黒い獅子鼻の顔を持ち上げ、白い歯をむき出し、身を振りほどこうとしてもがきながら、耳をつんざくような長い悲鳴を上げ始めた。もう一つの処置台には、たくさんの人間に取り囲まれて、大柄な太った男が頭をのけぞらせてあおむけに寝ていた（巻き毛の髪もその色も頭の形も、アンドレイ公爵には妙に見覚えがあるように思えた）。看護兵が数人がかりでその男の胸にのしかかるようにして押さえつけている。白い大きな太った片脚が、まるで熱病にかかったようにぴくぴくと速く小刻みに、絶え間なく痙攣《けいれん》している。男は激しく泣きじゃくり、息を詰まらせていた。医師が二人――片方は蒼白な顔で震えていたが――男のもう一方の、赤く染まった脚に何かの処置を施しているのだった。タタール人の処置を終えて外套をかぶせた眼鏡の医者が、手を拭いながらアンドレイ公爵に近寄ってきた。

アンドレイ公爵の顔をひと目見ると、医者は急いで振り向いた。

「服を脱がせろ！　何を突っ立っている？」彼は看護兵たちを一喝《いっかつ》した。

看護兵の一人が腕まくりした手で手早く服のボタンを外し、服を脱がせてくれている間、アンドレイ公爵の脳裏にはごく幼い頃の遠い思い出が浮かんでいた。医者は傷口の上にかがみ込み、触ってみて深いため息をついた。それから誰かに合図する。その後、腹中の猛烈な痛みのため、アンドレイ公爵は意識を失った。われに返った時には、砕けた大腿部の骨は摘出《てきしゅつ》され、ちぎれた肉片は切除され、傷口には包帯が巻かれていた。彼は顔に水をかけられたところだった。アンドレイ公爵が目を開けるや否や、医者は覆いかぶさるようにして黙って彼の唇にキスをすると、急いで立ち去った。

この苦しみに耐えた後、アンドレイ公爵は久しく味わっていなかった至福感を覚えた。人生で最良の、最も幸せな瞬間のすべて、とりわけもっとも遠い昔、ごく幼かった頃に、服を脱がせてもらってベビーベッドに寝かされ、乳母が枕元で子守唄をうたってくれた時のこと、枕に頭を埋《うず》めながら、生きているという意識一つで自分を幸福だと感じた時のことが、昔のことというよりはむしろ現在のこととして頭に浮かんできたのである。

アンドレイ公爵が頭の形に見覚えのあるような気のする例の負傷者の周りでは、医者たちがせわしく働いていた。負傷者は上体を起こされ、慰めの言葉をかけられている。

「見せてくれ……ああああ！　あ！　ああああ！」怯えきって、苦悩に打ちひしがれたような呻《うめ》き声が、嗚咽《おえつ》のために途切れ途切れになって聞こえてきた。その呻きを聞くと、アンドレイ公爵は泣きたくなった。自分が名声も得ぬまま死のうとしているせいか、命に別れを告げるのが惜しいせいか、先刻来の二度と戻らぬ子供時代の思い出のせいか、自分が苦しみ、他の者たちが苦しみ、目の前であの男があんなにも哀れに呻いているせいか、とにかく彼は泣きたかった。それは子供のような、優しい、ほとんど喜びにも似た涙だった。

負傷者に見せられたのは、血のこびりついたブーツに入ったままの、彼の切断された脚だった。

「あ！　ああああ！」負傷者はまるで女のように泣きじゃくる。その時、男の顔を隠す格好で彼の前に立っていた医者が、姿を消した。

『おや！　どういうことだ？　なぜあいつがここに？』アンドレイ公爵は心に思った。たった今脚を切断された不運な、涙に掻き暮れた、無力な人物が、あのアナトール・クラーギンであるのを彼は知ったのだった。何本もの手で体を支えられたアナトールにコップの水が差しだされたが、むくんだ震える唇は、コップの縁《ふち》をとらえることもできない。アナトールは身も世もなくすすり泣いていた。『そうだ、あれはあいつだ。そう、あの男はなぜかしらこの俺と密接に、深く結びついている』いまだに目の前の事態がはっきりとは呑み込めぬままに、アンドレイ公爵は思った。『いったいあの男が俺の子供時代と、俺の人生と、どんな関係があるというのだ？』そんな問いを自分に投げかけても、答えは返ってこなかった。すると突然、子供らしい、純真な、愛に満ちた世界の、新しい、思いがけない思い出が、アンドレイ公爵の頭に浮かびあがった。ナターシャを思い出したのだ——一八一〇年の舞踏会で初めて見た時の、細い首と細い腕をして、今にも喜びを爆発させそうな、驚いた幸せそうな表情をした姿で。すると彼女への愛《いと》おしさと優しい気持ちが、これまでにないほど生き生きと強烈に、胸の内に目覚めた。今や彼は、泣き腫らした目の涙ごしにぼんやりとこちらを見ている例の男と自分との間にあった関係を思い起こしていた。そうしてすべてを思い出すと、男に対する同情と愛が幸せな心を満たし、彼は感動に震えた。

もはやこらえきれなくなったアンドレイ公爵は、人間に対する、自分に対する、さらには人々と自分の数々の過ちに対する、優しい、愛の涙に掻き暮れたのだった。『同胞への、愛する者たちへの同情、愛、われわれを憎む者たちへの愛、敵への愛——そう、それこそまさに神が地上で説いた愛、妹のマリヤが俺に教えようとして、俺が理解できなかった愛だ。まさにこの愛のために俺は命を失うことを惜しんだんだし、これこそが俺に残されたものなんだ。もしも生き残ったならば。だが今はもう手遅れだ。俺には分かっている！』

38章

一面死体と負傷者で埋め尽くされた戦場の恐ろしい光景が、頭の重さや、二十名もの馴染みの将軍たちが死傷したというニュースや、かつての自分の強腕が失われたという無力感と相まって、ナポレオンに思いもよらぬ印象をもたらした。いつもの彼は好んで死者や負傷者の姿を見て、それによって自分の精神力（と彼は考えていた）を試していた。ところがこの日は戦場の恐るべき光景が、彼が自分の長所であり偉大さの証明と見なしていたその精神力を打ち負かしたのである。彼は急いで戦場を後にしてシェワルジノの丘に引き返した。血の気のない浮腫《むく》んだ顔、だるい体、濁った眼、赤い鼻、しわがれ声の彼は、折り畳み椅子に腰かけて無意識に一斉射撃の音に耳を傾けながら、目を上げようとはしなかった。彼は悲痛な気持ちでこの事態の終焉を待ち望んでいた。これを引き起こしたのは自分だと意識しながら、自分ではこれを押し止《とど》めることはできなかったのだ。これまで彼が延々と奉仕してきた作り物の生の幻影《まぼろし》を、個人の人間的な感情がつかの間打ち破った。戦場で見た苦痛や死を、彼は自分の身に引き移してみた。頭と胸の重さが、自分もまた苦痛や死をこうむる可能性を持つ身であることを、思い起こさせたのである。この瞬間の彼は、モスクワも勝利も名声も、自分のために望んではいなかった（いまさら彼にどんな名声が要るというのか?）。今の彼が唯一求めているのは、休息であり安らぎであり自由であった。だが彼がセミョーノフスコエ村の高台にいるところへ砲兵隊長が現れ、クニャジコヴォ村の手前に結集しているロシア軍への砲撃を強化するため、この高台に数個の砲兵中隊を配置することを提案した。ナポレオンはこれを了承し、配置した砲兵中隊がいかなる効果を上げたかを報告するよう要求した。

一名の副官が、皇帝陛下のご命令により二百門の砲がロシア軍を攻撃したこと、しかるにロシア軍が依然持ちこたえていることを告げた。

「わが軍の砲撃は敵の隊列を次々になぎ倒しておりますが、敵は持ちこたえております」副官は言った。

「奴らはもっと欲しがっているのだ！……」かすれ声でナポレオンは言った。

「何とおっしゃいましたか？」聞き取れなかった副官が聞き返す。

「奴らはもっと欲しがっているのだ」ナポレオンは険しい顔になって嗄《しわが》れ声を張り上げる。「だから食らわせてやれ」

彼が命ずるまでもなく彼の希望は実行されていたのだが、彼はただ自分の命令が期待されていると思ったゆえにこの指示を与えたのだった。こうしてまたもや前と同じ作り物の、何かしら偉大なるものの幻影《まぼろし》の世界へと飛び移り、またもや（ちょうど伝動装置の足踏み車を回させられている馬が、自分は自分のために何かをしているのだと思い込んでいるようなもので）自分に予め割り振られた例の残忍で悲しくて辛い、非人間的な役割を、おとなしく演じ始めたのだった。

起こりつつある事態の重みを、他のどんな参加者よりも苛烈な形でわが身に背負っているこの人物の理性と良心が曇っていたのは、決してこの時この日に限ったことではなかった。それどころか彼は生涯一度として、善も、美も、真理も、自分の行動の意味も、理解できたためしはなかった。彼の行動はあまりにも善と真理に逆行し、あらゆる人間的なものからあまりにも遊離していたので、本人にはその意味が分からなかったのである。世界の半分が称賛する自分の行動を放棄することができない彼は、それ故に真理と善とあらゆる人間的なものを放棄せざるを得なかったのだ。

この日に限ったことではないが、死んだ兵と手足を失った兵でびっしり埋まった戦場（彼はそれを自分の意志による現象と理解していた）を馬で回る際に、彼はそうした者たちを見てはフランス兵一名に対してロシア兵は何名の割合になるかを計算し、しかも自分で計算をごまかしながら、フランス兵一名に対してロシア兵五名の割になるというところに喜びのタネを見出していた。パリに向けた書簡には、五万もの死体がそこにあるという理由で『戦場は壮観なり』と書いたが、これもこの日に限ったことではなかった。後にセントヘレナ島で、孤独の静けさの中にあった時も、自分はこの先の余暇を自らがなした偉大な事業を書き記すことに捧げるつもりだと語り、次のように書いている。

『ロシア戦役は現代において最も民意にかなった戦争となるはずのものであった。なぜならばそれは良識と真の利益のための戦争であり、万人《ばんにん》の平安と安全のための戦争だったからである。それは純粋に平和的でかつ保守的な戦争であった。

それは偉大なる目的のため、諸々の不安要因を排し、安全の始まりを画するための戦いであった。そこから新しい地平が、万人の安寧と福祉に満ちた、新たなる事業が開けるべきものであった。ヨーロッパ体制が基礎づけられ、もはや問題はそれをいかに組織するかに尽きるはずであった。

これらの大問題に満足のいく解決が得られ、あまねく平穏が得られたならば、私もまた自らの国際会議《コングレス》と自らの神聖同盟を持ったことだろう。そもそもあれは、私の考えを剽窃《ひょうせつ》したものだったのだから。そうして偉大なる国王たちの集まりにおいて、われわれは自分たちの利害を家族的に協議し、それぞれの国民の意見もそこに取り入れたことだろう。ちょうど使用人が主人の意見を聞くように。

そうなればヨーロッパ中がやがて実際に単一の国民となり、誰がどこへ旅しようと、常に共通の祖国にいることになっただろう。私は要求したことだろう——あらゆる河川を万民のための航路とすること、海を共有のものとすること、常備の大規模な軍隊を削減して君主の近衛隊のみにすること、等々を。

フランスに、すなわち偉大で、強力で、神々しく、平穏で、栄えある祖国に戻ったあかつきには、私はその国境を不変なものと宣言したことだろう。すなわち今後の戦争はすべて防衛戦争となり、新たなる領土拡張はすべて反国家的なものとなると。私は自分の息子を帝国の統治に参加させたことだろう。そうしてわが独裁体制は終わりを告げ、息子による立憲政治が開始されたことであろう……。パリは世界の首都となり、フランス国民はすべての諸国民の羨望の的となっていたはずである……。その後の私の余暇と余生は、わが后妃の助けを借りつつ、息子の皇帝教育の傍らで、田舎の夫婦者さながらに馬に乗って少しずつ国内各地を訪れ、請願を受け、不正をただし、あらゆる地域のいたるところに公共の建物を建て、恩恵を施すことに捧げられたことだろう』

神意によって諸国民の死刑執行人という悲惨で不自由な役割を割り振られながら、彼は自らに言い聞かせていた──自分の行動の目的は諸国民の福祉であり、自分には何百万もの人々の運命をつかさどることが可能であり、そして権力を通して善政を行うことができるのだと！

『ヴィスワ川を渡った四十万の将兵のうち』と彼はさらにロシア戦役について書いている。『半数はオーストリア人、プロイセン人、ザクセン人、ポーランド人、バヴァリア人、ヴュルテンベルク人、メクレンブルク人、スペイン人、イタリア人、ナポリ人であった。そもそもが皇帝軍も、その三分の一がオランダ人、ベルギー人、ライン河畔の住民、ピエモンテ人、スイス人、ジュネーヴ人、トスカナ人、ローマ人、第三十二軍管区住民、ブレーメン人、ハンブルク人等々で構成されており、フランス語を話す人間の数は十四万そこそこであった。

ロシア戦役における実際のフランス人将兵の犠牲者は五万人に及ばない。ロシア軍はヴィルナからモスクワへと退却する過程の様々な会戦で、フランス軍の四倍の数の将兵を失っている。モスクワの火事は、森の中での寒さと飢えにより十万のロシア人の命を奪った。そして最後に、モスクワからオーデル川まで移動する際にもまた、ロシア軍は厳しい季節でダメージを受け、ヴィルナに着いた時にはその数わずか五万、カリシュでは一万八千にも満たなかった』

ナポレオンは自分の意志によって対ロシア戦争が起こったと思っているが、生じた事態の恐ろしさは彼の心を震撼させはしなかった。彼は大胆にも事件の全責任をわが身に担おうとしているが、その曇った理性は、何十万もの犠牲者の中でフランス人の数がヘッセン人やバヴァリア人の数より少ないことに、自己正当化の根拠を見出しているのである。

39章

何万もの人間がいろんな姿勢の、いろんな軍服を着た死体となって畑や草地に横たわっていた。それは地主のダヴィドフ一族と国有地農民の所有地で、その畑や草地では何百年もの間ボロジノ、ゴールキ、シェワルジノ、セミョーノフスコエの村々の百姓たちが作物を取り入れ、同時に家畜を放牧してきたのだった。包帯所のある場所では一ヘクタールにわたって、草も土もたっぷりと血を吸っていた。様々な隊に属する負傷兵や負傷していない兵の集団が、怯えきった顔をして、一方はモジャイスクへ、一方はヴァルーエヴォへと、よろめきながら引き上げていく。また別の集団は、疲れきって腹をすかせたまま、上官たちに引率されて前進していくのだった。元の位置にとどまったまま射撃を続けている集団もいた。

朝には日を浴びて輝く銃剣や砲煙があんなにものどかで美しかった戦場の全域に、今では湿気と砲煙の靄が立ち込め、硝石と血の混じった酸っぱいような奇妙な臭いがした。黒雲があつまってパラパラと降り出した小雨が、死者たちの、負傷者たちの、怯えた者たちの、疲れ果てた者たちの、疑惑に駆られた者たちの体を濡らす。まるで雨はこう語り掛けているかのようだった――「もうたくさんだ、たくさんだよ、人間たち。よしなさい……。正気に戻るんだ。君たちはいったい何をしているんだ？」一敵味方を問わず、食事も休息も与えられずに疲労困憊した者たちの頭には、一様に、これ以上互いを殺し合うべきなのだろうかという疑問が浮かび始めた。そして皆の顔に動揺の兆しが見え、誰の心にも同じように『なぜ、誰のために俺は殺し、また殺されなくてはならないのか？』という問いが頭をもたげた。『殺したいなら誰でも殺し、好きなようにするがいい、ただし俺はもうたくさんだ！』と。晩になるころには、そうした思いが皆の胸に一様に熟していた。いつ何時《なんどき》これらすべての者たちが自分のしたことに恐れをなし、何もかも捨てて、てんで勝手に逃げていくかもしれなかった。

だが、会戦の終わりころに人々が自分の行為の恐ろしさをはっきりと感じ、喜んで止めたいと願っていたとしても、何か得体のしれぬ不思議な力がいまだに彼らを操り続けていたのであり、三人に一人の割で生き残っていた、汗にまみれ火薬と血にまみれた砲兵たちは、疲れた体で躓《つまず》きあえぎながらも、砲弾を運び、装弾し、狙いを定め、火縄で点火する作業を繰り返していた。そうして相も変わらず砲弾が双方の陣地から恐るべきスピードで狂暴に飛び交っては人間の体を潰し、人々の意志によってではなく、人々と世界を操る者の意志によってなされる、あの恐るべき事業が、遂行され続けるのだった。

仮に誰かがロシア軍の乱れ切った後方を一目見たら、フランス軍があとほんの一踏ん張りすれば、ロシア軍は消滅すると言ったことだろう。そして仮に誰かがフランス軍の後方をひと目見たら、ロシア軍があとほんの一踏ん張りすれば、フランス軍は滅びると言ったことだろう。だがフランス軍もロシア軍もその一踏ん張りをせず、そのまま会戦の炎はゆっくりと燃え尽きようとしていた。

ロシア軍がその一踏ん張りをしなかったのは、彼らがフランス軍に攻撃を仕掛けたわけではなかったからだ。会戦の初めには、彼らはただモスクワを防衛しようとして、モスクワへの街道に立ちはだかっていただけであった。そしてまったくそのまま会戦の終わりまで、始まった時と同じく立ちはだかり続けていたのである。だが、仮にロシア軍の目的がフランス軍を撃退することにあったとしたところで、彼らはその一踏ん張りをすることはできなかった。なぜならロシア軍全体が撃破されており、戦闘でダメージを受けていない部隊は一つとしてなく、ロシア軍はそれぞれの持ち場にとどまっているだけで、将兵の半数を失っていたからである。

一方フランス軍は、これに先立つ十五年間すべての戦争に勝利してきたという記憶を持ち、ナポレオンは不敗なりという確信を持ち、戦場の一部を自分たちがすでに奪取したという意識を持ち、自分たちはまだ軍の四分の一しか失っておらず、いざとなれば二万の近衛隊が手つかずで残っているという意識を持っていたから、問題の一踏ん張りをすることは簡単だったことだろう。しかもロシア軍を陣地から追い払おうという目的で攻撃を仕掛けていたフランス軍には、その一踏ん張りをする必然性があった。なぜならロシア軍が会戦開始の時のままモスクワへの街道を塞いでいるうちは、自分たちの目的は達成されず、これまでの努力も犠牲もすべて無に帰してしまうからである。しかしフランス軍はその一踏ん張りをしなかった。歴史家の中には、ナポレオンが自分の手つかずの古参近衛隊を投入しさえすれば、会戦は勝利に終わっただろうと言う者もいる。だが仮にナポレオンが自分の近衛隊を出していればという議論は、もしも秋が春になっていたらという議論と同列である。それはありえないことだったからだ。ナポレオンは別にいやだったから自分の近衛隊を出さなかったわけではなく、出すのは不可能だったのだ。フランス軍の将軍たちも将校たちも兵士たちも、それは不可能だと分かっていた。なぜなら軍の士気の低下がそれを許さなかったからだ。すさまじい勢いで振り上げた腕が力弱くだらりと垂れてしまう——そんな悪夢のような感覚を味わったのは一人ナポレオンばかりではなかった。フランス軍の将軍たちも、戦闘に加わった兵士も加わらなかった兵士も含めて全員が、これまでのどの戦争でも今の十分の一の努力で敵を敗走させてきた経験を持つだけに、半数の兵を失いながら戦闘の最後まで、開戦の時とまったく同じように頑として立ちはだかっている敵を前にして、同様な恐怖感を覚えたのだった。攻撃している側のフランス軍は、精も根も尽き果てていた。軍旗と呼ばれる竿の先に着いた布切れを奪い取った数や、軍が占拠していた、そして今占拠している空間の広さで決まるようなたぐいの勝利ではなく、こちらが精神力において勝っており、敵の方が弱いのだということを敵自身に納得させるような、精神的な勝利——ボロジノにおいてその勝利を勝ち得たのはロシア軍だった。フランスの侵入軍は、ちょうど駆け回っている間に致命傷を負った狂暴な野獣のように、自らの破滅を意識していた。だが侵入軍は立ち止まることはできなかったし、まったく同様に、今や敵の半分の兵力しかないロシア軍も退却せざるを得なかった。ここを突破した後のフランス軍は、モスクワまではまだ一気に駆け抜けることができた。しかしモスクワでは、ロシア軍側が何ら新たな努力をするまでもなく、フランス軍はボロジノで受けた致命傷から血を流しつつ、死んでゆくさだめだった。ナポレオンが理由もなくモスクワから逃げ出して旧スモレンスク街道を通って退却し、五十万の侵入軍が壊滅して、ナポレオンのフランスが滅びたこと——これがボロジノ会戦の直接の結果に他ならない。フランスはボロジノで初めて、己よりも精神力に勝る敵に圧倒されたのである。

（第３部第２編終わり）

（つづく）

読書ガイド

望月 哲男

戦いが始まる

第四巻はいよいよロシアを舞台とした祖国戦争の物語です。

一八一二年五月二十九日（露暦、以下同じ）にドレスデンから遠征を開始したナポレオンは、六月十二日には五十万の大陸軍《だいりくぐん》を率いて現ベラルーシからリトアニアへと流れるネマン川を渡ってロシア領に侵入、その後退却を重ねるロシア軍を追ってヴィルナ、ヴィテプスク、スモレンスクの諸都市を次々と占領し、モスクワに迫ります。この間、ロシア軍の総司令官はバルクライ・ド・トーリからミハイル・クトゥーゾフに交代しました。八月二十六日にはモスクワの西方百十キロのボロジノで両軍の会戦が行われます。ここまでの経緯で両軍の状況に変動があったせいで、この戦いの規模にも諸説があるようですが、ロシア帝国参謀本部の資料に基づく佐藤雄亮の研究によれば、十五万五千のロシア軍と十三万四千のフランス軍（うち温存された古参近衛軍二万）が戦って、ロシア側が四万六千以上、フランス側が三万八千以上の将兵を失うという[1]、わずか一日の戦闘としては甚大な痛手を双方にもたらした大決戦でした。ここでロシアが勝てなかったことで、ナポレオン軍のモスクワ占領が確実になります。

本巻で語られるのは、このあわただしい三か月ばかりの出来事です。以下作品の内容を整理したうえで、戦争というテーマを扱う作者の方法や態度について、訳者の立場から特徴的と感じられるところを、いくつか話題にしたいと思います。

全ロシアの経験を描く

ロシアの一大危難を描くトルストイは、戦争の表舞台と舞台裏を縫うように場面を選びながら、様々な人々の経験をほぼ時系列的に継ぎ合わせて、雑色の絵巻物のよう

1　佐藤雄亮『前期レフ・トルストイの生活と創作――「内なる女性像」から生じた問題とその解決を中心に――』（博士論文ＰＤＦ版：https://ci.nii.ac.jp/naid/500000981094）２６３頁。

な物語世界を作り上げています。叙述は明快でどんどん読み進められますが、話題も登場人物も極めて多いせいで、出来事の全体像を捉えるのは必ずしも容易ではありません。内容を振り返る際の一助として、ここでは箇条書き形式による作品の情報整理を試みてみましょう。第四巻の内容を（細かな場面転換は無視して）話題単位で大雑把になぞると、たとえば次の表のようになります（カッコ内数字は上から部‐編‐章）。

①（3‐1‐1）戦争の原因に関する語り手の批判的考察。
②（3‐1‐2〜7）六月十二日、ネマン川を渡るナポレオンとヴィルナで舞踏会を楽しむアレクサンドル一世が対比的に描かれ、ロシア皇帝の使節バラショフの見聞を通じて、仏露両皇帝の開戦時の心境が語られる。
③（3‐1‐8〜11）トルコ戦線経由でドリッサのロシア軍総司令部へ赴いたアンドレイ公爵が、皇帝の大本営における諸派閥の人間模様を観察する。指揮系統を乱す皇帝はこの後、体よく戦争の現場から追い払われる。
④（3‐1‐12〜15）騎兵大尉となったニコライが七月十三日のオストロヴナの戦闘で急襲に成功、勲章を得ながら、敵に加えた己の暴力に嫌悪を覚える。

⑤（3-1-16〜23）戦時色の強まるモスクワ。聖ペテロ・パウロ祭の祈禱を契機に元気を回復するナターシャ、数秘術の文字計算から黙示録の「獣」たるナポレオンに対抗する使命を自覚するピエール、出征を志願してクレムリンの皇帝来駕歓迎式に出かけるペーチャ、皇帝を迎え熱狂する七月十五日の貴族会の様子が語られる。
⑥（3-2-1）歴史的事件における予測や計画の不可能性に関する語り手の考察。
⑦（3-2-2〜5）フランス軍侵攻を信じない禿山《ルイスィエ・ゴールィ》のボルコンスキー老公爵によってスモレンスクに派遣された支配人アルパートィチが八月五日の大砲撃に遭遇し、混乱の中で若主人のアンドレイ公爵と出会う。八月十日スモレンスクから撤退中のアンドレイ公爵が、主人たちの去った禿山《ルイスィエ・ゴールィ》に立ち寄る。
⑧（3-2-6）ペテルブルグの貴族サロンの親仏派・嫌仏派の対抗が描かれ、八月八日に総司令官に任ぜられたクトゥーゾフの世評の高まりが語られる。
⑨（3-2-7）モスクワへの途次、ナポレオンが捕虜のラヴルーシカ（ニコライの従者）を尋問する。
⑩（3-2-8〜14）発作で倒れたボルコンスキー老公爵が息子の領地ボグチャロ

ヴォで八月十五日に死亡。仏軍を恐れて避難しようとする娘マリヤは、百姓たちの抵抗で立ち往生するが、ニコライたちが現れて彼女の危機を救う。

⑪（3－2－15〜16）父を亡くしたアンドレイ公爵がツァリョーヴォ・ザイミシチェのクトゥーゾフを訪問。司令部勤務の誘いを断りつつ、熱い祖国愛と冷静な判断力を備えた総司令官への讃嘆を覚える。

⑫（3－2－17〜18）ボリスの妻ジュリーの客間を舞台に、フランス語が忌避され避難者が続出する戦時のモスクワの雰囲気が語られる。ピエールはフランス人が鞭打ち刑に遭う光景を見た後、八月二十四日、戦地のモジャイスクへ向かう。

⑬（3－2－19）ボロジノ会戦の陣形の変化に関する語り手の考察。

⑭（3－2－20〜25）会戦前日の二十五日、ピエールがボロジノの戦場を展望し、生神女のイコンに祈るクトゥーゾフや義勇兵の姿を見る。その夜アンドレイ公爵から勝敗は兵士の士気次第という説を聞き、愛国心の潜熱という言葉を連想する。

⑮（3－2－26〜29）同日のナポレオンの描写。彼の作戦命令書の語り手による分析と評価が行われ、仏軍が勝てなかったのはナポレオンの鼻風邪のせいだという説が否定される。

⑯（3－2－30～32）会戦当日、ピエールがラエフスキー砲台から戦闘を観察。ともに過ごした将兵が短時間で全滅し、大きな衝撃を受ける。
⑰（3－2－33～34）戦況に固唾を呑むナポレオン。増援要求ばかりで決定的な戦果報告のない状況に、指揮官は焦りと恐怖を覚える。
⑱（3－2－35）クトゥーゾフの動向。作戦指令より士気の鼓舞を重視する彼は、自軍不利というヴォルツォーゲンの報告を無視し、翌日の攻撃継続を指示する。
⑲（3－2－36～37）アンドレイ公爵が被弾、包帯所に運ばれる。憎むべきアナトールが同じ日に片足を失った偶然に驚きながら、思いがけぬ人間愛の感情を覚える。
⑳（3－2－38）死者と負傷者の体で埋まった戦場の光景と、敵のしぶとさにショックを受けたナポレオンが、なおかつ自己を正当化する様子が描かれる。
㉑（3－2－39）勝敗の帰趨についての語り手の総括。

文学作品を箇条書きにするのはもちろん乱暴で、あくまでも便宜的な試みにすぎませんが、あえてこうして整理してみると、トルストイの意図が浮かび上がってくる気がします。ここに固有名詞として拾い上げていないものも含めて、この巻には、作品世界を構成するほとんどすべての人物と場所が出現し、あるいは言及されます（アンナ・シェーレル、ドーロホフ、マドモワゼル・ブリエンヌなどの副次的人物群もそこに含まれます）。すなわち文字通り全ロシア的な経験として、この戦争が描かれているのです。

語り手はまず遠い戦地における司令部や戦闘現場を点描した後、モスクワ、禿山《ルイスィエ・ゴールイ》、スモレンスクへと視点を移し、日常世界に戦争が侵入してくる様子を描きます。そして農民反乱の気配が漂うボグチャロヴォ村や、住民が大量に避難する中でラストプチンのビラや気球作戦やフランス人へのリンチが話題になる騒然たるモスクワの状況から、ロシア社会が決定的に変貌する様子を浮かび上がらせていきます。

そんな中で黙示録と数秘術を介してナポレオンを滅ぼす者としての使命を自覚したピエールが、ついには民間人の服装のまま、ボロジノ会戦の場に姿を現します。変人ピエールならではの奇行とも見えますが、おそらくそれにはとどまりません。彼の行為は、戦争と日常、あるいは戦争と社会が一つのテーブルに載ったことの証《あかし》であり、すべての人がかかわらざるを得ない国民戦争という事態のシンボルなのでしょう（このシーンのモデル等については後述します）。

戦争の様々な顔

議論する語り手

戦争という大規模な出来事を描くに際して、作者はこれまでの巻とはいささか異なった手法を用いています。その一つは語り手の顕在化。これまでの語り手が基本的に情報伝達上の黒子役に収まっていたとすれば、この巻の語り手は、時に読者に向かって演説し、論敵を批判し、皮肉な口調で挑発する、派手な弁士役を演じています。

そんな語り手が冒頭（①）から、この戦争を人類の全本性に反する犯罪であると断定したうえで、同時に、出来事を皇帝の意志をはじめとした何らかの原因で説明しようとする歴史家たちを論破しようとします。語り手によれば、事件は個別の原因や一連の諸原因から起こるのではなく、皇帝の意志から一兵卒の意志までを含めた無数の原因の符合があってはじめて生ずるからです。歴史は人類の無意識の、群れの生活の別名であり、偉人とはその道具であり、レッテルにすぎない――語り手ははじめから、この戦争の解釈法を提示し、ナポレオンやアレクサンドル皇帝の役割の希薄さを宣言しているわけです。

⑥では、同じ語り手が歴史的な出来事における予測や計画の不可能性を論じます。ナポレオンのモスクワ遠征の失敗は、後から見れば原因が理解できるが、当時は予測不能なことだったし、ロシア側のスキタイ式戦術（焦土戦術）もまた、予期せぬ形で奏功したものに過ぎなかったという議論です。⑬では、ボロジノ会戦の二日前に起こったシェワルジノの戦いの意味を重視する語り手が、ロシア軍はシェワルジノ角面堡を失ったために、本来の陣形よりも左翼を大きく引き下げた不利な形で戦う羽目になったという自説を披露しています。⑮では、ナポレオンの作戦命令書が批判的に検討された挙句、戦いの帰趨は皇帝の意志によるものではなく兵士たちの意志によるという、冒頭の議論に呼応する説が説かれます。最後の章（㉑）では、再び語り手が戦争の愚かしさを慨嘆しながら、なぜこんな戦いが行われたか、双方はどうしてあと一踏ん張りできなかったのか、といった問いをもとに、精神力における勝利者はロシアであり、フランス軍はやがて手負いの獣のように息絶えるという総括を行います。

以上のような語り手の発言に関しては様々な受け止め方が可能です。ロシア軍の陣形に関する考察のように、説得力に富む卓見を評価すべき面もある一方、懐疑的な感想も覚えます。無数の原因が符合して事件が起こるという議論や未来予測は不可能だという議論のように、個別には間違いではないとしても、特に有効な歴史理解のオルタナティヴを提供するでもなく、ただ英雄的人物の格下げに役立つだけのように見える説もあります（出来事には無数の原因があるという説は、原因の特定を不可能にするので、未来の予測は不可能だが後の者には出来事の原因が分かるという⑥の立場と矛盾しているようにも思えます）。語り手が随所でフランス軍の敗北を先取りして語っているせいで、始まる前から結果の知れた物語を読むような違和感を抱く読者もいるでしょう。この種の語り手の立場からの議論は、この先の巻でも頻繁にみられ、最後はエピローグにおける長大な歴史論として結実するので、作品論全体にとってのこうした語り手像の意味付けや評価は、ここでは保留しておきましょう。

ただし、明らかなのは、この個性的な語り手のおかげで、祖国戦争を描く小説空間に、立場を異にする内外の歴史家たちの所説が検討対象として持ち込まれたこと、そしてそのことが、出来事に対する解釈・検討の可動域を大きく広げていることです。一八六〇年代のトルストイが一八一二年の祖国戦争を語るに際して、半世紀の時間差が生んだ視野と認識の余剰を享受する者の立場、しかも「調査探求の過程に現《うつつ》を抜かす歴史家ではなく、それ故に曇りのない良識をもって出来事を省察しようとする」作家の立場を最大限に利用し、全体を単なる歴史物語ではなく、歴史の解釈法についての物語としようとしたことは、留意すべきでしょう。これはおそらく、祖国戦争とデカブリストの乱の検討を媒介に同時代ロシア社会を考え直そうという作者の最初の構想にとって、自然な選択でした。そしてそれは結果的に、登場人物たちのあくまでも限られた、未来を見通せぬ立場を強調する効果を生み、この小説の独特な雰囲気を作っています。

個人の目に映る戦い

出来事を個人の限定された視野から描くこと、しかもしばしば物事のルールや論理を共有しない門外漢の目から、見慣れぬ奇妙な事件として描くこと――これはトルストイの真骨頂であり、これまでのこの作品の作法でもありましたが、本巻ではとりわけ、戦争シーンへのこの方法の応用が、効果を上げています。

一つの例がボルコンスキー公爵家の支配人アルパートィチによる戦火のスモレンスクの目撃（⑦）で、何の準備も警戒心もないまま、のどかに穀物の作柄などを考えながら出かけた彼の目を通して、われわれは燕麦畑を宿営地にした兵士たちが飼葉の刈り取りをしている異様な光景に始まって、町から逃げる人々、移動する軍隊、焦る知事、敵の砲弾で負傷する女、搬出される奇跡のイコンといった、攻撃される町の模様を衝撃とともに認識していきます。そして最後に、放火によって焼け落ちる家々の模様を見ることで、この先のモスクワの運命まで思い浮かべるのです。

ピエールの会戦体験⑯は、とりわけ印象的です。彼の体験は、朝の澄んだ大気の中で遠くの砲煙と砲声が独特の「美」を成している丘の上からののどかな展望に始まり、ラエフスキー砲台で砲弾の飛来する中、家族のような親密さで威勢よく働いている将兵の観察に移り、いったん麓に下りた先で間近な被弾に肝をつぶした後、再び上った砲台で将兵が全滅しているのを発見し、自らもフランス軍将校と取っ組み合いになる、という展開をたどります。すなわち短時間のうちに美、親密さ、活気、恐怖、間近な死、暴力のおぞましさを経験し、『いや、もう彼らはこんなことをやめるだろう』という感慨を抱きます。このような感覚とその描写のタッチは、クリミア戦争を描いた『セヴァストーポリ物語』(一八五五)を受け継いでおり、さらに後年のトルストイの非暴力論につながるものです。

美や快感と恐怖やおぞましさの表裏する戦争の魔力を言語化するために、作者はピエールという一民間人の目を必要としたのでしょう。なお、このシーンの文学的なモデルとしては、スタンダールの『パルムの僧院』のナポレオン崇拝者ファブリス青年がワーテルローの戦いに飛び入りするシーンが思い浮かびますし、史実としては、有名な詩人のピョートル・ヴャーゼムスキー公爵が、二十歳で義勇軍将校からミロラードヴィチ将軍の副官となり、ボロジノ会戦で活躍したというケースが踏まえられているようです。[2] しかしこのシーンのピエールの目は、そうした個人的なエピソードの域を超えて、先述のとおり、ロシア国民の集合的な感覚につながり、その意識を代行しているように感じられます。

対比の構造

両軍を指揮するナポレオンとクトゥーゾフも、戦争を見る視点として機能しています。

ナポレオンは奪取したシェワルジノ角面堡で、クトゥーゾフはロシア軍の陣の中央であるゴールキ村で、ボロジノ会戦の趨勢を見守っています。とはいえ両者の位置からは、ボロジノ村とバグラチオン突角堡の間で行われている戦闘の現場の様相は窺えません。両者はむしろ頭の中の戦場を見つめているといったほうがいいでしょう。語り手はナポレオンの置かれた状況の困難さを、皮肉を交えて代弁しています――戦闘の現場は遠く、砲煙に包まれて望遠鏡でも確認できない。現場との時空間的な距離から、伝えられる報告も不正確なら、下される命令も意味を失ってしまう。将軍たちはこれまでの戦争のような吉報をもたらす代わりに、増援要求を重ねるばかり。ナポレオンは「薬によって患者の回復を妨げるような藪医者」の役割を演じるうちに、ツキの落ちた勝負師のような無力感に陥っていく、というのです。後に戦場を巡回し、無数の人馬の死体を目にした彼は、これが延々と続く無意味な殺人にほかならぬことを認識しながら、自分が引き起こした事態を止める力もなく、命令を出し続けます。そしてその理性と良心を曇らせたまま、「戦場は壮観なり」と事態を美化する後の姿まで、語り手は先取りして描いています。

2 Виктор Шкловский. Матерьял и стиль в романе Льва Толстого «Война и мир». Москва: «Федерация», 1928. Стр 125-126.

鼻風邪に苦しみつつ戦況に苛立ち怯える四十三歳のナポレオンに対して、クトゥーゾフは重い体でうずくまるように床几に座り込みながら、尽きかけた体力を緊張によってかろうじて補っている六十六歳の疲れ果てた老人です。語り手は戦場からの報告を聞き命令を告げる老将軍の意識を代弁しながら、彼の目的が作戦や命令の通達以外のところにあることを告げます。「長年の軍人としての経験から彼が知り、また老人の知恵で理解していたのは、死と戦う何十万もの人間を指揮することは、一人の人間には不可能だということであった。彼はまた、会戦の帰趨を決するのは総司令官の指揮ぶりでもなければ兵員の配置でもなく、大砲の数でも戦死者の数でもないことを知っていた。それを決めるのは軍の士気という名で呼ばれるある玄妙な力であり、彼はその力を注視し、自分の力の及ぶ限りそれを鼓舞しようとしていたのである」

すでに⑪のシーンでアンドレイ公爵の目を通して、この人物の人となりが共感を誘うタッチで紹介されていました。それは、自分の意志を通すよりも出来事の流れを観察し理解することを重視し、そのために忍耐と時間をつぎ込む覚悟を持ち、さらにロシアの運命を深く憂うる心と祖国のために戦う情熱を持った、私心のない人物像です。そうした背景から、戦況をよき流れに導くのが軍の士気に他ならないと信じる彼は、

「ドイツ人」ヴォルツォーゲンのもたらす敗北の知らせを無視し、撤退無用というラエフスキーの見解を支持して、翌日の再攻撃を軍に伝えるのです。

思うようにならぬ戦況に苛立ち、無力感と懐疑にさいなまれつつ藪医者のような命令を出し続けるナポレオンと、軍の士気に働きかけ、粘り強く流れを引き寄せようとするクトゥーゾフ――ここには北風と太陽のイソップ寓話にも似た、対比による人物造形の原理が働いています。そして「人為」対「自然」とでも呼ぶべき両者の差が、よその土地で戦う侵略軍と国土を守る防衛軍との士気の差と相まって、会戦の帰趨を決めた。すなわち膨大な犠牲者を出し、空間的には敵に譲りながらも、精神的な勝利を収めたのはロシア軍であり、致命傷を負ったのがフランス軍であったという、最後の判断が下されます。

もちろんこのような図式には単純化が含まれていますし、クトゥーゾフの人格造形一つをとっても、モデルの実像を美化した形跡が感じられます。トルストイは祖国戦争の再解釈よりも、むしろ新しい神話の構築を行ったのだというのは、よく聞かれる議論です。ただしそれは、第五巻以降も含めた小説の全体にかかわる話なので、ここでは立ち入らないことにしましょう。ちなみに対比による人物造形は、ピエールとアンドレイ、ナターシャとマリヤといったペアのケースにも表れるように、作品全体を貫く原理でもあります。

いずれにせよ両軍の戦いが痛み分けに終わった結果、この後、小説の空間はモスクワとその周辺各地へ、さらに疎開地へと移り、広がっていきます。そして重傷を負ったアンドレイ、窮地を脱したマリヤとその恩人のニコライ、ナポレオン退治の使命感を負ったピエールと彼に深い信頼を寄せるナターシャなど、中心人物たちの物語も、そこでまた新しい展開を迎えるのです。

＊　＊　＊

この巻の翻訳の過程で、スモレンスク近辺の地名の特定について、またボロジノ会戦の陣形等について、トルストイ研究者の佐藤雄亮氏（モスクワ大学付属アジア・アフリカ諸国大学）から貴重なご教示を受けました。またトルストイの人生の目標や生命観という大きなテーマ設定のもとで『戦争と平和』の詳細な分析を行っている前掲の同氏の博士論文（早稲田大学）から、時代ごと、立場ごとに作られてきた祖国戦争のイメージ、およびトルストイの作品におけるその解釈や再構成、さらに意図的な歪曲や神話化のあり方について、きわめて多くの貴重な示唆を受けました。

また、儀式などにおけるイコンの扱いや、特に大きなイコンを運ぶ際の作法について、ロシア民俗学者の熊野谷葉子さん（慶應義塾大学）はじめロシア・フォークロアの会「なろうど」の皆様から懇切な情報提供をいただきました。記して深く感謝申し上げます。

翻訳原典

Л. Н. Толстой. Война и мир. Собрание сочинений в двадцати двух томах. Т. 6. Москва: Художественная литература, 1980.

＊作品・読書ガイド中の暦はすべて露歴（ユリウス暦）で、十二日を足すと現行のグレゴリオ暦になります。

kobunsha classics
光文社古典新訳文庫

戦争《せんそう》と平和《へいわ》4

著者　トルストイ
訳者　望月《もちづき》哲男《てつお》

2021年1月20日　初版第1刷発行

発行者　田邉浩司
印刷　新藤慶昌堂
製本　ナショナル製本

発行所　株式会社光文社
〒112-8011東京都文京区音羽1-16-6
電話　03（5395）8162（編集部）
03（5395）8116（書籍販売部）
03（5395）8125（業務部）
www.kobunsha.com

落丁本・乱丁本は業務部へご連絡くだされば、お取り替えいたします。
ISBN978-4-334-75438-9 Printed in Japan

いま、息をしている言葉で、もういちど古典を

長い年月をかけて世界中で読み継がれてきたのが古典です。奥の深い味わいある作品ばかりがそろっており、この「古典の森」に分け入ることは人生のもっとも大きな喜びであることに異論のある人はいないはずです。しかしながら、こんなに豊饒で魅力に満ちた古典を、なぜわたしたちはこれほどまで疎んじてきたのでしょうか。

ひとつには古臭い教養主義からの逃走だったのかもしれません。真面目に文学や思想を論じることは、ある種の権威化であるという思いから、その呪縛から逃れるために、教養そのものを否定しすぎてしまったのではないでしょうか。

いま、時代は大きな転換期を迎えています。まれに見るスピードで歴史が動いていくのを多くの人々が実感していると思います。

こんな時わたしたちを支え、導いてくれるものが古典なのです。「いま、息をしている言葉で」——光文社の古典新訳文庫は、さまよえる現代人の心の奥底まで届くような言葉で、古典を現代に蘇らせることを意図して創刊されました。気取らず、自由に、心の赴くままに、気軽に手に取って楽しめる古典作品を、新訳という光のもとに読者に届けていくこと。それがこの文庫の使命だとわたしたちは考えています。

このシリーズについてのご意見、ご感想、ご要望をハガキ、手紙、メール等で翻訳編集部までお寄せください。今後の企画の参考にさせていただきます。
メール　info@kotensinyaku.jp

光文社古典新訳文庫　好評既刊

戦争と平和1
トルストイ
望月 哲男 訳

ナポレオンとの戦争（祖国戦争）の時代を舞台に、貴族をはじめ農民にいたるまで国難に立ち向かうロシアの人々の生きざまを描いた一大叙事詩。トルストイの代表作。（全6巻）

戦争と平和2
トルストイ
望月 哲男 訳

ナポレオンの策略に嵌り敗退の憂き目にあったアウステルリッツの戦いを舞台の中心に、アンドレイとニコライ、そして私生活ではピエールが大きな転機を迎える――。

戦争と平和3
トルストイ
望月 哲男 訳

アンドレイはナターシャと婚約するが、結婚までの1年を待ちきれないナターシャはピエールの義兄アナトールにたぶらかされて……。愛と希望と幻滅が交錯する第3巻。（全6巻）

アンナ・カレーニナ（全4巻）
トルストイ
望月 哲男 訳

アンナは青年将校ヴロンスキーと恋に落ちたことを夫に打ち明けてしまう。一方、公爵令嬢キティはヴロンスキーの裏切りを知って―。十九世紀後半の貴族社会を舞台にした壮大な恋愛物語。

イワン・イリイチの死／クロイツェル・ソナタ
トルストイ
望月 哲男 訳

裁判官が死と向かい合う過程で味わう心理的葛藤を描く「イワン・イリイチの死」。地主貴族の主人公が嫉妬がもとで妻を殺す「クロイツェル・ソナタ」。著者後期の中編二作。

光文社古典新訳文庫　好評既刊

コサック　1852年のコーカサス物語
トルストイ
乗松　亨平　訳

コーカサスの大地で美貌のコサックの娘とモスクワの青年貴族の恋が展開する。大自然、恋愛、暴力……。トルストイ青春期の生き生きとした描写が、みずみずしい新訳で甦る！

死の家の記録
ドストエフスキー
望月　哲男　訳

恐怖と苦痛、絶望と狂気、そしてユーモア。囚人たちの驚くべき行動と心理、そしてその人間模様を圧倒的な筆力で描いたドストエフスキー文学の特異な傑作が、明晰な新訳で蘇る！

スペードのクイーン／ベールキン物語
プーシキン
望月　哲男　訳

ゲルマンは必ず勝つというカードの秘密を手にするが……現実と幻想が錯綜するプーシキンの傑作『スペードのクイーン』。独立した5作の短篇からなる『ベールキン物語』を収録。

大尉の娘
プーシキン
坂庭　淳史　訳

心ならずも地方連隊勤務となった青年グリニョーフは、司令官の娘マリヤと出会い、やがて相思相愛になるのだが……。歴史的事件に巻き込まれる青年貴族の愛と冒険の物語。

カラマーゾフの兄弟　1〜4＋5エピローグ別巻
ドストエフスキー
亀山　郁夫　訳

父親フョードル・カラマーゾフは、粗野で精力的で女好きの男。彼と三人の息子が、妖艶な美女をめぐって葛藤を繰り広げる中、事件は起こる―。世界文学の最高峰が新訳で甦る。

★続刊

聊斎志異　蒲松齢／黒田真美子・訳

中国清代の蒲松齢作。民間伝承などをもとに豊かな空想力と古典の教養を駆使し、神仙、幽霊、野狗、妖怪などと人間との不思議な交わりを描いた怪異譚。43篇を厳選収録。芥川龍之介や太宰治ら多くの日本の作家に影響を与えた中国怪異小説の傑作。

小公子　バーネット／土屋京子・訳

母と二人、ニューヨークでつましく暮らしていた幼いセドリックは、祖父ドリンコート伯爵の跡継ぎとして教育されるべく、突如英国の豪邸に呼びつけられる……。新しい生活を吸収しながら、周りにも影響を与えていく少年の姿を描く。挿絵多数。

ミドルマーチ4　ジョージ・エリオット／廣野由美子・訳

ラッフルズの不審死について、リドゲイトは少なからぬ関与を疑われ、窮地に立つ。一方、ドロシアとウィル・ラディスロー、フレッドとメアリ・ガースの交際が進展し、壮大な社会絵巻は終局へと向かう。「英国最高の小説」ついに完結！